MW01094399

El viaje para Sanar la sexualidad

Wendy Maltz

El viaje para sanar la sexualidad

Una guía para sobrevivientes de abuso sexual

HarperCollins

NORTHLAKE PUBLIC LIBRARY DISTRICT
231 N. Wolf Rd.
Northlake, IL 60164

▥HarperCollins*México*

© 2021, HarperCollins México, S.A. de C.V.
Publicado por HarperCollins México
Insurgentes Sur No. 730, 2º piso,
03100, Ciudad de México.

Título original: *The sexual healing journey*, 2001.
William Morrow. *An Imprint of* HarperCollins Publishers.

Copyright © 1991, 2001, 2012 by Wendy Maltz.

Traducción: Laura Lecuona.
Diseño de forros: Cáskara Editorial / Ale Ruiz Esparza.
Diseño de interiores: Beatriz Méndez/Grafia Editores S.A. de C.V.
Ilustraciones de interiores: Carol Arian.
Cuidado de la edición y traducción: María Teresa Solana/Grafia Editores S.A. de C.V.

Todos los derechos están reservados, conforme a la Ley Federal del Derecho de Autor y
los tratados internacionales suscritos por México. Está prohibida su reproducción total o
parcial en cualquier forma o medio, incluidos los mecánicos o digitales, sin autorización
expresa del titular del derecho de autor.

Todos los comentarios, ideas, opiniones, apuntes, documentos, información, descripciones
y expresiones que aparecen en esta obra corresponden al autor y no son responsabilidad de
la editorial ni representan necesariamente su punto de vista.

En esta edición se utiliza el masculino genérico por preferencia de la editorial y la autora;
no así de la traductora.

ISBN: 978-607-562-056-5

ISBN (SPANISH EDITION): 978-607-562-071-8

Primera edición: mayo 2021.

ÍNDICE

PRIMERA PARTE
EMPEZANDO: TOMAR CONCIENCIA

SEGUNDA PARTE
SEGUIR ADELANTE: HACER CAMBIOS

Para Larry,
en celebración del dulce amor que compartimos.

AGRADECIMIENTOS

Muchas personas contribuyeron a que este libro sea una realidad. Aquí menciono solo a algunas, pero estoy muy agradecida con todos los que me han ayudado en este viaje.

Ante todo quisiera expresar mi más profundo agradecimiento a los sobrevivientes y a las parejas de sobrevivientes que he conocido en las terapias, la investigación, las conferencias y los talleres que imparto. Su valentía, perseverancia y logros me han inspirado en lo profesional y en lo personal. Agradezco que muchos de ellos hayan decidido hablar para este libro sobre sus luchas y triunfos personales. Sus historias y palabras son lo que le da a estas páginas su profundidad emocional, cercanía y significado. Este libro está escrito en su honor y en el de todas las personas que se encuentran haciendo un viaje para sanar la sexualidad.

Un agradecimiento especial a Harriet Goldhor Lerner por reconocer la importancia de mi trabajo y por darme valiosos consejos como autora, además de su amable apoyo.

También agradezco a los colegas clínicos que estudian el abuso sexual y la sexualidad. Sus reflexiones, conocimientos, investigaciones y textos me ayudaron a elaborar mis propias estrategias y técnicas de tratamiento, las que a su vez generaron el material de este libro. El trabajo de varios colegas ha sido de especial interés en este nuevo campo, en particular de Derek Jehu, Judith Becker, Peter Dimock, Barry McCarthy, Patrick Carnes, Joe LoPiccolo, Christine Courtois, Jan Hindman y Mark Schwartz.

Agradezco también a Felicia Eth, mi agente literaria, por su representación competente, directa, entusiasta y amigable, y a mi cuñado, Richard Garzilli, por su experta revisión de contratos y asesoramiento legal.

AGRADECIMIENTOS

Durante la escritura de este libro tuve la fortuna de contar con la ayuda de personas sumamente brillantes y competentes. Agradezco en especial a Janet Goldstein, mi editora, por su espléndida orientación editorial a la hora de planear y desarrollar el libro desde sus comienzos. La calidez de Janet, su simpatía, su intelecto y su talento editorial me ayudaron a hacer realidad mi potencial para escribir un libro que gozara del favor del público. Su conocimiento de los procesos psicológicos y del desarrollo personal contribuyó a configurar el libro de manera que tuviera en cuenta las necesidades de los diferentes sobrevivientes a quienes va dirigido. Fue maravilloso tener una editora que apoyara el proyecto con entusiasmo y creyera en la importancia social de mi trabajo.

También agradezco a dos talentosos y muy especiales escritores que me proporcionaron asesoría editorial "en las trincheras". Dean Baker, escritor residente en Eugene, Oregon, me ofreció un ayuda amistosa y creativa en las primeras etapas de la preparación del manuscrito. Estoy especialmente en deuda con su aguda capacidad de traducir la jerga y los conceptos psicológicos a un lenguaje cotidiano. Suzie Boss, escritora de Portland, Oregon, fue fundamental en la ardua tarea de revisar el manuscrito. Su constante aliento, su generosa comprensión y su sobresaliente talento para la escritura me ayudaron a mantener un ritmo constante a lo largo de numerosos borradores, y representaron una valiosa aportación a la forma definitiva del libro.

También estoy en deuda con quienes leyeron el primer borrador e hicieron valiosas críticas constructivas, en especial Larry Maltz, Karla Baur, Peter Dimock, Ellen Bass, Laura Davis, Norma Ragsdale, Susan y Dale Goodman, Bryan McCrea, y mi padre, Joe Becker. Sus conocimientos, sus agudas percepciones y su sensibilidad contribuyeron a un mejor desarrollo de algunas partes del libro.

Estoy profundamente agradecida con mi familia y amigos por ofrecerme su constante aliento afectuoso y su apoyo durante los casi dos años que me tomó escribir este libro. Mis amigas Sandy Solomon y Lucia Hardy me ayudaron con una lluvias de ideas para esbozar sus líneas generales. Mi padre y mi madre, Joe y Arlene Becker, quienes me enseñaron el valor de la perseverancia y la determinación, me brindaron su amoroso sostén. Y agradezco a mis hermanos Jane Garzilli, Sara Nielsen y Bill Becker por su comprensión y entusiasmo con este proyecto. Mi cuñada, Suzanne Jennings, fue especialmente amable al enviarme tarjetas y notas para levantarme el ánimo en esos inevitables momentos en los que me sentía empantanada con el trabajo.

Larry, mi esposo, pasó innumerables días y tardes cuidando a nuestros hijos y la casa para que yo pudiera trabajar. Discutió teorías e ideas conmigo y me sugirió algunas novedosas soluciones. Aplaudía mis progresos y me consolaba cuando me sentía desanimada. No hubiera podido escribir este libro sin su comprensión, sabiduría, sus palabras tranquilizadoras y su amor.

Mis hijos, Jules y Cara, demostraron su enorme apoyo, teniendo en cuenta lo difícil que fue para ellos en algunos momentos que su madre estuviera tan ocupada. Ambos me ayudaron con la investigación: pusieron sellos postales en los sobres, clasificaron a los destinatarios y prepararon los cuestionarios. Me conmovían especialmente los dulces abrazos, besos y palabras de aliento que me daban cuando entraban discretamente al cuarto de la computadora cada vez que sentían que me extrañaban o me querían demostrar su preocupación. En vista de los sacrificios personales de mi familia, sus aportaciones y el constante apoyo, es justo decir que este libro es producto de la familia Maltz.

A lo largo de los años, a partir de que este libro salió a la luz por primera vez, muchas personas han contribuido a su éxito continuo. Agradezco al personal editorial, de producción y promoción de HarperCollins por haber trabajado conmigo en múltiples actualizaciones y revisiones para mantener su vigencia en el tiempo.

La presente edición de 2021 es una realidad gracias al maravilloso trabajo de Janice Sugitan, de la División de Derechos para el Extranjero. Por otra parte, agradezco el trabajo entusiasta y profesional de los integrantes de HarperCollins México: Edgar Krauss, editor; Laura Lecuona, traductora, y Adriana Bernal, de Promoción y Medios. Para esta edición en lengua española hago extensiva mi más profunda gratitud a Natasha Properi y Evelyn Salinas Castro, quienes generosamente aportaron ideas y su entusiasta apoyo en la revisión y redacción para asegurar el éxito del libro. Aprecio estas nuevas amistades.

Y para finalizar deseo agradecer una vez más a Felicia Eth, mi maravillosa agente literaria durante tres décadas, por su incansable apoyo en la promoción de este libro en sus muchas variantes, y especialmente por nunca perder de vista nuestro sueño mutuo de hacerlo accesible en español.

PRÓLOGO

Conocí a Wendy Maltz a través de una red de mujeres. Es curioso, pero en estas redes he llegado a conocer a varias de las mujeres que más me han inspirado en la vida. Tal es el caso de Wendy, mujer que ha dedicado su carrera a apoyar a sobrevivientes de abuso sexual y violación en su proceso de sanación. El libro que tienes en las manos es precisamente una guía para sanar la sexualidad.

Recuerdo que cuando hablé por primera vez con Wendy del trabajo bilingüe que hago todos los días en un centro comunitario latinoamericano de salud mental en Eugene, Oregon, con personas víctimas de abuso sexual, se mostró muy interesada y me comentó que una de sus metas personales era que su libro *El viaje para sanar la sexualidad* se tradujera al español. Eso me produjo mucha alegría porque en mi trabajo constantemente tengo que estar traduciendo materiales que están escritos en inglés, pues he encontrado muy pocos en español que se centren en la recuperación del abuso sexual desde una perspectiva clínica. Wendy no dejó de luchar por la traducción de este libro hasta conseguirlo, y aquí está el resultado.

A lo largo de mi vida sufrí muchos abusos sexuales, pero no fue sino hasta que leí algunos de los testimonios que Wendy plasma en este libro que pude reflexionar sobre mi vida y darle sentido al primero de esos abusos. Al ver mi historia reflejada en algunos de esos relatos entendí la razón de muchos de mis comportamientos en la adolescencia. Al leer el libro comprendí por qué algunas de mis prácticas sexuales, aunque las elegí conscientemente, me producían vergüenza. Creo que mi actividad sexual ha estado definida por un primer momento. Mi primer recuerdo —que debió ser un evento traumático en mi niñez porque es lo único que recuerdo de esa época— es de cuando tenía alrededor de cinco años y un familiar mayor que yo abusó de mí sexualmente.

Ahora bien, si tienes cinco años es difícil diferenciar lo que es apropiado y lo que no. Desafortunadamente, mi familia no me dio una educación sexual desde la primera infancia. Mi madre no terminó la primaria y mi padre apenas estudió la secundaria. Cuando el familiar que menciono abusó de mí sexualmente, el abuso me produjo excitación. Y es precisamente ese sentimiento de excitación lo que dificulta entender el acto como un abuso. A muchas personas les asombra que un abuso sexual pueda producir excitación, pero al trabajar en esta especialidad descubrí que de hecho es muy común. En mi caso, los abusos de este familiar continuaron por seis años más. El problema fue que de niña interioricé que yo también quería, porque se sentía bonito y al mismo tiempo le tenía cariño a mi familiar, así que nunca me pasó por la mente calificar esas prácticas sexuales como abusivas. Es importante resaltar que un niño o niña no tiene ni el conocimiento ni el poder para reconocer y detener cualquier tipo de abuso. La niñez es muy vulnerable a ser objeto de abuso si se la deja sin protección.

Si estás leyendo este libro porque sufriste abuso sexual o para trabajar o apoyar a otras personas que lo han sufrido, toma en cuenta que no todas las violaciones o abusos sexuales coinciden con el estereotipo que vemos en los medios o en las películas. Si al leerlo consideras que la palabra *violación, abuso* o *agresión sexual* es demasiado fuerte para describir lo que te pasó, busca otra e insértala cada vez que la autora mencione *abuso sexual*. Lo importante no es cómo defines lo que te pasó o qué etiqueta le pones, sino cómo te afectó. Si recuerdas algunos momentos sexuales con mucha vergüenza, miedo o dolor, quizá sea porque fueron abusos.

Una práctica que noto al hablar de abusos sexuales en mi cultura, y con ello me refiero a la cultura mexicana porque nací y crecí en el centro norte de México, es la negación y la resistencia a calificar como abuso sexual los comportamientos sexuales inapropiados y realizados sin consentimiento. Cuando una víctima alza la voz, él o ella es cuestionada porque se cree que miente o que provocó al agresor.

La reacción de culpar a la víctima no está presente solo en mi cultura: ocurre alrededor del mundo. Hace poco, cuando gran cantidad de actrices dieron a conocer con el lema de #*MeToo* violaciones y agresiones sexuales sufridas en la industria del cine, a muchas de ellas sus colegas las tacharon de apretadas o puritanas. Muchas mujeres encontraron en este movimiento una manera de darles sentido a experiencias sexuales incómodas que sufrieron en el pasado.

Por eso este libro es tan importante. El acoso y el abuso sexual están a la orden del día, y por mucho que las queramos ignorar y dejar de nombrar, estas interacciones perturbadoras moldean nuestra sexualidad. Las siguientes páginas ofrecen una guía de empoderamiento para sanar en esa dimensión tan importante para nuestra salud física y emocional que es la sexualidad. Si aún estás sufriendo abuso sexual, espero que aquí encuentres aliento y fuerza para salir del ciclo del abuso.

Gracias a este libro he aprendido, como tú también lo puedes hacer, algunas técnicas para detener los pensamientos negativos y las reacciones automáticas que me molestan. Algo muy importante que logra *El viaje para sanar la sexualidad* es que informa a las parejas sobre el impacto del abuso sexual y les muestra un camino para sanar. Con este libro también aprenderás a comunicarte mejor con tu pareja.

El objetivo de Wendy es que uses este libro como mejor te convenga. Si un capítulo o una parte te resultan demasiado gráficos o no te sirven para darle sentido a tu historia, puedes saltártelos. Después de todo, Wendy es una mujer blanca estadounidense de clase media que escribió este libro basándose en las enseñanzas que le ha dejado su práctica privada. Así, puede ser que no te identifiques con algunos de sus relatos o argumentos, pero te invito a mantener una actitud abierta y franca al leerlo, porque si bien las experiencias de abuso sexual varían de persona a persona, muchas veces los síntomas y los efectos son similares. El abuso sexual es un problema global que afecta a la niñez, a mujeres y a hombres. Los principios rectores para relacionarse sexualmente que aquí se presentan ayudan a prevenir y detener el abuso.

Wendy afirma que el abuso sexual florece en el secreto. Por eso es tan importante adquirir información, educarnos, y sobre todo nombrar lo que está pasando. En mi trabajo estoy en contacto constante con familias que se han acercado al departamento de servicios humanos, encargado de velar por la seguridad de la niñez, porque ha habido abuso sexual en sus familias. A veces el abuso viene de un familiar de edad adulta y otras veces de un hermano o hermana unos años mayor.

En cualquier caso, he visto que cuando las familias aceptan que lo que pasó fue un abuso sexual, abren la puerta para empezar a sanar. Esa sanación es dolorosa y nada fácil, pero el poderoso acto de llamar abuso sexual a lo que pasó da mucho valor y seguridad a la víctima y ayuda al agresor, sobre todo si es menor de edad, a cambiar su comportamiento. Lo mejor de todo es que a la larga toda la familia sana, y así terminan los ciclos intergeneracionales de abuso sexual y se protege a la niñez. Por el contrario, nuestra intervención no tiene éxito con las familias canalizadas a nuestra agencia si estas nunca aceptan que lo que pasó fue abuso sexual.

No es un secreto que las familias latinoamericanas valoran la unidad familiar. Hay muchas víctimas de abuso sexual que jamás alzarán la voz sobre el abuso a manos de un pariente porque anteponen esa unidad familiar a su estabilidad emocional. Si a ti te pasa esto y te cuesta trabajo llamar abuso a lo que te ocurrió porque no quieres perjudicar a tu familiar y más bien te escudas en la negación, debes saber que no estás sola. Somos muchas las personas que, como tú, no nos atrevimos a señalar a nuestro familiar o a mirarlo a los ojos y decirle: *Me hiciste daño*.

Si queremos centrarnos en nuestra sanación personal, podemos hacerlo, y este es un excelente libro para ello. Por ejemplo, leer los casos que Wendy comparte me sirvió para ponerles nombre a mis síntomas. Así, sabiendo que los tengo, al seguir leyendo encontré herramientas para lidiar con ellos. Por último, Wendy ofrece muchos recursos para sanar con tu pareja. Si, como yo, tienes una pareja con la que deseas acoplarte mejor sexualmente, los últimos capítulos te ayudarán a lograrlo. Recuerda: el abuso pasó hace mucho tiempo y ahora está en ti informarte, cuidarte y sanar. Puedes reapropiarte de tu sexualidad y alejarte de lo que está en el pasado.

Mucha suerte con tu viaje para sanar la sexualidad.
Con cariño,

Evelyn Salinas Castro
Directora del Programa de Salud Mental
Centro Latinoamericano
Eugene, Oregon

PREFACIO

Pedaleo en mi bicicleta a lo largo del río Willamette. Al noreste veo deslizarse nubes algodonosas que de vez en cuando se abren para descubrir un cielo azul y el cálido sol. Es primavera y el verde brillante de la orilla del río surge con nueva vida. Fue en un paseo en bicicleta a este río en 1989 cuando decidí escribir *El viaje para sanar la sexualidad*. Hoy celebro el lanzamiento del libro en una novedosa edición en español y reflexiono en su larga historia y en su permanente valor como un recurso de sanación para sobrevivientes.

Recuerdo que me sentí impulsada a escribir este libro. Fue como si hubiera descubierto una planta nueva con propiedades medicinales en mi patio trasero y tuviera que compartirlo. En mi práctica clínica, a través de la investigación académica y en mi vida personal estaba aprendiendo muchísimo sobre sanación sexual. Aproveché estos hallazgos para ayudar a que muchos sobrevivientes empezaran a sanar y a reivindicar su sexualidad. Sin embargo, sabía que muchos más continuaban sufriendo en silencio. En esa época había muy pocos recursos para sanar, y de los que se disponía eran muy limitados en contenido y en tono. Vi la necesidad que había de un recurso compasivo y rebosante de información que empoderara y ayudara a una amplia gama de sobrevivientes y a sus parejas. Me planteé el dilema que enfrentan muchos sobrevivientes: desean disfrutar de la intimidad sexual pero tienen dificultad para abordar las cuestiones sexuales de manera directa.

Cuando decidí escribir *El viaje para sanar la sexualidad* no había recursos que ofrecieran técnicas de terapia sexual diseñados específicamente para sobrevivientes. A las personas con problemas relacionados con incesto, violación y abuso sexual se les alentaba a emplear enfoques y técnicas tradicionales de terapia sexual. Dichos ejercicios se recetaban y ya prescribieron. Eran poco sensibles a las necesidades especiales de las personas con historias de trauma sexual. Para muchos sobrevivientes eran desagradables, y en algunos casos, traumáticos. Como me dijo un sobreviviente: "Eran demasiados, muy pronto y muy sexuales".

Por eso empecé a desarrollar nuevos enfoques curativos. Mis técnicas primero enseñan habilidades básicas: conciencia de uno mismo, comunicación y contacto; la necesidad de iniciar y controlar el contacto sexual y de ir lentamente y construir puentes de una experiencia a otra.

Mi objetivo fue crear una guía sanadora integral que beneficiara a todos los sobrevivientes, independientemente de cómo y cuándo fueron violentados, la cantidad de trabajo de recuperación del abuso sexual que hayan llevado a cabo, o su estilo de vida y orientación sexual actual. Para ampliar el alcance de este libro más allá de lo que he aprendido en mi práctica clínica como terapeuta y en mis primeras investigaciones, entrevisté a sobrevivientes que han trabajado en sanación sexual con otros terapeutas. Para llegar incluso a más personas diseñé un largo cuestionario que apliqué a más de 140 sobrevivientes, sus parejas y terapeutas especializados en sanación sexual.

Recuerdo que la época en la que recopilé y organicé la información para este libro fue muy atareada y emocionante. Para mí, como una mujer que se recuperó del abuso sexual y como terapeuta especializada en tratar problemas sexuales, fue una gran oportunidad. Aprendí mucho sobre técnicas curativas efectivas. Y en la medida en que la redacción avanzaba era muy estimulante ver cómo el libro iba cobrando vida propia.

Fui bendecida con el apoyo y la ayuda de muchas personas —colegas, amigos, familiares y sobrevivientes—. Todos participaron activamente y no dejaron de recordarme lo importante que el libro iba a ser para otros. Un sobreviviente escribió en el dorso de su cuestionario: "Me sentiré complacido si mi historia puede ayudar aunque sea a una sola persona, pero deseo que este tipo de libros no sean necesarios". Otro sobreviviente escribió: "Rezo por que la gente pueda darse cuenta de que el abuso pudo haber sido el causante de sus problemas sexuales y busque y encuentre ayuda". Sus palabras mantuvieron a flote el proyecto y a mí consciente del papel vital que la sanación sexual desempeña en la recuperación del abuso.

Si bien yo contribuí con el conocimiento profesional en el proyecto, el libro fue muy importante para mí también en el aspecto personal. Yo soy lo que llamo "una sobreviviente de retazos" —alguien que ha experimentado diferentes tipos de abuso sexual en distintos momentos de su vida—. Cuando era pequeña, un tío que me trataba de manera seductora e insinuante sexualmente me tocó de manera inapropiada. Estas experiencias me volvieron ansiosa respecto a mi propia energía sexual y dañaron mi habilidad para elegir compañeros genuinamente atentos en mis primeros años de citas.

Cuando estaba en mi tercer año en la Universidad de Colorado, una tarde que caminaba por un sendero muy boscoso del campus fui agredida. De entre los arbustos salió un hombre con los pantalones desabrochados, me arrojó contra un muro, me manoseó y trató de violarme. Me defendí con el libro que llevaba: un tratado sobre los métodos de protesta no violenta de Gandhi. Durante mucho tiempo bromeé sobre lo gracioso que fue haberlo golpeado con ese libro, pues prefería olvidar el terror y la impotencia que sentí entonces. Cuando oyó que alguien más se aproximaba por el sendero, me soltó y huyó.

Más tarde, cuando estaba en el posgrado, salí con un estudiante de leyes. Apenas lo conocía. Me invitó a su departamento a escuchar música. Después de unos cuantos besos, de pronto se transformó. Su mirada se extravió y se convirtió en otra persona. Me tomó por la fuerza, me sujetó y me violó. Me sentí utilizada, humillada y enojada conmigo misma. Nunca reporté el hecho. No fue sino hasta años después, cuando leí libros sobre violaciones durante las citas, que admití que había sido una víctima. Tuve que aprender a llamarlo violación y a liberarme de sentirme responsable por lo que me había sucedido.

Estos retazos de experiencias, junto con años de estudio y trabajo como terapeuta sexual, me han ayudado a comprender los obstáculos a los que se enfrenta alguien que quiere sanar su sexualidad. Sé lo difícil que puede ser superar la negación y el sentimiento de responsabilidad. Conozco cuánto tiempo puede llevar frenar antiguos patrones de comportamiento que recrean constantemente el abuso. Sé cuán despacio se debe ir para volver a aprender a tocar y recuperar la sensibilidad sexual de una manera nueva, libre de los recuerdos del abuso. Y sé lo importante que es respetarse y amarse a uno mismo y aceptar un nuevo concepto de lo que significa ser una persona sexual.

Una de las cosas que disfruté más al escribir este libro fue la oportunidad que me brindó de compartir con otros mis conocimientos sobre sanación sexual obtenidos con tanto esfuerzo. Para mí es primordial romper el silencio y disminuir la vergüenza sobre importantes cuestiones sexuales.

Muchas personas sufren innecesariamente —atrapadas en el odio a sí mismas, la ignorancia y la insatisfacción— porque se les niega información correcta sobre el sexo. Como pionero que es, *El viaje para sanar la sexualidad* ofrece a los sobrevivientes y a sus parejas un mensaje fundamental: *No están solos. Pueden aprender de forma segura a partir de las experiencias sanadoras de otros que los precedieron. Pueden disfrutar de una vida sexual de su propia invención profundamente gratificante.*

El libro también me motivó a ir más allá en mi sanación sexual. Salieron a la superficie más recuerdos de abuso infantil. Confronté a mi tío respecto al tipo de incesto encubierto que experimenté de niña. Al principio se enfureció y negó el abuso. Un año más tarde, después de hacer terapia por su parte, me visitó en Eugene, Oregon, para trabajar en una reconciliación familiar. Nos reunimos y le dije lo que recordaba y de qué manera sus actos habían afectado mi vida.

Mi tío escuchó, me dio más información, asumió la responsabilidad de sus actos y me ofreció una disculpa sincera. Además, me contó cosas que le habían ocurrido en la familia a las que atribuía la falta de límites en su comportamiento y sus prácticas sexuales. Fue desgarrador darse cuenta de hasta qué punto el abuso pasado impidió durante muchos años una relación tío-sobrina saludable e intensa. Ambos lloramos. Después sentí como si me despojara de capas de innecesaria vergüenza sexual, las que ni siquiera había sido consciente de que llevaba encima. También adquirí un mayor respeto por el valor que se necesita para que alguien que cometió abuso sexual en el pasado dé un paso al frente y asuma su responsabilidad.

Un año después de reunirme con mi tío regresé a Boulder, Colorado, para visitar el sendero donde había sido agredida sexualmente veinticinco años antes. Estaba asombrada. Antes que nada, difícilmente podía reconocer el lugar donde tuvo lugar el ataque porque la universidad había desbrozado los densos arbustos donde se escondió el agresor antes de atacarme. También observé que habían instalado cabinas telefónicas en los extremos del camino. Fue maravilloso percibir mi propia fuerza y recuperación, así como reconocer las medidas que se han llevado a cabo para prevenir ataques sexuales.

Apoyo mi bicicleta en la barandilla del puente Owasso y contemplo hacia el sur el ahora despejado sol. Las ondas dibujan un mosaico centelleante sobre la superficie lisa del río que transcurre lentamente. Hipnotizada por la familiaridad y la constante transformación del paisaje, reflexiono en los cambios sociales que han tenido lugar desde que *El viaje para sanar la sexualidad* se publicó por primera vez en 1991.

En ese entonces era muy osado escribir sobre abuso sexual. En la actualidad, estos temas se han popularizado bastante, proveen material para artículos de revistas, libros, foros en línea, programas de televisión y películas. Numerosos juicios de alto perfil en todo el mundo que involucran a clérigos, dirigentes de los *scouts*, entrenadores y otros han dirigido cada vez más la atención a la realidad de la violencia sexual y la explotación sexual infantil. Las personas ya no se sorprenden cuando una actriz, un político o un autor revela públicamente su abuso sexual pasado, y muchos países se encuentran en proceso de desarrollar programas para ayudar a sanar a las víctimas y detener el abuso. En general, se cree más a las víctimas y se les culpabiliza menos.

El tiempo ha traído consigo una comprensión más profunda de las repercusiones psicológicas del abuso sexual. El fenómeno de los recuerdos reprimidos, que alguna vez puso en tela de juicio la realidad de los recuerdos de traumas pasados, se entiende más y ha sido convalidado por una gran cantidad de investigaciones científicas. Hemos identificado y abordado mejor la relación entre el abuso sexual pasado y una amplia variedad de problemas, que incluyen desórdenes alimenticios, alcoholismo, drogadicción, depresión, ansiedad crónica, problemas médicos crónicos y conductas compulsivas. Ha sido reconfortante atestiguar los cambios positivos en la opinión pública respecto a cuestiones como acoso sexual, adicción sexual, salud sexual, violación por conocidos, derechos de las víctimas y defensa de los niños.

Internet y otros avances en las tecnologías de la comunicación se han convertido en herramientas poderosas para abordar y reducir el abuso sexual. Los foros en las redes sociales y el registro en línea de delincuentes sexuales aumentan la conciencia pública respecto a cuán vulnerables son los niños y los adultos ante los depredadores sexuales. Internet también proporciona un conjunto inédito de recursos para la prevención del abuso sexual, la protesta, la notificación y la recuperación.

El aumento de la conciencia social respecto al abuso sexual parece haber rendido frutos de gran importancia. De acuerdo con estadísticas federales de salud, las tasas de abuso sexual y violación infantil en Estados Unidos han disminuido de manera significativa en la mayoría de las décadas pasadas. Estos índices más bajos significan que a miles de niños y de adultos se les libró de un sufrimiento injustificable, y que muchos individuos y familias impactados por el abuso sexual pudieron encontrar ayuda y apoyo emocional.

Desafortunadamente aún queda un largo camino por recorrer para solucionar la seria epidemia de abuso sexual. Los factores sociales que pueden predisponer al daño sexual, como la desigualdad entre hombres y mujeres, la sexualización de los niños en la moda y los medios, y el extendido consumo de pornografía violenta todavía siguen siendo muy fuertes. Tristemente, un número de encuestas recientes indican que los índices de abuso sexual pueden estar al alza otra vez.

Como terapeuta que constantemente escucha los problemas íntimos de los sobrevivientes, me frustra que importantes estudios que confirman la gravedad de la repercusión del abuso sexual no hayan recibido la atención adecuada en los medios nacionales e internacionales. En particular un estudio en más de tres mil personas publicado en la *Revista de la Asociación Médica Americana*, que encontró altos índices de desórdenes de excitación sexual en mujeres que de niñas habían sufrido victimización sexual y habían sido forzadas al contacto sexual. También reveló que las víctimas masculinas de abuso sexual infantil tenían el triple de posibilidades de sufrir disfunción eréctil y aproximadamente el doble de posibilidades de tener eyaculación prematura y un bajo deseo sexual, y que estos efectos tan profundos podían perdurar años después del suceso original.

Un estudio de 2007 en 3 200 mujeres de Boston, Massachusetts, encontró resultados similares, notificando una estrecha relación entre la disfunción sexual y múltiples tipos de abuso sexual, haciendo los necesarios ajustes por la variable de depresión. Un estudio en 827 pacientes en una clínica de enfermedades de transmisión sexual en Nueva York encontró índices alarmantemente altos de comportamiento sexual de riesgo en individuos con historias de abuso sexual. Estos estudios junto con otros demuestran que nuestras sociedades deben tomar más en serio el hecho de que experimentar daño sexual lo coloca a uno en un mayor riesgo de desarrollar importantes problemas con la salud sexual, el deseo, el funcionamiento, el apego romántico y la satisfacción.

Al mirar en retrospectiva los últimos treinta años puedo ver cómo *El viaje para sanar la sexualidad* me impulsó a crear más recursos para la comprensión y sanación sexuales, al tiempo que me lanzó a una vida de viajes, conferencias, aparición en los medios y otros activismos en pro de los sobrevivientes. Consciente del impacto del abuso sexual en las parejas íntimas adultas y la importancia de aprender directamente de los otros, coproduje dos videos para parejas. El primero, *Partners in Healing: Couples Overcoming the Sexual Repercussions of Incest* [Parejas en sanación. Parejas que superan las repercusiones sexuales del incesto], presenta a tres parejas que analizan cómo enfrentaron juntas los efectos del abuso sexual y cómo aprendieron a trabajar en equipo para su recuperación. El segundo video, *Relearning Touch: Healing Techniques for Couples* [Reaprender el contacto. Técnicas de sanación para parejas], también presenta a parejas reales e incluye ejemplos delicados de los *ejercicios para reaprender el contacto*, que se describen e ilustran en el capítulo 10 de este libro (los videos se pueden ver en www.HealthySex.com).

Cuando un creciente número de sobrevivientes reveló serias preocupaciones por fantasías sexuales inquietantes e indeseadas, empecé a investigar cómo podía ayudarlos de manera más efectiva. Revisé los estudios académicos sobre la fantasía y empecé a preguntarle a la gente sobre sus fantasías eróticas. Descubrí que algunas de ellas, al igual que las pesadillas, provienen de experiencias sexuales negativas y de conflictos psicológicos no resueltos relacionados con el abuso sexual pasado. Tal como lo hice antes con la sanación sexual, desarrollé estrategias de sanación que los sobrevivientes podían utilizar para comprender y alejarse de manera efectiva de sus perturbadoras e indeseadas fantasías sexuales. Dichas estrategias se describen en el libro *El mundo íntimo de las fantasías sexuales femeninas. Un viaje de pasión, placer y autodescubrimiento,* que escribí en coautoría con mi amiga periodista Suzie Boss. Si bien el libro se enfoca en cuestiones femeninas, también proporciona información útil a los hombres que se preocupan por sus fantasías sexuales.

En mis conferencias y en mi práctica los sobrevivientes con frecuencia me comentaban que se les dificultaba concebir una intimidad sexual sana. Les importaba menos cómo se veía esta desde afuera, y estaban más interesados en saber qué *se siente* experimentarla desde adentro. Me dediqué a buscar recursos inspiradores que pudieran revelar la belleza y el significado del sexo que se elige libremente y se basa en condiciones de amor verdadero, respeto y responsabilidad. Busqué en muchos medios y finalmente encontré los ejemplos más cautivadores en la poesía.

Entusiasmada por este descubrimiento, compilé y edité dos antologías de poesía: *Passionate Hearts: The Poetry of Sexual Love* [Corazones apasionados. La poesía del amor sexual] e *Intimate Kisses: The Poetry of*

Sexual Pleasure [Besos íntimos. La poesía del placer sexual]. Ambos celebran la alegría del amor sexual sano y exploran la naturaleza del placer sexual. Estas vívidas descripciones del intercambio sexual sano ponen de relieve el hecho de que la sexualidad puede ser lo que tú haces de ella. Su potencial positivo es ilimitado.

A finales de la década de 1990, y coincidiendo con la eclosión de Internet y otros dispositivos electrónicos, un número creciente de mis clientes se empezó a quejar sobre los serios problemas que provoca la pornografía. Algunos de ellos eran sobrevivientes que estaban atrapados en un mundo impregnado de fantasía pornográfica que reforzaba el abuso sexual pasado y obstaculizaba su sanación sexual. A otros les preocupaba sobremanera que a sus parejas íntimas les atrajera el porno. Como dijo una mujer: "La presencia invasiva de la pornografía es como el abuso de nuevo". Se hizo evidente que esta pornografía relativamente nueva, fácil de conseguir y sobre demanda, es capaz de desbaratar relaciones y de conformar conductas sexuales de maneras dañinas.

Las personas que se pusieron en contacto conmigo sobre problemas con la pornografía deseaban ayuda. Querían saber de qué manera podían lidiar con esta nueva amenaza a la salud y a la intimidad sexuales. Después de varios años de investigación, Larry, mi esposo, y yo, escribimos *The Porn Trap: The Essential Guide to Overcoming Problems Caused by Pornography* [La trampa del porno. La guía esencial para superar los problemas provocados por la pornografía]. Se trata de una fuente de información comprensiva que describe los serios problemas que pueden resultar del consumo de pornografía y proporciona estrategias y pasos efectivos para la recuperación. Al igual que en *El viaje para sanar la sexualidad*, se incluyen ejercicios específicos para las personas que se están curando de la pornografía y que desean desarrollar habilidades para abordar las caricias y la sexualidad de formas que sean compatibles con un intercambio sexual basado en el amor.

Me complace que en los pasados treinta años *El viaje para sanar la sexualidad* haya sido recibido tan favorablemente. Mis colegas del campo terapéutico me dicen que lo consideran la obra seminal sobre cómo sanar los problemas sexuales provocados por el abuso sexual. El libro ha sido elogiado por ofrecer un enfoque flexible de la recuperación sexual que combina mente, cuerpo y técnicas sanadoras de las relaciones. Aparece en muchas bibliografías y en sitios *web* para sobrevivientes, parejas íntimas y terapeutas. Desde su primera edición,

El viaje para sanar la sexualidad ha vendido cerca de un cuarto de millón de ejemplares.

Sobrevivientes de todas partes del mundo han enviado cartas de agradecimiento. Una mujer australiana escribió: "Muchas gracias por su veracidad y honestidad y su forma de pensar, de relacionarse y de escribir. El tono es cuidadoso pero firme, y cubre todos los aspectos de los problemas de manera apropiada y profesional". Un sobreviviente de Connecticut envió una tarjeta que decía: "*El viaje para sanar la sexualidad* es un recurso increíble. Es muy alentador leer las historias y comentarios de otras personas. Durante muchos años he trabajado en cuestiones de intimidad y por fin puedo ver, sentir y saber que algunos cambios poderosos y positivos han ocurrido. Su libro fue muy curativo para mí". Y recientemente otro sobreviviente envió un correo electrónico diciendo: "Su libro cambió mi vida".

A la vez que atesoro estos mensajes también comprendo que desde un principio el libro ha consistido en acumular y compartir información adquirida a partir de las experiencias vitales de muchas personas, además de mí misma. Mi papel primordial ha sido ser un conducto para compartir la sabiduría de sobrevivientes, sus parejas y otros terapeutas. En realidad, sus historias han sido un regalo para mí al reafirmar mi propia experiencia y mi perdurable convicción de que *el amor es más fuerte que el abuso*.

En la orilla del río una inmensa garza azul se eleva silenciosamente de su percha de piedra. Me subo a mi bicicleta y me dirijo a casa sintiéndome especialmente complacida de que *El viaje para sanar la sexualidad* ahora esté disponible en español. Como terapeuta experimentada sé que las técnicas y enfoques de sanación que se describen en el libro funcionan. Miles de personas las han empleado para sanar y crearse vidas sexuales intensamente enriquecedoras y satisfactorias.

Tienes en tus manos una manera segura y privada para iniciar la sanación sexual. Aquí encontrarás un modelo de sexo saludable y te familiarizarás con el viaje que te puede llevar hasta allí. Este libro te ofrece nuevas perspectivas respecto a lo que ocurrió, de qué manera influyó en ti, y cómo puedes modificar actitudes y comportamientos sexuales arraigados que impiden que disfrutes de la vida. Y si tienes una relación, brinda orientación a tu pareja íntima de manera que puedan trabajar como un equipo para realizar cambios positivos. Deseo que te sientas cómodo al abordar y discutir temas sexuales con otros y proporcionarte las herramientas necesarias para alcanzar tu propia sanación sexual.

Este libro se basa en mi firme convicción de que nadie debe *sufrir toda la vida una sexualidad dañada a causa de algo que ocurrió en el pasado. El sexo sano es algo que todo mundo merece y que se puede alcanzar.*

Wendy Maltz
Eugene, Oregon

La mayoría de las citas y las historias contenidas en este libro provienen de cuestionarios, entrevistas, sesiones de terapia y talleres. Los nombres de los sobrevivientes y sus parejas se cambiaron. En algunos casos los relatos se crearon con base en la experiencia profesional de la autora.

INTRODUCCIÓN

Sobre el viaje
para sanar la sexualidad

La vida es una aventura por explorar,
no un problema a resolver.
Sobreviviente

En la secundaria fui capitana de un equipo de softbol de niñas. Una fría y húmeda mañana nos apiñamos en el montículo de la lanzadora, tratando de no cohibirnos por estar de pantalón corto y blusa planchada mientras bandadas de niños corrían alrededor del campo. Una maestra de educación física pulcra y almidonada empezó a darnos consejos sobre el juego que se avecinaba. Tras citar unas cuantas reglas hizo una pausa y rápidamente añadió en un susurro:

—Si la pelota les pega en la entrepierna, tómense de las rodillas y griten. Si la pelota les da en los senos, tómense de la *cabeza* y griten.

Nos miramos en un silencio desconcertado y avergonzado hasta que unas niñas soltaron una risita. En retrospectiva, me doy cuenta de que nos entrenaban para no mencionar las partes que en verdad nos dolían. El mensaje era evidente: los golpes sexuales se consideraban innombrables.

Los viejos tabúes culturales que proscribían prestar atención directa a las preocupaciones sexuales pueden dar lugar a un enfoque "de rodillas y cabeza" frente a la sexualidad. Esta actitud puede encubrir nuestra capacidad para enfrentar directamente nuestras inquietudes sexuales. Por bochorno, vergüenza y miedo podemos ignorar, eludir o menospreciar las cuestiones sexuales. Es casi como si no viéramos la palabra *sexo* en la expresión *abuso sexual*. Sin embargo, el abuso sexual provoca daño *sexual*.

Como terapeuta especializada en abuso y terapia sexuales ayudo a los sobrevivientes a transitar por sus propios viajes de sanación sexual. Una de sus metas comunes es tener una vida sexual sana, algo que todos tenemos el derecho a disfrutar. Para llegar a ese destino, los sobrevivientes de abuso sexual tienen que superar el daño del pasado y construir sus nuevos modelos de sexualidad basándose en un sentido de la elección, un renovado respeto hacia sí mismos y un compromiso con la intimidad emocional.

Aunque cada viaje es personal, muchos sobrevivientes atraviesan territorios y dificultades similares mientras sanan sexualmente. Este libro está pensado para ser tu guía al navegar estas aguas, a veces turbulentas. En él presentaré una serie de técnicas y ejercicios para ayudarte a evaluar y superar los efectos del abuso sexual pasado. Para simplificar el texto en él se emplea el masculino genérico. Es sabido que el abuso sexual sucede a todas las personas sin importar el género. Sin embargo, la población femenina sigue siendo la más afectada.

Al iniciar el proceso de sanación te resultará útil saber que los viejos y dañinos mitos sobre el abuso —mitos que quizá te llevaron a sepultar tu propio dolor durante muchos años— están siendo cuestionados y desmantelados—. Que el enfoque "de rodillas y cabeza" al hablar sobre sexualidad, que durante muchos años ha obstaculizado las discusiones abiertas sobre el abuso sexual, ha pasado tanto de moda como la almidonada blusa de mi profesora de gimnasia. Hablar honestamente de las partes del cuerpo que nos duelen ya no se considera tabú.

Como sociedad hemos finalmente empezado a enfrentar importantes realidades sobre el abuso sexual.* La divulgación de esta nueva información y los cambios en las actitudes sociales respecto al mismo han ayudado a algunos sobrevivientes a recordar el abuso que reprimían desde hacía mucho tiempo. A otros sobrevivientes —como aquellos a los que, como a mí, violaron en una cita— puede tomarles tiempo y una mayor conciencia para calificar con precisión los acontecimientos pasados como abuso sexual. Con menos vergüenza y cada vez en un número creciente, mujeres y hombres sobrevivientes están dando un paso al frente para afirmar: "Sí, esto también me pasó a mí". Sin embargo, eso rara vez es suficiente para curarse. Para muchos, el abuso del pasado sigue interfiriendo con su disfrute de la sexualidad y la intimidad. Pueden sentir inquietud con respecto a las relaciones sexuales. Incluso pueden sentirse nerviosos al hablar de sexo.

Una historia de abuso sexual puede trastornar muchas facetas de nuestra sexualidad. Los abusos sexuales del pasado pueden seguir afectando

* Véase recuadro en páginas 22-23.

- cómo nos sentimos con respecto a ser hombre o mujer
- cómo nos sentimos en relación con nuestros cuerpos, órganos sexuales y funciones corporales
- cómo pensamos sobre el sexo
- cómo nos expresamos sexualmente
- cómo experimentamos el placer físico y la intimidad con otros.

Al aprender a enfrentar directamente los problemas sexuales, los sobrevivientes pueden superar el daño sexual que se les infligió.

SÍNTOMAS SEXUALES DE ABUSO SEXUAL

El abuso sexual genera tipos específicos de problemas con el sexo. A continuación se ofrece una lista parcial de los problemas más comunes sobre los que oigo hablar en mi práctica clínica. Estos y otros síntomas se discutirán con mayor detalle más adelante, pero por el momento puedes analizar si alguna de las siguientes afirmaciones se aplica a ti.

LOS DIEZ PRINCIPALES SÍNTOMAS SEXUALES DEL ABUSO SEXUAL

_____ Rehúyo, temo o no tengo interés en el sexo.

_____ Me planteo el sexo como una obligación.

_____ Cuando me tocan experimento sensaciones negativas, como enojo, repugnancia o culpa.

_____ Me cuesta trabajo excitarme o experimentar sensaciones.

_____ Durante las relaciones sexuales me siento emocionalmente distante o ausente.

_____ Tengo pensamientos e imágenes sexuales invasivos o perturbadores.

_____ Participo en conductas sexuales compulsivas o inapropiadas.

_____ Me cuesta trabajo entablar o mantener una relación íntima.

_____ Tengo dolor vaginal o dificultades para llegar al orgasmo.

_____ Tengo problemas de erección o de eyaculación.

Estos síntomas pueden manifestarse inmediatamente después de una agresión sexual, surgir lentamente con el tiempo o llegar de repente, mucho después de ocurrido el abuso. Pueden existir antes o después de que nos hayamos identificado como sobrevivientes.

Los síntomas sexuales del abuso sexual no suelen desaparecer por sí solos. Para superarlos, la mayoría de los sobrevivientes deben trabajar activamente en su sanación. Aunque abordar los síntomas sexuales puede ser difícil en ocasiones, es posible sanar. Un sobreviviente narró: "Tenía casi todos estos síntomas cuando empecé a sanar mi sexualidad hace varios años. Ahora muchos han desaparecido, y los pocos que quedan son manejables".

No te sorprendas si sientes ansiedad, o incluso miedo, respecto a iniciar tu propio viaje para sanar la sexualidad. Estos sentimientos son frecuentes y desaparecerán conforme vayas avanzando. Puede ser de ayuda recordar que en este viaje vas en el asiento del conductor, controlando qué tan lejos y qué tan rápido viajas. Para prepararte para el viaje y darte una idea de lo que puedes esperar a lo largo del trayecto, mencionaré algunas inquietudes que puedes tener.

INFORMACIÓN SOBRE ABUSO SEXUAL

El abuso sexual es epidémico. Algunas investigaciones consideran que una de cada tres o cuatro mujeres y uno de cada seis hombres fueron víctimas de abuso sexual en la niñez.[*] Las formas adultas de abuso sexual, como la violación durante una cita, la cometida por conocidos o desconocidos, y otros tipos de explotación sexual, también son sumamente generalizados.

Nadie está a salvo del abuso sexual. El abuso sexual les ocurre a mujeres y hombres de todas las razas, edades, culturas, religiones, niveles socioeconómicos y orientación sexual.

Las víctimas de abuso sexual no tienen la culpa. La responsabilidad del abuso sexual recae exclusivamente en el agresor.

El abuso sexual es difícil del recordar. Se calcula que cerca de la mitad de los sobrevivientes sufre algún tipo de pérdida de memoria, y por lo general no es sino hasta que se sienten apoyados y seguros cuando empiezan a recordarlo.

[*] Para fuentes sobre la prevalencia del abuso sexual véanse Finkelhor, David. *Child Sexual Abuse*. New Theory and Research, New York, Free Press, 1984; Russell, Diana E. H. *The Secret Trauma. Incest in the Lives of Girls and Women*, edición revisada. New York, Basic Books, 1987, y Hunter, Mic. *Abused Boys, The Neglected Victims of Sexual Abuse*. New York, Ballantine Books, 1991. Las cifras sobre la incidencia del abuso sexual cambian constantemente, con variaciones que dependen de las definiciones vigentes sobre abuso sexual y el porcentaje de delitos que se denuncian.

Las fichas bibliográficas completas de las fuentes que no aparecen en la sección de Recursos se presentan en las propias notas a pie de página.

El abuso sexual es difícil de revelar. Debido a sentimientos de vergüenza, bochorno o miedo, muchas víctimas de abuso sexual no denuncian la experiencia. Numerosos sobrevivientes han soportado años de sufrimiento en silencio.

El abuso sexual tiene serios efectos de larga duración. El trauma del abuso sexual puede estar en la raíz de muchos problemas psicológicos como depresión, ansiedad, baja autoestima, conductas autoagresivas, problemas sociales, problemas sexuales y adicción a los alimentos, a sustancias químicas o al sexo. Además, el abuso sexual se ha relacionado con problemas médicos como jaquecas, asma, palpitaciones, dolor de estómago, colon irritable, dolor pélvico, desmayos, mareos y una variedad de afecciones crónicas.

La recuperación es posible. Los sobrevivientes pueden recuperarse de los efectos del abuso sexual con medidas que implican reconocer los efectos, lidiar con los recuerdos, superar los sentimientos de culpa, fomentar la confianza en uno mismo, llorar las pérdidas, expresar enojo, revelar el abuso, resolver los sentimientos hacia el perpetrador, mejorar la atención médica y aprender que la sexualidad puede ser segura, sana y placentera.[*] Para ayudar a los sobrevivientes en su recuperación se encuentra disponible una gran variedad de recursos, como libros, cintas de audio, boletines, foros en línea, centros de terapia, grupos de apoyo, organizaciones sobre abuso sexual y conferencias.[**]

¿QUIÉN PUEDE HACER EL VIAJE PARA SANAR LA SEXUALIDAD?

Cualquiera. No es necesario que primero recuerdes tu abuso o te identifiques como un sobreviviente de abuso sexual. La sanación sexual puede ayudarte a determinar si alguna vez abusaron sexualmente de ti y en qué medida. Para hacer este viaje todo lo que necesitas es el deseo de aprender sobre la sanación sexual o la sensación de que este libro puede ayudarte a mejorar tus intimidad y tu sexualidad.

Si bien este libro se dirige principalmente a los sobrevivientes de abuso sexual, también ofrece recursos a parejas, terapeutas, amigos y familiares que quieren aprender sobre sanar la sexualidad, así como apoyar a sobrevivientes que estén haciendo cambios en su vida. Además, muchas de las ideas y ejercicios de estas páginas pueden ayudar a las personas a superar problemas sexuales que tengan origen en otras causas, como una educación que veía la sexualidad como algo malo, estrés psicológico,

[*] Para una descripción más detallada de estas etapas véase Bass, Ellen & Laura Davis. *The Courage to Heal: A Guide for Women Survivors of Child Sexual Abuse*. Edición 20 aniversario. New York, Harper Perennial, 2008.

[**] Véase en la sección de Recursos el listado de organizaciones y grupos de apoyo.

dificultad para relacionarse, alguna enfermedad o lesión, adicción al sexo y otras experiencias sexuales negativas además del abuso sexual.

Puedes embarcarte en este viaje a solas o con tu compañero sentimental. Si eres soltero, tal vez desees empezar a sanar tu sexualidad solo. Nancy, de cuarenta años y sobreviviente de una violación, trabajó durante meses para sanar sexualmente antes de pensar en entablar una relación íntima. Varios meses después de terminar la terapia, inició la relación más estable y satisfactoria de su vida. Al sanar primero en lo sexual por su cuenta, colocó los cimientos para una nueva intimidad sexual.

Si tienes un compañero sentimental, él o ella te puede ayudar proporcionándote comprensión y apoyo. Un sobreviviente me dijo que la capacidad de su esposa de hablar con él con toda franqueza sobre sexo redujo su permanente ansiedad sexual, y una sobreviviente descubrió que el interés de su pareja en informarse sobre abuso sexual y asistir a sesiones de terapia con ella le ayudó a sentir que no estaba sola y abandonada. El abuso sexual y el proceso de recuperación afecta a ambos miembros de una relación de pareja. Cuando las parejas aprenden a trabajar juntas en la recuperación sexual, pueden sanar en lo individual y fortalecer la intimidad mutua.

¿CÓMO FUNCIONA SANAR LA SEXUALIDAD?

Sanar la sexualidad es un proceso dinámico. Comprendemos mejor cómo ha sido afectada nuestra sexualidad por el abuso sexual, modificamos nuestras actitudes y comportamientos sexuales, y desarrollamos nuevas habilidades para experimentar el sexo de manera positiva. Un cambio estimula al otro.

La experiencia de Lynn, sobreviviente, casada, de veintisiete años, ilustra este proceso. Cuando Lynn era niña, su hermano mayor la llevaba con frecuencia al baño, la acariciaba e intentaba tener relaciones sexuales con ella. Años después Lynn se casó con Hal, su novio de la secundaria. Durante su matrimonio Lynn tuvo dificultades para excitarse y disfrutar del sexo. Este se hizo poco frecuente y a veces se volvió un suplicio.

Antes de que Lynn buscara apoyo no tenía idea de que sus problemas sexuales con Hal pudieran ser resultado del abuso sexual que había sufrido de niña. Una noche en la que después de tener relaciones sexuales no podía dejar de llorar se dio cuenta de que había ahí un problema serio y necesitaba ayuda. Durante la terapia asoció sus problemas sexuales de ese momento con los abusos de su hermano. Descubrió que había aprendido a ver el sexo como un deber, como un acto en el que no había elección y como una experiencia fuertemente ligada al dolor vaginal. Su alejamiento sexual de Hal se relacionaba con sus antiguos miedos.

Esta nueva percepción hizo que Lynn empezara a cambiar sus actitudes hacia la sexualidad. Se preguntaba si eso que ella creía que era el sexo no sería en realidad *abuso* sexual. Empezó a sentir que la habían estafado al impedirle aprender que el erotismo podía ser algo deseable, placentero y divertido, y se dio cuenta de que después de todo ella podía ser una persona sexualmente sana.

Con ayuda de la terapia, Lynn adquirió nuevas habilidades. Aprendió a establecer una moratoria temporal en el sexo, lo que le dio el tiempo que necesitaba para sanar y la ayudó a darse cuenta de que podía rechazar los avances sexuales de su marido. Lynn dejó de asociar el sexo con la obligación, la culpa y la presión. Pasó meses aprendiendo a iniciar y a disfrutar las caricias no sexuales. Con la ayuda de Hal hizo ejercicios especiales para relajarse y alargar los músculos vaginales para que el coito fuera más cómodo. Lynn trabajó a fondo durante más de un año y poco a poco entendió y resolvió sus sentimientos en torno al abuso.

Al poner en práctica nuevas habilidades, Lynn experimentó sus sentimientos sexuales de una manera nueva. Sus respuestas cambiaron. Con el tiempo llegó a sentir que ella tenía el control de sus experiencias sexuales y que eran para su propio placer.

> Antes no sabía lo que significaba "persona sexual". Darme el permiso de excitarme ha sido una experiencia de aprendizaje maravillosa. Sigo aprendiendo cómo lidiar con las sensaciones sexuales [...], no para apagarlas, sino para permitir que aumenten y se hagan más sexuales. Puedo simplemente abrazar a Hal si eso es lo que quiero, o hacer el amor, si eso es de lo que ambos tenemos ganas. Si no me gusta, puedo decirlo. Nunca antes había sentido que tuviera esas posibilidades.

También tú puedes iniciar un viaje para sanar la sexualidad. Puedes identificar tus preocupaciones sexuales, aprender de qué manera el abuso sexual ha afectado tu sexualidad, deshacerte de viejas actitudes y comportamientos que fueron resultado de este, y encontrar una nueva manera de abordar el disfrute sexual.

Curar nuestras heridas sexuales nos permite sanar de una manera básica. Vamos de la herida íntima a la salud sexual. A través de la sanación sexual podemos superar el daño y empoderarnos para experimentar la sexualidad como algo nuevo.

¿CUÁNTO TIEMPO SE NECESITA PARA SANAR LA SEXUALIDAD?

No hay respuestas fáciles ni arreglos rápidos. Rara vez ocurren grandes avances imprevistos en el proceso de sanar. Los cambios casi siempre vienen poco a poco, a lo largo de meses o años. Sanar la sexualidad suele tomar mucho tiempo y requiere de un verdadero esfuerzo. Constantemente se integran nueva información y nuevos conocimientos en la medida en que se llevan a cabo cambios importantes en las actitudes y el comportamiento. Se necesita tiempo para cambiar hábitos de pensamiento y respuesta arraigados. La sanación sexual rara vez es tan rápida como los sobrevivientes y sus compañeros sentimentales quisieran. Como dijo un sobreviviente: "Se toma el tiempo que es necesario". Cuando te das el tiempo necesario, las recompensas hacen que la experiencia bien valga la pena.

¿CÓMO SE RELACIONA LA SANACIÓN DE LA SEXUALIDAD CON LA SANACIÓN GENERAL DEL ABUSO?

La sanación tiene muchos puntos de partida. Cada persona sana de manera distinta. Muchos terapeutas y sobrevivientes consideran que abordar los problemas sexuales es la etapa final de la recuperación del abuso sexual. Las preocupaciones sexuales con frecuencia surgen naturalmente después de que los sobrevivientes han resuelto sus sentimientos de enojo y miedo por el abuso y hacia el perpetrador, y una vez que han empezado a sentirse mejor al respecto y a cuidarse más. Muchos sobrevivientes parecen estar más preparados para tratar el difícil tema de la sexualidad después de haberse recuperado en términos generales del abuso.

Esta secuencia convencional tiene mucho sentido en la teoría, pero no siempre funciona así en la práctica. Las preocupaciones sexuales surgen en todas las fases del restablecimiento del abuso sexual: al principio, a la mitad y hacia el final. A veces un problema sexual específico proporciona el impulso que un sobreviviente necesita para buscar tratamiento en primer lugar. Mitch, sobreviviente de abusos de una vecina, entró a terapia para lidiar con un molesto problema sexual. "Eyaculaba en cuanto empezaba la cópula —explicó—. Era vergonzoso. Sabía que algo andaba mal porque cuando estaba solo no tenía ningún problema para durar".

Al buscar la causa de su problema sexual, Mitch recordó el abuso que había vivido de adolescente. Necesitaba resolver el enojo que sentía hacia las mujeres, además del miedo a la humillación que había sido resultado del abuso. Buscó terapia como una forma de poder superar el problema que más le preocupaba: su funcionamiento sexual.

Los problemas sexuales pueden surgir en las etapas intermedias de la sanación general, en la medida en la que nos vamos dando más cuenta de lo que nos pasó y cómo ha afectado nuestros comportamientos, nuestra autoestima y las relaciones importantes de nuestra vida. Si los problemas sexuales no se abordan de alguna manera cuando surgen, sin darnos cuenta podemos poner en peligro nuestros avances en la sanación general.

Mary, una lesbiana sobreviviente, perdió todo interés en el contacto sexual mientras resolvía en terapia conmigo sus sentimientos por el abuso sexual que sufrió de niña. Aunque es una reacción común entre los sobrevivientes, causó estragos en su relación con Joann, su pareja. A Joann le molestaba y deprimía la falta de interacción sexual; su mayor temor era que Mary hubiera dejado de amarla y de confiar en ella. A Mary le costaba trabajo concentrarse en su restablecimiento general porque la reacción de Joann le inquietaba y perturbaba. Antes de que Mary pudiera reanudar el trabajo para recuperarse, Joann y ella tuvieron que resolver sus problemas sexuales y encontrar nuevas formas de tener contacto íntimo y expresar su amor. La sanación sexual posibilitó que el restablecimiento general de Mary continuara.

Tomarse el tiempo para resolver problemas sexuales específicos a menudo facilita otras labores de recuperación. George, de veinticinco años, sobreviviente de abuso sexual por parte de su tío, llegó a un *impasse* en sus problemas con el alcohol. Con frecuencia llegaba a casa después de las reuniones con el grupo de alcohólicos en recuperación y se masturbaba compulsivamente viendo imágenes pornográficas degradantes. Esta conducta sexual compulsiva le estaba generando sentimientos de vergüenza y autodesprecio. Se sentía mal consigo mismo e incapaz de compartir de manera honesta y profunda con los miembros de su grupo de ayuda. Para George, sanar sexualmente fue importante porque le permitió liberarse del doloroso círculo en el que se encontraba. La sanación sexual lo ayudó a entender y controlar sus impulsos sexuales. Como resultado, su autoestima y su respeto propio finalmente pudieron mejorar.

La sanación sexual y el restablecimiento general tienen que trabajar juntos, tal como la música y la letra trabajan juntas para crear una canción. Se alternan y se mezclan en diferentes momentos. Son experiencias complementarias, no aisladas.

Al incorporar la sanación sexual a un viaje más amplio para sanar, los sobrevivientes pueden ir y venir con flexibilidad de la sanación general a la sexual cada vez que es necesario. Sanar la sexualidad permite que los sobrevivientes se fortalezcan.

¿NECESITARÉ AYUDA ESPECIAL EN EL VIAJE PARA SANAR LA SEXUALIDAD?

La sanación sexual es un trabajo profundo de crecimiento personal. En el proceso probablemente examinarás detenidamente quién eres, cómo te sientes, qué te ha ocurrido en el pasado y cómo te cuidarás y te relacionarás con los demás ahora. El viaje puede estar lleno de altibajos emocionales. Si bien llegar a entenderte mejor, hacer cambios y adquirir nuevas habilidades puede levantarte el espíritu, también cabe la posibilidad de que en ocasiones te deprimas o desilusiones. Tus rutinas cotidianas pueden verse alteradas o tu funcionamiento habitual puede resentirse. Obtener ayuda especial puede ser una manera importante de cuidarte y facilitar tu sanación.

Tal vez desees trabajar con un terapeuta especializado en abuso sexual.[*] Los sobrevivientes pueden encontrar provechoso unirse a un grupo de terapia o apoyo y pasar tiempo con amigos que estén familiarizados con la sanación del abuso sexual. Si estás actualmente en terapia, plantéale a tu terapeuta tu deseo de concentrarte en los problemas sexuales.

Si eres sobreviviente de abuso sexual y te encuentras atrapado en conductas extremas o autodestructivas, busca ayuda profesional calificada. Si no se abordan otros problemas críticos cabe el riesgo de que tu sanación sexual no sea tan provechosa y que incluso se vea frustrada. Cualquiera de los siguientes problemas debería resolverse con ayuda profesional: alcoholismo o drogadicción, pensamientos suicidas, conducta violenta, autolesiones, actividades sexuales delictivas u obscenas o adicciones sexuales,

---

[*] Entre los profesionales en trabajo social, psicología, psiquiatría, orientación familiar y consejería pueden encontrarse especialistas en terapia sexual y abuso sexual. El grado académico no es tan importante como que el terapeuta esté especialmente capacitado para sanar las repercusiones sexuales del abuso sexual. Véase la lista de organizaciones y programas en la sección de Recursos.

Para mayor información sobre terapia sexual y tratamiento del abuso sexual, así como consejos para encontrar un terapeuta, se recomienda leer el capítulo 11, "Cómo conseguir ayuda profesional", del libro Maltz, Wendy & Beverly Holman. *Incest and Sexuality: A Guide to Understanding and Healing*. Lexington, MA: Lexington Books, 1987.

problemas psicológicos como una depresión severa o personalidades múltiples, o participar en una relación abusiva. Cuando hayas empezado a abordar estos problemas más críticos, la sanación sexual se podrá incorporar como parte de tu restablecimiento total.

¿DE QUÉ MANERA PUEDO APROVECHAR ESTE LIBRO?

Este libro puede utilizarse de varias formas para ayudarte a sanar tu sexualidad. Si la idea de una sanación sexual te provoca miedo o ansiedad, tal vez quieras abordar el material que contiene en el entendido de que lo que vas a hacer es principalmente "leer sobre" sanación sexual. Lo he organizado de manera progresiva: la información de los primeros capítulos proporciona una base para el trabajo de sanación más activo que se aborda más adelante. Con este método de aprendizaje puedes optar por leer los ejercicios, las recomendaciones y las nuevas habilidades, pero no hacerlos aún. Después de haber leído todo el libro tendrás idea de lo que implica la sanación sexual y adónde puede llevar. Entender esto puede ayudarte a que te sientas preparado para involucrarte en un trabajo más activo de sanación de la sexualidad en el futuro.

Otra alternativa es seleccionar el material que te interese, leer sobre sanación sexual y hacer los ejercicios y las sugerencias que te atraigan. Cada quien sana de manera diferente, así que es importante personalizar el contenido de estas páginas para que respondan a tus necesidades en este momento de tu vida.

Algunos sobrevivientes, sobre todo quienes ya han trabajado mucho con el abuso y la sanación sexuales, tal vez deseen utilizar el libro de manera más dinámica. Puede usarse, lápiz en mano, como libro de actividades y marcar las listas y hacer los ejercicios, anotando las ideas y reacciones sobre la marcha.

Puede ser una buena idea, sin importar qué tan activamente te impliques en la tarea, llevar un diario mientras lees el libro. La sanación sexual requiere que enfrentes tus sentimientos íntimos. Escribir sobre ellos mientras avanzas en la lectura puede ayudarte a resolver ahora algunos sentimientos y proporcionarte un historial de crecimiento personal que puede ser de utilidad en el futuro.

Los sobrevivientes que están en terapia pueden utilizar el libro para reforzarla. Puede ayudarte a identificar áreas en las cuales concentrarte con tu terapeuta. Puedes hacer una lista o un ejercicio y luego discutir en terapia tus respuestas y sentimientos. Tal vez desees subrayar o destacar pasajes del libro que encuentres especialmente significativos y compartirlos con tu terapeuta.

Como verás, no hay una sola manera correcta de utilizar este libro. Está concebido para ser un recurso de sanación que puedas consultar en diferentes épocas de tu vida.

¿CÓMO INICIO MI VIAJE PARA SANAR LA SEXUALIDAD?

Inicia tu viaje cuando te sientas listo, no antes. Ve despacio, a tu ritmo. Confía en ti y recuerda: este es *tu* viaje.

Empecemos, pues. *Puedes* reparar los daños que te hicieron en el pasado. Puedes aspirar a una nueva oleada de respeto por ti mismo, satisfacción personal e intimidad emocional. Cuando recuperas tu sexualidad, te recuperas a ti mismo.

PRIMERA PARTE

Empezando
Tomar conciencia

1

Darse cuenta de que hay un problema sexual

Tu dolor es la fractura de la cáscara
que envuelve tu comprensión.
Yibrán Jalil Yibrán
El profeta

Era una noche fría de noviembre. Envueltos en grandes y mullidas toallas, Sally y Jim entraron sigilosamente en el patio trasero, quitaron la tapa del jacuzzi, se despojaron de las toallas y se metieron al agua caliente. Relajarse en su tina caliente era de las cosas que más disfrutaban hacer juntos. Para Jim era el único momento en el que Sally parecía cómoda dejándolo que la acariciara. Desde su boda, seis años antes, su vida sexual había sido un problema. Sin importar lo que Jim hiciera, Sally nunca parecía excitarse. Ahora dejaban pasar uno o dos meses sin tener relaciones sexuales. Últimamente Sally incluso se apartaba de Jim cuando él intentaba darle un abrazo.

Pero esa noche algo se sentía diferente. Ya en el jacuzzi, Sally empezó a tocar a Jim. Al principio él estaba sorprendido, incluso impactado. Sally lo acarició como nunca lo había hecho. Él se reía y le decía que se sentía atacado, pero estaba feliz. De repente, Sally se descompuso. Lloraba sin cesar. Jim estaba deshecho.

Se inclinó hacia ella.

—¿Qué pasa, cariño? —preguntó.

Despacio, y con lágrimas en los ojos, Sally respondió:

—No sé por qué, pero me pareces sexualmente aburrido. No me interesa en lo absoluto tener relaciones sexuales contigo. Estoy a punto de tener una aventura con otro hombre.

Jim no podía creer lo que estaba oyendo. No tenía idea de que Sally se sintiera así. Siempre habían evitado hablar de la parte sexual de su relación a pesar de que ambos sabían que era un problema. Él sintió que su mundo se venía abajo. "¿Soy yo? ¿Es ella?", se preguntaba. "No lo sé. Muero de miedo".

También Sally estaba confundida; más adelante recordó:

> Lo más importante en mi mente en ese momento era que este otro hombre, prácticamente un desconocido, me había excitado. Eso nunca me había pasado. No creía tener la capacidad de excitarme tanto y me asusté. Pensé: "¿Cómo es que alguien más me puede despertar tanto deseo y mi esposo no?". Esa noche en el jacuzzi todas estas palabras y sentimientos me brotaron, y no sabía bien de dónde venían. Fue horrible. Sabía que era importante en ese momento desahogar por fin mi tristeza. Y hablamos mucho y reconocimos que definitivamente algo andaba mal.

Ninguno de ellos olvidará jamás el momento en que se dieron cuenta de que tenían un serio problema sexual. Pero una vez que este salió a la superficie pudieron empezar a hacer algo al respecto. El médico familiar de Sally y Jim los remitió conmigo a terapia. Antes, Sally le había dicho al médico que era una sobreviviente de abuso sexual.

Durante la consulta, Sally y Jim se sorprendieron de nuevo. Les dije que la falta de interés sexual de Sally en Jim y su atracción hacia ese otro hombre podrían ser repercusiones del abuso sexual que años antes había sufrido de su hermano. Sally explicó su confusión:

> No podía entenderlo [...] Antes, cuando hablaba sobre el hecho de que abusaron sexualmente de mí, todos tendían a minimizarlo. Yo pensaba que era algo sin importancia porque sabía lo que había pasado, quién lo había hecho, por qué había pasado [...] Me hicieron creer que eso significaba que ya lo había asimilado y que no me provocaba ningún conflicto. Ese primer día de terapia empezamos a explorar el abuso con mucho mayor detalle y descubrimos que era el meollo del problema.

En los años siguientes Sally y Jim trabajaron juntos para superar los problemas sexuales relacionados con el abuso que Sally había sufrido. En una entrevista de seguimiento me dijeron lo agradecidos que estaban por haber dedicado tiempo al restablecimiento sexual. Eso les permitió desarrollar una intimidad más profunda y finalmente disfrutar una vida sexual que nunca creyeron posible. Además, les proporcionó unos cimientos sanos para iniciar su propia familia.

En consulta escucho muchas historias como la de Sally y Jim. Nadie viene a verme emocionado o contento por haber reconocido un problema sexual. Más bien, suelen llegar a terapia desesperados y con dolor emocional. Los problemas sexuales no resueltos pueden estar poniendo a prueba sus relaciones, pero aunque quieren ayuda, no es raro que los sobrevivientes se resistan a ver los problemas sexuales. Muchas parejas no tienen claro qué papel puede estar representando el abuso sexual del pasado en sus problemas actuales.

Los problemas sexuales *son* difíciles de enfrentar. Son personales y vergonzosos. Cuando tenemos un problema sexual podemos intentar negarlo o esperar que se esfume solo. En ocasiones nos preocupa que reconocer nuestros problemas pueda dar lugar a que nos rechacen o piensen mal de nosotros. Podemos pasar por un gran sufrimiento antes de estar dispuestos a reconocer que tenemos un problema considerable y que queremos hacer algo al respecto.

¿Cómo admitimos finalmente que tenemos un problema sexual que necesita atención? Con frecuencia dicho reconocimiento llega en un momento clave, como un destello. Por primera vez podemos reconocer un problema. O si ya estábamos conscientes de que había un problema, de pronto podemos ver su importancia con mayor claridad. Es frecuente que hasta que nos sentimos confundidos, desesperanzados, frustrados o con una actitud autodestructiva, ya no podamos seguir ignorando el verdadero origen de nuestro problema. Entonces nuestro dolor puede abrir una puerta. Así es como se inicia el viaje para sanar la sexualidad.

SITUACIONES COMUNES DE LOS SOBREVIVIENTES

Primero echemos un vistazo a las cuatro situaciones comunes en las que los sobrevivientes pueden encontrarse cuando se dan cuenta de que enfrentan un problema sexual importante. Analiza si alguna de ellas se aplica a tu propia vida.

_____ Estoy actuando de maneras extrañas que no tienen sentido.

_____ Mi problema sexual no mejora.

_____ Mi pareja está sufriendo.

_____ Nuevas circunstancias me han hecho más consciente.

"Estoy actuando de maneras extrañas que no tienen sentido"

Los problemas sexuales pueden aflorar cuando empezamos a *actuar de maneras extrañas que no podemos negar y que no entendemos*. Podemos tener reacciones inusuales ante situaciones cotidianas.

Después de visitar a la ginecóloga para un Papanicolau de rutina, Doris se encontró sentada en su auto llorando durante media hora. A Michael le dieron ganas de vomitar cuando entró en un baño público. Myra se horrorizó y perturbó por haberse excitado tras leer en el periódico una nota sobre abuso sexual.

Las interacciones sociales normales pueden generar sentimientos de miedo y pánico. Recibir una amigable palmada en el hombro o un suave abrazo puede poner tensos a algunos sobrevivientes. Pensar en invitar a alguien a salir puede desencadenar sentimientos de abrumadora ansiedad.

Un estudiante gay de psicología descubrió que sus reacciones al contacto le impedían aprender una nueva técnica terapéutica.

> Quería estudiar rehabilitación física. La capacitación suponía dar y recibir muchas clases de masaje. Sentía un miedo enfermizo a que las personas me tocaran. En clase surgían muchos miedos. Cuando llegaba a casa no podía relacionarme sexualmente con mi novio. Fue entonces cuando me di cuenta de que tenía un problema con las caricias y la sexualidad.

Los sobrevivientes pueden reaccionar de forma extraña ante la posibilidad de una relación sexual. Pueden acabar sintiendo deseos contradictorios: querer y no querer tenerla al mismo tiempo. "Hay algo que me tiene aprisionado —dijo un sobreviviente—. Ni siquiera sé que está ahí hasta que trato de ser sexual. Entonces me siento como una víctima y me bloqueo".

Algunos sobrevivientes se dan cuenta de que tienen un problema sexual cuando descubren que están enviando a sus parejas mensajes mezclados respecto a desear intimidad sexual, tal como describió una mujer:

> Deseo que mi esposo me encuentre sexualmente atractiva. Hago lo que sea con tal de mejorar mi apariencia. Me pongo ropa sexi y me pinto las uñas. Pero si se excita y se interesa en mí, me enfado. ¿Por qué me siento frustrada cuando debería estar contenta?

A algunos sobrevivientes les alarma observar que experimentan fuertes sentimientos sexuales en momentos en que el sexo es imposible. "Me siento lleno de pasión durante el día, cuando estoy en el trabajo —comentó un hombre—. Sin embargo, por las noches o los fines de semana, cuando el sexo es posible, doy marcha atrás. Lo rehúyo. Muchas veces veo televisión, me quedo dormido en el sillón, me desvelo, trabajo o espero hasta que sea muy tarde para llegar a casa".

Una mujer sobreviviente tuvo una experiencia similar: "Empiezo peleas con mi pareja para evitar que tengamos relaciones sexuales —dijo—. Las mañanas de los fines de semana planeo toda clase de actividades para mantenernos ocupados y no tener que estar cerca. ¡No entiendo por qué *prefiero lavar el escusado a tener sexo!*".

Los sobrevivientes pueden sentirse impactados por sus reacciones inconscientes ante el contacto y el sexo. De pronto pueden descubrirse haciéndoles cosas raras o dolorosas a sus compañeros íntimos. A mitad de la noche, aún dormida, una mujer sobreviviente empezó a golpear a su esposo en la espalda. Él estaba estupefacto. Un hombre dulce por naturaleza, se volteó tranquilamente, la despertó y le pidió que dejara de pegarle. A ella le preocupaba estar expresando sentimientos que él no merecía.

La solicitud de relaciones íntimas y de actividades sexuales por parte del compañero pueden desencadenar una respuesta abrupta, como la que describe esta mujer: "Me enojaba mucho con mi esposo si quería sexo. Una vez me enojé tanto que *lo mordí*. No tenía idea de por qué estaba tan furiosa".

Los sobrevivientes pueden darse cuenta de que su comportamiento sexual es inapropiado. Después de un beso en una primera cita, una sobreviviente de incesto de diecisiete años se horrorizó de sí misma por haberle bajado el cierre de los pantalones a su cita y hacerle sexo oral. No tenía recuerdos conscientes de haberse involucrado en sexo oral con nadie en el pasado.

> Me sentía en trance. Era como si una parte de mí hubiera estado esperando, entrenada y lista para hacerlo. El chico me pidió que me detuviera. Me sentí avergonzada y conmocionada. Estaba impactada de tan solo haberlo tocado.

También a Rachel le frustraba su comportamiento sexual.

> Tenía una relación que valoraba realmente. Empecé a tener serios problemas en la intimidad. Me comportaba de manera irracional, alternando entre tenerle rencor y no poderme despegar de él. Empecé a anhelar sexo y atención. Pero lloraba sin parar cuando mi compañero trataba de que hiciéramos el amor, y si acabábamos haciéndolo, me sentía angustiada porque no podía llegar al clímax.

Fran se preocupó cuando empezó a reprimir su disfrute durante el sexo.

A la mitad del sexo me obsesioné con un bultito en la espalda de mi pareja. La obsesión ocupó mi mente al punto de que emocionalmente me evadí. Me desconecté de todo sentimiento y tuve que parar. Fui incapaz de seguir adelante.

A Angie también le molestaba el hecho de negarse a sí misma placer sexual.

Estaba teniendo relaciones sexuales con mi novio cuando de repente me puse tensa y ansiosa. Mis pensamientos se dispersaron y desparramaron como detergente en un charco de aceite. Era completamente incapaz de tener un orgasmo. No podía concentrarme. Estaba saboteando todo. No sabía qué me estaba pasando. Era espantoso.

Aunque estas reacciones pueden parecer irracionales y perturbadoras, dirigen nuestra atención al hecho de que tenemos un problema. La conciencia trae consigo la motivación para el cambio, como ilustra la historia de esta sobreviviente.

Mi esposo y yo estábamos haciendo el amor cuando de repente me envolvió una abrumadora ola de enojo. Dentro de mi cabeza gritaba cosas como *"¡Odio a los hombres! ¡Odio los penes! ¡Odio que ellos disfruten de esto y yo no!"*. Me di la vuelta llorando y gritando. Después de un rato los gritos fueron sustituidos por una voz resuelta dentro de mí que decía: *"Ya no quiero que esto sea así!"*. Poco después busqué terapia y los recuerdos de mi abuso empezaron a aflorar.

"Mi problema sexual no mejora"

Podemos darnos cuenta de que algo anda mal cuando *tenemos un problema sexual específico que no se va, que no tiene una causa médica y que nos provoca cada vez más ansiedad.*

Seis meses después de haber sido violada, a Dawn le perturbaba que seguía sin querer tener sexo con su esposo. Jo, sobreviviente de incesto, no podía llegar al orgasmo con su amante a pesar de que lo amaba, confiaba en él y se sentía segura a su lado.

Algunos sobrevivientes pueden sabotear reiteradamente sus mayores esfuerzos para establecer relaciones íntimas. Un sobreviviente de veinticinco años quería empezar a tener citas románticas, pero cuando conocía a las mujeres se paralizaba.

Me sentía muy desdichado porque cuando estaba con las mujeres que me gustaban y a las que quería conocer mejor, me volvía tímido y enmudecía. Si lograba empezar a hablar con una mujer, me sentía muy incómodo, nervioso y algo asustado.

Duele darnos cuenta de que nos hemos estado negando placeres que otras personas disfrutan. Algunos sobrevivientes quedaron atrapados en una telaraña de actitudes sexuales negativas, inhibiciones y experiencias insatisfactorias. "La peor parte del sexo son los preliminares —me dijo una sobreviviente—. El coito no me parece tan mal porque sé que está a punto de terminar". Otra sobreviviente sentía algo parecido:

> El sexo es un suplicio, no una oportunidad de cercanía o placer. Me digo a mí misma: "Está bien, esta vez lo haré, a lo mejor no dura mucho, y cuando termine estaré a salvo un tiempo". Me molesta que veo el sexo como sacar la basura: algo que hay que hacer con regularidad, con pequeños respiros intermedios.

Los comportamientos abnegados o reservados pueden provocar que los sobrevivientes finalmente reconozcan que algo no está bien. Pueden fingir que disfrutan, concentrarse únicamente en el placer de la pareja, o no comunicar lo que necesitan para sentirse sexualmente satisfechos. Esta conducta puede suscitar distancia emocional, resentimiento y autodesprecio en las relaciones. Las consecuencias pueden acarrear dolor. Un sobreviviente describió ese resultado:

> He desconectado mis propias emociones sexuales y he cambiado mi enfoque para satisfacer las necesidades sexuales y los deseos de mi pareja. A menudo me siento usado y degradado como consecuencia de no prestar atención a mis propios sentimientos.

Los sobrevivientes que sistemáticamente niegan sus emociones pueden verse atrapados en una farsa. Durante dos años Candy fingió orgasmos. Con el pasar del tiempo su conducta le resultó insoportable. Aunque era muy difícil hacerlo, decidió decirle a su novio la verdad.

> Necesitaba ser especial para los hombres de alguna manera, y la mejor forma que conocía era lo sexual. Lograba que se sintieran intoxicados sexualmente conmigo. Durante mucho tiempo no sentí que me estaba negando a mí misma, pues obtenía mucha satisfacción mental observando cuánto los excitaba. Pero como últimamente me he estado valorando más a mí misma y a mi novio lo estoy viendo más como amigo, me sentía una farsante por no decírselo.

Aunque su novio quedó impactado y dolido, agradeció el nuevo nivel de honestidad y confianza que su revelación hizo posible. Habían iniciado el viaje para sanar la sexualidad como pareja.

Muchos sobrevivientes llegan al punto de no desear seguir participando en conductas de abnegación. Reconocen que tienen un problema que necesita ser tratado.

Los sobrevivientes pueden sentir que están fuera de control respecto al sexo. Eso también puede proporcionarles el impulso necesario para darse cuenta de que existe un problema. Pueden descubrirse consumidos por sus propios impulsos sexuales. Pueden ser incapaces de dejar de ser promiscuos, ver pornografía, tener aventuras sexuales secretas o participar en actividades sexuales peligrosas. Es aterrador. "Me siento como si viviera en una casa al borde de un precipicio", dijo un sobreviviente.

El secretismo, la vergüenza, la culpa y el miedo son consecuencias de una sexualidad fuera de control. Esos sentimientos pueden corroer nuestra autoestima; los comportamientos adictivos y compulsivos pueden impedirnos entablar relaciones íntimas sanas. Una sobreviviente de veintitrés años explicó:

> Un buen día me desperté y me di cuenta de que estaba "saliendo" con tres hombres al mismo tiempo. Con todos ellos me había acostado en la primera cita y con los tres seguía acostándome. Me sentí totalmente fuera de control, me odié, ¡no disfruté *ninguna* experiencia sexual, *no* sentía cariño por ninguno de esos hombres! Mi vida estaba patas arriba y yo iba rumbo al desastre. Empecé a tener pensamientos suicidas. De alguna manera caí en la cuenta de que necesitaba asumir el control y cuidarme. Por primera vez en la vida me di cuenta de que no quería ser sexual y no tenía que serlo. Ya no podía más. Un mes después de haber cortado con esas relaciones y mantenerme célibe, recordé las experiencias de abuso con mi padre.

El miedo a las enfermedades de transmisión sexual como el sida ha hecho que muchas personas con conductas sexualmente adictivas reconozcan la gravedad de que su sexualidad esté descontrolada. Los sobrevivientes promiscuos que no usan protección, como condones o anticonceptivos, con el afán de complacer a la pareja u obtener atención sexual, corren el riesgo de contraer enfermedades, de tener problemas de infertilidad, un embarazo no deseado o incluso morir.

La preocupación por pensamientos y conductas sexuales solitarias puede ser otro impulso para reconocer que hay un problema. Algunos sobrevivientes se masturban o consumen pornografía compulsivamente, necesitan fantasías de abuso para excitarse o tienen la costumbre de dar un significado sexual a experiencias cotidianas. Por ejemplo, un sobreviviente que no puede participar en un juego de volibol sin sentirse excitado por sus compañeros, tal vez esté listo para reconocer que tiene un problema.

"Mi pareja está sufriendo"

Los sobrevivientes pueden buscar la sanación sexual porque así lo desean, no porque sientan que tienen que hacerlo para salvar una relación que agoniza. Sin embargo, podemos darnos cuenta de que tenemos un problema sexual cuando *descubrimos más sobre el dolor emocional de nuestra pareja y queremos que las cosas mejoren.*

Con frecuencia la pareja de un sobreviviente es quien más sufre por un problema sexual. Los sobrevivientes pueden no preocuparse por sus adicciones sexuales, por la ausencia de satisfacción con el sexo, o evitarlo. "Sería perfecto si nunca volviéramos a tener sexo", podría decir un sobreviviente. Lo que puede ser más inquietante es ser testigo del sufrimiento de nuestra pareja. Una sobreviviente explicó su dilema:

> Alejaba a mi pareja porque yo me paralizaba durante el sexo y no sabía por qué. Mientras teníamos sexo nunca pensé en el abuso, pero aparentemente mi subconsciente sí lo hacía. Mi compañero sentía como si hubiera algo malo con él y que yo no lo quería. Se sentía como una persona horrible por querer sexo. Le ha afectado profundamente, y me duele verlo así.

Las parejas a menudo padecen ansiedad, depresión y estrés emocional como resultado de los problemas sexuales en su relación. Cuando los sobrevivientes se alejan de la intimidad física o no están emocionalmente presentes durante las relaciones sexuales, las parejas pueden sentirse rechazadas, inadecuadas y poco atractivas sexualmente.

En su primera sesión de terapia, Daniel se sentó al lado de su esposa, una sobreviviente, y explicó:

> Me duele cuando mi esposa me manda el mensaje de que el sexo es repugnante. Me dice: "Está bien, pero acabemos pronto con esto. Cómo puedes desearme. Estoy tan gorda. Yo no te importo, solo me estás utilizando". ¿Por qué está tan a la defensiva? Da por sentado que quiero hacerle daño. Últimamente, incluso si ella tuviera la iniciativa, no creo que me dieran ganas de hacerlo. Para ella no hay un vínculo entre expresar amor y tener sexo. Yo ya me rendí. Sexualmente ya renuncié y me siento agotado. Solo siento cariño y amistad por mi esposa. Pero mi corazón está cerrándose. Ya no tengo esperanzas de un cambio. Estoy pensando en irme. Estoy cansado de sentir enojo y frustración todo el tiempo.

Los sobrevivientes que se sienten compulsivamente atraídos a tener actividad sexual pueden provocar dolor a sus parejas. Un sobreviviente que hace cosas a escondidas o miente para mantener comportamientos sexuales secretos puede lastimar a su pareja. Bev, una sobreviviente bisexual, estaba estupefacta cuando su compañera se molestó mucho y amenazó con terminar la relación. Bev dijo: "Finalmente me di cuenta de cuánto la lastimaba cuando me quejaba de que no teníamos suficiente sexo, o me apartaba de ella para coquetear con otras personas".

No es raro que las parejas lleguen a desarrollar sus propios problemas sexuales. Pueden perder interés en el sexo o pueden empezar a tener problemas para llegar al clímax o alcanzar el orgasmo demasiado pronto (en el capítulo 11 hablaremos de cómo las parejas y los sobrevivientes pueden enfrentar problemas sexuales específicos).

Eso fue lo que le pasó a Meg, esposa de un sobreviviente. Empezó a tener problemas sexuales como respuesta a las dificultades que su marido tenía al hacer el amor.

> Durante las relaciones sexuales mi esposo se pone tan nervioso y tenso que me dice que no me mueva mucho. A mí me encanta moverme. Es una parte importante de mi disfrute total del sexo. Ahora, cuando me dice que no me mueva, solo trato de ignorar lo que está pasando. Dejo de lubricar y la vagina me duele. El sexo se ha vuelto doloroso. Pero siento que no puedo decir nada por miedo a desalentarlo y que no lo vuelva a intentar. A veces, en el trabajo o en una fiesta, si un amigo me da un abrazo o me toca el hombro recuerdo cuánto me gusta el contacto y lo fácil que era para mí antes de esta relación.

En algunas relaciones un miembro de la pareja puede empezar a sentirse insatisfecho y tener una aventura. Si bien esto puede hacer que el sobreviviente se dé cuenta de que hay un problema serio, el efecto global de la aventura puede afectar la capacidad del sobreviviente de confiar en su pareja. Los sobrevivientes pueden sentirse molestos y traicionados, y es posible que les cueste trabajo concentrarse en el asunto sexual original que llevó a la aventura. O también pueden lanzarse desesperadamente a la sanación sexual al temer un mayor abandono de su pareja. Sea como sea, el progreso puede verse afectado.

Muchas parejas se sienten atrapadas. Desean permanecer en la relación, pero experimentan enojo y tristeza porque han perdido la intimidad física.

Para un sobreviviente puede resultar difícil atestiguar el dolor emocional de su pareja. Muchos sobrevivientes tienden a sentirse avergonzados, enojados consigo mismos o responsables del sufrimiento de su pareja. Si esto te ocurre a ti, recuerda que el abuso que provoca estrés en tu relación no fue culpa tuya. Las reacciones de tu pareja son normales dada la situación y no un reflejo de lo que tú esperabas o querías para la relación. Y recuerda que tu sanación sexual mejorará la relación para ambos.

"Nuevas circunstancias me han hecho más consciente"

Como la gota que derrama un vaso, podemos reconocer un problema sexual *cuando tenemos una experiencia final en un ciclo que nos obliga a ver las cosas de otro modo.* Vemos nuestro problema por primera vez o desde una nueva perspectiva.

Marsha tuvo siete relaciones fallidas, una tras otra, hasta que se dio cuenta de que usaba el sexo como carnada.

> Después de la ruptura de mi última relación empecé a analizar el papel que el sexo representaba para mí. Descubrí que lo usaba para enganchar a un hombre en una relación conmigo y así poder satisfacer mi necesidad de afecto y seguridad. Con frecuencia, cuando ya me sentía segura del compromiso del hombre, la relación sexual se deterioraba.

Una vez que reconoció esos hábitos, Marsha ya no pudo seguir evadiendo los muchos temores sexuales y malestares que habían estado ocultos a su conciencia.

La última gota se derramó en la taza de Howard una tarde durante una reunión de la comunidad. Se encontraba en un restaurante en una mesa con un grupo grande de amigos.

> Miré a mi alrededor y me di cuenta de que había tenido sexo con todas las mujeres de nuestro grupo, pero no tenía una relación íntima con ninguna. ¡Caray! Supe que algo andaba mal.

El momento de comprensión con frecuencia llega cuando los sobrevivientes se están recuperando de otro problema, como una adicción a las drogas o a la pornografía, un trastorno alimenticio, una enfermedad, conducta criminal o problemas psicológicos. El proceso de recuperación les da una nueva perspectiva. Tienen la oportunidad de mirarse a sí mismos con honestidad y sobriedad. Y los problemas sexuales que estaban enmascarados o que negaban salen a la luz.

Una sobreviviente de incesto descubrió que sus problemas sexuales afloraron cuando dejó de consumir drogas.

> Durante más o menos cuatro años antes de ser consciente del abuso sexual de mi pasado estuve consumiendo mariguana, y después la combinaba con cocaína

para poder disfrutar del sexo. En la medida en la que empecé a trabajar en mi sanación decidí dejar de consumir drogas. Cuando lo hice, mi relación sexual se volvió muy insatisfactoria. La sentía vacía y carente de cualquier expresión de amor o intimidad.

Las drogas, como una neblina narcótica, habían estado enmascarando el dolor que años antes había causado el abuso.

Matt, de treinta y dos años, sobreviviente de incesto perpetrado por su madre, participaba en un programa de recuperación de doce pasos de Alcohólicos Anónimos* cuando se dio cuenta de que él mismo había actuado de maneras sexualmente abusivas. Mientras hacía un minucioso inventario de los daños que había ocasionado cuando bebía, reconoció que había violado a una mujer con la que estaba saliendo. Recordó el efecto de ese reconocimiento:

> Cuando estaba dando ese paso en mi recuperación me di cuenta de que tenía problemas con las relaciones íntimas y mucho enojo sexual hacia las mujeres. Pensaba que el alcoholismo lo había provocado, pero me equivocaba. Ser un agresor me ha generado una culpa tremenda y el deseo de reparar los daños. Quiero saber por qué y cómo no volver a hacerlo.

Como consecuencia de haberse dado cuenta de que era un alcohólico y un delincuente sexual, otro sobreviviente, Cory, empezó a abordar problemas sexuales. Temeroso de volver a abusar sexualmente de alguien, decidió lidiar con sus propios problemas. Sanar sexualmente se convirtió en la meta central de su programa de recuperación.

> Me sometí a un tratamiento porque estaba borracho y traté de acariciar a mi sobrino en la cama. Me descubrieron y me echaron de mi casa. Esa fue la última noche que bebí, y ya han pasado dos años y medio. Sin embargo, mis procesos mentales no cambiaron, y pensar en las cosas sexuales que había hecho me estaba volviendo loco. Sabía que tenía que descubrir más sobre mí mismo porque de otra manera podría volver a emborracharme, y no sentir y hacerle daño a alguien más. Durante el tratamiento entendí que bebí por muchos años para ocultar la confusión, la culpa y la vergüenza que sentía por mi sexualidad. Al estar sobrio y aprender cómo sentir las cosas pude verme a mí mismo, mis actos y lo que realmente me había sucedido.

---

* Los Doce Pasos de Alcohólicos Anónimos se crearon originalmente para orientar a hombres y mujeres que se estaban recuperando del alcoholismo. Dichos pasos se han adaptado a muchos tipos de programas de autoayuda que tratan comportamientos adictivos y codependientes. Entre ellos se incluye reconocer que se es impotente ante un problema, la necesidad de ayuda de un Poder Superior como Dios, hacer un recuento de comportamientos pasados, reconocer abiertamente y tratar de reparar los errores pasados, entregarse a la ayuda del Poder Superior y en algún momento alcanzar el despertar espiritual.

Marilyn, sobreviviente que sufría de problemas de personalidad múltiple, no identificó sus problemas sexuales hasta estar ya casi recuperada. Durante muchos años tuvo una personalidad separada que emergía durante la actividad sexual. Mientras avanzaba en la terapia, esa personalidad antes escindida empezó a fundirse con otras partes y finalmente desapareció. Marilyn empezó a sentir ansiedad respecto al sexo y tuvo problemas de funcionamiento sexual. Experimentar esos sentimientos respecto al sexo era en realidad un hito en su sanación general. Pero a Marilyn no le daba mucho gusto padecerlos.

> La escisión que me servía para manejar la sexualidad tenía muy pocos problemas aparte de querer mantener el control durante el sexo. Ahora, con una mayor parte de mí presente, tengo más dificultades con el sexo.

Para muchos sobrevivientes sanar de un abuso puede sacar a la luz problemas sexuales no reconocidos. Pueden empezar a rondarnos imágenes del abuso sexual sufrido en el pasado y podemos desear entrar en contacto con lo vulnerables que nos sentimos durante la actividad sexual. Nattie describió su reacción:

> Hasta que descubrí el abuso sexual no había tenido problemas para alcanzar el orgasmo. En los últimos cuatro años, desde que recordé el abuso, me ha costado trabajo tener sensaciones, excitarme y tener un orgasmo, ya sea yo sola masturbándome o con una pareja. Ahora que esos problemas están aquí, no puedo ignorarlos.

Cobrar conciencia de los problemas sexuales rara vez es fácil. Como me confió un sobreviviente:

> Me veo a mí mismo en las cuatro situaciones en las que los sobrevivientes se dan cuenta de que tienen un problema sexual. Es muy doloroso. Me he vuelto plenamente consciente de lo aislado que he estado toda la vida.

Reconocer los problemas sexuales puede ser doloroso. Pero con el dolor viene un punto de acceso al viaje para sanar la sexualidad. Cuando los problemas sexuales afloran, a menudo nos dicen que hemos alcanzado un punto fundamental para la recuperación total. Una vez que reconocemos que algo anda mal, podemos dirigir nuestra energía hacia la comprensión y la sanación. Y sanar nuestros problemas sexuales nos puede llevar a profundas revelaciones sobre nosotros mismos y a establecer mejores relaciones con los otros. El viaje ha empezado.

2

Reconocer el abuso

[...] Mi desconsuelo no era la oscuridad,
sino las heridas escondidas en ella.
Louise Wisechild, *The Obsidian Mirror*

Una tarde, varios años atrás, puse en la televisión *The Barbara Walters Special*. Estaba entrevistando a Don Johnson, de *Miami Vice,* uno de mis actores de televisión favoritos. Reclinado en un sofá de su preciosa casa, Don le hablaba a Barbara de las alegrías y dificultades de su vida. Narró sus pasadas batallas con las drogas y el alcohol y su adicción al trabajo. Después habló de sus relaciones con las mujeres, de cuán excitantes y atractivas le resultaban. Pude ver cómo su energía subía y la respiración se le aceleraba al hablar. Una sensación de embriaguez pareció llenar la sala.

Don dijo que su problema era que las mujeres le gustaban demasiado y que se le hacía difícil ser un compañero especial durante mucho tiempo. Llegaba a entablar una amistad profunda y una gran intimidad, pero luego sus ojos empezaban a vagar.

Pensé que ese hombre había sufrido abuso sexual. Sus problemas sonaban idénticos a los de los adultos sobrevivientes a los que doy terapia. Pero luego recapacité: quizás había estado trabajando mucho. Tal vez estaba imaginando una historia de abuso sexual que no existía en realidad.

Pero de pronto ocurrió. Barbara se inclinó hacia adelante, y con una sonrisa le preguntó:

—Don, ¿es cierto que tuviste tu primera relación sexual cuando eras muy chico, como a los doce años, con tu niñera de diecisiete?

Me quedé boquiabierta. Don le devolvió la sonrisa a Barbara. Inclinó la cabeza a un lado, y sus ojos azules brillaron:

—Oh, sí —dijo—, y me sigue excitando tan solo pensar en ella.

Barbara no mostró ninguna señal de alarma.

Al día siguiente le escribí a Barbara Walters una carta con la intención de explicarle el problema del abuso sexual a niños. Si Don hubiera sido una niña de doce años y la niñera un muchacho de diecisiete, no dudaríamos en calificar lo que ocurrió como una violación. No importaba cuán cooperativa o aparentemente "dispuesta" estuviera la víctima. El contacto sexual había sido abusivo y prematuro, y lo habría sido si la persona de doce años era un niño o una niña. Esa experiencia pasada, y tal vez otras parecidas, muy bien podrían estar en la raíz de los problemas que Don Johnson ha tenido con su intimidad a largo plazo.

Don no había sido un "suertudo" por haber recibido un "favor sexual" prematuro, como muchas personas podrían pensar. Fue agredido sexualmente y él aún no se daba cuenta.

Reconocer el abuso sexual del pasado es un paso importante para sanar sexualmente. Nos ayuda a establecer una relación entre nuestros problemas sexuales presentes y su origen. A algunos sobrevivientes este paso no les cuesta trabajo. Ya se ven a sí mismos como sobrevivientes y reconocen que sus problemas sexuales han surgido directamente del abuso sexual. Una mujer que fue violada encuentra una conexión obvia si de pronto pasa de una vida sexual placentera a tenerle pánico al sexo.

Para muchas sobrevivientes, sin embargo, reconocer el abuso sexual es un paso difícil. Podemos recordar los acontecimientos, pero sin una comprensión de lo que es el abuso sexual es posible que nunca clasifiquemos esas experiencias como tal. Podemos haberlas desestimado considerándolas sin importancia. Podemos no recordar nada o muy poco del abuso sufrido. Y podemos tener dificultades para reconocer plenamente ante nosotros y los demás que fuimos víctimas.

A mí me tomó años darme cuenta y reconocer que me habían violado en una cita, a pesar de que sabía lo que había ocurrido y cómo me sentía al respecto. Necesitaba entender que eso era en realidad una violación y que yo había sido una víctima. Necesitaba recordar más y dejar de culparme antes de poder reconocer mi experiencia como el abuso sexual que fue.

Al reconocer el abuso sexual podemos ahorrarnos años de confusión, angustia e incluso de terapia equivocada. Jean, una sobreviviente de mediana edad, explicó su frustrante historia sexual:

Violación por un desconocido: violencia, enojo y poder expresados sexualmente en el ataque a una víctima. Puede implicar penetración de orificios del cuerpo (oral, anal y vaginal), pero no necesariamente.

Violación durante una cita o por un conocido: abuso sexual, no necesariamente violento, llevado a cabo por alguien conocido de la víctima, con frecuencia un compañero en una relación social de confianza.

Violación conyugal: abuso sexual de un cónyuge a otro o por una pareja sexual en una relación comprometida de largo plazo.

Agresión sexual: ataque físico a partes sexuales del cuerpo de la víctima, a menudo con el uso de la fuerza o violencia. El término puede abarcar una amplia gama de actividades y con frecuencia describe la violación de niños y hombres.

Exhibicionismo o exposición: mostrar el cuerpo desnudo, o partes de él, con la intención de asustar, intimidar o excitar sexualmente a una víctima. Puede implicar mostrar material pornográfico de manera prematura o no solicitada.

Voyerismo: invasión de la privacidad de una víctima, ya sea de manera secreta o abierta, con el propósito de obtener gratificación sexual.

Llamadas telefónicas o mensajes de correo electrónico obscenos: invasión de la intimidad de la víctima con mensajes sexualmente sugerentes por teléfono o internet, con la intención de asustarla, intimidarla o excitarla sexualmente.

Abuso sexual sádico: abuso sexual en el que el agresor incita o trata de incitar reacciones de pavor, horror o dolor en la víctima como un medio para aumentar la excitación del infractor durante el abuso. Puede incluir la coerción física, rituales cuasi religiosos, múltiples perpetradores simultáneos, uso de animales, inserción de objetos extraños, mutilación o tortura.

Explotación sexual: cosificación y utilización de víctimas por medio de la actividad sexual o imágenes fotográficas para obtener dinero o gratificación sexual. Incluye la esclavitud sexual, el tráfico sexual y la prostitución.

Acoso sexual: utilización de diferencias sexuales, de estatus o de poder para intimidar o controlar a una víctima o para exigir interacción sexual. Puede expresarse como coqueteo o insinuaciones sexuales.

Ataque de género: exposición a acciones que rebajan el sexo de una víctima, a menudo con connotaciones sexuales, como travestir a un niño o denigrar verbalmente el sexo de la víctima.

Acoso homofóbico: agresiones verbales o físicas dirigidas a la orientación homosexual aparente de una víctima.

Violencia sexual: actos de violencia que involucran o dañan partes sexuales del cuerpo de la víctima.

Nota: Las definiciones legales de abuso sexual son mucho más restringidas y no sirven como criterio para determinar si una experiencia fue abuso sexual. Desgraciadamente, en muchas partes de Estados Unidos no hay leyes que protejan a las víctimas de ciertos tipos de abuso sexual, como la violación conyugal, el acoso sexual, el ataque motivado por el sexo, el acoso homofóbico, la pornografía en internet no deseada y el abuso perpetrado de formas indirectas y sutiles.

Para ayudarte a entender el significado del abuso sexual e identificar si han abusado sexualmente de ti, plantéate estas cuatro preguntas. Responder *sí* a cualquiera de ellas puede definir una experiencia como abuso sexual.

I. ¿Tenías capacidad para dar tu pleno consentimiento a la actividad sexual? ——— SÍ ——— NO

Si te acosaron, intimidaron, manipularon o forzaron para tener actividad sexual, no podías dar tu pleno consentimiento. Si estabas bajo los efectos de alguna droga, del alcohol o de medicamentos, no podías dar tu pleno consentimiento. Si estabas dormido, inconsciente o no estabas mentalmente alerta, no podías dar tu pleno consentimiento. Debido a su edad, su tamaño y diferencias de poder, los niños no cuentan con la suficiente información o no son lo suficientemente maduros para dar su pleno consentimiento a ciertos *tipos* de actividad sexual adulta.

2. ¿La actividad sexual implicó la traición de una relación de confianza? ——— SÍ ——— NO

Si personas que supuestamente te cuidaban o tenían un papel de autoridad utilizaron su posición para obligarte o animarte a participar en alguna actividad sexual, te explotaron sexualmente y por lo tanto abusaron sexualmente de ti. Esto puede ocurrir en situaciones en las que un padre, pariente, maestro, entrenador, líder religioso o terapeuta mezcla la relación de confianza y cuidado con interacciones sexuales. Un empleador que usa su posición para obtener favores sexuales está abusando de su poder. (Da lo mismo si tú iniciaste la interacción sexual: los cuidadores traicionan nuestra confianza y sus responsabilidades cuando actúan de esa manera).

3. ¿La actividad sexual se caracterizó por la violencia o por el control sobre tu persona? ——— SÍ ——— NO

Cualquier situación sexual en la que te retuvieron u obligaron contra tu voluntad, te forzaron físicamente o te lastimaron constituye abuso sexual. Los seres humanos necesitan controlar lo que les está ocurriendo físicamente. Cuando alguien en una situación sexual los priva de ese control, constituye abuso.

4. ¿Sentiste que abusaron de ti?
_____ SÍ _____ NO

Finalmente, para efectos de sanar la sexualidad, lo que más importa es si *tú* sientes que abusaron sexualmente de ti. Tus sentimientos son genuinos. No pueden borrarse. Tienes que confiar en tus propios sentimientos frente a esa experiencia. Si para ti fue graciosa o abusiva, independientemente de cómo la perciban otros, tuvo un impacto sobre ti. Eso es lo que cuenta.

Cuando trato a sobrevivientes de abuso sexual desde la perspectiva de la sanación de la sexualidad, tengo siempre presente esta definición práctica: *El abuso sexual es el daño que se hace a la sexualidad de una persona mediante la dominación, la manipulación y la explotación sexuales.* El abuso sexual es un daño que le arrebata a una persona uno o todos sus derechos sexuales. Cuando estos derechos se vulneran durante el abuso sexual, la sexualidad de la víctima sufre un daño.

Durante muchos años de trabajar como terapeuta sexual he identificado ocho derechos sexuales que nos protegen y nos permiten desarrollar actitudes y comportamientos sexuales positivos:

DERECHOS SEXUALES

- El derecho a adoptar actitudes sanas respecto al sexo.
- El derecho a la intimidad sexual.
- El derecho a la protección contra la invasión y el daño corporal.
- El derecho a decir no a conductas sexuales.
- El derecho a controlar las caricias y el contacto sexual.
- El derecho a detener una excitación sexual que parezca impropia o desagradable.
- El derecho a desarrollar nuestra sexualidad de acuerdo con nuestras preferencias y orientación sexuales.
- El derecho a disfrutar el placer y la satisfacción sexuales sanos.

Los agresores sexuales pueden confundir a sus víctimas respecto a algunos de estos derechos. Con frecuencia cosifican y explotan a sus víctimas para satisfacer sus propios deseos emocionales y físicos, ignorando los derechos de las víctimas y dejándolas con una sensación de impotencia. Los perpetradores justifican lo que hacen, ignorando las necesidades y sentimientos de las personas de las que abusan. El abuso sexual es un acto sumamente egocéntrico. Y aunque algunos infractores pueden tratar de convencerse a sí mismos y a sus víctimas de lo contrario, el abuso sexual no ocurre por accidente. Los agresores lesionan intencionalmente a sus víctimas, o bien actúan de maneras que saben que pueden causarles daño. De cualquier forma, a las víctimas se les despoja de sus derechos sexuales.

Reconocer nuestro abuso sexual por lo general exige de nosotros algo más que simplemente familiarizarnos con los nombres y definiciones de los diferentes tipos de abuso y saber que, en teoría, tenemos derechos sexuales. Es posible que tengamos que lidiar con bloqueos específicos que nos impidan aceptar o reconocer plenamente el abuso sexual.

SUPERAR BLOQUEOS PARA RECONOCER EL ABUSO SEXUAL

Reconocer plenamente nuestro abuso sexual puede ser difícil si tenemos alguno de estos bloqueo:

- Nos sentimos inseguros sobre cómo evaluar una determinada experiencia.
- Nos sentimos confundidos respecto de la naturaleza especial del abuso.
- Nos aferrarnos a nuestros prejuicios y compensaciones personales.

Al examinar estos tres grandes bloqueos que impiden reconocer el abuso sexual, podemos descubrir nuevas perspectivas que nos pueden ayudar a superarlos.

Bloqueo I
No sabemos bien cómo evaluar determinada experiencia

Los sobrevivientes pueden no estar seguros de cómo distinguir el abuso sexual de otras experiencias. Puede ser que no sepamos marcar el límite o cómo evaluar una experiencia particular.

Identificar el abuso sexual puede ser cuestión de grado y circunstancia. Tal vez debamos considerar todo el contexto de una experiencia para determinar si fue abuso sexual. Por ejemplo, un hombre puede darse un baño con su hija de tres años, ayudarle a lavarse la zona genital y acurrucarse con ella en la cama por la noche, sin jamás abusar sexualmente de ella. Sin embargo, la misma serie de acontecimientos *sería* abuso sexual si el padre hubiera obligado a la niña a entrar a la regadera con él si ella no quería, si a propósito le hubiera lastimado la vulva o no dejara de tocarla, si le advirtió que no le dijera a nadie, si la frotó con la intención de excitarla o de excitarse él.

La desnudez, tocar el cuerpo, acariciar, besar y abrazar son experiencias humanas naturales. Se convierten en abuso cuando se encuadran en un contexto abusivo en el que no se respetan los límites adecuados. En algunas situaciones tenemos que analizar la dinámica de una relación para determinar si hubo abuso sexual o no.

Cuando yo tenía cinco años jugaba con Bobby, un vecino también de cinco años. Jugábamos a la casita y a atrapar la pelota y nos subíamos juntos a los columpios. Un día Bobby dijo:

—Ven. Vamos a meternos al auto de mi papá que está en el garaje.

Feliz y emocionada, lo seguí. Abrimos la puerta del auto y nos trepamos al brillante asiento de vinil. Entonces Bobby dijo:

—Te enseño el mío si tú me enseñas el tuyo.

Esperó mi respuesta. Por mí estaba bien. Durante casi diez segundos estuvimos incómodamente hincados en el asiento del carro bajándonos los pantalones y mostrándonos los genitales. (Creo que los dos estábamos un poco sorprendidos con lo que vimos). Luego nos bajamos del coche y seguimos jugando. Nunca le hablé a nadie de ese episodio porque sabía que era un secreto entre los dos y porque me avergonzaba un poco. Pero tampoco me hizo sentir mal. Ni siquiera ahora. Era un juego de niños, perfectamente normal.

Muchos podemos recordar una experiencia similar de la infancia. Esas interacciones son comunes, expresiones saludables de curiosidad sexual que son importantes para desarrollar sentimientos positivos sobre nuestra propia sexualidad. Bobby y yo teníamos la misma edad y más o menos el mismo tamaño. Ninguno se sintió intimidado o controlado por el otro. Ninguno se sintió presionado o coaccionado. Nadie se sintió en ningún momento engañado, lastimado, humillado o traicionado. La experiencia en el asiento de ese auto no fue abuso sexual ni para Bobby ni para mí.

El trauma sexual, como el que provoca una herida accidental o una intervención médica, puede ser tan perturbador como el abuso sexual, e incluso puede tener repercusiones sexuales parecidas a las del abuso sexual, pero no cabe en la definición de abuso sexual. Si vas en una bicicleta de hombre y alguien intencionalmente sacude el manubrio y te resbalas y te golpeas los genitales con la barra horizontal, puedes sentir como si esa persona te hubiera lastimado sexualmente Te sientes humillada, te duelen los genitales y sabes que te hicieron daño a propósito. Lo que viviste sí *fue* un abuso, pero no necesariamente tenía el propósito de lastimarte o utilizarte sexualmente.

En la edad adulta podemos tener experiencias sexuales negativas. En ocasiones puedes sentir que a tu pareja no le importa tu placer sexual. Puedes experimentar dolor o incomodidad durante el sexo. Puedes sentirte lastimado si tu pareja se levanta y se marcha bruscamente después de haber tenido sexo. Pero esas situaciones no son en sí abuso sexual.

Si bien no puedes sentir que esos traumas o encuentros sexuales negativos fueron sexualmente abusivos, es importante tener presente que el camino para curarse de ellos puede ser muy parecido a sanar el verdadero abuso sexual. También puedes beneficiarte del viaje para sanar la sexualidad.

Bloqueo 2
Sentirse confundido por la naturaleza especial del abuso

Los sobrevivientes pueden tener dificultades para identificar el abuso sexual porque las circunstancias que rodearon la experiencia abusiva dificultan su reconocimiento. Una o más de las siguientes circunstancias puede estar obstaculizando tus esfuerzos para reconocer plenamente una experiencia que tuviste como abuso sexual.

Abuso sexual etiquetado como otra cosa. Muchos agresores actúan en un estado de negación. Cuando se los confronta intentan defender o encontrar una explicación convincente para sus acciones. Su negación puede confundirte.

Supongamos que tienes una cita y la persona con la que saliste de repente mete la mano debajo de tu ropa y te empieza a tocar y a apretar. Te sientes incómodo y le dices que deje de hacerlo. Podrías recibir una respuesta del tipo de: "Pero ¿cuál es el problema? ¿Por qué te pones tan tenso? ¡Solo estaba bromeando!". Y te preguntas si fue abuso sexual o solo te pusiste nervioso.

Se sabe de agresores que ofrecen a sus víctimas justificaciones asombrosas para su conducta: "Te estoy enseñando sobre sexo para que seas un buena amante". "Solo estábamos pasándola bien". "Tú te lo buscaste por como ibas vestido". Algunos sobrevivientes se creen estas falsedades. Por consiguiente, les cuesta identificar que abusaron de ellos.

Liz, de quien su madre abusó cuando era niña, durante muchos años no entendió que era una sobreviviente de incesto. Su madre le había dado una falsa explicación de lo que ocurría.

> Mi madre entraba a mi cuarto en la noche con una linterna y me hacía un enema. Lo hacía de noche porque de día yo me resistía. También me metía el dedo en la vagina y me explicaba que era para ver si estaba creciendo bien. Le causaba placer infligir dolor. También recuerdo que me ponía supositorios, en ocasiones varios a la vez. Tenía muchos rituales así para lastimarme. Yo le decía que lo que estaba haciendo no era necesario y solo me respondía que ella sabía más que todos los demás.
>
> Cuando era niña no percibía esto como abuso sexual. Aceptaba las afirmaciones de mi madre de que lo que me hacía una y otra vez era un procedimiento médico necesario. Incluso cuando crecí y descubrí que esa tortura sádica no era medicina, seguí pensando que tendría buenas intenciones y sólo estaba cometiendo un error. Mentalmente lo archivé en la *m* de *medicina* y no en la *a* de *abuso sexual*.

A John, otro sobreviviente, también le dieron una explicación falsa de lo que le pasó. Cuando tenía dos años empezó a mojar la cama. La reacción de su madre fue ponerle pañales. Siguió poniéndole pañales hasta que tuvo *trece años*. A veces fallaba con el seguro y le picaba el trasero. Para él, que le pusieran pañales era una experiencia humillante, desagradable y con carga sexual. Varios años después de haber dejado de ponerle pañales, su madre lo agredió sexualmente.

En terapia, John se dio cuenta de que los pañales también constituían abuso sexual. Recordó que una semana después de la agresión de su madre, en la escuela le quitó la ropa a una niña y la picó con seguros.

La mayoría de las víctimas de abuso sexual no llegan a abusar sexualmente de otros. Sin embargo, los que lo hacen necesitan identificar con precisión el abuso del que fueron víctimas. Recordar el abuso de su madre le ayudó a John a entender por qué más adelante abusó de la niña en la escuela.

Algunos agresores confunden a la víctima diciendo que lo que están haciendo es una forma de amor: "Ven, princesa. Papi no te está lastimando. A papi le gusta hacerte sentir bien. Papi te muestra su amor de una manera muy especial". La niñita, al creer lo que le dicen, puede no reconocer que papi está haciendo algo malo.

Muchos sobrevivientes de abuso sexual en la temprana infancia relatan que no podían clasificar correctamente lo que les pasaba porque eran muy pequeños para hablar, carecían de conocimiento sexual o no tenían vocabulario para describir lo que les hacían. Su inocencia los hacía especialmente vulnerables a las falsas explicaciones del perpetrador.

Abuso sexual que se desarrolló gradual y reiteradamente con los años. El abuso sexual puede ser difícil de identificar cuando evoluciona gradualmente en el tiempo. Los agresores pueden "preparar" a sus víctimas haciéndolas participar durante largo tiempo en actividades que pasan de las menos amenazantes y no sexuales a las abiertamente sexuales. Una madre puede hacer que su hijo adolescente le dé masajes en las piernas todas las noches a lo largo de varios meses, antes de estimularlo poco a poco a que se muestre más sexual con ella.

Los perpetradores pueden encontrar estas tácticas sexualmente estimulantes. También pueden proporcionarles una ventaja respecto a la víctima para mantener el abuso en secreto. "Si lo cuentas, nadie creerá que no querías. Llevas mucho tiempo haciendo cosas conmigo", puede decir el agresor.

Tom, un paciente, me contó que cuando tenía cinco años su padre se acostaba con él en el sofá a ver la tele. Su padre se acostaba de espaldas y abría las piernas, y Tom se colocaba bocarriba acomodado en la v que formaban las piernas de su padre, con la cabeza apoyada en sus genitales. Al cabo de varios meses de hacer esto, su padre empezó a levantarse en los comerciales y a entrar al cuarto de junto a masturbarse, sabiendo que a veces Tom lo veía. Meses después, el papá de Tom lo hizo desvestirse y lo violó analmente con el dedo. En retrospectiva, Tom pudo ver que su padre había estado preparándolo como pareja por años antes de iniciar el contacto sexual. Empezó a comprender que todas las experiencias habían sido abuso sexual.

Abuso sexual indirecto, de segunda mano. El abuso sexual puede ocurrir de manera indirecta. Descubrí que esto podía pasar cuando Barbara, una paciente, me dijo que temía el sexo y las caricias sexuales y le enojaban las exigencias sexuales de su esposo. Ella no recordaba ninguna experiencia de contacto sexual inapropiado. Pero al observar con más detenimiento su pasado, me explicó que su padrastro hacía en la casa algunas cosas que de niña le molestaban.

> Algunas mañanas, cuando mi hermana y yo estábamos sentadas en la mesa de la cocina y mi mamá estaba preparando el desayuno, mi padrastro inesperadamente se colocaba atrás de mi madre, le ponía las manos en los pechos y se los acariciaba enfrente de nosotras. Nos molestábamos y nos daban ganas de salir de ahí, y mi mamá le decía que dejara de hacerlo, pero no servía de nada. Él seguía tocándola y obligándonos a ver.

Si bien el padrastro nunca se acercó sexualmente a Barbara, ella padeció los efectos del abuso indirecto al asociar el miedo, la dominación masculina y el control con la actividad sexual. *El daño ocurre siempre que las víctimas se exponen a otras personas que tienen una manera sexualmente abusiva de pensar y comportarse.* Un agresor en la familia puede enseñar actitudes de abuso sexual contaminando incluso a quienes no sufren un abuso directo. (En el capítulo 5 abordo con mayor detalle una manera de ver la sexualidad, aprendida del abuso, que llamo la mentalidad del abuso sexual).

En la infancia pueden ocurrir muchos tipos de abuso sexual indirecto. Un niño puede ser expuesto a pornografía degradante, a actividad sexual secreta, a comentarios sexuales humillantes y a una variedad de comportamientos sexuales humillantes e inapropiados. En algunas familias el abuso sexual se vuelve parte de la atmósfera cotidiana y persiste cual humo de cigarro rancio.

Abuso sexual encubierto por las expectativas de los roles sexuales. El abuso sexual puede ocultarse tras las actitudes sociales y los roles que dictan cómo deben comportarse mujeres y hombres. Nuestra cultura sigue definiendo a las mujeres como sexualmente pasivas y a los hombres como sexualmente agresivos. Esto puede hacer que pasemos por alto experiencias sexualmente abusivas.

Hace algunos meses Tina, paciente de diecisiete años, llegó precipitadamente y consternada a consulta agitando un recorte de periódico con una columna de consejos que se publicaba en diarios de todo el país. Una adolescente le había escrito a la columnista para quejarse de que cada vez que iba a casa de una amiga, el padre de esta insistía en saludarla con un abrazo y un beso en los labios. También escribió que, si bien ella y otras amigas suponían que el padre solo estaba siendo cordial, su conducta las incomodaba mucho. La columnista respondió a las preocupaciones de la joven recomendándole que la siguiente vez que viera al padre de su amiga lo saludara con una sonrisa, volteara la cabeza y simplemente pidiera un beso en la mejilla y no en los labios. Tina, mi paciente, dijo: "No puedo creer que den esa clase de consejos. ¿Qué eso no es abuso sexual? ¿Esas jóvenes no tienen derecho a decirle al tipo que se largue para siempre?". Tina tenía razón: eso era abuso sexual.

La columnista no lo había visto porque estaba más concentrada en alentar a las jóvenes a tener respeto a los mayores y a ser amables. Después de todo, eso es lo que se espera que hagan mujeres y niñas por igual. Pero ese hombre estaba ejerciendo un privilegio sexual. Estaba aprovechándose de su edad, tamaño y posición para obligar a las jóvenes a mostrarle atención física íntima. La respuesta de la columnista sugiere que las muchachas se olviden de sus verdaderos sentimientos y que, como una cortesía social, permitan que el señor las bese. Esa actitud favorece el abuso.

Cuando invertimos el sexo de las personas involucradas podemos considerar la experiencia desde una nueva perspectiva. Imagina una carta a un columnista de consejos en la que se dice que la madre de un joven de diecisiete años recibe a los amigos de su hijo con un abrazo y un beso en los labios. ¿No nos estremeceríamos automáticamente pensando que seguramente quiere tener sexo con ellos? ¿No se le identificaría como una mujer madura pervertida? Si un chico le dijera que se detuviera, o evitara todo contacto físico con ella, ¿se lo echaríamos en cara?

Los supuestos de los roles sexuales también pueden impedirnos ver el abuso sexual de muchachos cometido por muchachas y mujeres. Como le ocurrió a Don Johnson, los chicos pueden ser víctimas de abuso sexual por parte de mujeres y no reconocer que lo que les ocurrió fue un abuso sexual.

Fred, un sobreviviente, fue agredido por su niñera. Fred explicó las circunstancias en terapia:

> Una noche, cuando tenía siete años, me fui temprano a la cama porque no me sentía bien. Mi niñera de quince años se metió a la cama conmigo y me dijo que podía chuparle los senos. También me enseñó a introducirle los dedos en la vagina. Siempre vi esto como experimentación sexual. Pero cuando pienso en un hombre que trabaja de niñero mostrándose sexual con una niñita, no me cuesta ningún trabajo definirlo como abuso sexual.

Bloqueo 3
Nos aferramos a nuestros prejuicios y compensaciones personales

A los sobrevivientes puede resultarles difícil identificar ciertas experiencias como abuso sexual debido a creencias personales que las descartan, las minimizan o los hacen asumir la responsabilidad del abuso. Incluso cuando sabemos que nos ocurrió algo malo o indebido, podemos tener problemas para reconocer el significado de la experiencia como abuso sexual.

A algunos sobrevivientes se les dificulta deshacerse de sus arraigadas falsas creencias incluso cuando intelectualmente lo saben. Estas creencias pueden tener una función psicológica. Podemos querer proteger la imagen que tenemos del perpetrador como una buena persona, como la sobreviviente que dijo: "Mi abuelito era maravilloso. Me llevaba a pescar, me leía cuentos y me veía actuar en las obras escolares cuando nadie más lo hacía. Nunca hubiera podido hacer nada para lastimarme intencionalmente". Al negar lo que sabemos que es cierto puede ser que evitemos el sufrimiento de sentirnos traicionados o que no recordemos cuánto nos perturbó la experiencia. Esas fuertes necesidades pueden impedirnos reconocer el abuso.

Nuestros prejuicios y compensaciones pueden incluir:

Pero yo no opuse resistencia. Si bien gritar, dar alaridos, hablar y defenderse puede en ocasiones prevenir o detener un abuso sexual, lo cierto es que en muchos casos la resistencia no es efectiva. Cuando a mí me violaron en una cita, el violador fue tan rápido y estaba tan enloquecido que instintivamente supe que la resistencia sería inútil y perjudicial para mí. Al haber elegido la táctica de no defenderme, me fue difícil reconocer que había sido violada.

Los niños y muchos adultos no utilizan la fuerza para lidiar con una amenaza abrumadora. Cuando vemos que el agresor es mayor, más grande o más poderoso, de manera natural decidimos que nuestra mejor alternativa para sobrevivir es hacernos los muertos. Cuando no tenemos adónde salir huyendo, y si nadie escucha nuestro llamado de auxilio, no tenemos otra alternativa que someternos. Además, el abuso sexual puede ocurrir de manera tan repentina que no haya tiempo para luchar. El abuso es abuso, incluso si no te defendiste. La sumisión no significa consentimiento.

Pero en ese momento me gustó. Algunas víctimas se adaptan al abuso sexual usando la experiencia para recibir atención, afecto, favores o recompensas. Puede ser que durante el abuso cooperen activamente y pueden obtener de él placer emocional o físico. El abuso puede saldar necesidades emocionales que no estaban siendo satisfechas de otras formas. Sin embargo, esta manera creativa de hacerle frente no atenúa la naturaleza abusiva de lo que ocurre. La actividad sigue haciendo caso omiso de lo que es mejor para la víctima a largo plazo, conlleva un estigma social y enseña un sexo expoliador. La enorme culpa y el secretismo que acompañan el abuso pueden dar lugar a que la víctima experimente estrés y presión psicológica.

Un sobreviviente gay del que un hermano mayor abusaba contó que su trabajo de recuperación lo hizo consciente de que los adolescentes rara vez, si no es que nunca, "seducen" a hombres mayores. Narró esta historia:

> He oído que hombres gais que son pederastas justifican sus acciones con comentarios como "Seduje a este muchacho" o "Este adolescente me sedujo". Cuando yo era adolescente traté de seducir a mi tío, que abusaba de mi hermana. No funcionó, lo que en aquel momento pensé que era lamentable. Pero ahora, en retrospectiva, dada mi actual manera de pensar, si él hubiera tenido sexo conmigo lo clasificaría como abuso sexual. Él era un adulto y habría sido responsable de sus relaciones sexuales. Habría dependido de él saber distinguir entre una sexualidad sana y una insana. No porque yo fuera gay estaba bien querer tener relaciones sexuales con mi tío.

Pero mi cuerpo respondió. Nuestros cuerpos son sensibles, y sus partes más sensibles son los nervios de nuestros órganos sexuales. Cuando se estimulan, ya sea mentalmente o a través de una sensación física, los nervios responden. Las respuestas sexuales pueden ser automáticas. Un adolescente puede ver la erección de un agresor y automáticamente excitarse, o una chica puede notar que sus pezones se endurecen cuando los acaricia un violador. Altos niveles de estrés y ansiedad pueden desencadenar respuestas sexuales. El abuso es abuso, ya sea que hayas respondido sexualmente o no.

Pero no fue gran cosa. Los sobrevivientes de agresiones sexuales reiteradas pueden volverse insensibles al abuso sexual. Las actividades abusivas empiezan a parecer "normales" y esperadas. Una sobreviviente de abusos sexuales reiterados en la niñez describió sus reacciones tras un intento reciente de violación:

Era un día precioso. Entré a un baño en un parque y un tipo me sujetó y empezó a manosearme. Le dije que mi novio estaba afuera con un gran perro blanco y me soltó. Más tarde mi novio me comentó lo sorprendido que estaba por la forma en la que le resté importancia al suceso. Lo que pensaba era que eso pasaba todo el tiempo. Más adelante me di cuenta de que había desarrollado tal tolerancia al abuso sexual que no podía verlo cuando me ocurría a mí.

Algunos sobrevivientes minimizan el abuso porque no supone una conducta sexual manifiesta, no hay penetración ni culmina en un orgasmo del agresor. Muchos estudios muestran que los intentos de cópula y las "violaciones incompletas" tienen un impacto similar en la víctima que cuando hay una agresión "completa". Un poco de abuso sexual es abuso sexual.

Los sobrevivientes pueden aplicar un doble rasero cuando se trata de reconocer la seriedad de su abuso. Tal vez sientan más compasión por un amigo cercano que ha sufrido abuso sexual que por sí mismos, aunque hayan vivido abusos similares.

Una vez que los sobrevivientes aprenden a dejar de minimizar el abuso, pueden sentir que se les quita un peso de encima. Una sobreviviente de la que su abuelo abusó cuando era niña explicó:

> Una vez que superé mi negación del abuso tuve que trabajar para superar otra barrera: la de minimizarlo. Decía para mis adentros: "No fue tan malo. Solo me tocó el pecho. Yo fui la que lo interpretó como algo sexual". Pero la negación me deprimía y enloquecía. Aprendí que acariciar los senos de una chica por debajo de la blusa es abuso sexual. Mi depresión desapareció cuando responsabilicé a mi abuelo, el perpetrador. Es la única manera.

Pero mi abuso no fue tan grave como el de otras personas. Tu experiencia es válida para *ti*. No sirve de nada comparar cuánto te lastimaron con las experiencias de otros. Las personas responden de forma diferente frente al abuso sexual. Todos tenemos fortalezas, tolerancias y apoyos distintos. Una víctima puede estar tan traumatizada como otra cuyo abuso fue más prolongado y más doloroso. Si han abusado de ti —sin importar cuán seriamente en comparación con otros— tu sexualidad se ha visto contaminada por la experiencia. El daño que te han hecho es real e importante.

Pero fue mi culpa. El único responsable del abuso es el agresor. Echarte a ti la culpa puede ser un intento de adquirir cierto sentido de control o influencia sobre lo que pasó. Creer que provocamos el abuso contrarresta nuestros sentimientos de indefensión e impotencia: si creo que yo lo provoqué significa que yo podría haberlo detenido. No importa cómo te hayas comportado, tenías el derecho a que no abusaran sexualmente de ti. Los sobrevivientes pueden sentir que merecían lo que pasó como castigo por haber sido malos o haberse comportado mal. Un sobreviviente podría pensar: "Si no me hubiera cruzado en su camino, mi tío no me habría tocado". Otro podría suponer: "Si no hubiera estado bebiendo, ese tipo de la fiesta no me habría violado". Trágicamente, la falsa creencia de que las víctimas pueden "provocar" el abuso sigue perpetuándose en nuestra sociedad, confundiendo a las víctimas aún más. En los medios de comunicación y en los tribunales, las víctimas de violación, sobre todo mujeres, vuelven a ser victimizadas con la insinuación de que "se lo buscaron" por su ropa o su estilo de vida. Liberarnos de esos hirientes y falsos mensajes sociales puede ayudarnos a identificar algunas experiencias como abuso.

Las víctimas de abuso sexual con frecuencia dudan de su propia inocencia en circunstancias en las que hubo seducción, manipulación, o donde no hubo armas, o si el abuso ocurrió en su propia casa o en un lugar al que fueron por voluntad propia. Jean, sobreviviente de incesto, inició una terapia destrozada por una relación de pareja que había tenido con una exterapeuta. Su aventura sexual continuó mientras Jean seguía asistiendo a sesiones semanales con la terapeuta. Aunque el amorío fue tan confuso y perturbador que la hizo poner fin a la terapia, Jean no estaba segura de haber sido explotada sexualmente. Para superar esta falsa creencia tuvo que enterarse de que *todo* terapeuta tiene la obligación ética y moral de no mantener relaciones sexuales con un paciente. Incluso si hubiera seducido a la terapeuta, Jean no habría sido responsable de la aventura. Era responsabilidad de la terapeuta impedir que esa relación tuviera lugar. Al liberarse de la culpa, Jean finalmente pudo reconocer que las acciones de la terapeuta constituyeron conducta profesional indebida y abuso sexual.

Reconocer que una experiencia fue abuso sexual puede ser difícil, pero negarlo también consume muchísima energía mental. Cuando finalmente podemos superar nuestros prejuicios y omisiones, liberamos nuestra energía mental para encauzarla hacia la sanación.

RECORDAR EL ABUSO SEXUAL

Aproximadamente la mitad de los sobrevivientes padecen alguna dificultad para recordar. Es posible que no tengan absolutamente ningún recuerdo del abuso sexual o solo recuerdos parciales. Podemos borrar detalles de lo acontecido, pero sí recordar sentimientos como enojo, impotencia o miedo. "No sé dónde estaba o con quién, pero recuerdo haberme sentido aterrado de que iban a lastimar mis genitales y después haberme sentido avergonzado", narró un sobreviviente. Otros pueden olvidar las emociones y recordar solo lo sucedido. Una paciente una vez me habló tan fríamente de su incesto que parecía una reportera del noticiario vespertino. No fue sino hasta que pudo recordar sus emociones, que realmente *sintió* que la habían victimizado y pudo reconocer el abuso.

Si constantemente tienes la sensación de haber sufrido abuso sexual pero no tienes recuerdos de ello, es posible que en efecto lo hayas sufrido. Los recuerdos pueden permanecer latentes durante muchos años. Las sospechas de abuso sexual no surgen de la nada y sin razón aparente. Estas pueden ser angustiosas y dolorosas. A nadie le gusta pensar en la posibilidad de haber sido dañado en el pasado, tal vez por un ser querido. Cuando las personas tienen sospechas reiteradas de abuso sexual, con frecuencia es porque sí les ocurrió.

Hay una razón para la pérdida de memoria

La pérdida de memoria ocurre por muchas razones. Es posible que fuéramos tan pequeños cuando abusaron de nosotros que no podíamos elaborar pensamientos o expresar los sentimientos con palabras. Si ya habíamos aprendido a hablar, puede ser que nos hiciera falta un vocabulario para las actividades sexuales de tipo adulto que ocurrieron. Es más difícil recordar un acontecimiento cuando no tenemos palabras para describirlo. Del mismo modo, puede ser difícil recordar el abuso si ocurrió cuando estábamos inconscientes, dormidos o bajo la influencia del alcohol u otras drogas.

La pérdida de memoria puede ser una manera importante de enfrentar el abuso. Si papá está haciendo algo con lo que nos sentimos raros, algo que podría cambiar nuestra manera de pensar acerca de él, inconscientemente podemos decidir que es mejor olvidar el abuso. Las víctimas de abusos sumamente violentos y extraños pueden sufrir una amnesia traumática, en la que la naturaleza violenta e impactante del abuso provoca una pérdida absoluta del recuerdo del suceso.

La pérdida de memoria nos protege de una tensión psicológica abrumadora o constante tras la experiencia. El abuso sexual suele ser confuso, doloroso, perturbador, humillante y vergonzoso. Puede ser que no tengamos a nadie con quien hablar abiertamente de él y ninguna oportunidad de resolver nuestras emociones. Tal vez las personas con las que hablemos pueden desestimar nuestra experiencia o culparnos de ella. Podemos convencernos de que si la olvidamos podremos seguir adelante con nuestra vida.

La pérdida de memoria también nos protege de sentimientos dolorosos que se relacionan indirectamente con el abuso. Un sobreviviente puede temer que recordar saque a la luz otros asuntos: "¿Por qué mi madre no me protegió de lo que mi padre estaba haciendo? Tenía que saberlo. *¿Es que no le importaba?*".

La mayoría de los sobrevivientes con los que hablo y que sospechan haber sufrido abuso sexual pero casi no lo recuerdan, desearían poder rememorar más de lo que les pasó. "No recordar mi pasado es como estar muerta y no poder recordar mi vida", me dijo una mujer. Otra sobreviviente comentó: "Me cuesta aceptar que puede haber partes de mí que he olvidado, cosas que me pasaron y de las que no sé nada". En la medida en la que proseguimos con la sanación podemos desear acceder a esos recuerdos encerrados bajo llave.

No se pueden forzar los recuerdos

Rememorar los detalles del abuso sexual no es fundamental para sanar la sexualidad. Pero si los recuerdos regresan, eso puede ayudar en el proceso de sanación. Recordar el abuso sexual puede permitirnos reconocer el abuso más plenamente y encauzar nuestros esfuerzos curativos de manera más eficiente.

Los sobrevivientes con frecuencia recuerdan el abuso cuando están listos, no antes. Robin, sobreviviente de incesto, empezó a recordar su abuso cuando se sintió más fuerte, más decidida y más segura en su vida. Los recuerdos surgieron poco a poco: "No me permitía saber más de lo que podía manejar. Me siento agradecida con esa parte de mí que mantuvo eso reprimido hasta ahora", dijo más adelante.

Recordar implica tiempo y energía. Como dijo un sobreviviente: "Si pudiera dedicar tanto tiempo a recordar el abuso como le dediqué a olvidarlo, creo que podría recordar mucho más".

Probablemente notarás que los recuerdos afloran por el simple hecho de avanzar en este viaje de sanación sexual. Sanar la sexualidad fomenta pensar en el sexo y en el abuso sexual, lo que a su vez puede estimular la memoria.*

---

* Véase recuadro, pp. 79-80.

Cuando prestamos especial atención a nuestras reacciones sexuales y a nuestros pensamientos, con frecuencia podemos descubrir un vínculo con el abuso sexual del pasado. El horror de una sobreviviente a tener algo pegajoso en el cuerpo le hizo recordar a su abuelo eyaculando sobre ella cuando era una niñita. Un sobreviviente rastreó su temor a que los hombres le tocaran los hombros a una experiencia temprana de ser obligado a hacerle una felación a su tío. Por perturbadores que sean estos descubrimientos, ayudan a resolver, en primer lugar, el misterio de la existencia de una reacción o un pensamiento extraños, y para sacar a la superficie el recuerdo del abuso.

A Bonnie, una paciente de treinta y tres años, casada, buscar pistas en sus reacciones y comportamientos sexuales la llevó a un recuerdo profundo. Cuando empezó la terapia padecía varios problemas sexuales comunes a los sobrevivientes. No tenía orgasmos, odiaba tocarse los genitales y evitaba tener sexo con su esposo. Bonnie no tenía ningún recuerdo de abuso sexual, pero sí tenía la sensación de que algo podía haber pasado entre ella y su padre. Ahora le resultaba curioso haber insistido en poner una cerradura en la puerta de su cuarto cuando era adolescente.

Un día en terapia, Bonnie contó que hacía poco una mañana había gritado sin control al ver unos vellos púbicos en la tina y que poco después soñó que tenía seis años. En el sueño su padre le daba unos globos, después la ponía en la cama y empezaba a tocarla sexualmente. Cuando Bonnie despertó del sueño su cuerpo se convulsionaba en un clímax sexual. Sabía que el sueño había sido una repetición del acontecimiento que en verdad había tenido lugar con su padre años atrás. Como su primer orgasmo ocurrió durante el abuso, Bonnie había evitado tenerlos desde entonces. "Un insecto no regresa al calor después de haber sentido el fuego", observó. Pero una vez que el recuerdo específico del abuso surgió, Bonnie pudo empezar el lento proceso de aprender a tener un orgasmo libre de cualquier asociación con el abuso.

Confiar en nuestros recuerdos

Cuando los recuerdos de los acontecimientos y las sensaciones empiezan a salir a la superficie, confía en ellos. Puede ser que en un principio no tengan sentido, pero cuando se hayan sumado muchos podrás tener una imagen más nítida de lo que te ocurrió. Como explicó un sobreviviente:

> El proceso fue como encontrar piezas de un rompecabezas, cada una en un cajón distinto, y juntarlas para obtener una imagen que nunca había visto.

A otra sobreviviente, durante una sesión de terapia de grupo súbitamente le vinieron a la memoria recuerdos específicos del incesto que vivió. Ella recordaba: "Me vino a la mente la imagen de mi padre acostado encima de mí besándome la cara. Me puse a llorar, incrédula. Después de eso, la imagen siguió llegando, y reveló más".

Aunque la mayor parte de las personas sienten alivio al recordar abusos sufridos en el pasado, debes prepararte ante la posibilidad de que te sientas alterado, incluso sumamente asustado o molesto. Puede ser que por un tiempo tengas problemas sexuales provocados por la perturbadora naturaleza sexual de los recuerdos.

Hank se sorprendió cuando, dieciocho años después, recordó las emociones que acompañaron el hecho de haber sido seducido por una mujer madura cuando él tenía dieciséis años y era virgen. Una anotación en su diario muestra cómo el proceso de escritura le ayudó a entender sus sentimientos:

> Me sorprendió, y casi me conmocionó, descubrir en mí sentimientos de amargura, arrepentimiento, tristeza y una especie de sentimientos locos o de indefensión por el hecho de que me hubieran convencido de hacer algo que en realidad no estaba seguro de desear. Cuesta creer que estos sentimientos hayan estado reprimidos todo este tiempo. Ella empezó a abrazarme y a besarme y luego me dijo que me desvistiera. Sentía que no tenía alternativa, como si tuviera que hacerlo. Me confunde si eso fue violación o algo parecido. Algo estaba mal. No sentía que tuviera derecho a considerar si estaba o no listo para llegar hasta el final. Tuvimos una aventura de dos semanas, y luego terminó. Nunca me sentí cercano a ella ni capaz de ser yo mismo a su lado. Es tan triste que al escribir sobre eso empiezo a llorar, y eso nunca me había pasado al recordar esa experiencia. Quedó embarazada de mí. Le dije que no creía poder ser un buen padre. Insistió en criar al niño con su marido, lo que ha tenido un profundo efecto en mí a lo largo de los años. Siempre me ha costado trabajo confiar en las mujeres y tener intimidad con ellas.

Por difícil que sea el proceso de recordar, ten presente que eres más fuerte que lo que te ocurrió. Sobreviviste al abuso y puedes sobrevivir a los recuerdos. Y los recuerdos pueden ayudarte a sanar.

ESTRATEGIAS DE SANACIÓN SEXUAL
PARA RECORDAR

Aunque los recuerdos del abuso suelen aflorar naturalmente cuando los so-brevivientes están listos para manejarlos, algunos se sienten atrapados. Puede ser que deseen hacer un esfuerzo más enérgico para facilitar los recuerdos. Los sobrevivientes pueden seguir asistiendo a sesiones de terapia para crear un es-cenario coherente en el que los recuerdos puedan desplegarse. Tener apoyo profesional y personal puede ayudarles a sentirse seguros y comprendidos, algo que es muy importante para poder recordar. Pueden recurrir a una variedad de métodos que les ayuden a recordar, como la hipnosis, hablar con parientes para investigar sobre su pasado o ver álbumes de fotos antiguas, planos de ca-sas viejas, recuerdos, etcétera.*

Si te sientes listo para indagar en tus recuerdos del abuso sexual, los si-guientes ejercicios pueden ayudarte. En ellos se consideran de manera directa pistas y actividades sexuales. Lo que recuerdes puede inquietarte, incomodarte e incluso quizá temporalmente atemorizarte. Ve despacio. Busca apoyo. Date una oportunidad segura para que tus recuerdos regresen. No trates de forzar la memoria; los recuerdos surgirán cuando estés listo para manejarlos. Puede ser útil registrar en un diario lo que vayas descubriendo.

1. Reflexiona sobre tu infancia. ¿Hubo algún periodo en tu niñez en el que hayas mostrado alguna de las señales comunes de abuso sexual, como insomnio, pe-sadillas, orinarte en la cama, masturbarte en exceso, regresión a conductas más infantiles, conocimiento sexual explícito, comportamientos o lenguaje poco co-munes para tu edad, depresión, retraimiento, infecciones genitales frecuentes, fuertes jaquecas, náuseas inexplicables, autolesiones o mutilación, dolores ab-dominales recurrentes, problemas alimenticios, consumo de alcohol o drogas, intentos de suicidio, ausentismo escolar, cambios en el desempeño escolar, vida social limitada, huir de casa, comportamiento abiertamente seductor, búsqueda de atención o conductas delictivas?

¿Hubo momentos de tu vida en los que hayas sido especialmente vulnera-ble al abuso sexual? ¿Hubo alguien en tu pasado a quien temieras o a quien elu-dieras constantemente? ¿Hubo alguien en tu pasado que tuviera la oportunidad, el interés y la inclinación de perpetrar abuso sexual?

2. Piensa en tus primeras experiencias sexuales. ¿Quién hizo qué, cuándo y cómo? ¿Estas experiencias fueron en realidad abuso sexual?

---

* Véase Bass, Ellen & Laura Davis. *The Courage to Heal: A Guide for Women Survivors of Child Sexual Abuse,* edición 20 aniversario, New York, Harper Perennial, 2008; Davis, Laura. *The Courage to Heal Workbook: For Women and Men Survivors of Child Sexual Abuse.* New York, William Morrow, 1990; Lew, Mike. *Victims No Longer: The Classic Guide for Men Recovering from Sexual Child Abuse.* 2ª. ed., New York, Harper Perennial, 2004.

3. Presta atención a las sensaciones, imágenes y pensamientos que te sobrevienen durante y después del sexo. Tómate en serio cualquier reacción extraña o irracional que tengas. ¿Hay actividades sexuales a las que te sientas muy atraído o por las que sientas un miedo extremo? ¿Te disgusta la estimulación de ciertas partes del cuerpo? ¿Evitas ciertos tipos de caricia? ¿Cuánto tiempo has tenido estas sensaciones? ¿En qué circunstancias se originaron? ¿Cómo podrían estas actividades relacionarse con el abuso sexual?

4. Presta atención a tus sueños y fantasías sexuales. ¿Se repiten cuestiones relacionadas con el poder, el control, la humillación o la violencia? ¿Tienes sueños o pesadillas recurrentes que impliquen abuso sexual?

Mientras los recuerdos y las sensaciones afloran, ten presente que tú eres el juez más importante de tu pasado. A menos que haya participado en una experiencia o sido testigo de ella, ningún familiar, amigo, terapeuta o médico puede decirte con certeza qué te pasó o no te pasó. Sé paciente. Mantén una mente abierta. Confía en tus fuertes reacciones emocionales, físicas y sexuales. Respeta tus sensaciones "viscerales".

Si bien recordar el abuso sexual puede facilitar la sanación sexual, el recuerdo no es requisito para recuperarse. Independientemente de tu nivel de remembranza, puedes seguir adelante y desarrollar una sexualidad más sana.

CONTARLES A OTROS DEL ABUSO

"Tus secretos te enferman" es una frase popular en Alcohólicos Anónimos. Se aplica también a la recuperación del abuso sexual. Los secretos por lo general alimentan nuestra vergüenza y dañan nuestras relaciones importantes. Aunque sepamos en el fondo que las experiencias pasadas fueron en realidad abuso sexual, nuestro reconocimiento de dicho abuso no está completo hasta que lo compartimos con otros. Compartir con otros a menudo nos libera del pasado.

Aunque puede ser un paso importante para sanar la sexualidad, muchos sobrevivientes vacilan antes de participar el secreto de su abuso. Puede ser que tengan que superar viejas exigencias de permanecer en silencio y no decir nada. Puede ser que necesiten resolver preocupaciones y temores sobre lo que los demás puedan pensar de ellos. Y puede ser que necesiten enfrentarse a la realidad de lo que les ocurrió en un nivel nuevo y más profundo.

Si sabes que sufriste abuso sexual, tal vez ya hayas hablado de él con otros, o quizá la idea de contarlo sea nueva para ti. Al explorar algunas de las razones por las que los sobrevivientes adultos vacilan antes de hablar, tal vez entiendas qué podría bloquear un reconocimiento más profundo de tu abuso sexual.

"No quiero que me vean como víctima"

Contar que abusaron sexualmente de nosotros significa reconocer ante nosotros mismos y los demás que alguna vez fuimos víctimas. Esto puede ser difícil. A pocas personas les gusta verse como víctimas. Nuestra sociedad hace mucho hincapié en la autodeterminación y la independencia. No nos agrada vernos en situaciones que se salieron de nuestro control, que fuimos incapaces de cambiar y que desembocaron en nuestra explotación.

Independientemente de lo que quisiéramos creer, no siempre tenemos control sobre lo que está ocurriendo. Reconocer que alguna vez fuimos víctimas es una aceptación importante de nuestra vulnerabilidad humana.

Aunque los sobrevivientes no tuvieron control sobre el abuso en el pasado, sí lo tienen ahora respecto a cómo responden a él. Creer que tenemos que guardar silencio sobre algo confuso y doloroso que nos sucedió puede ser otra forma de victimización. Como dijo un hombre: "Tuve que reconocer que fui víctima antes de poder verme como sobreviviente".

"Estoy avergonzado y apenado por el abuso"

El abuso sexual es una ofensa íntima. Es difícil hablar de nuestros encuentros sexuales con otros. Posiblemente no estemos acostumbrados a contar cosas tan personales. La mayoría preferiríamos reconocer que alguien nos robó el coche o nos dio un puñetazo en la cara antes que contar que alguien nos tocó en alguna parte íntima contra nuestra voluntad.

El abuso perpetrado por un familiar puede dar lugar a otras dificultades emocionales cuando se reconoce lo que pasó. Lynne Yamaguchi Fletcher, sobreviviente, describe dicha dificultad de manera conmovedora en el número de noviembre de 1992 de *Sojourner Magazine*:

> El incesto es mucho más que la violación de un cuerpo por otro cuerpo. [...] Es una traición basada en la mentira "Te quiero, pero de todas formas voy a hacer esto". Admitir que eres una sobreviviente es reconocer que no fuiste amada. No hay palabras para describir esa agonía. No es algo que uno pueda admitir a la ligera.

El hecho de que el abuso sexual involucre sentimientos sexuales y partes del cuerpo puede también contribuir a la tendencia a guardar silencio. Los sobrevivientes que se sienten apenados de discutir estas heridas íntimas necesitan recordar que ellos no hicieron nada despreciable. Si tuviéramos que pasar por una cirugía de senos o de próstata buscaríamos el apoyo de nuestros seres queridos y hablaríamos con ellos sobre nuestras experiencias. No debemos titubear en pedir el mismo tipo de apoyo.

"Me verán como menos hombre"
Especialmente los hombres sobrevivientes tienen dificultades para revelar sus historias de abuso. Uno de ellos relató así su experiencia:

> Para mí, sin duda la parte más difícil de la recuperación fue mostrarme y decir que soy una persona de la que abusaron sexualmente. Hasta hace dos años yo no sabía que los hombres y niños pueden ser violados. Se supone que nosotros no somos víctimas.

Nuestra sociedad envía a los niños el mensaje de que los hombres deben poder defenderse y resistirse al peligro. También se les dice que si un hombre es herido, debe resolverlo por su cuenta en vez de buscar ayuda. A un hombre o a un niño puede preocuparles que hablar del abuso signifique que no fueron capaces de protegerse y cuidarse.

A los varones también se les enseña a no mostrar sus sentimientos y emociones. Un hombre puede temer que hablar del abuso sea como abrir una esclusa por la que se desbordarán sufrimientos y emociones hasta entonces contenidos, y verse arrollado por ellos.

Muchos hombres también pueden resistirse a revelar que abusaron de ellos porque les preocupa su imagen sexual. Nuestra cultura les presenta el sexo a los hombres como una aventura, como algo que debería excitarlos en cualquier momento. Los hombres que son víctimas pueden llegar a dudar de su masculinidad al no haber experimentado de esa manera el sexo durante el abuso. Debido a que la mayoría de los abusos a hombres son perpetrados por otros hombres, las víctimas heterosexuales pueden preocuparse de que se les vea como homosexuales si otros saben lo que les ocurrió. Los hombres gais pueden plantearse si el abuso los hizo gais.

Los hombres tienen que enfrentar algunas de estas concepciones sociales limitantes de la masculinidad que restringen su humanidad. Hablar del abuso sexual que se sufrió no es señal de debilidad. Por el contrario, ser honesto con uno mismo y con otros exige una tremenda cantidad de valor y fuerza.

Recientemente varios hombres han hecho públicas sus historias de abuso: Greg LeMond, ganador del Tour de France; el actor Todd Bridges; las estrellas de hockey Theo Fleury y Sheldon Kennedy; Greg Louganis, ganador de una medalla de oro olímpica; Scott Brown, senador por Massachusetts; el boxeador Sugar Ray Leonard, y Don Lemon, presentador de noticias de la CNN. Puesto que se considera que uno de cada seis hombres fue víctima de abuso sexual cuando niño, estas revelaciones están ayudando a muchos a superar la innecesaria vergüenza y el aislamiento emocional.

"Como mujer perderé mi estatus social"

Las mujeres sobrevivientes tienen que superar una restricción social diferente. Puede preocuparles que cuando cuenten que se abusó de ellas sean vistas como "libertinas" o "manchadas". Nuestra sociedad ha establecido estos temores. Las leyes contra la violación, por ejemplo, se redactaron originalmente porque los padres y esposos querían proteger el valor de sus esposas e hijas. Las mujeres eran consideradas una propiedad expuesta a que otros hombres la dañaran. Pero los tiempos están cambiando. Esta idea de las mujeres como propiedad se está volviendo obsoleta. Recientemente, muchas mujeres destacadas han dado un paso al frente para hablar públicamente de sus historias de abuso sexual. La presentadora de televisión Oprah Winfrey, la senadora por Florida Paula Hawkins, la bailarina Cheryl Burke, la exMiss Estados Unidos Marilyn Van Derbur, y muchísimas actrices, como Kelly McGillis, Ashley Judd, Mackenzie Phillips, Mo'Nique, Teri Hatcher o Queen Latifah se han sumado a otras mujeres para superar la vergüenza, romper el silencio y revelar abusos sexuales pasados.

Como casi la mitad de las mujeres son víctimas de abuso sexual a lo largo de sus vidas, una mujer que abiertamente reconoce que han abusado de ella no debe temer estar sola. Cuando doy charlas y conferencias suelo hablar un poco de mi propia historia de abuso sexual. Aunque antes temía que la gente me tuviera en menor estima tras saberlo, mi experiencia ha sido todo lo contrario. Invariablemente, cuando acaba mi presentación las personas agradecen mi capacidad para hablar abiertamente del hecho de ser una sobreviviente.

El abuso sexual no disminuye el valor de una mujer o la hombría de un varón. Como el robo, *el abuso sexual es un delito que se comete contra ti, no un indicador de quién eres.*

"Me dijeron que no lo contara"

Si la persona que abusó de ti sigue viva y a tu alrededor, puede ser una carga adicional. Es posible que temas que el agresor te lastime si descubre que le confiaste a alguien la historia del abuso. Puede ser difícil incluso fiarse de una relación íntima de mucha confianza.

Los sobrevivientes pueden seguir temiendo irracionalmente al agresor durante años. A esto lo llamo el fenómeno de "Santa Claus te está vigilando". Dado que muchos agresores fueron figuras de autoridad, algunos sobrevivientes pueden imaginar que el agresor tiene un poder especial para controlar sus vidas. Como dice la letra de la canción navideña *Santa Claus is Coming to Town,* "él sabe cuándo estás dormido, sabe cuándo estás despierto, sabe si te has portado bien o mal, así que, por el amor de Dios, pórtate bien".

Los sobrevivientes que se han sentido así deben recordar que no son impotentes. Ahora tienen un apoyo del que probablemente carecían cuando el abuso ocurrió. Son los perpetradores quienes tienen mucho que temer —tanto social como legalmente— de los sobrevivientes que ya no están dispuestos a mantener en secreto el abuso sexual.

"Temo las reacciones de otras personas"

Hablar del abuso sexual es riesgoso. No podemos predecir cómo van a reaccionar los demás. Aunque la conciencia social respecto al abuso sexual ha aumentado en los últimos años, muchas personas siguen respondiendo de manera negativa. Pueden no creer que haya ocurrido en la realidad, opinar que tú tuviste la culpa, cuestionar por qué no hiciste nada al respecto antes, o darte la impresión de que creen que en algún sentido quedaste irremediablemente dañado y ya no vales nada.

Una sobreviviente contó cómo había sido hablarle de su abuso a un compañero, cuya respuesta fue desconcertante:

> Empecé a tener recuerdos del abuso sexual mientras salía con un hombre al que no conocía bien. Le dije que tenía un nuevo recuerdo y le conté cuál era. Él no entendía por qué quería o necesitaba desenterrar el pasado (como si hubiera tenido alternativa). No me apoyaba en lo relacionado con los recuerdos ni con el destrozo emocional que estos traían consigo. Se la pasaba sugiriendo maneras rápidas de resolver los problemas. Me sentí culpable, sin apoyo y enojada. Después de eso terminé con la relación. Posteriormente me dijo que su respuesta se debía a *su dificultad de verme sufrir tanto.*

Otra sobreviviente reconoció haberse sentido aterrada cuando a los treinta y nueve años decidió contarles a sus padres que el hermano de su madre había abusado sexualmente de ella treinta y tres años atrás. Le preocupaba que no creyeran que había sido abuso sexual, que defendieran las acciones de su tío o que no le respondieran. Esos temores y preocupaciones la hicieron enfrentarse a sus propias dudas sobre lo que había ocurrido. ¿En verdad había sido abuso sexual? ¿Realmente había ocurrido? No fue sino hasta que aclaró su mente sobre lo que había pasado y sobre quién era responsable, que pudo hablar del abuso con sus padres.

> Para cuando finalmente marqué el número telefónico de mis padres me sentía tan fuerte que sabía que, sin importar la respuesta que obtuviera, no me abandonaría. Por supuesto que esperaba de ellos una reacción de apoyo, pero sabía que lo que me beneficiaría en mi sanación sería poder decirlo, escucharme decirlo. Para mí, oírme decir que habían abusado de mí significaba que había superado la vergüenza y la duda.

Compartir es algo que decidimos hacer por nosotros mismos para ayudarnos a sanar. Como es tan riesgoso, necesitamos ser cuidadosos y contarlo de maneras que creamos que nos beneficiarán.

Cuando los sobrevivientes deciden que están listos y quieren contar que abusaron sexualmente de ellos, pueden reducir el riesgo y aumentar la probabilidad de tener una experiencia positiva de reconocimiento al planear su revelación de manera reflexiva y cuidadosa. Esta consigna puede ayudar: *Cuéntalo cuando te sientas seguro y paso a paso.*

Empieza a hablar del abuso con amigos cercanos, familiares o amantes que te hayan mostrado su apoyo emocional en el pasado, con un terapeuta en una sesión confidencial o con otros sobrevivientes de abuso sexual. Son personas que crees que mostrarán un interés no punitivo y afectuoso en lo que te pasó. Una sobreviviente que le contó de su abuso a su terapeuta dijo: "Necesitaba a alguien seguro a quien platicarle. Necesitaba un testigo donde antes nunca lo hubo, alguien que no me avergonzara ni se inmiscuyera con sus reacciones propias".

No hay una fórmula para determinar quién será el mejor "testigo" para ti. Piensa en quién será receptivo, te dará apoyo y se preocupará por tus necesidades. A veces los mejores escuchas se encuentran en los grupos de apoyo.

El grupo de apoyo a sobrevivientes me dio la oportunidad de descubrir que no estaba solo, que había otras personas con experiencias parecidas. También había personas que entendían y no me juzgaban. Fue el principio para poder hablar de abuso sexual y confiar en los demás.

No todo mundo está bien informado sobre el abuso sexual. Antes de hablar de tu experiencia, allana el camino hacia el tema sensibilizando a tu interlocutor sobre la marcha. Quizá incluso quieras darle material de lectura sobre abuso sexual para desterrar viejos mitos antes de seguir adelante. (En el capítulo 9 hablaremos sobre cómo los compañeros íntimos pueden informarse más sobre el abuso y por tanto ser más solidarios).

Al principio habla en términos generales: "Algo me ocurrió en el pasado sobre lo que me cuesta trabajo hablar". Pon a prueba su grado de interés: "Me gustaría contarte más, pero quiero saber si te interesa saber sobre eso". Diles lo que necesitas: "Como se trata de un tema sensible para mí, voy a necesitar tu comprensión y apoyo cuando escuches sobre él. ¿Te parece bien?". Revela los detalles del abuso gradualmente, como te parezca prudente: "Alguien me agredió sexualmente". "Mi tío me agredió sexualmente". "Mi tío tuvo sexo oral conmigo".

Prepárate para diferentes reacciones. Si te culpan de alguna manera, conviene que recuerdes y les recuerdes que el abuso fue culpa del agresor, no tuya. Si se preguntan por qué has guardado silencio por tanto tiempo, diles que a la mayoría de los sobrevivientes les cuesta reconocer y revelar el abuso. Si quieren enfrentar a tu agresor, recuérdales que no pueden hacerlo sin tu aprobación, que tú tienes que controlar la solución de los problemas relacionados con tu abuso.

No te sorprendas si también obtienes algunas reacciones positivas. Cuando lo *compartes de manera segura y paso a paso* es probable que eso ocurra. Una sobreviviente describió su experiencia:

> Cuando le conté a mi pareja por primera vez que mi hermano había abusado sexualmente de mí, se impresionó tanto que se quedó sin palabras, pero me pareció que me entendía y no me juzgaba. Me sentí aliviada de que por lo menos eso hubiera salido a la luz. Me quité un gran peso de encima.

Y otra sobreviviente contó su situación:

> Cuando mi esposo y yo llegamos a casa después de una sesión de terapia, me preguntó exactamente qué había pasado cuando sufrí abuso sexual. Me sentí lista para revelar más. Le dije que no era fácil hablar de eso. Luego le conté que mi hermano me había tocado los pechos, la zona vaginal y que había eyaculado

sobre mí. Mientras hablaba no dejé de llorar y temblar. Mi esposo me abrazó. Lloró conmigo. Nunca me había sentido tan cerca de él como en ese momento.

Hablar del abuso te permite ser honesto sobre ti mismo con los demás. Puede liberarte de sentimientos de culpa y vergüenza innecesarios. Compartirlo es una muestra de tu fortaleza y de tu capacidad para recuperarte. Aunque en el corto plazo pueda ser doloroso y atemorizante, en el largo plazo puede hacerte sentir bien y provocarte una sensación de alivio que empodera. "Estoy tan contento de que el abuso haya salido a la luz —comentó un sobreviviente—. La mayoría de las criaturas horribles que mantuve en mi oscuridad salieron y murieron con la luz".

Al admitir el abuso puedes reconocer la experiencia del abuso sexual como parte de tu historia vital y aprender a usarlo como una fuente de fortaleza. Al reconocer el abuso sexual recuperas el poder y puedes empezar a hacer algo acerca del pasado. Cuando compartes la historia del abuso con otros, puedes hacerlo con la frente en alto. Ya no eres una víctima. Eres un sobreviviente en desarrollo.

3

Identificar el impacto sexual

Contemplar el daño era doloroso y al mismo tiempo liberador.
Una vez que descubrí lo que me habían arrebatado,
exactamente cómo me habían herido,
pude empezar a hacer cambios.
Fue desgarrador, pero me empoderó.
Un sobreviviente

Adam, sobreviviente de treinta y cinco años, había venido a terapia de pareja con Marge, su esposa, para trabajar sobre algunas dificultades en su relación sexual. En las últimas semanas Adam le había revelado a Marge que cuando tenía trece años el monitor del campamento abusó sexualmente de él. Había tardado veintidós años en reconocer que había sido una víctima. Al principio Marge reaccionó con sorpresa y luego con solidaridad.

Después de su revelación, Adam se deprimió. De pronto se vio llorando en el trabajo. Le costaba trabajo conciliar el sueño por las noches. A Marge empezó a preocuparle lo que la conciencia del abuso significaría para su relación.

Un día en la sesión, Marge escuchaba en silencio a Adam mientras él describía sus emociones turbulentas. Entonces ella se inquietó y le dijo: "Es difícil verte sufrir tanto. ¿No puedes superar el pasado y disfrutar la vida que tenemos juntos?".

Adam se enderezó en el asiento, respiró hondo y dejó salir una avalancha de sentimientos que había reprimido durante mucho tiempo:

Ojalá fuera tan fácil, pero no. El abuso me dejó pensando que posiblemente soy gay. Hizo que llevar una vida heterosexual contigo y los niños parezca una farsa y un engaño. ¿Recuerdas cómo te fastidiaba todo el tiempo pidiéndote que tuviéramos sexo? Lo hacía para tratar de que desaparecieran mis pensamientos de sexo con hombres. El abuso no solo me hizo cuestionar mi sexualidad, sino que me dejó con una idea disminuida de mi valor como ser humano. Lo que ese tipo me hizo entonces me ha dificultado la intimidad contigo ahora.

Los ojos de Adam estaban llenos de lágrimas. Marge lo miró fijamente y dijo: "Lo siento. No me había dado cuenta de que el abuso fue tan doloroso".

El abuso sexual no es simplemente un suceso que ocurrió, terminó y ya pasó. Puede tener un impacto en todos los aspectos de la vida de un sobreviviente: sus actitudes, la imagen de sí mismo, sus relaciones, su sexualidad. No son asuntos pasados sino muy actuales y reales. Se necesita una gran fuerza para conocerlos, evaluarlos y cambiarlos. En el caso de Adam, gracias a un arduo trabajo está dándose cuenta de todas las maneras en las que el abuso sexual lo ha afectado y está encontrando importantes conexiones entre el abuso pasado y sus problemas sexuales actuales. También Marge está cobrando más conciencia. Su viaje se ha iniciado.

Muchos sobrevivientes que trabajan para comprender los efectos generales de su abuso no se dan cuenta de las maneras específicas en las que este ha influido en su sexualidad. Las huellas del abuso pasado pueden llegar hasta la vida presente de un sobreviviente y provocar problemas constantes.

Algunos efectos sexuales desaparecen meses después del abuso sexual, pero muchos otros no. Estos efectos pueden ocultarse en las actitudes sexuales y la vida de un sobreviviente y no hacerse evidentes sino hasta muchos años después de terminado el abuso.

Es posible que no sientas que tu conducta actual sea "efecto" de nada. Si evitas el sexo puedes pensar que sencillamente eres una persona a la que no le gusta la sexualidad. "¿Por qué todo mundo le da tanta importancia? Yo puedo pasarla bien sin sexo". Esto podría ser cierto. Pero también es posible que tus sentimientos actuales estén determinados por un abuso sexual pasado.

Si, por el contrario, eres un sobreviviente que constantemente busca sexo, podrías justificar tus problemas sexuales diciéndote que simplemente disfrutas el sexo. "Para mí es natural. Soy bueno en ello. Me gustaría hacerlo en cualquier momento con cualquiera. No veo por qué todo el mundo es tan reprimido con el sexo". Eso podría ser cierto, pero es posible que tu intenso deseo sexual se origine en un estrés emocional oculto y en lo que aprendiste sobre el sexo como consecuencia del abuso. Puedes no ser consciente de hasta qué grado te afecta negativamente tu conducta sexual.

Cuando aprendes a identificar las diferentes formas en las que el abuso puede estar afectando tu sexualidad, esta comprensión puede ser perturbadora. Es desagradable cuestionar nuestras actitudes y conductas sexuales, y es triste tener idea de cuán profundamente nos hemos visto afectados por el abuso. Tal vez por primera vez veamos que definitivamente algo anda mal con la manera en la que abordamos la sexualidad. Un sobreviviente recuerda esa sensación:

> Algo que me enojaba mucho cuando me estaba recuperando del abuso sexual era darme cuenta de que este seguía afectándome en formas de las que yo no estaba consciente. Eran maneras sutiles que actuaban inconscientemente. Tenían que ver con cómo entablaba relaciones íntimas y con lo que buscaba para excitarme sexualmente. Tuve que identificar todos esos efectos antes de poder recuperarme de ellos.

Si bien conocer las secuelas del abuso puede ser doloroso, no conocerlas puede ser peor. Si seguimos sin darnos cuenta de las muchas formas en las que el abuso nos ha dañado sexualmente, podemos quedarnos atrapados en años de confusión y dolor, negándonos el disfrute de una sexualidad sana.

Identificar el impacto sexual del abuso puede ser una guía para tu recuperación. Una vez que te das cuenta exactamente de cómo ha influido el abuso en tu sexualidad, puedes encauzar tu energía para sanar de maneras concretas. Cobras conciencia de aspectos particulares en los cuales concentrarte y hacer modificaciones durante las partes finales del viaje para sanar la sexualidad.

En este capítulo trabajaremos con el inventario de efectos sexuales para ayudarte a identificar cómo el abuso sexual puede seguir influyendo en tu sexualidad. Si tienes pocos recuerdos, o ninguno, del abuso sexual, o no reconoces haberlo sufrido, este inventario te puede ayudar a explorar esa posibilidad. En los últimos capítulos puedes remitirte a tus respuestas mientras trabajas en cambiar tu conducta y tus actitudes sexuales.

Este inventario se concibió para ayudarte a evaluar tu sexualidad presente: ¿Cómo es tu vida sexual hoy? ¿Qué te preocupa sexualmente ahora? Al llenar el inventario podrás identificar problemas específicos en los que te gustaría enfocarte mientras sanas.

En capítulos posteriores aprenderemos más sobre estos efectos, cómo se desarrollaron y cómo puedes trabajar para cambiarlos. Por ahora concentrémonos en realizar un inventario honesto y exhaustivo de tu sexualidad. La experiencia de cada sobreviviente es única. No hay respuestas correctas o incorrectas.

INVENTARIO DE EFECTOS SEXUALES *

1. Actitudes hacia el sexo

El abuso sexual genera actitudes negativas y falsas respecto al sexo. Estas permanecen ocultas a nuestra conciencia. Puedes tener dificultad para separar el sexo abusivo del sexo sano. Los agresores contaminan a las víctimas, imprimiendo en sus mentes una forma de pensamiento abusiva respecto al sexo, una mentalidad de abuso sexual. Esta mentalidad puede afectar cada aspecto de la sexualidad de la víctima: el impulso sexual, la expresión sexual, los roles sexuales, las relaciones íntimas, el conocimiento del funcionamiento sexual y el sentido de la moralidad. ¿Cómo te ha afectado esta mentalidad de abuso sexual?

Coloca una palomita (✔) frente a cada afirmación con la que estés de acuerdo, y un signo de interrogación (?) frente a cada afirmación con la que estás de acuerdo algunas veces o parcialmente. (Las afirmaciones que no caen en ninguna de las categorías anteriores deben dejarse en blanco).

_____ Siento que el sexo es un deber que debo cumplir.

_____ Siento que el sexo es algo que hago para obtener algo más.

_____ En el sexo alguien gana y alguien pierde.

_____ El sexo me parece sucio.

_____ El sexo me parece malo.

_____ El sexo me parece algo secreto.

_____ Equiparo el sexo con el abuso sexual.

---

* Desarrollé el inventario de efectos sexuales basándome en elementos que identifiqué en mi práctica clínica, en revisión de investigaciones y en el estudio de cuestionarios. Está diseñado para darles a los sobrevivientes un panorama general de sus preocupaciones sexuales en este momento. Los puntos del inventario son los que los terapeutas y sobrevivientes creen que se asocian con el abuso sexual del pasado (algunos se han comprobado de manera empírica, otros no). Los problemas sexuales tienen muchas causas aparte del abuso sexual, como problemas médicos, educación religiosa y social, dificultades en las relaciones y estrés, que podrían explicar cualquier respuesta particular a algún punto.

_____La energía sexual parece incontrolable.

_____El sexo es doloroso para mí.

_____Creo que el sexo es algo que o das o recibes.

_____Siento que el sexo es poder para controlar a otra persona.

_____Creo que tener sexo es lo único que importa.

_____Creo que el sexo beneficia más a los hombres que a las mujeres.

_____Creo que las personas no tienen responsabilidad mutua durante el sexo.

_____Creo que el deseo sexual hace que las personas hagan locuras.

_____Creo que los hombres tienen derecho a exigirles sexo a las mujeres.

_____Para mí el sexo significa peligro.

_____Creo que el sexo es una manera de evadir emociones dolorosas.

_____El sexo es humillante para mí o para otros.

_____Creo que el sexo es adictivo.

_____Creo que el sexo es un juego.

_____Creo que el sexo es una condición para recibir amor.

2. Autoconcepto sexual

El abuso sexual, y sus consecuencias, puede influir inconscientemente en cómo te sientes respecto a ti mismo y el sexo. Posiblemente ahora te consideres como alguien dañado sexualmente, con un bajo autoconcepto sexual. O tal vez has desarrollado un concepto de ti mismo exagerado, que te hace creer que el sexo te hace poderoso. Saber cómo te concibes como persona sexual es fundamental para poder, con el tiempo, hacer cambios en tu conducta sexual.

Coloca una palomita (✔) frente a cada afirmación con la que estés de acuerdo y un signo de interrogación (?) frente a cada afirmación con la que estés de acuerdo algunas veces o lo estés parcialmente.

_____Soy un blanco sexual fácil.

_____Mi sexualidad es repugnante.

_____Odio mi cuerpo.

_____Hay algo mal conmigo sexualmente.

_____Estoy confundido sobre si soy homosexual o heterosexual.[*]

_____Siento que perderé el control si me dejo ir sexualmente.

[*] No creo que una preferencia sexual en particular sea en sí misma un efecto negativo del abuso sexual que deba superarse. Lo que puede ser problemático es la confusión sobre la preferencia y orientación sexuales.

_____ No tengo la impresión de ser sexual en lo más mínimo.

_____ En el sexo me siento una víctima.

_____ Soy sexualmente inadecuado.

_____ Hay ciertas partes sexuales de mi cuerpo que no me gustan.

_____ Quiero tener sexo por todas las razones equivocadas.

_____ Durante el sexo tengo que mantener el control.

_____ No tengo derecho a negarle mi cuerpo a cualquiera que lo desee.

_____ Puedo ser amado solo en la medida en que puedo dar sexualmente.

_____ Soy un obseso sexual.

_____ No tengo derecho a controlar la interacción sexual.

_____ Mi valor principal consiste en darle servicio sexual a una pareja.

_____ Si deseo sexo, soy alguien tan enfermo como un delincuente sexual.

_____ Me culpo del abuso sexual pasado.

_____ Merezco cualquier cosa que recibo sexualmente.

_____ Me gustaría ser del sexo opuesto.

_____ Soy inferior a otras personas debido a mi pasado sexual.

_____ Soy mercancía dañada.

_____ Es fácil dominarme sexualmente.

_____ Sería muy feliz en un mundo en el que el sexo no existiera.

_____ No podría vivir en un mundo sin sexo.

_____ Soy un artista sexual.

_____ He hecho algunas cosas sexuales que nunca me perdonaré.

_____ Soy una persona sexualmente enferma.

_____ No soy digno de ser amado por quien soy, solo por lo que hago sexualmente.

_____ Soy un objeto sexual.

_____ Me siento mal respecto a mi género.

3. Reacciones automáticas ante el contacto y el sexo

El abuso sexual puede crear una manera condicionada de reaccionar ante el contacto y el sexo. Algunos supervivientes se llenan de pánico, evitan cualquier posibilidad sexual y quieren salir corriendo cuando alguien los aborda sexualmente. Otros se paralizan y se sienten indefensos e incapaces de protegerse. Sin embargo, otros se sobreexcitan y pueden buscar imprudentemente encuentros sexuales peligrosos. Puedes experimentar reacciones espontáneas ante el sexo que te hagan insensible frente a las sensaciones sexuales, que separen tu mente de lo que está ocurriendo físicamente, o excitarte de maneras inapropiadas. El contacto y los escenarios sexuales pueden revivir sentimientos negativos asociados con el abuso. Pueden surgir recuerdos del abuso sexual que interfieran con la capacidad de relacionarse sexualmente y con la satisfacción.

Coloca una palomita (✓) frente a cada afirmación con la que estés de acuerdo y un signo de interrogación (?) frente a cada afirmación con la que a veces estés de acuerdo o lo estés parcialmente.

_____ El sexo me da miedo.

_____ Me interesa poco ser sexual.

_____ Algunas partes sexuales del cuerpo me dan miedo.

_____ Me preocupa el sexo.

_____ Me alejo de posibilidades sexuales.

_____ Me molestan los pensamientos sexuales que no puedo controlar.

_____ Cuando me excito me siento sumamente ansioso.

_____ Me siento especialmente poderoso cuando tengo sexo.

_____ Me excito sexualmente en momentos en que no debería.

_____ Constantemente busco oportunidades sexuales.

_____ Cuando una persona me toca creo que quiere tener sexo conmigo.

_____ Cuando me abordan sexualmente pierdo toda capacidad de protegerme.

_____ Tengo intereses y deseos sexuales poco sanos.

_____ Con frecuencia tengo recuerdos del abuso sexual pasado durante el sexo.

_____ Fantasías sexuales no deseadas se inmiscuyen en mis experiencias sexuales.

_____ Me excitan los pensamientos de sexo doloroso.

_____ Cuando me tocan tengo sensaciones de pánico.

_____ Me siento emocionalmente distante durante el sexo.

_____ Durante el sexo mi mente se siente separada de mi cuerpo.

_____ Me siento como si fuera otra persona cuando tengo sexo.

_____ Me pongo muy nervioso durante el sexo.

_____ Las caricias sexuales me hacen tener sentimientos negativos como miedo, enojo, vergüenza, culpa o náuseas.

_____ Me excito cuando no quiero.

_____ Con frecuencia siento un dolor emocional después del sexo.

_____ Durante el sexo soy muy sensible a ciertos olores, visiones, sonidos o sensaciones.

4. Conducta sexual

El abuso sexual puede destrozar nuestra capacidad para tener una sexualidad sana. Puede ser que te hayan enseñado modelos abusivos de conducta sexual y que te introdujeran a actividades sexuales anormales, compulsivas y poco saludables. Ahora como reacción puedes asociar tu expresión sexual con el sigilo y la vergüenza. Algunos sobrevivientes pueden renunciar al sexo, impidiendo cualquier nuevo descubrimiento de una sexualidad sana. Otros pueden verse absorbidos e impulsados por el sexo. A veces los sobrevivientes recrean el abuso en un intento inconsciente de resolver un conflicto emocional profundamente arraigado, relacionado con el abuso original. Es necesario identificar estas reacciones para poder entender mejor tu conducta y a la larga trabajar para hacer cambios saludables.

Coloca una palomita (✓) frente a cada afirmación con la que estés de acuerdo y un signo de interrogación (?) frente a cada afirmación con la que a veces estés de acuerdo o lo estés parcialmente.

_____ Me aíslo socialmente de otras personas.

_____ Soy incapaz de iniciar un encuentro sexual.

_____ Evito situaciones que pueden desembocar en sexo.

_____ Soy incapaz de decir no al sexo.

_____ Siento que no tengo límites físicos cuando se trata de sexualidad.

_____ Para disfrutar realmente del sexo necesito estar bajo la influencia del alcohol u otras drogas.

_____ Pago por tener sexo.

_____ Me siento confundido sobre cómo y cuándo ser sexual.

_____ Participo en conductas sexuales médicamente riesgosas (sin protección contra enfermedades o embarazo).

_____ Tengo sexo a cambio de una ganancia económica.

_____ He tenido más parejas sexuales de lo que era bueno para mí.

_____ Actúo sexualmente de maneras perjudiciales para otros.

_____ Manipulo a otros para que tengan sexo conmigo.

_____ Participo en sexo sadomasoquista.

_____ Tengo más de una pareja sexual a la vez.

_____ Me involucro con parejas sexuales que tienen otra relación.

_____ Recurro a fantasías de abuso sexual para aumentar la excitación.

_____ Me siento atraído de manera adictiva a ciertas conductas sexuales.

_____ Me siento impulsado a masturbarme con frecuencia.

_____ Me involucro en actividades sexuales secretas.

_____Participo en conductas sexuales que podrían dañarme.

_____Participo en conductas sexuales que podrían tener consecuencias negativas para otros.

_____Tengo sexo cuando en realidad no quiero.

_____Estoy confundido respecto a qué es un contacto apropiado o inapropiado al salir con alguien.

_____No consigo alejarme de la pornografía cuando quiero dejarla.

_____Suelo recurrir a pornografía violenta para excitarme.

_____Me cuesta trabajo negarme a contactos sexuales no deseados.

_____Mis comportamientos sexuales han causado problemas con mi relación principal, mi trabajo o mi salud.

_____Recurro al sexo para sentirme mejor cuando estoy deprimido.

5. Relaciones íntimas

El abuso sexual influye en la capacidad de un sobreviviente para entablar y mantener relaciones sexuales sanas. El abuso puede interferir con nuestra capacidad para tomar buenas decisiones. A algunos sobrevivientes se les puede dificultar elegir parejas que les brinden apoyo emocional. A otros les puede resultar muy difícil confiar y sentirse seguros con compañeros a los que sí les importen. Los sobrevivientes pueden temer a la intimidad o tener una capacidad limitada para disfrutar de ella.

Las dificultades sexuales que un sobreviviente puede tener como consecuencia del abuso con frecuencia generan problemas emocionales y sexuales al compañero. Conocer dónde radican las dificultades para las relaciones y de qué manera el abuso ha ocasionado problemas puede ayudarte a trabajar con tu pareja para resolver preocupaciones individuales y construir juntos una relación más íntima.

Coloca una palomita (✔) frente a cada afirmación con la que estés de acuerdo y un signo de interrogación (?) frente a cada afirmación con la que a veces estés de acuerdo o lo estés parcialmente.

_____Me atraen compañeros que me exigen tener relaciones sexuales.

_____Tengo miedo de ser emocionalmente vulnerable en las relaciones.

_____Soy incapaz de atraer a la clase de compañero que me convendría tener.

_____Me siento obligado a complacer sexualmente a mi pareja.

_____Mis relaciones íntimas siempre fracasan.

_____Me cuesta trabajo tener una cercanía íntima y mostrarme sexual al mismo tiempo.

_____No confío en que un compañero pueda serme realmente fiel.

_____Oculto mis verdaderos sentimientos en una relación íntima.

_____Un compañero me rechazaría si él o ella supiera todo sobre mi pasado sexual.

_____Tengo dificultades para iniciar el contacto sexual con un compañero.

_____Mi pareja está constantemente insatisfecha con nuestra vida sexual.

_____Nuestra relación acabaría si dejáramos de tener sexo.

_____Deseo, pero no logro, serle fiel a una pareja.

_____Mi pareja íntima me recuerda a un delincuente sexual.

_____Mi pareja me percibe como un abusador sexual.

_____Quiero alejarme de mi pareja inmediatamente después de tener sexo.

_____Mi pareja se siente rechazada sexualmente por mí.

_____Mi pareja se siente presionada sexualmente por mí.

_____Me cuesta trabajo comunicar mis deseos y necesidades sexuales.

_____Me da miedo tener cercanía emocional con mi pareja.

6. Problemas de funcionamiento sexual

El abuso sexual puede provocar problemas específicos en el funcionamiento sexual. El abuso tal vez pudo haberte enseñado hábitos poco sanos de respuesta al estímulo sexual. El estrés y la ansiedad que se originaron con el abuso pueden seguir ensombreciendo tu actividad sexual. Con el tiempo, estos problemas sexuales interfieren con la intimidad y la satisfacción sexual a largo plazo. En la medida en que identifiques áreas problemáticas en cómo funcionas sexualmente ahora, también reconocerás preocupaciones sexuales específicas con las cuales trabajar en el proceso de sanación.

Coloca una palomita (✓) frente a cada afirmación con la que estés de acuerdo y un signo de interrogación (?) frente a cada afirmación con la que a veces estés de acuerdo o lo estés parcialmente.

_____Me resulta difícil excitarme sexualmente.

_____Me cuesta trabajo experimentar sensaciones sexuales.

_____No me gusta tocar mi zona genital.

_____Tengo dificultades para alcanzar un orgasmo cuando me estimulo yo mismo.

_____Tengo dificultades para alcanzar un orgasmo con una pareja.

_____No tengo deseo sexual.

_____Muy rara vez me interesa el sexo.

_____Controlo demasiado las interacciones sexuales.

_____Mis orgasmos parecen estar más vinculados con aliviar la tensión que con sentir placer.

_____Mis orgasmos no son muy placenteros.

_____El sexo en general no es muy placentero.

_____Los tipos de actividad sexual con los que me siento cómodo son muy limitados.

Hombres

_____Tengo dificultades para conseguir o mantener una erección firme.

_____Tengo dificultades para eyacular.

_____Eyaculo muy pronto.

Mujeres

_____No me gusta que me toquen los senos.

_____Es imposible que me penetren por la vagina.

_____Siento dolor o molestias con la penetración vaginal.

_____Alcanzo el orgasmo muy rápido.

LO QUE PUEDES APRENDER DEL RECUENTO

Ahora que has concluido el inventario de efectos sexuales, regresa y revisa tus respuestas. Recuerda: no hay calificaciones ni un conjunto correcto de respuestas. Más bien estás tratando de identificar los efectos que ha tenido el abuso en tu yo sexual actual.

Para muchos sobrevivientes, responder el inventario los conduce al autodescubrimiento, a la autoconciencia. Es otro paso en tu viaje. Aunque tu inventario es único, puedes aprender, o sentirte apoyado, por las siguientes reacciones de otros sobrevivientes.

"No me había dado cuenta de cuánto se ha visto afectada mi sexualidad"
Muchos sobrevivientes se sienten mal después de responder el inventario. Puede ser que te sorprendas e incluso te sientas angustiado por la cantidad de palomitas que colocaste. Un sobreviviente dijo: "Marqué casi la

mitad de los puntos de cada categoría". Puede sorprenderte haber colocado marcas en tantas categorías diferentes. Sin embargo, hacerlo obliga a los sobrevivientes a superar su negación. Los problemas reales existen. Al reconocerlos puedes trabajar con ellos.

"Algunos puntos son más importantes para mí que otros"

El impacto de unos efectos sexuales particulares puede variar de una persona a otra. Una consecuencia que para un sobreviviente no pasa de ser molesta, para otro puede ser sumamente perturbadora. Una lesbiana sobreviviente que sienta miedo al ver un pene erecto puede descubrir que esta consecuencia sexual no es importante. Pero el mismo temor puede perturbar en extremo a una mujer heterosexual o a un hombre gay.

Algunos puntos, como "Participo en conductas sexuales que podrían hacerme daño" y "Actúo sexualmente de maneras perjudiciales para otros", son indicio de un peligro inminente. Necesitarás darle a este tipo de afirmaciones una mayor prioridad en tu restablecimiento sexual.

"En mis respuestas veo tendencias y regularidades"

Muchos sobrevivientes ven tendencias en una de dos direcciones: tener sentimientos negativos hacia la actividad sexual y evitarla, o volverse compulsivos y participar en mucha actividad sexual. "Me doy cuenta de que tiendo a alejarme del sexo, a pesar de que ansío que me acaricien", señaló un sobreviviente.

Algunos sobrevivientes observan tendencias en ambas direcciones. "Me siento impulsado a masturbarme mucho, y sin embargo evito el sexo con mi pareja", comentó otro sobreviviente.

Muchos de los puntos del inventario se traslapan. Nuestras actitudes hacia la sexualidad influyen en nuestras experiencias y conductas sexuales y viceversa. Puedes observar regularidades y vínculos entre los puntos que marcaste y las maneras como se relacionan entre sí.

En la siguiente declaración de una mujer sobreviviente añadí palabras entre corchetes para señalar las diferentes categorías de efectos sexuales que revela.

Cuando entré a la preparatoria y a la universidad empecé a experimentar un miedo intenso cada vez que me invitaban a salir [REACCIONES AUTOMÁTICAS]. Estaba segura de que terminaría en un forcejeo respecto al coito, incluso desde la primera cita. Pensaba que eso era todo lo que los hombres querían de mí [ACTITUDES SEXUALES]. Me aterraba la idea de tener sexo con alguien

[REACCIONES AUTOMÁTICAS]. Pensaba que el sexo era banal, ridículo, algo para gente sin carácter [ACTITUDES SEXUALES]. Nunca tuve una cita [CONDUCTA SEXUAL]. Mi miedo generó una absoluta falta de interés en el sexo, las citas y el contacto físico [RELACIONES, PROBLEMAS CON EL FUNCIONAMIENTO SEXUAL]. Me convertí en un ratón de biblioteca [CONCEPTO DE UNO MISMO].

Puesto que los puntos se relacionan unos con otros, cuando empiezas a hacer cambios en un aspecto de la sanación sexual, automáticamente estarás mejorando otros.

"Mis respuestas son distintas de lo que habrían sido en el pasado"

Con frecuencia los sobrevivientes comentan que hubieran marcado el inventario de manera diferente si lo hubieran respondido uno, cinco, diez o veinte años antes. Las repercusiones sexuales pueden manifestarse de diferentes maneras en distintas etapas de tu vida. Por ejemplo, muchos sobrevivientes tienen un periodo de mucha actividad sexual en los años en los que tienen citas, más adelante se encuentran con problemas de interés y funcionamiento sexuales solo después de involucrarse en un compromiso de largo plazo. Volver a responder el inventario en diferentes épocas puede ayudarte a ver cómo las repercusiones sexuales del abuso pueden haber cambiado con el tiempo y destacar áreas en las que estás mejorando. Una sobreviviente dio un ejemplo del cambio relacionado con la edad:

Cuando era niña, entre los diez y los quince años, me masturbaba con una frecuencia que hoy podría parecer excesiva, y usaba objetos para estimularme. Luego, en la adolescencia, no me gustaba tocarme. Ahora prefiero masturbarme solo cuando me siento bien conmigo misma.

Otro sobreviviente dijo: "Es bueno ver que he dejado de usar el sexo para tratar de llenar un vacío en mi corazón".

Tal vez en el futuro quieras volver a responder el inventario de efectos sexuales. Puede ser un poderoso recurso al cual remitirte en diferentes momentos de tu restablecimiento sexual, que te ayudará a identificar áreas de cambio. El inventario también puede ofrecerte una manera de evaluar los progresos que realices durante el viaje para sanar tu sexualidad.

Al responder este inventario es posible que por primera vez te hayas hecho consciente de cuán profundamente te lastimó sexualmente el abuso. Si te disgusta lo que has descubierto, recuerda que esa reacción es común y fundamental. Tal vez necesites llorar tus pérdidas y sentir dolor emocional y enojo. Conforme avancemos por estas páginas tendrás la oportunidad de abordar todas las preocupaciones que marcaste. Crecerás, y tu indignación actual por todo el daño que te hicieron ayudará a alimentar tu voluntad de sanar.

4

Decidirnos a reivindicar nuestra sexualidad

Sanar la sexualidad es un trabajo muy profundo.
Se requiere de un gran valor para superar
los problemas causados por el abuso.
Puedes sentir que tu cuerpo es un campo de batalla
en el que combates a fantasmas que tienen un gran poder
y que reivindican un territorio que es tu derecho natural.
Miriam Smolover, terapeuta

Estoy sentada al lado de la alberca de un hotel en Portland, Oregon, descansando y contemplando el atardecer. Más temprano este día hice una presentación sobre cómo sanar la sexualidad ante un grupo numeroso de sobrevivientes. Una mujer joven que asistió a la conferencia se sienta junto a mí. Tiene cerca de veinticinco años y lleva un vestido floreado. Me dice que se llama Alice. También me cuenta que cuando era niña su abuelo abusaba sexualmente de ella. Alice dice que ese día, durante mi presentación, se dio cuenta de cuánto había afectado su sexualidad ese abuso. Por primera vez empezó a establecer conexiones entre los problemas sexuales que tiene con su novio y lo que le ocurrió en el pasado con su abuelo.

He estado dando vueltas sintiéndome muy contrariada y enojada. Detesto la idea de seguir en algún sentido atrapada por la influencia de mi abuelo. Es como si, de algún modo, siguiera padeciendo el abuso. Me siento como una marioneta que baila en un escenario. El fantasma de mi abuelo es el titiritero, oculto a la vista, que jala mis cuerdas. Es como si mi sexualidad estuviera fuera de mi control y no fuera mía. Sé que tengo que encontrar una salida, desligarme, porque de lo contrario siento que estoy dejando que mi abuelo me arrebate el derecho a tener una vida sexual placentera.

Al escuchar a Alice me percato de que ha llegado a un importante punto de inflexión en su viaje para sanar la sexualidad. Ahora que es consciente del impacto del pasado, está decidida a hacer frente a la injusticia que aún experimenta. Alice está tomando la decisión de recuperar su sexualidad: ponerla bajo su control, libre de la influencia de su agresor. Y quiere lograrlo sobre todo para su propio placer y satisfacción. Está convirtiendo la conciencia de sus efectos sexuales en el deseo de recuperar la sexualidad para sí misma.

Después de llenar el inventario de efectos sexuales del capítulo anterior es posible que experimentes sentimientos y pensamientos parecidos a los de Alice. Tal vez quieras hacer cambios en una o más de las seis categorías listadas en el inventario —actitudes respecto al sexo, autoconcepto sexual, reacciones automáticas, conducta sexual, relaciones íntimas o problemas de funcionamiento sexual—. Otros sobrevivientes que también han llegado a este punto en el viaje para sanar la sexualidad han propuesto las siguientes afirmaciones para describir cómo se sienten. Marca cualquiera que se aplique a ti ahora.

RAZONES PARA RECUPERAR LA SEXUALIDAD

_____Quiero tener una opinión más positiva del sexo.

_____Quiero sentirme bien conmigo como persona sexual.

_____Quiero mejorar mis reacciones automáticas a las caricias y al sexo.

_____Quiero involucrarme en prácticas sexuales más sanas.

_____Quiero tener una buena relación íntima.

_____Quiero abordar un problema sexual específico.

_____Quiero superar los efectos del pasado.

Si por el momento no te identificas con ninguna de las afirmaciones, está bien. Algunos sobrevivientes no desarrollan el deseo de hacer cambios hasta que han avanzado más en el viaje para sanar la sexualidad. Cada viaje es único.

Justine, sobreviviente de violación en una cita, decidió hacer cambios cuando se dio cuenta de cómo el abuso pasado interfería con su disfrute del contacto físico. Al hacerse consciente de la conexión con el abuso pasado, enfureció.

Vivir bien será mi mejor venganza. No tuve control sobre lo que me ocurrió en el pasado, pero lo tengo sobre lo que decido hacer ahora al respecto. No quiero que ningún aspecto de mi vida esté fuera de mi alcance. Quiero experimentar la belleza completa y la expresión de mi sexualidad.

Sin importar cuándo la tomamos, la decisión de recuperar nuestra sexualidad es una reafirmación de la vida. Refleja un impulso natural de liberarnos de las restricciones pasadas y vivir la vida más plenamente. La decisión de reivindicar nuestra sexualidad también es algo importante que supone nuevas exigencias en nuestro tiempo y energía. Se requiere de un esfuerzo para hacer cambios importantes. Debemos proteger esta decisión con respeto por uno mismo y bondad, honrando nuestro propio ritmo y siendo honestos respecto a nuestras capacidades presentes.

Hay tres actividades que pueden ayudarte en este punto del viaje para sanar la sexualidad:

- Identifica y domina tus miedos.
- Establece metas realistas.
- Recuperar la sexualidad *para ti mismo*.

Estas actividades pueden ayudarte a que te sientas más cómodo con la decisión de reivindicar tu sexualidad y pueden prepararte para hacer cambios futuros en tus actitudes, comportamientos y experiencias sexuales.

IDENTIFICA Y DOMINA TUS MIEDOS

A la mayoría nos asusta cambiar nuestros hábitos sexuales. Este temor es natural. Incluso si tu vida sexual actual es insatisfactoria o poco saludable, no sabemos qué pasará si la cambiamos. El conocimiento nuevo a menudo genera temor porque es una desviación de lo que ya conocemos.

A algunos sobrevivientes les preocupa que el cambio sea excesivo. A otros les preocupa no cambiar lo suficiente. Nuestro miedo por lo que vendrá puede paralizarnos, pero no tiene que ser así.

A continuación se presentan algunos temores comunes que los sobrevivientes han expresado cuando empiezan a plantearse hacer cambios y reivindicar su sexualidad. Marca cualquiera que se aplique a ti, o añade los tuyos a la lista.

TEMORES SOBRE LA SANACIÓN SEXUAL

_____ Temo tener que ser más activo sexualmente.

_____ Temo tener que renunciar a conductas sexuales placenteras.

_____ Temo fracasar si lo intento.

_____ Temo que mi vida social se reduzca.

_____ Temo que mi relación presente se rompa.

_____ Temo que vuelvan a victimizarme sexualmente.

_____ Temo que afloren nuevos recuerdos del abuso.

_____ Temo recordar cómo me sentí con el abuso.

_____ Temo los cambios en mi pareja íntima.

_____ Temo volverme egocéntrico.

_____ Temo que lejos de mejorar las cosas las empeore.

_____ _____

_____ _____

Estos temores son naturales durante la sanación sexual, pero no debemos permitir que nos impidan seguir adelante. Podemos reconocerlos, aceptarlos y entenderlos.

Los temores no necesariamente son malos. Pueden reflejar la emoción oculta que sentimos por realizar cambios. Pueden ser una señal de que estamos a punto de tener un avance en la comprensión.

Puedes dividir tus preocupaciones y enfrentarlas una por una. Repasa los problemas que identificaste en la última lista. Después toma cada uno y piensa en lo que podrías hacer específicamente para prevenirlo o lidiar con él. Separa cada hebra de tus sentimientos como si estuvieras destrenzando una cuerda. Al prepararte mentalmente para enfrentar cada preocupación puedes reducir el poder total del miedo.

Podemos convencernos a través de los que nos atemoriza. A continuación se exponen algunas maneras que han empleado los sobrevivientes para explicar sus temores y así desarmarlos.

Temo tener que ser más activo sexualmente. Recuerda que cada quien tiene el derecho y el poder de controlar cuán activos sexualmente seremos. Podemos aprender habilidades concretas para hacer valer nuestros límites físicos y decir no al sexo.

Temo fracasar si lo intento. El fracaso es no hacer nada para solucionar un problema que nos preocupa. Si nuestros esfuerzos no dan los frutos esperados, de todas formas aprendemos y la siguiente vez podemos intentar un nuevo enfoque. Todo esfuerzo tiene sus errores y contratiempos.

Temo que mi vida social se reduzca. Estamos a cargo de nuestra vida social. Si hemos estado socializando con personas que alientan la autodestrucción al participar en relaciones sexuales dañinas, podemos dejar que se vayan y entablar nuevas amistades, relaciones y vínculos sexuales sanos.

Temo que mi relación presente se rompa. Esto es posible. Algunas relaciones terminan porque las personas eluden los problemas, y otras lo hacen porque las personas enfrentan los problemas. Si tu relación es sana y tú y tu pareja trabajan juntos en la sanación sexual, es probable que sus vínculos se vuelvan más fuertes y más satisfactorios.

Temo que afloren nuevos recuerdos del abuso. Con frecuencia afloran nuevos recuerdos con el trabajo para sanar la sexualidad. Puedes aprender técnicas específicas para manejarlos cuando eso pase.

Cuando no tememos a nuestros miedos podemos usarlos para que nos ayuden a conducir nuestra sanación sexual hacia un resultado satisfactorio. Los temores a menudo nos ayudan a poner en primer plano nuestras preocupaciones más profundas. Al ver nuestros temores iluminados, podemos enfocarnos mejor en los cambios curativos que deseamos hacer.

Vern, sobreviviente de cuarenta y cinco años que se masturbaba compulsivamente, temía que cambiar su comportamiento significara una pérdida importante de placer sexual. Aprendió a confiar en ese temor como un recordatorio para no ignorar su interés en el placer sexual, mientras desarrollaba un hábito nuevo, más sano, para la satisfacción sexual.

Es probable que los temores que identifiques resurjan en distintos momentos a lo largo de tu sanación de la sexualidad. Cuando eso pase, no te alarmes. Por el contrario, date tiempo para observarlos con más detenimiento y encontrar el camino a través de ellos.

ESTABLECE METAS REALISTAS

Recuperar tu sexualidad puede darse muy fácilmente cuando identificas metas realistas para llevar a cabo cambios. A menos de que hagas esto, puedes sentirte abrumado por objetivos ambiciosos o expectativas demasiado elevadas.

Al definir tus metas ten presente cuán seriamente el abuso sexual pudo haber lastimado tu sexualidad. Puede ocurrir que nunca superes *por completo* los efectos sexuales del abuso. De uno u otro modo, los efectos te podrán molestar algunas veces. Pero puedes aprender a sobrellevar estos efectos y rehusarte a que te impidan tener una vida sexual satisfactoria. Esto también es sanar exitosamente la sexualidad.

Evita metas ambiciosas que conlleven grandes expectativas, como "Quiero una vida sexual fenomenal" o "Quiero desear mucho sexo". Probablemente generarán ansiedad y dificultarán la sanación sexual. Las metas te ayudarán más si son específicas y no amenazantes. Un sobreviviente explicó: "Mi objetivo a largo plazo es llegar a un punto en el que la idea de sexo no sea una experiencia negativa sino positiva".

Puedes plantearte metas específicas para sanar la sexualidad si consideras cómo te gustaría cambiar. Por ejemplo, si quisieras desarrollar actitudes sexuales más positivas, ¿qué actitudes te están causando problemas actualmente? Si quieres abordar un problema sexual específico, ¿con cuál quisieras trabajar primero? Volver a revisar el inventario de efectos sexuales del capítulo 3 puede ayudarte a identificar qué es lo que quieres cambiar.

Una vez que hayas definido tus metas, podrás desarrollar ideas realistas sobre lo que significaría lograrlas. ¿Cómo podrías decir que un objetivo se alcanzó? ¿Qué sería diferente en tu vida?

Recorramos esta parte del viaje con una sobreviviente que quiere superar sus reacciones negativas a las caricias y el sexo. Es un objetivo muy importante y podría parecer inalcanzable a menos de que lo rompa en pedazos más pequeños. Reduce el ámbito y se pregunta: "¿Cuál es la reacción que más quiero cambiar?". Su respuesta: "Quiero que las imágenes retrospectivas dejen de interferir con mis experiencias sexuales". Luego se pregunta: "¿Cómo sabré que lo logré?". Su respuesta: "Tendría menos recuerdos, o podría seguir adelante con las relaciones sexuales aunque tuviera un recuerdo".

Al volverse más precisa ha llegado a una meta cuantificable. En unos cuantos meses, después de aprender técnicas para enfrentar esos recuerdos, observa que con frecuencia puede continuar con el sexo después de tenerlos. No se ha curado por completo, pero ha hecho avances significativos. Su capacidad de responder de manera diferente ahora, le revela que ha alcanzado su objetivo inicial. Su vida ha cambiado de una manera real.

Otro sobreviviente puede decidir que quiere sentirse bien consigo mismo como persona sexual. Primero se pregunta: "¿Específicamente sobre qué quiero sentirme mejor?". Su respuesta: "Quiero dejar de sentirme avergonzado de mi pasado sexual". Luego se pregunta: "¿Qué me mostraría que ya no me avergüenzo de mi pasado sexual?". Su respuesta: "Podría contarles a otros, sin vergüenza o miedo, que mi hermano mayor abusó sexualmente de mí". Si puede hacerlo sabrá que ha conseguido su objetivo y que está haciendo avances.

Nuestras metas nos dan algo concreto a lo cual aspirar durante nuestra sanación, un destino específico para nuestro viaje. De esta manera, sanar la sexualidad se vuelve algo más tangible y menos misterioso.

Denise, sobreviviente de incesto de veintidós años, en un principio identificó su meta para hacer cambios en su sexualidad como "querer tener una buena relación sexual". Al ser más específica se planteó objetivos concretos y cuantificables que podían ayudarla a concentrar sus esfuerzos de manera más efectiva mientras sanaba. Definió sus objetivos de la siguiente manera:

> Quiero aprender a sentirme cómoda con los hombres como personas. Quiero entablar una amistad con un hombre. Quiero tener una relación sexual que se desarrolle gradualmente, a lo largo de muchos meses. Quiero aprender a hablar de lo que me gusta y lo que no me gusta sexualmente. Quiero poder explicar mis sentimientos durante las actividades sexuales y no simplemente cancelarlos.

Para ayudarte en este proceso de definir tus metas, primero haz una lluvia de ideas de cambios generales que quisieras hacer para sanar tu sexualidad. Luego traduce esos cambios generales en objetivos más pequeños. Recuerda mantener objetivos específicos y no amenazantes. Puedes anotarlos en los espacios que se presentan a continuación.

Objetivo general 1

_____

Metas propuestas

a. _____

b. _____

c. _____

Objetivo general 2

_____

Metas propuestas

a. _____

b. _____

c. _____

Objetivo general 3

_____

Metas propuestas

a. _____

b. _____

c. _____

Estos objetivos pueden servir como indicadores de tu restablecimiento y ayudarte a avanzar en una dirección positiva.

Sé prudente y no pretendas alcanzar demasiado pronto tus metas. Una sobreviviente expresó:

> Tengo prisa por curarme. Sé lo que pasó. Me frustra que todo mi conocimiento y mi raciocinio, junto con veintiún años de un buen matrimonio, no puedan instantáneamente borrar el abuso de la infancia y convertir el sexo en una experiencia natural y sensual.

Sentir prisa por curarse puede hacer que te plantees metas rígidas o plazos poco realistas para llegar alcanzarlos. No empieces con "Para el siguiente verano ya no me masturbaré compulsivamente", o "Dentro de un año quiero tener relaciones sexuales con mi pareja varias veces a la semana". Ese tipo de objetivos pueden hacer más mal que bien.

Sanar la sexualidad es un proceso dinámico que involucra muchos aspectos de tu sexualidad y de tu relación. De manera realista requiere de un enfoque flexible. Objetivos rígidos y plazos poco reales no te permiten cambiar tus prioridades de sanación con el tiempo. Puedes empezar enfocándote en cambiar un área de tu sexualidad y luego cambiar otra. No es poco común que los sobrevivientes terminen dedicando más tiempo y energía de lo que habían esperado a practicar nuevas técnicas, generar confianza o resolver sentimientos relacionados con el abuso.

Si bien puede ser importante impulsarte a avanzar a un paso cómodo pero exigente, no deseas sentir que fracasaste. Tratar de hacer cambios demasiado rápido puede abrumarte o frustrarte. Mejor persevera lentamente a un ritmo que te acomode.

La sanación sexual requiere de una gran cantidad de desaprendizaje. Sobre la marcha aprendemos una nueva manera de pensar, sentir y comportarnos sexualmente. Necesitamos plantearnos metas que respeten el tiempo que podría tomarnos integrar cambios más pequeños. Después de muchos meses de trabajo para sanar, un sobreviviente declaró:

> A veces parece que las cosas nunca van a cambiar, pero cuando sigo trabajando en eso, un paso a la vez, hay cosas pequeñas que sí cambian. Nunca pensé que llegaría a disfrutar tanto los abrazos. El restablecimiento está tomando mucho más tiempo del que quería, pero los cambios que ya he hecho han valido el esfuerzo.

RECUPERAR LA SEXUALIDAD PARA TI

Conforme empieces a hacer cambios en tus actitudes, conductas y experiencias sexuales, ten presente que esos cambios son *para ti*. Tal como hemos comentado, este viaje no es para nadie más. "Empecé a sanar mi sexualidad porque quería salvar mi relación —dijo un sobreviviente—, pero no pasó gran cosa hasta que empecé a hacerlo para mí".

Si tratamos de hacer cambios en nuestra sexualidad a favor de alguien más corremos el riesgo de repetir el abuso sexual. En el abuso sexual se espera que la víctima se comporte de modo que satisfaga los deseos sexuales y emocionales del agresor. Los sentimientos emocionales y físicos del sobreviviente son ignorados. Las víctimas reciben el mensaje de que su sexualidad existe para beneficiar a otros. Las experiencias sexuales que acabamos teniendo pueden recordarnos todavía el abuso sexual, porque estamos participando en ellas principalmente para alguien más.

Recuperar la sexualidad para nosotros no significa volverse sexualmente agresivo, insensible o abusivo con la pareja. Si tenemos una relación podemos tomar posesión de nuestros cuerpos, estar en contacto con nuestras emociones y nuestras necesidades sexuales, controlar nuestro papel en las interacciones sexuales y aun así ser receptivos con nuestra pareja. Es cuestión de invertir la prioridad de "en primer lugar mi compañero, en segundo lugar, yo", a "en primer lugar yo, en segundo lugar mi pareja". En la sanación sexual las necesidades y sentimientos de ambas personas se siguen respetando, como veremos con mayor detalle en el capítulo 9.

Por extraño que parezca, el proceso mismo de sanar la sexualidad puede inconscientemente asociarse con el abuso pasado. Los sobrevivientes pueden obligarse a hacer cambios cuando no están listos para ello. Puede que traten de hacer cambios porque piensan que deben hacerlos o llevarlos a cabo de acuerdo con el programa de alguien más. Cuando hacen esto es fácil que se sientan oprimidos por el proceso de sanación de la sexualidad. Si se hace por la fuerza, incluso la sanación sexual puede empezar a sentirse abusiva.

Puedes darte cuenta de si has caído en esta trampa al escucharte hablar sobre sanación sexual. Si te oyes usando términos como *"Tengo que hacer mis ejercicios"* o *"Debo obligarme a hacer esto"*, probablemente estás asociando la sanación con la experiencia del abuso. Puedes contrarrestar esta tendencia recordándote que buscas sanar tu sexualidad *para ti mismo*: estás alcanzando *tus* metas, a *tu* ritmo, para *tu* beneficio. La motivación para sanar tiene que venir de dentro de ti. Solo entonces podrás recorrer los altibajos del viaje para sanar la sexualidad.

Prueba a hacerte estas preguntas: "Qué puedo *descubrir*? ¿Debo *explorar* esto? ¿Qué puedo *aprender, crear o inventar*? Esta manera de hablar para tus adentros sin presiones te ayudará a mantener una actitud positiva y curativa.

Define tu sanación como una aventura a la que te estás llevando. Aprende y haz cambios para tu propio crecimiento personal y disfrute. "Me emociona ser parte de un proceso creativo —dijo un sobreviviente—. A veces, cuando sé que estoy haciendo cambios para mí, siento como si renaciera".

Recuerda que tu sexualidad es solamente tuya, y solo tú puedes reivindicarla. Como expresó un sobreviviente: "Soy yo quien está en este cuerpo. Yo soy quien tiene estas partes sensibles y estas terminaciones nerviosas. Entonces soy yo quien tiene derecho a experimentar las sensaciones y placeres que resultan cuando soy sexual".

En la medida en la que avances en tu viaje, recuerda abordar tus temores, establecer metas realistas y asegurarte de que reivindicas tu sexualidad para ti mismo. Estos recordatorios te ayudarán a perseverar en tu decisión de liberarte de los efectos sexuales del abuso.

Sanar sexualmente puede remover hechos dolorosos. En momentos puedes sentirte triste por la magnitud del daño que el abuso sexual te provocó. Cuando eso ocurra, manifiesta tu tristeza. Deja salir tu dolor. Reconocer nuestra tristeza puede por sí mismo ser purificador y empoderante mientras recorremos el camino para recuperamos a nosotros mismos y nuestros cuerpos. En mi oficina guardo una tarjeta con este mensaje que sirve de recordatorio: "El alma no tendría arcoíris si los ojos no tuvieran lágrimas".*

Con el tiempo podemos ver que tenemos alternativas respecto a nuestra sexualidad y expresión íntima, alternativas que no están determinadas o conformadas por el abuso. Nuestra sexualidad puede convertirse en una parte integral y saludable de nuestras vidas. Como la terapeuta Jill Kennedy explica:

> Sanar la sexualidad está más relacionado con los sentimientos recuperados de sensualidad que con el acto sexual mismo. Poder sentir excitación en el sentido más amplio del término —sin miedo a la traición, al castigo o al abandono— trasciende las ideas culturalmente definidas sobre la conducta adecuada hasta un nivel más profundo de autoaceptación.**

---

* Tarjeta de felicitación personal ilustrada por Sally Struthers, Anaheim, California, Strand Enterprises, 1979.
** Tomado del cuestionario clínico que Jill Kennedy respondió en el verano de 1989.

SEGUNDA PARTE

Seguir adelante

Hacer cambios

5

Darle un nuevo significado al sexo

La mayor revolución de nuestra generación
es el descubrimiento de que los seres humanos,
al cambiar las actitudes internas de sus mentes,
pueden modificar los aspectos externos de sus vidas.
William James

Cuando era una joven madre, un día entré a la sala y encontré a mi hija Cara, entonces de siete años, jugando con sus muñecas Barbie. Observé que Ken y Barbie estaban desnudos y parecían apasionadamente activos bajo una cobija de encaje rosa. Cautelosamente le pregunté a Cara si tenía alguna duda sobre el sexo. Dudó por un momento y después me dijo: "Mami, no entiendo por qué la violación es tan mala. ¿No es lo que las mamás y los papás hacen en la cama?".

Superada la conmoción inicial por la madurez de su pregunta, aventuré una respuesta: "Es cierto, intervienen las mismas partes del cuerpo. Y ocurren algunas de las mismas conductas. Pero —continué—, la violación y hacer el amor son cosas muy diferentes. La violación es una forma de violencia en la que los actos sexuales se usan para lastimar a alguien. La violación hace daño a una mujer porque su cuerpo no está listo o no desea el sexo. Y lastima también porque ella se siente mal de que la violen. Hacer el amor es diferente, es compartir. Hacer el amor es alegre y gozoso. El cuerpo de la mujer experimenta cambios que lo hacen placentero. Es algo que se siente bien".

Cara asintió con la cabeza y pareció satisfecha con la respuesta. Luego agregó: "Mami, creo que les deberías decir lo que me dijiste a mí a las personas de las que han abusado sexualmente para que dejen de pensar que el sexo es malo".

Muchos sobrevivientes piensan respecto al sexo de una manera que se asocia con el abuso sexual. Esto es comprensible. Es frecuente que las experiencias de abuso sexual sean la primera exposición de un sobreviviente al sexo. Para muchos de quienes sufrimos abuso en la infancia, ese fue nuestro aprendizaje sexual primario. Incluso para los sobrevivientes que antes habían sido sexualmente activos, el abuso sexual puede ser tan traumático y perturbador que fusiona mentalmente las relaciones sexuales con el abuso. Independientemente de cómo y cuándo hayan abusado de nosotros, el abuso sexual puede perjudicar seriamente lo que pensamos sobre el sexo.

Cuando les pido a sobrevivientes que son nuevos en la sanación sexual que completen la frase *Las relaciones sexuales son...*, a menudo dan respuestas como *malas, peligrosas, abrumadoras, sucias, aterradoras, una herramienta, un deber, violentas, secretas, humillantes* o *un juego de poder*. Y cuando les pido que completen la frase *El sexo es como...*, estos mismos sobrevivientes pueden responder: *una pesadilla, una droga, un castigo, un asesinato, que te roben* o *que te torturen*.

Las respuestas de los sobrevivientes a ambas preguntas pocas veces reflejan una opinión positiva de la sexualidad como una expresión de amor y cuidado, como una experiencia en sí misma gozosa y divertida, o como un vínculo especial y algo que comparten dos personas. Por el contrario, el sentido que los sobrevivientes dan al sexo con frecuencia refleja una opinión contaminada por el pensamiento distorsionado del agresor y las características traumáticas del abuso. El abuso les roba a los sobrevivientes el derecho a desarrollar su propio punto de vista sobre el sexo, libre de la influencia del abuso.

EL PATRÓN MENTAL DEL ABUSO SEXUAL

Cuando las actitudes de los sobrevivientes con respecto al sexo se contaminan y están determinadas por el abuso, los sobrevivientes desarrollan lo que llamo un *patrón mental del abuso sexual*. En este, el sexo se considera malo y peligroso, algo a evitar o a buscar en secreto y de manera vergonzosa. El patrón mental del abuso sexual mutila la capacidad del sobreviviente para cambiar sus conductas sexuales o para mejorar una relación sexual con una pareja. Impide un disfrute sexual y una intimidad sanos. Estas dos historias servirán para ilustrar esto.

Linda, de cuarenta y cinco años, sobreviviente de un prolongado abuso sádico a manos de su hermano y su madre, aprendió a ver el sexo solo como dolor y tortura. Odiaba el sexo y recientemente se había retirado de él por completo. En terapia de pareja, a Linda y a su esposo, Mike, les sorprendió descubrir que en la raíz de su sufrimiento y su mala comunicación estaban diferentes significados de sexo. Después de que Mike contó lo deprimido que se sentía por haber dejado de tener sexo, la pareja conversó:

MIKE: Linda, te amo. Me pareces sexualmente atractiva. Quisiera tener sexo contigo alguna vez en el futuro. (*Linda se tensa cuando Mike pronuncia la palabra sexo. Toma un cojín y lo oprime contra su pecho*).

LINDA: Odio cuando dices sexo. Para mí el sexo es violento, repugnante, feo y enfermo. No quiero tener nada que ver con él. No entiendo cómo puedes desear hacerlo sin querer hacerme algo malo.

MIKE: Cuando digo que quiero tener sexo contigo me refiero a que quiero compartir contigo una parte especial y privada de mí mismo. Quiero que ambos sintamos placer. Eres mi esposa. Eres la persona a la que amo. Eres la persona con la que quiero tener sexo. (*Los ojos de Mike se llenan de lágrimas*). ¿Por qué es tan malo querer intimidad física?

LINDA: Racionalmente sé que no quieres lastimarme. Y hay una parte de mí que incluso se alegra de que me encuentres atractiva. Pero es que siempre he pensado en el sexo como algo malo. Me cuesta trabajo creer que podría ser positivo y que podría disfrutarlo. No sé qué es el sexo en realidad. Me siento como una niña que necesita que alguien le hable sobre el sexo y le enseñe actitudes saludables.

Jack, otro sobreviviente, recientemente se había dado cuenta en terapia de que su punto de vista sobre las relaciones sexuales lo mantenía atrapado en conductas que estaban destruyendo su matrimonio de quince años con Donna. Jack describía el sexo como "una droga para ocultar el dolor". Se masturbaba compulsivamente, se paseaba en coche para ver a las mujeres y en ocasiones tenía aventuras extramaritales secretas. Aunque decía amar a Donna y que le resultaba atractiva, no le gustaba tener sexo con ella. Su matrimonio estaba fracasando porque Donna se sentía aislada y traicionada.

Las opiniones de Jack sobre el sexo empezaron a formarse años atrás. Cuando tenía doce años durante un día de campo con su familia, una vecina lo arrinconó en los arbustos, lo despojó de su ropa y le hizo sexo oral.

La experiencia le resultó abrumadora, pero a la vez muy excitante y sumamente placentera. Durante muchos años Jack se masturbó pensando en contactos sexuales con mujeres mayores que lo dominaban.

En terapia se dio cuenta de que lo que le había pasado era abuso. El sentido que le daba a la sexualidad impulsaba sus actividades sexuales compulsivas.

> Mi pene y mi corazón están desconectados. El sexo es una manera de premiarme cuando he hecho algo bien en el trabajo o de consolarme cuando me siento deprimido. No es una manera de mostrar mi amor. De hecho, cuando lo hago con Donna siento que la rebajo. Me desagradan los rituales que acompañan al acto de hacer el amor con ella, como los besos y los abrazos. Siento que me controlan.

Jack y Linda, en las historias anteriores, aprendieron el sexo en una situación de abuso desprovista de cuidado íntimo, seguridad o tranquila diversión. Llegaron a ver el sexo no como un acto de compartir el placer sino como algo malo que te hacen o que le haces a alguien. Para resolver sus problemas sexuales actuales, Jack y Linda necesitan aprender nuevas definiciones y maneras de pensar en el sexo que promuevan su recuperación sexual y un disfrute saludable del mismo.

Mientras avanzamos en este capítulo, mi objetivo será ayudarte a explorar cómo el patrón mental del abuso sexual pudo haber distorsionado tu propia opinión sobre el sexo, y a ayudarte a entender intelectualmente que el sexo puede ser algo bueno, saludable y positivo. Te enseñaré herramientas que pueden ayudarte a construir tu propio significado del sexo, libre de la influencia del abuso.

Para empezar, veamos más de cerca el patrón mental del abuso sexual. En él, el sexo se considera en términos estrechos y se limita a ideas que tienen que ver con el abuso. Los sobrevivientes con esta mentalidad son incapaces de asociar el sexo con experiencias saludables de amor y cuidado.

Esta es una manera de pensar dañina. Cuando los sobrevivientes tienen esa mentalidad pueden ser más susceptibles a la revictimización o a actuar de maneras que podrían lastimarlos a ellos y a otros. Este patrón mental puede ser difícil de detectar ya que está oculto a nuestra conciencia. Puede ser una creencia tan fuerte y arraigada que no logramos ver que es errónea. Nuestras creencias más profundas pueden parecer verdades sin serlo.

Para complicar el asunto, el patrón del abuso sexual se ve reforzado por nuestra cultura. Los medios de comunicación y la pornografía con frecuencia presentan el sexo como una persona que domina, manipula y explota sexualmente a otra. Nuestra sociedad promueve el mensaje de que los hombres deben ser sexualmente agresivos y las mujeres sexualmente complacientes. Estamos culturalmente expuestos al patrón mental del abuso sexual con más frecuencia de lo que nos exponemos a formas saludables de pensar en el sexo. Las cinco condiciones para una sexualidad sana (consentimiento, igualdad, respeto, confianza y seguridad)* rara vez se enseñan en la escuela o en la casa o se refuerzan en nuestra cultura.

Para crear este nuevo significado saludable del sexo, primero necesitamos desechar nuestras viejas maneras dañinas de pensar sobre él. Esto supone aprender a identificar, impugnar y superar la forma en la que asociamos el sexo con el abuso sexual. Tenemos que ver cómo nuestro pensamiento se ha visto contaminado por el enfermizo punto de vista del agresor sobre el sexo, y por las traumáticas repercusiones de la experiencia misma del abuso sexual.

IDEAS FALSAS SOBRE EL SEXO

El patrón mental del abuso sexual se conforma por cinco ideas falsas sobre el sexo:

1. El sexo es incontrolable.
2. El sexo es doloroso.
3. El sexo es una mercancía.
4. El sexo es secreto.
5. El sexo no tiene límites morales.

A los sobrevivientes normalmente les afectan algunas de estas ideas más que otras. Cuando revisemos e impugnemos estas falsedades, pon atención a cualquiera que se aplique a tu pensamiento actual sobre el sexo. Puede ser útil que te preguntes: ¿Qué sentido le doy hoy al sexo? Revisar tus respuestas al inventario de efectos sexuales del capítulo 3 puede ayudarte a evaluar tu perspectiva actual.

---

* Estas cinco condiciones, llamadas CERTS por sus iniciales en inglés, se presentaron por primera vez en *Incesto y sexualidad*, de Wendy Maltz y Beverly Holman, y se describen con mayor amplitud en el sitio web educativo www.HealthySex.com.

Idea falsa 1: El sexo es incontrolable

Como consecuencia del abuso sexual, los sobrevivientes pueden creer que la energía sexual es una fuerza salvaje que no puede contenerse o controlarse. Una vez desatada, temen que no pueda ser detenida. Angie, de treinta y cinco años, sobreviviente de incesto en la infancia, hace poco se dio cuenta de que su padre, el agresor, sigue enviándole el mensaje de que la sexualidad no se puede controlar.

> Hace varios meses mi padre pasó a visitarme cuando volvió de Filipinas. Entró a mi casa y dijo: "Hace tres meses que no veo a una mujer blanca. Más vale que tengas cuidado, porque a lo mejor te violo. Puede ser que no pueda evitarlo". Sus comentarios no solo eran amenazantes y abiertamente racistas y sexistas, sino que me demostraron que mi padre tiene una manera de pensar sobre el sexo muy enfermiza.

Algunos agresores no reconocen que no tienen autocontrol y que más bien proyectan sus sentimientos en sus víctimas. Ya de adulta, Betty le preguntó a su padre por qué había abusado sexualmente de ella y de sus tres hermanas en el pasado. Él le respondió: "Quería evitar que tuvieran que satisfacer sus necesidades sexuales fuera de la familia". La implicación era que las niñas tenían necesidades sexuales incontrolables que él debía controlar. Las niñas tenían tres, cuatro y cinco años cuando él empezó a abusar de ellas. El padre de Betty había proyectado sus propios sentimientos de estar fuera de control en sus inocentes hijas, y después utilizó su pensamiento distorsionado para reivindicar su comportamiento. Víctimas como Betty, que reciben esa clase de mensajes, pueden incorrectamente concluir que su propia energía sexual es incontrolable.

El abuso sexual puede dejar a los sobrevivientes con la impresión de que la energía sexual es impulsiva. Un agresor puede decir: "Quiero sexo y debo tenerlo *ahora*". Muchos perpetradores actúan de maneras repentinas e impredecibles, presionando a las víctimas y transmitiendo la falsa idea de que las necesidades sexuales requieren una satisfacción inmediata.

Debido a que los agresores sexuales con frecuencia se muestran más irrazonables, inalcanzables y emocionalmente distantes mientras más excitados parecen, los sobrevivientes pueden concluir que el sexo provoca que las personas se divorcien de su realidad cotidiana y de su preocupación responsable por los demás.

El abuso sexual les manda a los sobrevivientes el mensaje de que el sexo es insaciable. Un agresor puede decir: "Esta será la última vez", y luego volver a abusar de la misma víctima otra vez. Los sobrevivientes pueden sentir que el sexo es como una adicción: mientras más sexo obtiene el perpetrador, más lo ansía.

Las víctimas también pueden llegar a creer que el sexo es incontrolable debido a las emociones sexuales que experimentaron durante el abuso. Para un hombre puede ser impactante tener una erección durante el abuso, o para una mujer tener lubricación vaginal. Las víctimas pueden sentir que su propia sexualidad se puso en su contra. Pueden tener dificultades para entender que sus reacciones sexuales son respuestas fisiológicas naturales a la estimulación sexual. Las respuestas sexuales indican que el cuerpo está funcionando tal como está diseñado para hacerlo. Es el *abuso* lo que está fuera de control, no la sexualidad de la víctima.

Cuando los sobrevivientes creen que el sexo es incontrolable, su sexualidad padece. Algunos renuncian al sexo temiendo que si se permiten experimentarlo un poco, podrían volverse "adictos", como el agresor. Pueden volverse sexualmente "anoréxicos", privándose de cualquier contacto que pudiera despertar sus propios apetitos sexuales.

Del mismo modo, los sobrevivientes pueden apartarse del sexo con una pareja, temiendo que sus parejas deseen más sexo si se les da un poco. La idea es que es mejor no tener sexo que verse abrumados por las insaciables e incontrolables necesidades sexuales de una pareja.

Los sobrevivientes pueden sentir que el sexo los conducirá a un estado de indefensión y absoluta falta de control. Al confundir el sexo con el abuso sexual, pueden creer que siempre estarán indefensos en sus relaciones sexuales. Un sobreviviente expresó esta convicción:

> El sexo es peligroso. Es como si alguien me invadiera y me poseyera a mí y a mi cuerpo. Si me mantengo alejado del sexo, puedo conservarme intacto; si cedo ante él, me pierdo a mí mismo.

En contraste, la idea de que el sexo es incontrolable puede llevar a algunos sobrevivientes a actuar de maneras sexualmente destructivas. Puesto que no lo pueden controlar, suponen que pueden ceder ante él. Los sobrevivientes pueden buscar actividades sexuales de manera compulsiva y agresiva. Al creer que el sexo es incontrolable, los sobrevivientes pueden volverse sexualmente demandantes o sucumbir ante las exigencias sexuales de sus parejas. Pueden desdeñar la necesidad de usar métodos anticonceptivos o practicar un sexo seguro, aumentando con ello el riesgo de un embarazo no deseado o de contraer sida y otras enfermedades de transmisión sexual.

El abuso sexual —y no el sexo— puede verse como una fuerza incontrolable. Las acciones del perpetrador no se debieron a un impulso de tener sexo, sino a un impulso de *abusar sexualmente*. El agresor se vio adictivamente compelido al abuso sexual. El sexo sano no es adictivo. En una sexualidad sana el sexo tiene límites. Es controlable y satisfactorio. No conduce a sentimientos de vergüenza, autodesprecio o arrepentimiento. Refuerza tu autoestima y aumenta los sentimientos de seguridad y gozo mutuo con una pareja.

Idea falsa 2: El sexo es doloroso

Como consecuencia del abuso sexual, los sobrevivientes pueden llegar a creer que el sexo siempre es físicamente doloroso y emocionalmente dañino. El abuso sexual puede ser doloroso si es violento y sádico. Pero incluso si es cuidadoso, deja a los sobrevivientes con el dolor de sentirse traicionados y usados por su agresor.

El sexo en el abuso sexual puede lastimar físicamente por muchas razones. Cuando el abuso es violento, los perpetradores utilizan el sexo para expresar sentimientos como enojo, rabia y agresividad. Puede ser que consideren los órganos sexuales como armas o blancos de heridas y dolor.

Cierto tipo de abuso sexual incluye prácticas sádicas como coerción física, fuerza, tortura y mutilación corporal con la intención de provocar dolor a la víctima. Muchos agresores son sádicos sexuales que disfrutan psicológicamente haciendo sufrir a sus víctimas. Pueden lastimar a sus víctimas para excitarse sexualmente.

El sexo a la fuerza y el coito y la penetración abusivos inhiben la relajación muscular y la lubricación en las mujeres. Si éramos niños cuando ocurrió el abuso, nuestros cuerpos eran demasiado pequeños y no estaban lo suficientemente desarrollados para el acto sexual u otras formas de penetración. El abuso por parte de alguien de la misma edad o un hermano también puede causar dolor físico porque los agresores sexuales niños o adolescentes con frecuencia son torpes y no entienden, o les tiene sin cuidado, lo dolorosas que pueden ser sus acciones para sus víctimas.

Los sobrevivientes de un abuso físicamente doloroso pueden suponer que fue el sexo lo que provocó el dolor que experimentaron. Se les puede dificultar ver que los que los lastimaron fueron los actos violentos, sádicos, prematuros o forzados del *abuso sexual*.

El sexo en el abuso también duele porque implica traición y pérdidas psicológicas. Los sobrevivientes pueden llegar a creer que fue el sexo lo que provocó la pérdida de confianza. "Si no fuera por el sexo —dijo un sobreviviente de violación por un conocido— podríamos haber seguido siendo amigos". Un sobreviviente de incesto expresó un sentimiento similar: "Si no fuera por el sexo, mi papá habría podido ser un buen padre para mí". En ambos casos fue realmente el *abuso sexual* lo que dañó sus relaciones.

Angie, sobreviviente de treinta y cinco años, era adolescente cuando su padre, un cazador entusiasta, le ordenó que se desvistiera frente a él una tarde, mientras ella cosía una colcha en su recámara. Angie observó que su padre la veía con la misma mirada excitada que ponía cuando cazaba patos. "Su respiración se aceleró, la boca se le abrió un poco, empezó a salivar y la punta de la lengua sobresalió entre sus labios", contó. Mientras se daba la vuelta para que él pudiera examinar su cuerpo desnudo, Angie de repente supo cómo se sentía ser una presa:

> Me sentí como se ve el pato cuando cae al suelo. Después de que se fue no quise ver o tocar nada de lo que había en mi cuarto. Sentía como si ya no tuviera ningún poder sobre nada. Había perdido el poder de protección sobre mi propio cuerpo. Mis telas, mi máquina de coser, mis animales de peluche, mis libros, todo lo que yo quería parecía también humillado y profanado. El sexo empezó a representar dominación, dolor emocional y la sensación de una muerte espiritual.

El abuso sexual lastima y destruye la cercanía y la confianza humanas. El sexo sano es todo lo contrario. No duele: es algo vigorizante y lúdico. El sexo sano expresa y alienta la seguridad y el cariño.

Idea falsa 3: El sexo es una mercancía

Cuando las personas son victimizadas sexualmente, es común que aprendan a ver el sexo como una mercancía, algo que se da, se obtiene o se niega. Una víctima de abuso sexual infantil puede aprender que si "da" sexo recibirá un trato más amable y se le mostrará más afecto. En su mente, el sexo puede haberse convertido en un "boleto para el amor". Como adulta, esa misma persona puede usar el sexo como un premio o como un soborno para que la pareja sea amable. El abuso les enseña a los sobrevivientes que el sexo es una mercancía que puede intercambiarse por atención, amor, poder y seguridad.

Esta manera de ver el sexo como mercancía también se ve reforzada por nuestra cultura con frases como "*perder* la virginidad", "acostarse" o "*dar* sexo". En esta estructura mental las personas son reducidas a objetos sexuales y el sexo se convierte en nada más que en actos de estimulación y alivio físicos. El sexo se vuelve algo que se obtiene, una habilidad a poseer o una mercancía para "vender" a otros. La prostitución y la pornografía prosperan con esta manera de considerar el sexo.

Muchos sobrevivientes fueron sobornados con la promesa de joyas, regalos, dinero o ascensos laborales para coaccionarlos a participar en actividades sexuales. Aprendieron que el sexo podía intercambiarse por riqueza o estatus. Los agresores pueden haber pintado el sexo como una mercancía económicamente poderosa. Una adolescente que sobrevivió a un incesto de padre a hija narró su experiencia:

> Cuando era niña mi padre me llevaba de compras. Señalaba un vestido o un par de zapatos y me preguntaba si los quería. Cuando respondía que sí, decía que me los compraría si hacía esto y lo otro con él sexualmente. O me decía que si realizaba con él un acto sexual me daría tal y tal cantidad de dinero, y si realizaba otro acto sexual o le dejaba tomarme fotos me daría más.

Otra adolescente recordó una variante de ese escenario:

> Cuando era más chica mi papá siempre me mostraba fotos de muchachas desnudas en las revistas *Playboy*. Me hablaba de las jóvenes: quiénes eran y cómo vivían. Me decía que cuando fuera más grande, si quería salir en *Playboy* él sería mi mánager. En ese entonces no sabía lo que era una prostituta, pero mi papá me contaba que había jóvenes que se paraban en las esquinas y vendían sus cuerpos y que había hombres que las administraban. Las jóvenes vivían en departamentos elegantes y usaban ropa elegante y se compraban autos elegantes. Decía que sólo tenía que hacer lo que le hacía a él. Decía que él me estaba enseñando a hacerlo para poder progresar en la vida.

Cuando se aprende que el sexo es una mercancía, la atracción a seguir pensando de esa manera puede ser fuerte. Los sobrevivientes pueden temer que sin ese punto de vista padecerán económicamente o se verán arrastrados a la ruina y a la pobreza. Un sobreviviente que considera el sexo como pago por el apoyo financiero de su pareja puede temer quedar en la pobreza si empieza a cambiar su manera de considerar el sexo.

Desde la perspectiva económica, el sexo también puede ser visto como un pago por el amor y la fidelidad. Un sobreviviente puede pensar: "Tengo que dárselo o irá a buscarlo a otro lado". Los sobrevivientes que creen que el sexo es una mercancía temen que sus parejas los abandonen si dejan de ser sexuales. Jason, sobreviviente de veinte años y estudiante universitario, exclamó: "Creo que todas las mujeres con las que salgo esperan tener sexo conmigo y se van a enojar si no me les insinúo". Cuando el sexo se ve como mercancía, puede sentirse como un trabajo a desempeñar.

En el abuso sexual es común que el sexo se considere como una obligación. Cuando Eva tenía doce años, su madre fue al hospital para que le practicaran una histerectomía. Su padre le informó que en ese momento era la mujer de mayor edad en la casa y que como tal tenía que ser su pareja sexual.

Algunas víctimas aprendieron que el sexo era algo que tenían que hacer para proteger sus vidas o las vidas de otros. Una sobreviviente dijo que tuvo sexo con su padrastro para tenerlo satisfecho y que así no abusara físicamente de su madre y de ella y no abusara sexualmente de sus hermanas menores. A un hombre sobreviviente, de quien abusaron en rituales satánicos, le decían que si no participaba en ciertos actos sexuales lo arrojarían al fuego. Los sobrevivientes de esta clase de experiencias que amenazan la vida pueden inconscientemente seguir creyendo que si no tienen sexo los golpearán o los matarán.

Aunque puede ser difícil que los sobrevivientes se den cuenta y lo crean en el fondo, el sexo sano *no* es una mercancía. La clase de sexo que es una mercancía es abusivo, poco sano y a menudo degradante. El sexo sano es una expresión de amor propio y de intimidad compartida. Darle un nuevo sentido al sexo significa alejarse de la perjudicial idea de este como mercancía, y considerar tu sexualidad, no como una entidad separada de ti mismo, sino como parte de quien eres.

Idea falsa 4: El sexo es secreto

El abuso sexual es secreto. Los agresores con frecuencia les dicen a sus víctimas "No se lo cuentes a nadie" o "Que sea nuestro pequeño secreto". Un agresor puede amenazar con dañar al sobreviviente si se revela el secreto de la actividad sexual. Algunos sobrevivientes pueden pensar que tienen que guardar silencio sobre los asuntos sexuales para sobrevivir.

El abuso sexual, sobre todo en la infancia, puede enseñar que el sexo es excitante si está prohibido y es peligroso. Después, los sobrevivientes pueden sentir que si el sexo es abierto y tiene la aprobación de los demás, no es tan satisfactorio. Puede haber aprendido a excitarse sexualmente en circunstancias en las que el sexo era secreto. El secretismos puede llegar a asociarse con una fuerte excitación o con "mejor sexo". En el sexo abusivo, el secretismo es rutina.

Muchos sobrevivientes dicen que la actividad sexual secreta y compulsiva es la experiencia más intensa y satisfactoria que conocen. El miedo a ser descubierto puede aumentar la descarga de adrenalina y provocar una subida química durante el sexo secreto. Pero, al igual que tomar drogas, esa subida es una trampa. Para mantener la aventura, la masturbación compulsiva, la actividad sexual ilegal o la dependencia en la pornografía, el sobreviviente tiene que mentir una y otra vez. Considerar el sexo como algo secreto puede hacer que se vea como algo vergonzoso. "Esto debe ser realmente malo si no puedo hablar de ello", puede pensar un sobreviviente. Esta clase de sexo se vuelve autodestructivo.

La perspectiva del sexo como algo secreto imposibilita toda comunicación sobre el mismo. No puedes hablar de tus verdaderos sentimientos y necesidades sexuales. Debido a la falta de una comunicación abierta, los sobrevivientes pueden sentirse como se sintieron durante el abuso: completamente solos.

Ver el sexo como algo secreto puede tener otra consecuencia negativa. Es posible que los sobrevivientes no obtengan información y educación precisas sobre sus preocupaciones sexuales. Pueden ir por la vida con malentendidos sobre su propia sexualidad provocándose una ansiedad innecesaria. "Por años me preocupó que podía haberme lastimado el clítoris por masturbarme cuando era niña —reveló una sobreviviente—. No fue sino hasta que estuve en la universidad y platiqué con una enfermera que daba educación sexual que supe que eso no había pasado. Qué alivio".

Los sobrevivientes que creen que el sexo es secreto pueden tener dificultades para entender que el sexo puede ser privado y personal, pero también un tema sobre el que se puede hablar abiertamente en los momentos adecuados, como con la pareja o con un profesional de la salud. El sexo sano no promueve el sigilo ni engendra miedo o vergüenza. Es una conducta humana buena y natural de la que puedes sentirte orgulloso.

Idea falsa 5: El sexo no tiene límites morales

En el abuso sexual se aprende que el sexo no tiene límites. Cuando se trata de una expresión sexual abusiva no hay ni bien ni mal. Para el agresor todo se vale. La ética de sentirse bien permea. Un agresor puede pensar: "Si me hace sentir bien, voy a hacerlo" o "Lo disfrutaré ahora; más tarde me preocuparé por las consecuencias".

En esta concepción del sexo, hay que representar las fantasías sexuales, sin importar cuán dañino sea su contenido. El material pornográfico se adquiere, se devora y se comparte con las víctimas, sin importar lo ofensivo y humanamente degradante que sea su contenido. Los agresores sexuales ridiculizan a las personas que quieren poner restricciones a la conducta sexual tachándolas de mojigatas o con inhibiciones sexuales.

En el abuso sexual el sexo es como un juego. Tener sexo significa ganar, aunque signifique que alguien pierde. Que ciertos comportamientos puedan ser inapropiados, dolorosos y expoliadores se considera insignificante en comparación con la avasalladora importancia de satisfacer impulsos y deseos sexuales.

Los agresores no toman en cuenta las implicaciones morales de lo que hacen. No piensan de qué manera sus acciones podrían afectar a sus familias, sus comunidades y a la humanidad entera en el futuro. No les importa si sus víctimas son sus propios hijos, hermanos, estudiantes, clientes o amigos. No les importa la disrupción que provocan en relaciones establecidas. Los agresores no analizan qué efectos tiene su comportamiento en sus víctimas o cuáles podrían ser las consecuencias médicas o psicológicas a largo plazo, incluso si son devastadoras. En todas estas formas los agresores muestran una aproximación mental, física y espiritualmente malsana al sexo. Sus acciones amenazan todo el sistema humano que se basa en el respeto y la confianza mutuos.

El abuso sexual enseña que la sexualidad es algo en lo que todo vale y donde uno puede salirse con la suya. Muchos agresores quebrantan la ley y nunca los denuncian, atrapan o castigan por los delitos sexuales que cometen.

Asociar el abandono moral con el sexo puede provocarles muchos problemas a los sobrevivientes. Estos pueden alejarse del sexo al temer que los conduzca a un deterioro moral. Los sobrevivientes pueden mostrar la sexualidad de maneras inapropiadas y dañinas, sin considerar el daño potencial de sus acciones en el momento. Y, lamentablemente, los sobrevivientes pueden constantemente crear fantasías sexuales de abuso y exponerse a pornografía degradante pensando que tales actividades son *sexo*, cuando en realidad son extensiones y repeticiones del *abuso sexual*.*

* Para información sobre pornografía y sus posibles efectos negativos véase Maltz, Wendy y Larry Maltz. *The Porn Trap: The Essential Guide to Overcoming Problems Caused by Pornography*. New York, William Morrow, 2009, y el extraordinario ensayo de David Mura *A Male Grief: Notes on Pornography and Addiction*, Minneapolis,MN, Milkweed Editions, 1987. Para más información sobre las repercusiones del abuso y fantasías sexuales véase Maltz, Wendy y Suzie Boss. *Private Thoughts: Exploring the Power of Women's Sexual Fantasies*. Reimpresión. Charleston, SC, BookSurge, 2008.

A diferencia del sexo abusivo, el sexo sano implica un gran respeto por la equidad en las relaciones humanas. En él se tienen presentes las posibles consecuencias de la conducta propia. Un sexo sano incluye preocuparse por el mejoramiento de todos los individuos y la humanidad. El sexo sano es moral y justo.

IDEAS SANAS SOBRE EL SEXO[*]

Un sobreviviente dijo: "Crecí sin tener absolutamente ninguna idea de lo que era una sexualidad normal y sana. No tenía idea. No sabía que pudiera existir una relación sexual confiable entre dos personas".

Otro sobreviviente, tras darse cuenta de que sus creencias sobre el sexo eran en realidad sobre el abuso sexual, expresó una perplejidad que muchos sobrevivientes experimentan: "Si el sexo no es abuso sexual, ¿entonces qué es?".

A muchos sobrevivientes les cuesta trabajo concebir el sexo como algo que fomenta la salud y la intimidad. Esto es comprensible, puesto que en nuestra cultura se dedica tan poco tiempo a enseñarle a las personas sobre sexo sano y sus valores. Normalmente recibimos muchos mensajes sobre sexo abusivo —por internet, en programas de televisión, películas, revistas, chistes— y muy pocos, si no es que ninguno, sobre sexo sano.

Para ayudarte a tener un nuevo concepto del sexo, dediquemos un momento a examinar seis ideas sanas sobre el sexo:

1. El sexo es un impulso biológico natural.
2. El sexo es una poderosa energía sanadora.
3. El sexo es parte de la vida misma.
4. El sexo es consciente y responsable.
5. El sexo es una expresión de amor.
6. Las experiencias sexuales son mutuamente deseadas.

Idea sana 1. El sexo un impulso biológico natural

Todos los animales tienen un impulso sexual inherente. Incluso entre humanos es una parte normal y natural del hecho de estar vivos. Nuestro impulso sexual nos estimula a conseguir pareja y a reproducirnos como especie.

[*] Quisiera agradecer a C. Leon Hopper, Jr. y a Barbara Wells, pastores de la Iglesia Unitaria de la Costa Este en Bellevue, Washington, por haber aportado material sobre una sexualidad sana desde una perspectiva espiritual.

El impulso sexual humano está fuertemente influido por las sustancias químicas de nuestro cuerpo que responden a mensajes del cerebro. En una sexualidad sana, ese impulso supone algo más que la procreación. El sexo se convierte en un medio para experimentar el amor por uno mismo y el placer, así como la cercanía física y la intimidad emocional con una pareja.

Sin embargo, no estamos a merced de nuestras hormonas. Podemos controlar nuestros impulsos y respuestas sexuales por la manera en la que pensamos sobre el sexo. Si sentimos deseo sexual, podemos decidir si queremos actuar en consecuencia. En el sexo sano tenemos control y capacidad de decisión sobre nuestros impulsos sexuales.

El sexo puede reforzar nuestra autoestima y bienestar físico. Una vida sexual sana y feliz —al proporcionarnos calidez, cercanía, emoción, placer y liberación— puede ponernos en contacto con una variedad de sentimientos positivos. Pero el sexo no es una necesidad como la comida, un techo o el vestido. Nuestra supervivencia individual no depende de él. Aunque en ocasiones puede ser un poco incómodo, no nos ocurre nada malo físicamente si tenemos impulsos sexuales y no actuamos al respecto. "El sexo es un regalo de la vida —dijo un sobreviviente—. El sexo es una manera posible de expresar amor. Es algo extra".

El sexo no es algo que podamos esperar que alguien más nos dé a solicitud cada vez que sentimos impulsos sexuales. Tampoco le debemos sexo a nadie. En una sexualidad sana, cada persona asume la responsabilidad de sus reacciones ante sus propios impulsos sexuales y la decisión de cuándo y con quién compartir la intimidad.

Idea sana 2. El sexo es una poderosa energía sanadora

El sexo ligado al abuso se vive como un tipo negativo de poder —un poder sobre otros, un poder para coartar y controlar, para poseer y dañar—. Pero en un contexto sano, el sexo se vive como un poder positivo —el poder de crear, de dar a luz vida y amor—. El teólogo Frederick Buechner señala que la sexualidad, con su tremendo poder, se parece mucho a la nitroglicerina: cuando se usa de cierto modo puede volar puentes; si se usa de otro modo puede sanar el corazón humano.[*]

El sexo es una energía que se siente bien. Puede ser relajado, divertido y placentero. Durante la excitación sexual experimentamos sensaciones cálidas, reconfortantes, emocionantes y vigorizantes en nuestros cuerpos.

[*] Buechner, Frederick. *Now and Then*, Nueva York, Harper & Row, 1983, p. 87.

El clímax sexual puede liberar la tensión muscular y nos permite sentirnos vivos y cálidos por dentro.

Ser sexuales puede aumentar y fortalecer nuestra autoestima. Supone sentirse atractivo y agradable. La comodidad y cercanía de la intimidad con una pareja cariñosa y respetuosa pueden ayudarnos a sentirnos bien con nosotros mismos. Un sobreviviente describió el sexo sano de la siguiente manera:

> Ahora creo que el sexo profundiza la comunicación. Ayuda a que nuestra relación crezca y sea fuerte. Para nosotros el sexo es limpio, inocente, placentero y divertido.

Cuando el acto amoroso se desea mutuamente y es alegre, proporciona paz. Las parejas se sienten conectadas espiritualmente entre ellas y con la energía buena del universo. La teóloga Rebecca Parker escribe:

> La intimidad sexual puede ser una fuente de sanación y transformación en nuestras vidas. A través de ella podemos experimentar una sensación renovada de dicha intrínseca en el ser, en la bondad elemental, en el poder personal de influir y ser influidos, una conexión íntima con la vida en su totalidad y la potencia creativa.[...] Cuando actúa de esta manera en nuestras vidas, hacer el amor es una forma de la gracia.*

Desde una perspectiva sexual sana, la energía sexual tiene el poder de unir a los individuos para expresar amor y cariño, crear vida y satisfacer nuestra añoranza de unidad y completud.

Idea sana 3. El sexo es parte de la vida misma

Las experiencias sexuales, ya sea en solitario o compartidas con una pareja, pueden conectarnos con una energía vital más amplia. "El sexo es la fuerza esencial de la vida", dicen John Travis y Regina Ryan, autores de *Wellness Workbook*:

> [El sexo] es la energía de nuestra vitalidad. Es también la conservación de la vida —un tipo de comunicación en la que el organismo entero intenta unificarse con otro. [...]. "El sexo bueno" se elige libremente, conscientes de las consecuencias, y es respetuoso, erótico, alegre, expansivo y unificador.**

---

* Parker, Rebecca. "Making Love as a Means of Grace", *Open Hands*, Affirmation, United Methodists for Lesbian/Gay Concerns, vol. 3, núm. 3 (invierno de 1988), pp. 8-12.

** Travis, John & Regina Sara Ryan, *Wellness Workbook*, 2a. ed., Berkeley, Ten Speed Press, 1988, p. 185.

El sexo es uno de los ritmos naturales del universo. El orgasmo es como una ola: acumula fuerza, alcanza un punto máximo, se vuelca en la orilla y luego retrocede en calma. También puede verse como una flor: empieza como un brote, se abre, alcanza un estado de plenitud, despide un aroma exquisito, sus pétalos se caen, la flor desaparece. Acumular tensión y liberarla en el placer sexual puede nutrir nuestro cuerpo y espíritu.

El sexo puede verse como el acto de compartir nuestra esencia con una pareja amada y confiable, sintiendo el placer momentáneo de la unión, como el placer de bailar como si se fuera uno. Una sobreviviente describió sus reflexiones:

> Solía ver el sexo como algo separado de mí misma, que llegaba como si fuera un paquete cuando los genitales de dos personas se unían. Ahora lo veo como una experiencia que puedo diseñar y crear yo misma.

Es sexo es algo más que estimulación, sensación o actos sexuales. En ocasiones se expresa como una cálida agitación interna —el placer de ser feliz y estar seguro con alguien por quien se siente atracción—. Especialmente en el contexto de sanar la sexualidad, debemos recordar que el sexo es mucho más que la cópula o el orgasmo.

Nuestra sexualidad es una parte significativa de quienes somos. Existe dentro de la vida, antes que fuera o separada u oculta de otras experiencias. Como la sensación de la brisa en nuestro rostro, la calidez del sol sobre nuestra piel o el contacto de una mano sobre la nuestra, el sexo es parte de un proceso inmenso e integral de contacto humano. El sexo es una forma de sintonizar con el hecho de estar vivos.

Idea sana 4. El sexo es consciente y responsable
Los impulsos y las atracciones sexuales son normales y saludables. Si respondemos a ellos y cuándo lo hacemos es algo completamente distinto. La actividad sexual debe practicarse con la conciencia de posibles efectos y resultados. Debemos asegurarnos de que nosotros, nuestras parejas sexuales y otras personas no saldrán lastimados como resultado de lo que hagamos. El sexo involucra responsabilidades éticas y de salud.

El sexo significa ser consciente de lo que pasa en un encuentro sexual. Significa compartir sentimientos, pensamientos y necesidades con una pareja, escuchar y ser escuchado. El núcleo del sexo está en la relación, en la intimidad emocional, más que en algún acto sexual específico.

Idea sana 5. El sexo es una expresión de amor

El sexo no es una manera de *obtener* amor. Es una expresión *de* amor que surge de una relación. No se lo hacemos *a* alguien o ni siquiera *para* alguien, experimentamos el sexo *con* alguien. El sexo es una forma de mostrar cariño y respeto por otra persona. Es una expresión física de algo que ya existe en una relación. No es esencial para una relación, pero es una posible consecuencia de ella. Cuando los compañeros se preocupan el uno por el otro, son amigos además de amantes, la experiencia sexual puede ser una renovación variada y continua de su sentido de unidad. Un sobreviviente dijo:

> Ahora veo el sexo como un acto de mucho amor y cariño. El sexo es un resultado del amor, y no al revés. Mientras tenga sexo de una manera sana, no hay nada malo en él. Prefiero amar a alguien antes que tener sexo.

Cuando el sexo es una expresión de amor, la excitación y el placer pueden asociarse personalmente con nuestra pareja. El amor que sentimos en el corazón por alguien se traduce en un cálido hormigueo en los genitales. El sexo se convierte en una forma de expresar lo felices que somos de estar con una pareja. Los editores de la revista *New Age Journal* escriben:

> El sexo es nuestra forma más íntima de comunicación. En su forma más intensa, la comunicación se vuelve comunión —una apertura y un encuentro mutuos más allá de las palabras y los conceptos de nuestras partes más hondas y vulnerables—. Esa comunicación solo es posible cuando hay apertura, honestidad y consideración por tu pareja como un igual. Esto puede parecer obvio, pero es el aspecto más fundamental del sexo que se olvida con demasiada frecuencia. El sexo nos recuerda nuestra interdependencia y unicidad.[*]

La escritora Anaïs Nin dijo: "Solo el latido al unísono del sexo y el corazón puede crear el éxtasis".

Idea sana 6. Las experiencias sexuales son mutuamente deseadas

Las relaciones sexuales requieren un consentimiento plenamente informado e igualdad entre los miembros de la pareja. Si una relación de pareja es asimétrica, debilitante, controladora o deshonesta, la relación sexual también lo será.

---

[*] Fields, Rich *et al.* (eds.), *Chop Wood, Carry Water: A Guide to Finding Spiritual Fulfillment in Everyday Life*. Los Ángeles, Jeremy Tarcher Publishers, 1984, pp. 63-64.

En el sexo sano, los compañeros no le imponen sus necesidades sexuales al otro. Más bien, cada integrante se responsabiliza de sus propios impulsos sexuales y su satisfacción. "Si uno de nosotros no quiere hacer el amor, el otro no presiona ni se queja. Simplemente aceptamos que por el momento esa es la realidad", expresó la pareja de un sobreviviente. El sexo sano y positivo requiere de un contexto sano y positivo para existir.

CAMBIANDO TUS ACTITUDES SOBRE EL SEXO

Una vez que conoces la diferencia entre el sexo abusivo y el sexo saludable te asombrará cuán profundamente has creído en un concepto abusivo de la sexualidad. Para algunos sobrevivientes, la posibilidad de abandonar la mentalidad del abuso sexual y sustituirla con actitudes sexuales sanas puede parecer sumamente difícil.

Cambiar nuestras actitudes sexuales nos hace poner en duda nuestras viejas suposiciones sobre las personas y las relaciones. "Siempre he pensado que todos los hombres eran como el agresor: querían lastimarme, causarme dolor y obligarme a tener relaciones sexuales con ellos —dijo una sobreviviente—. Cambiar mis opiniones con respecto al sexo y dejar de verlo como un abuso significa que tengo que dejar de pensar que los hombres son indiferentes, insensibles y que solo les interesa el sexo".

A los sobrevivientes que fueron victimizados por mujeres agresoras puede resultarles difícil abandonar ideas falsas parecidas sobre las mujeres. "Es difícil para mí pensar que una mujer puede realmente disfrutar el sexo y no nada más usarlo para conseguir sus propósitos", explicó un sobreviviente.

Para los sobrevivientes también puede ser difícil imaginar que las relaciones sexuales puedan ser igualitarias. Como resultado del abuso pueden creer que estas por naturaleza son desiguales, en las que una persona domina y otra se somete.

Para algunos sobrevivientes, el simple hecho de pensar en cambiar sus actitudes sexuales puede ser atemorizador. Puede preocuparles que con una nueva actitud se sentirán presionados a renunciar a algunas conductas sexuales nocivas que les agradan hasta cierto punto. Hacer cambios puede significar enfrentarse a algunas duras realidades y alejarse de lo pernicioso, aunque sea familiar. El miedo proviene del cambio, no de perder algo que podría estar lastimándote.

Cambiar nuestras actitudes sexuales toma tiempo. Primero tenemos que desarrollar una nueva comprensión intelectual del sexo, y después necesitamos traducir e integrar esta nueva comprensión a nuestras conductas sexuales. Por un tiempo, incluso una vez que nos damos cuenta de que están equivocadas, nuestras antiguas creencias pueden seguir controlando visceralmente nuestras reacciones. Un sobreviviente relató la lentitud del proceso:

> Una vez que me di cuenta de cuánto influía el abuso sexual en mis actitudes con respecto al sexo, no pude cambiar de inmediato a una perspectiva sana sobre él. Me tomó años dejar de actuar con base en mis antiguas actitudes. Necesité mucho tiempo para poner en práctica mis nuevas ideas y el nuevo significado que he elaborado sobre el sexo.

Mientras trabajas para cambiar de tus actitudes sexuales tal vez necesites recordarte constantemente que hay una diferencia entre el sexo abusivo y el sexo sano. Tal vez necesites cuestionar una por una tus antiguas creencias negativas sobre el sexo. A continuación se presentan dos listas que comparan las perspectivas abusiva y sana sobre el sexo. En la medida en la que vayas progresando en tu viaje de sanación sexual, tal vez desees volver a consultarlas para medir de qué manera tus actitudes sexuales están cambiando.

ACTITUDES SEXUALES

Mentalidad del abuso sexual (sexo = abuso sexual)	Actitudes sexuales sanas (sexo = energía sexual positiva)
El sexo es una energía incontrolable.	El sexo es una energía controlable.
El sexo es una obligación.	El sexo es una elección.
El sexo es adictivo.	El sexo es un impulso natural.
El sexo es doloroso.	El sexo nutre, es sanador.
El sexo es una condición para recibir amor.	El sexo es una expresión de amor.
El sexo es "hacerle algo" a alguien.	El sexo es compartir con alguien.
El sexo es una mercancía.	El sexo es parte de quien soy.
El sexo está desprovisto de comunicación.	El sexo necesita comunicación.
El sexo es algo secreto.	El sexo es algo privado.
El sexo es expoliador.	El sexo es respetuoso.
El sexo es engañoso.	El sexo es honesto.
El sexo beneficia a una persona.	El sexo es mutuo.
El sexo es emocionalmente distante.	El sexo es íntimo.

El sexo es irresponsable.	El sexo es responsable.
El sexo es inseguro.	El sexo es seguro.
El sexo no tiene límites.	El sexo tiene límites.
El sexo es poder sobre alguien.	El sexo es empoderante.

Por desgracia, no es posible que borres por arte de magia tu antigua forma de pensar y la reemplaces por una más sana. Debes aprender a integrar los cambios en tu mentalidad con los cambios en tus reacciones y comportamientos sexuales. Estás involucrado en un proceso de reaprender cómo piensas sobre el sexo. Date tiempo para reforzar lo que estás aprendiendo, moldeando gradualmente nuevas ideas con nuevos comportamientos.

A continuación te ofrezco algunas sugerencias para propiciar cambios en tus actitudes sexuales.

1. Evita exponerte a cosas que refuercen la mentalidad del abuso sexual
Rehúye programas de televisión, películas, libros, revistas, sitios web[*] y otras influencias que muestran el sexo como abuso sexual.

La pornografía puede perjudicar de muchas maneras el proceso de sanar la sexualidad. Esta transmite la idea de un acceso sexual ilimitado a mujeres, niños y hombres. Explota a las personas que actúan en ella, así como al público que la adquiere. Emplea la estimulación sexual para hacer dinero y refuerza la idea de que el sexo es una mercancía. La pornografía suscita emociones fuertes, como miedo y vergüenza, y fomenta la excitación sexual mediante ideas e imágenes abusivas. Con frecuencia muestra el sexo desde la perspectiva de alguien que tiene intereses sexuales peligrosos, impulsivos, compulsivos y extremos, y perpetúa impresiones destructivas y falsas con respecto al sexo. Las personas son reducidas a objetos que se usan para la estimulación y que pueden ser controladas por otras personas. Los montajes pornográficos pueden hacer que la violencia sexual y la humillación parezcan placenteras, aumentando nuestra tolerancia a la coacción en las relaciones sexuales. El sexo en la pornografía por lo general está desprovisto de afecto genuino, respeto,

---

[*] Dada la disponibilidad y el anonimato de la pornografía y los *chats* sexuales en internet, actualmente muchas personas están en mayor riesgo de desarrollar compulsiones y adicciones sexuales. Las adicciones sexuales provocadas por internet tienden a adquirirse muy rápido y con gran intensidad. Si no se tratan, pueden dañar seriamente la salud emocional de una persona y sus relaciones interpersonales.

responsabilidad y conexión. Y sin estos fundamentos de un sexo sano, tiende a reforzar un tipo de sexo que nunca puede satisfacer plenamente.

Aunque pueden no ser muy fáciles de encontrar, muchas películas, libros y revistas emplean historias e imágenes sexuales en las que no hay abuso.* Yo lo llamo *erotismo positivo*. Las relaciones sexuales que describen se dan en un contexto sexual sano, donde hay consentimiento, reciprocidad, respeto, seguridad, diversión, etcétera. A diferencia de la pornografía abusiva, este material erótico puede aumentar la conciencia de nuestra sensualidad y la conexión placentera con una pareja.

En la sanación sexual podemos sustituir el sexo "duro" por un sexo cuyo núcleo sea el corazón.**

2. Emplea un lenguaje nuevo cuando hables de sexo

La manera como hablas sobre el sexo influye en cómo piensas sobre él. Modifica tu lenguaje para referirte al sexo como una experiencia positiva y saludable sobre la que tienes control y sobre la que tomas decisiones. Evita usar un lenguaje callejero para referirte al contacto sexual, como *chingar, coger, joder* o *parcharse a alguien*. Para muchos sobrevivientes estos términos refuerzan la mentalidad del abuso sexual. Mejor emplea expresiones como *hacer el amor* o *intimar físicamente*. Deja de usar palabras como *pito, verga, tetas, chichis, coño* u *ojete* para referirte a las partes sexuales. En general estos términos son degradantes y refuerzan la idea de las personas como objetos sexuales. En su lugar emplea términos precisos, sin carga peyorativa como *pene, pechos, senos, vagina* y *ano*. Después de cambiar su lenguaje sexual, un sobreviviente observó: "Ya no pienso en el sexo como una mala palabra".

* Como cada historia de abuso es diferente, es difícil sugerir material erótico "no abusivo" específico. Algunas pacientes me han dicho que ciertas novelas románticas les resultaron útiles para sanar la sexualidad. Les gustaron en particular los libros que describían personajes fuertes que superaban un pasado difícil y aprendían a abrirse a un placer sexual vigoroso con una pareja amorosa. Los libros de autoras como Lisa Kleypas, Judith Ivory, Loretta Chase, Julie Anne Long y Susan Elizabeth Phillips son famosos por retratar el sexo como algo consensual, mutuamente placentero, seguro e intensamente gratificante. A algunos sobrevivientes, hombres y mujeres, también les ha resultado útil explorar materiales sobre masaje sensual y prácticas de sexo tántrico, así como leer poemas de amor sexual de dos antologías de mi autoría: *Passionate Hearts: The Poetry of Sexual Love*. Novato, CA, New World Library, 1997, e *Intimate Kisses: The Poetry of Sexual Pleasure*. Novato, CA, New World Library, 2001.

Sugiero que le pidas apoyo a un amigo que no sea sobreviviente, o a un conocido, para que seleccione material y te haga recomendaciones que respondan a tus intereses y necesidades particulares.

** Aquí la autora hace un juego de palabras con *hard core* y *heart core*, expresiones que no tienen un equivalente exacto en español. (*N. de la T.*).

3. Descubre más sobre tus actitudes sexuales.

Dedica tiempo a actividades que puedan ayudarte a cambiar tus actitudes sexuales actuales en opiniones más sanas.

- Imagina en qué diferirían tus opiniones sobre el sexo si no hubieran abusado de ti.
- Escribe sobre lo que crees que es el sexo o lo que deseas que sea.
- Haz un dibujo o un *collage* con fotos recortadas de revistas para mostrar cómo has visto el sexo en el pasado y cómo te gustaría pensar en él a partir de ahora. Si quieres puedes usar símbolos para representar el sexo abusivo, como un cuchillo, un martillo, fuego, un billete o una lágrima, y otros para representar el sexo saludable, como un corazón, una carita feliz, una flor, un símbolo de paz o un sol.

4. Comenta ideas sobre la sexualidad sana con otras personas

Habla de sexo con tus amigos, tu pareja, tu terapeuta o los miembros de un grupo de apoyo. Analiza la diferencia entre el sexo saludable y el sexo abusivo.

Bob, gay de treinta y cinco años, sobreviviente de múltiples formas de abuso sexual en la infancia, adquirió una nueva perspectiva de la sexualidad hablando con su compañero.

> Mi compañero me dijo que el sexo es la manera en la que él me demuestra que me ama. Para él, besarse y abrazarse es tan importante como una actividad sexual específica. Para que él disfrute el sexo tiene que ser tierno y cariñoso, una extensión del contacto amoroso. Hablar de sexo me ha ayudado a confiar más en él emocionalmente. Cuando tenemos sexo lo siento más centrado en mi pecho que en mis genitales.

Para otra sobreviviente las conversaciones con su terapeuta resultaron provechosas.

> Antes creía que para ganarme el amor tenía que ser sexual. Aprendí que el amor es algo que solamente es.

5. Aprende más sobre sexo saludable

Debido a que nuestra sociedad tiende a exponernos a una profusión de formas abusivas de pensar sobre el sexo, para hacer cambios en tus actitudes sexuales necesitarás exponerte intensamente a ideas e imágenes que muestran el sexo como algo sano y positivo. Lee libros y artículos* que te sensibilicen sobre un sexo sano (véase la sección de Recursos). También puedes asistir a clases, conferencias o talleres en los que se presenten modelos saludables de sexualidad. Estos eventos educativos pueden refrescar tu pensamiento y estimular tu progreso, como explicó un sobreviviente:

> En una conferencia sobre espiritualidad y sexualidad, mi ministro se refirió al sexo como "hermoso". Durante días no pude dejar de pensar en lo que había dicho. Las palabras *sexo* y *hermoso* me parecían opuestas. Hice un letrero que decía "El sexo es hermoso" y lo colgué en mi cuarto. Todos los días pensaba en la frase. Pasaron muchos meses, pero al final empecé a sentir en el fondo que eso podía ser cierto.

Recuerda: crear un nuevo significado para el sexo separado de la influencia del abuso sexual toma tiempo. Tal vez lo más que puedas lograr en un principio sea hacerte más consciente de tus actitudes y creencias sexuales anteriores. No adquirirás un nuevo significado para el sexo de la noche a la mañana.

Una vez que tengas una comprensión intelectual de la sexualidad sana, tampoco esperes que tu conducta cambie súbitamente. Espera hacer cambios gradualmente, uno a la vez, reforzando tus nuevas actitudes sobre el sexo. Estas nuevas actitudes constituirán la base del crecimiento futuro.

Ahora que has empezado a separar el sexo del abuso sexual, estás listo para redefinir la idea de quién eres, disociada de la influencia del abuso sexual sufrido en el pasado.

---

* Te puede interesar mi artículo "The Maltz Hierarchy of Sexual Interaction. Sexual Addiction & Compulsivity" 2, no. 1 (1995), pp. 5-18. El texto completo del artículo se encuentra en mi sitio web: www.HealthySex.com. En él se describe de qué manera la sexualidad sana se diferencia del sexo abusivo y destructivo.

6

Encontrar nuestra
verdadera identidad sexual

El abuso es algo que se nos hace a nosotros.
No es lo que somos.
Euan Bear y Peter Dimock
Adults Molested as Children
[Adultos que fueron abusados en la infancia]

Cuando tenía diez años caminaba a la escuela con el brazo rígido contra mi muslo, sujetando mi falda. Recuerdo que pensaba que si las personas veían mi ropa interior, sabrían —como creía en esa época— que había algo mal conmigo. Esta inquebrantable convicción en mi rareza sexual persistió casi toda mi niñez. Me decía que yo no les gustaría a los hombres y que ninguno querría casarse conmigo porque había algo mal en mí. No me atrevía a hablarle a nadie sobre mis pensamientos por miedo a que se burlaran de mí o confirmaran mis peores sospechas sobre mi persona.

¿De dónde venían estas ideas falsas y nocivas sobre mi sexualidad? ¿Por qué las creí durante tantos años? Como adulta, al mirar mi propia historia en retrospectiva, rastreo estos pensamientos a cuando tenía seis años, en torno a la época en la que un pariente mayor me hizo por primera vez comentarios y proposiciones sexuales. Aunque ahora son bastante imprecisos, los recuerdos del abuso siguen llenándome de repugnancia y provocándome el impulso de patear o empujar algo. Recuerdo que de niña sentía un miedo mezclado con excitación sexual. También recuerdo que el hecho de disfrutar tanto esas sensaciones me hacía sentir culpable y rara.

El abuso moldeó mi manera de pensar sobre mí sexualmente. Como había experimentado fuertes sentimientos sexuales prematuramente, en una situación nublada por el miedo y sin nadie que me ayudara a entender la experiencia, como niña concluí que debía haber en *mí* algo terriblemente malo.

La manera como el abuso sexual influye en el autoconcepto sexual de un sobreviviente varía de persona a persona. Para los sobrevivientes que desarrollaron un sentido positivo de sí mismos antes del abuso y que recibieron aceptación y apoyo emocionales después de este, la influencia del abuso puede ser bastante limitada. Pero para otros sobrevivientes, tal vez la mayoría, el daño puede ser profundo.

El abuso sexual puede afectar cómo nos sentimos respecto a nuestro atractivo y energía sexuales, y provocar que experimentemos sentimientos negativos en relación con nuestro género (ser hombre o mujer), o confundirnos sobre nuestra orientación sexual (ser lesbiana, gay, heterosexual o bisexual).

Nuestra identidad sexual está estrechamente relacionada con nuestra propia identidad. Cuando el abuso daña nuestra autoimagen sexual, afecta todas las formas en las que nos percibimos a nosotros mismos. Podemos concluir falsamente que somos malos, despreciables, indignos o que estamos dañados. Este bajo concepto de uno mismo puede atraparnos en un círculo de soledad, vergüenza, aislamiento y desesperanza. Mientras más indignos nos sentimos, más nos aislamos de los demás. Y mientras más nos aislamos nos sentimos más dañados, avergonzados y débiles.

El abuso sexual puede haber anulado las creencias positivas sobre nosotros que apenas se empezaban a formar. Una adolescente puede sentirse atractiva y tener curiosidad sexual, solo para perderla después de ser violada en una cita.

Del mismo modo, el abuso sexual puede solidificar creencias negativas que de otro modo tal vez habrían desaparecido. Un adolescente puede temer ser sexualmente inadecuado, solo para ver firmemente demostrada esa creencia cuando una mujer mayor lo seduce y él no puede tener una erección.

Estos sentimientos negativos pueden agotarnos, lastimarnos y mantenernos encerrados en comportamientos de autonegación y autodestrucción. Cuando nos sentimos deficientes sexualmente podemos descuidarnos o participar en conductas sexuales que implican un alto riesgo de enfermedades de transmisión sexual o victimización. Y lamentablemente podemos sufrir años de infelicidad preocupados por dificultades sexuales que equivocadamente consideramos innatas e irreparables.

Este pensamiento negativo puede estar tan arraigado y venir de tanto tiempo atrás que tal vez no nos demos cuenta de que es consecuencia del abuso sexual. Actitudes incapacitantes y erróneas pueden parecer verdades, como si nos hubiéramos contemplado solo en un espejo distorsionado.

En este capítulo tendrás oportunidad de aumentar tu comprensión respecto a la manera en la que el abuso sexual pudo dañar tu autoconcepto sexual. Ya has empezado a aprender actitudes nuevas y más sanas respecto al sexo. Ahora puedes aprender a crear un nuevo autoconcepto sexual y verte en un espejo que no haya sido deformado por el abuso.

Las ideas que adquieras y los cambios que te plantees en este momento pueden marcar un punto de inflexión en tu viaje para sanar la sexualidad. Cuando desarrollas un autoconcepto sexual positivo sientas las bases para hacer cambios en tu comportamiento sexual, superar problemas sexuales y encontrar un saludable disfrute en las experiencias sexuales.

CREENCIAS SOBRE EL VALOR PERSONAL

En mi trabajo de orientación he identificado tres conclusiones comunes a las que los sobrevivientes llegan sobre sí mismos. Estas se expresan de maneras específicas en el inventario de efectos sexuales del capítulo 3. Todas estas conclusiones son perjudiciales y falsas. Creer cualquiera de ellas nos hace autodevaluarnos y menospreciarnos sexualmente, lo que alimenta un autoconcepto sexual precario. Estas conclusiones erradas, o etiquetas falsas, son las siguientes:

1. Soy fundamentalmente malo.
2. Soy un objeto sexual.
3. Soy mercancía dañada.

Empecemos por examinar estas etiquetas falsas para ver cómo puede aplicarse cada una de ellas a tu pensamiento.

Etiqueta falsa 1. Soy fundamentalmente malo
Como resultado del abuso sexual, muchos sobrevivientes sienten que son intrínsecamente malos. Pueden albergar un gran sentimiento de vergüenza relacionado con su sexualidad y por consiguiente creer que son despreciables, indeseados o incluso perversos. La creencia de ser intrínsecamente

malo puede originarse debido a acontecimientos que ocurrieron antes, durante o después del abuso.

Era malo antes del abuso. Jack, sobreviviente de treinta y cinco años, tenía quince años cuando sus padres entraron a su cuarto un domingo por la mañana y encontraron manchas de semen en sus sábanas. Sus padres tendrían que haber sabido que las emisiones nocturnas, comúnmente llamadas *sueños húmedos,* y la masturbación son escapes sexuales normales en un adolescente. Sin embargo, lo humillaron y reprendieron por esas expresiones sexuales normales. "Estás deshonrando a esta familia con tu conducta", le dijeron. A partir de entonces, cada vez que eyaculaba, Jack se sentía malvado y que estaba equivocado.

Un año después, un vecino abusó sexualmente de él. El abuso solidificó su creencia anterior de que era malo y que estaba sexualmente descontrolado. Su vergüenza alimentó años de buscar alivio masturbándose compulsivamente, a lo que le seguían la vergüenza y más masturbación. En terapia, Jack se ha dado cuenta de que sus sentimientos sexuales eran normales. El *abuso* era lo que estaba mal y fuera de control, *no él.*

Nicky, sobreviviente bisexual de veintiséis años, recordaba que cuando tenía seis años su madre la regañó severamente por jugar al doctor con un niñito de su edad. Cuando a Nicky la violó un niño más grande del vecindario varios meses después, concluyó —por su cuenta— que *ella* había sido mala otra vez La falsa conclusión de Nicky sobre sí misma se debía a la influencia de la reprimenda de su madre antes del abuso, combinada con el abuso mismo. El error que cometió era a la vez comprensible y trágico. Solo años después empezó a darse cuenta de que su curiosidad sexual infantil normal era buena y sana, y que no había tenido nada que ver con el abuso.

Muchos padres dan información equivocada, y con ello preparan el terreno para que sus hijos lleguen a conclusiones erradas sobre sí mismos. Para sanar sexualmente, Nicky y Jack tienen que aprender ahora que su sexualidad siempre ha sido fundamentalmente buena.

Los sobrevivientes también pueden concluir falsamente que son malos debido a su necesidad de intimidad y afecto. Rochelle, sobreviviente de cuarenta años, tenía tres años cuando su padre abusó sexualmente de ella. Un día que no podía dormir a la hora de su siesta, fue a la cama de su padre a tomarla con él. Como niña concluyó que su necesidad de cercanía fue lo que provocó el abuso. Solo ahora, más de treinta y siete años después, está dándose cuenta de que sus deseos de consuelo eran sanos y buenos y que no provocaron el abuso. Su padre fue malvado al aprovecharse de su deseo de cercanía y verlo como una oportunidad para abusar sexualmente de ella.

Yo era malo porque el agresor lo dijo. Algunos sobrevivientes creen que son malos porque el agresor dijo cosas como "Eres un niño malo", "Eres una provocadora", "Me sedujiste y me obligaste a hacer esto" o "Te gusta portarte mal, ¿verdad?".

En la edad adulta estos antiguos falsos mensajes pueden acecharnos. Las palabras del abusador pueden hacer eco y volverse parte de lo que pensamos de nosotros mismos. A la larga podemos olvidar de dónde salieron estas ideas tan arraigadas.

Los agresores hacen esa clase de afirmaciones para aumentar su excitación. Pueden hacerlo para protegerse de la responsabilidad de perpetrar el abuso. Las víctimas pueden percibir que las acciones del agresor están mal, y sin embargo este puede proyectar la culpa en sus víctimas. Para una víctima puede ser difícil no dejarse influir por las proyecciones de culpa de los agresores. Después de todo, estos por lo general son mayores, más fuertes, más poderosos y posiblemente incluso son miembros de la familia o están en una posición que normalmente exige respeto.

"Me siento culpable de todas las cosas que me hizo", dijo un sobreviviente. Para la víctima, racionalmente no tiene sentido sentirse culpable, pero esta sensación de ser malo y culpable puede de todas formas adherirse a los sobrevivientes. Es difícil para ellos, sobre todo para los que fueron víctimas jóvenes, comprender que el agresor hablaba desde su propio pensamiento distorsionado y sus fantasías, y no describía quién es la víctima intrínsecamente.

Los abusadores en ocasiones usan la curiosidad sexual normal de un niño como señuelo para cometer el abuso sexual. Al ensombrecer la curiosidad con la culpa, el perpetrador puede intentar que el niño se sienta responsable del abuso. "Querías saber qué hacen las mamás y los papás cuando están solos, ¿verdad?", una sobreviviente recuerda que le dijo su agresor. En realidad, los niños son curiosos por naturaleza sobre cosas y experiencias nuevas —incluyendo peligros potenciales como navajas de afeitar, cerillos o drogas—. Su curiosidad no es mala. Lo que es malo es explotar esa curiosidad y después etiquetarla falsamente como una excusa para el abuso. Independientemente de las circunstancias, las víctimas *nunca* son responsables del abuso sexual.

A menos que los mensajes sexuales del agresor se desechen, estos pueden seguir obstruyendo tu disfrute sexual. "Si disfruto del sexo, eso me convertirá en todo lo que dijo que soy", afirmó un sobreviviente.

Era malo porque obtuve algo a cambio. Muchos sobrevivientes llegan a creer que son malos porque recibieron regalos a cambio de sexo, disfrutaron de la atención especial que trajo consigo el abuso, o sintieron placer durante el mismo. Una mujer de la que su padre abusó contó su historia:

> Le gustaba hacerme tener orgasmos. Eso le hacía creer que era un gran amante que satisfacía a su complaciente hija. Experimenté una intensa culpa por no haberlo detenido.

Otra sobreviviente, de quien abusaba su hermano, describió una experiencia parecida. A la larga pudo ver cómo el hecho de sentirse mal por sus respuestas sexuales contribuía a sus problemas con su marido.

> Recuerdo ocasiones en las que me excité durante el abuso. Después me sentía molesta, avergonzada y asqueada conmigo misma. Me sentía una niña muy mala. Ahora, cuando me excito con mi marido, me bloqueo como para impedirme tener cualquier placer durante el sexo.

A un sobreviviente le gustaban las sensaciones sexuales que experimentaba cuando su madre se mostraba seductora con él. Se odiaba a sí mismo por fantasear con tener sexo con ella. "Me sentía muy confundido —dijo—. Los niños buenos no quieren tener sexo con sus madres".

Si sientes que sacaste provecho del abuso, es importante que ahora te des cuenta de que no eres malo. Tus respuestas físicas fueron normales dadas las circunstancias. Tus necesidades eran comprensibles. El agresor explotó esas necesidades. Premiar a la víctima es una táctica a la que comúnmente recurren los agresores. Muchos buscan el abuso que satisface alguna necesidad de la víctima. Los agresores saben que es muy poco probable que las víctimas que obtienen algo como dinero, atención o alivio sexual los delaten, y que es muy probable que sigan disponibles para abusar de ellas en el futuro. Además, un agresor puede satisfacer sexualmente a una víctima para fingir que sus acciones en realidad no son abuso.

En algunas situaciones donde hay abuso sexual, experimentar un orgasmo era una manera en que la víctima podía tener cierto grado de control sobre lo que estaba ocurriendo. Penny, sobreviviente de incesto cometido por su padre, contó: "Mientras más pronto yo alcanzaba el clímax, más pronto terminaba él y más rápido me dejaba ir. Al verlo en retrospectiva me doy cuenta de que mi respuesta sexual era mi manera de cuidarme en una mala situación".

Independientemente de las circunstancias que rodeen el abuso y las sensaciones que experimentaste durante el mismo, eras inocente. Eres bueno, y tu sexualidad también lo es.

Era malo por algo que hice después del abuso. Algunos sobrevivientes sienten que son intrínsecamente malos por cosas que hicieron después del abuso. Una sobreviviente de incesto en la infancia se sentía mal consigo misma porque después del abuso empezó a mentir con mucha frecuencia.

> De niña me sentía como un animal enjaulado. Tenía que estar en guardia constantemente. Tenía que planear las cosas de antemano para evitar más abuso, lo que significaba que tuve que aprender a mentir e inventar excusas.

Eso no era un fracaso moral o una señal de que fuera mala; mentir la ayudó a sobrevivir.

Muchos sobrevivientes sobreactúan sexualmente después del abuso. Pueden desarrollar conductas sexuales nuevas e inusuales, como masturbación compulsiva, sadomasoquismo o una actividad sexual frenética. Esto los hace sentirse peor, lo que puede fomentar comportamientos aún más extremos. Los sobrevivientes pueden atravesar periodos en los que son sexualmente autodestructivos. Pueden socializar con personas que saben que podrían abusar de ellos, participar en prácticas sexuales inseguras y degradantes, prostituirse o consumir alcohol y otras drogas que alteran el juicio. Algunos sobrevivientes pueden incluso abusar sexualmente de otros o participar en prácticas sexuales engañosas, como tener aventuras secretas o consumir pornografía como escape sexual secreto.

Esta sobreactuación sexual se puede convertir en parte de un ciclo negativo: los sobrevivientes se sienten tan mal tras sus excesos sexuales que llegan a creer que esas conductas "demuestran" que eran malos en un principio y por tanto merecían el abuso original. La sobreactuación sexual es una repercusión del abuso sexual y no un reflejo exacto del ser sexual natural del sobreviviente. La sobreactuación puede ser una reproducción del abuso, un intento de borrar el dolor y el estrés provocados por el abuso, o una llamada de auxilio.

Las prácticas sexuales reactivas pueden generar intensos sentimientos de culpa y vergüenza. Un sobreviviente gay de múltiples formas de abuso sexual, analizó su experiencia:

Mis experiencias sexuales de adulto me colocaron en el papel de ser dominado y humillado, tal como lo fui en el abuso. Atravesaba por periodos de sexo casual con muchos compañeros anónimos, algo que en tiempos del sida es muy peligroso. Buscaba sexo con desconocidos para calmar mi soledad. Mis sentimientos de culpa por tener tantas parejas, y la humillación, me mantenían en un estado constante de sentir que yo era una persona mala y despreciable.

Si entiendes que cualquier sobreactuación de índole sexual después del abuso fue una repercusión de este, puedes empezar a liberarte de sentirte constantemente una mala persona. Una sobreviviente bisexual de veinticinco años, de quien su padre abusó sexualmente cuando era una bebé, contó su historia.

En mi infancia, de los siete a los quince años, tuve sexo con muchos otros niños y niñas, muchos hombres e incluso un sacerdote. Me masturbaba varias veces al día. Probé muchas actividades sexuales diferentes en mí misma. Incluso llegué a hacerle insinuaciones sexuales a mi hermana y varias veces la toqué en la cama. Sabía que no estaba bien. Creía que había algo básicamente mal conmigo. Sabía que estaba fuera de la sexualidad normal. Sabía que tenía problemas sexuales, pero fundamentalmente creía que yo era el problema, que, para empezar, yo era mala.

No fue sino hasta algunos unos años después que empecé a dejar de culparme. Me di cuenta de que el sacerdote y otros hombres se aprovecharon de mí. Lastimé a otros niños por lo que mi padre me hizo, no a causa de quien soy en el fondo.

Tomando en cuenta estos casos, conviene recordar que sentirse mal puede tener una función, incluso ahora. Con frecuencia puede ser un intento de protegerte para no sentirte impotente y traicionado. Puede darte la ilusión de control en una situación que estaba fuera de control. Puedes engañarte creyendo que podías haber impedido o alterado el abuso haciendo cambios en tu propia conducta. Si te centras en sentirte mal contigo mismo, no tienes que reconocer que te sentías vulnerable, impotente, no querido, explotado o defraudado por los demás.

Descubrir por qué puedes sentirte mal contigo mismo puede conectarte con muchos sentimientos que están sepultados. Tom, sobreviviente de treinta años, lloró al contarme su historia.

Cuando mi papá abusaba sexualmente de mí me sentía un niño malo. Mi papá decía que en el contacto sexual compartíamos y nos queríamos. Yo le creía, aunque me dolía y era humillante. Pensaba que era mi culpa y que había algo malo en mí. Me sentía feo y malo por dentro.

Ahora, al rechazar la idea de yo era malo, me quedo con la sensación de que no tenía ningún control sobre lo que ocurría y que *mi padre me usaba para su propia gratificación sexual*. Yo no era más que un objeto para él. Tengo una horrible sensación de estar vacío por dentro, de que tengo un gran hueco en mi corazón. Se siente como si yo no existiera realmente. No hay nadie ahí, ¿o es mi verdadero yo el que se oculta?

Si bien desprenderse del sentimiento de ser malo puede ser doloroso, trae consigo alivio. Otra sobreviviente habló del cambio que eso representó en su vida:

Solía pensar que si quería ser sexual sería mala, porque el abuso era sexual y malo. Ahora me doy cuenta de que ser sexual no tiene nada que ver con el abuso. Puedo disfrutarlo y sentirme bien por quien soy.

Etiqueta falsa 2: Soy un objeto sexual

En el abuso sexual los agresores tratan a las víctimas como objetos sexuales. "Cosita sexi", podría decir un violador. Los agresores tocan a las víctimas físicamente sin ningún respeto o consideración por su humanidad o sus derechos. Tratan a las víctimas como si fueran maniquíes con vida, como representaciones vivientes de los objetos sexuales de sus fantasías.

Por consiguiente, los sobrevivientes también llegan a verse a sí mismos como objetos sexuales. Pueden sentir que han perdido su identidad individual, creer que deben complacer sexualmente a otros, o pensar que los demás los pueden controlar fácilmente. Los sobrevivientes que concluyen que son objetos sexuales se mantienen atados al pensamiento explotador e hiriente del agresor. Cuando los sobrevivientes se ven a sí mismos como objetos, hacen que el agresor y el abuso contaminen sus relaciones sexuales actuales. Al entender de qué manera se relaciona sentirse objeto sexual con el abuso, los sobrevivientes pueden empezar a liberarse de esta dañina forma de pensar.

Examinemos algunas formas comunes por las que los sobrevivientes sienten que se han convertido en objetos sexuales.

He perdido mi identidad individual. El abuso sexual obliga a las víctimas a adoptar papeles que les arrebatan la idea de sí mismos como individuos con sentimientos, necesidades y derechos. "Me sentía como una marioneta que servía para reafirmar la heterosexualidad de mi hermano", dijo una mujer sobreviviente, de la que su hermano abusó sexualmente después de que él fue agredido por un hombre mayor.

El abuso sexual puede hacer que algunos sobrevivientes se sientan objetos sexuales sin género. Andy, sobreviviente de veintinueve años que luchó por superar la idea de sí mismo como un objeto asexuado, explicó:

> Cuando tenía diez años yo era el que cuidaba la puerta mientras mi hermano mayor tenía sexo con mi hermana. Después de un tiempo mi hermana empezó a rechazar a mi hermano, y él recurrió a mí para tener sexo. Llegué a sentirme como un mero sustituto sexual de mi hermana, una criatura sin identidad propia.

Shawna, sobreviviente de veinticinco años, sentía haber perdido la noción de su identidad porque durante el abuso tuvo que negar sus propios sentimientos y necesidades. Cuando Shawna tenía once años, un primo de quince la arrinconó en un granero y la obligó a hacerle sexo oral. La experiencia la dejó con la sensación de que ser una criatura sexual significa ignorar la propia existencia y los derechos. Shawna explicó este sentimiento en terapia de grupo:

> Ahora me doy cuenta de que toda mi idea de quién soy sexualmente empezó con el abuso. La experiencia con mi primo me hizo sentir fea y sucia. Me sentí como un *objeto*, un simple objeto sin la menor importancia. Yo no merecía afecto y por tanto era incapaz de tener *necesidades*, sobre todo en relación con la actividad sexual. ¿Cómo me atrevo siquiera a pensar en pedir *algo*?

La percepción de no tener identidad puede ser extrema en algunos sobrevivientes, como Tess, que fue víctima de reiterados abusos sexuales y tortura en rituales sádicos.

> Me veo a mí misma como no totalmente humana —como un androide con ciertas funciones, como la de darle sexo a cualquiera que lo pida—. No siento tener derecho a algunas cosas muy humanas como el amor, una relación o el matrimonio.

Incluso si en el pasado te trataron de manera inhumana, no careces de sentimientos, necesidades y derechos. Puedes reivindicarlos ahora, en la medida en la que sanes sexualmente.

Soy alguien que complace sexualmente a los demás. Como resultado de haber sido tratados como objetos, algunos sobrevivientes construyen una identidad sexual en torno al acto de complacer sexualmente a la pareja. Los sobrevivientes pueden, literalmente, vivir para complacer. "No soy nadie sin alguien —dijo una sobreviviente que había trabajado como prostituta—. Soy una mercancía. Mi característica más atractiva es mi capacidad de distraer y complacer a los hombres".

Para algunos sobrevivientes este papel de complacer a otros es pasivo. Una mujer puede estar dispuesta a tener sexo con su pareja cada vez que esta quiera. Para otros, el papel de complacer es activo. Mirando hacia atrás en cómo se veía a sí mismo como alguien que complacía sexualmente, un sobreviviente recordó sus sentimientos.

> Yo llevaba en la cabeza una cinta que decía que soy malo e indigno. Obtuve una falsa sensación de autoestima al convertirme en técnico y ejecutante sexual. Arreglaba los problemas sexuales de mis parejas, las ayudaba a tener orgasmos y a sentirse satisfechas. Al interpretar esos papeles con frecuencia saboteaba mi propio goce sexual. En mi interior constantemente me hacía la víctima.

Los sobrevivientes que complacen sexualmente a los demás piensan que el sexo es una condición para recibir amor. Puede ser que busquen en sus parejas sexuales aprobación y aceptación. "Antes pensaba que si hacía lo que mi acompañante quería, significaba que yo estaba bien", dijo un sobreviviente.

Complacer a la pareja puede implicar un rasgo de desesperación. Algunos sobrevivientes andan a la caza del amor que necesitan ofreciéndose sexualmente a sus parejas. "La única manera como siento que puedo ser amado es si soy sexual —dijo un sobreviviente—. Si puedo darle a alguien un sexo verdaderamente bueno, me amará".

Estos sobrevivientes pueden creer que su valor se define por la cantidad de personas que los desean sexualmente. Sentirse así puede llevar a los sobrevivientes a vestirse y comportarse de manera seductora. Convierten sus cuerpos en señuelos para atraer parejas. La cosificación sexual es algo que los otros les hacen y también algo que ellos se hacen a sí mismos.

Desafortunadamente, los sobrevivientes que se enfocan en complacer sexualmente a otros pueden tener dificultades para sentirse amados. Al verse como objetos sexuales para el placer de alguien más, pueden interpretar el genuino amor solidario como una oferta más de sexo.

Si sientes que tu valor está determinado por lo que haces sexualmente, te quedas atrapado en un concepto de ti mismo como objeto sexual. Niegas el valor de tu condición de persona. Al dejar de actuar como un robot sexual complaciente te das la oportunidad de sentirte amado por ti mismo, independientemente del sexo.

Los demás pueden controlarme fácilmente. En el abuso sexual los agresores obligan o dirigen a las víctimas a que adopten actitudes de sumisión. Al tener que comportarse sexualmente sin ningún sentido de control o poder personal, las víctimas pueden empezar a verse a sí mismas como esclavos sexuales. Una mujer de quien su hermano había abusado narró su experiencia:

> Mi hermano decía: "Haces lo que yo quiero que hagas, cuando yo quiera y como yo quiera". Mis sentimientos y reacciones no contaban, así que aprendí a desconectarlos, a ignorarlos por completo. Para él era un objeto que usaba cada vez que deseaba.

Como consecuencia del abuso pasado, los sobrevivientes pueden llegar a verse a sí mismos sin ninguna capacidad de influir en el rumbo de una experiencia sexual actual. "Me siento como un muñeco de trapo, sin una mente propia", expresó un sobreviviente. La sensación de ser controlado por alguien más también puede infiltrarse en las relaciones sociales. Una sobreviviente de quien su padre abusó dijo:

> Los hombres pueden controlarme. Cada vez que estoy cerca de un hombre me convierto en una víctima con cabeza de chorlito. No importa si el tipo piensa en mí o no sexualmente. No siento ser responsable de mí misma. Automáticamente me siento suya.

Para superar este sentimiento de no tener control, tienes que recordarte que ahora tienes una alternativa. Ser sumiso puede haber sido útil, e incluso indispensable, durante el abuso. Pero seguir actuando con sumisión ahora solo entorpecerá tu capacidad para tener un concepto de ti mismo positivo y relaciones íntimas satisfactorias.

Si te ves como un objeto sexual, puedes cambiar esta ilusión. *No eres un objeto sexual, eres un alma sagrada.*

Etiqueta falsa 3: Soy mercancía dañada

El abuso sexual duele. Provoca heridas mentales y físicas. Los sobrevivientes pueden concluir que son mercancía dañada, que el abuso los ha hecho sexualmente discapacitados, inadecuados o inferiores. Un sobreviviente afirmó:

> Me siento mutilado, sin impulsos nerviosos fantasmas. Es como si la conexión entre el sitio de mi corazón y el de mi pelvis hubiera sido cercenada. Cuando entro en contacto con esto siento una pérdida tremenda. Siento mi cuerpo como un cascarón vacío y sin vida que alberga mi cerebro.

Los sobrevivientes pueden sentir que no son deseados: "Nadie me querría si supiera lo que me pasó", o son indignos: "No soy tan bueno como otros porque no tuve experiencias normales". Los sobrevivientes pueden creer que lo que tienen para ofrecer no es lo suficientemente bueno. Desarrollar una nueva aproximación al sexo y la a intimidad puede ser difícil si en el fondo sigues aferrado a pensamientos pesimistas y limitantes.

Para liberarte del sentimiento de estar dañado y ser inferior, primero tienes que entender de manera más específica cómo llegaste a esa conclusión. He aquí algunas creencias primarias que mantienen a los sobrevivientes convencidos que son mercancía dañada.

Soy todo lo que el agresor me dijo. Los sobrevivientes llegan a creer que son mercancía dañada debido a los mensajes que recibieron del perpetrador. El abuso sexual es explotación y sometimiento. Muchos agresores disfrutan insultando a sus víctimas con palabras viles, obscenas y ofensivas que tienen el propósito de humillarlos y controlarlos. Insultan con términos como coño, cabrón, pendejo, perra, zorra, puta, mierda, marica, homosexual, pelele, alimaña, o las describen como sucias, estúpidas y frígidas. Los sobrevivientes pueden aceptar esas etiquetas convirtiéndolas en parte de su autoconcepto sexual.

Si has interiorizado un insulto de un agresor hacia ti puede ayudar que te des cuenta de que el insulto es obra del pensamiento distorsionado, cruel y sexualmente abusivo del agresor. No tiene nada que ver con quien eres. No eres las etiquetas que te ponen.

Soy lo que me hicieron. Los sobrevivientes pueden confundir el abuso que se ejerció sobre ellos con *quienes* son en realidad sexualmente. Un sobreviviente puede pensar: "Me ocurrió algo repugnante y malo, por lo tanto soy repugnante y malo". Este razonamiento es injusto y falso. Considera aplicarlo a otras situaciones en las que podrían pasarte cosas repugnantes y malas: imagina que un auto te salpicó lodo mientras caminabas por la calle, o que accidentalmente pisaste caca de perro. ¿Esas experiencias te convertirían en alguien repugnante y malo? El abuso no eres tú. Fue un incidente perturbador que te dañó psicológicamente, pero tú mismo —tus sentimientos, pensamientos, amor y cariño— son algo independiente de él.

Soy menos hombre o menos mujer por el abuso. Los sobrevivientes pueden creer mensajes culturales falsos y dañinos que implican que el valor de una joven disminuye por haber tenido sexo, o que la masculinidad de un muchacho se destruye si lo dominan sexualmente. Estas viejas ideas culpan y castigan a la víctima, perpetuando la idea de que las mujeres son propiedad o que la masculinidad de un joven depende de sus destrezas sexuales. Cualquiera puede ser sojuzgado o agredido sexualmente. Las víctimas no son responsables del abuso y no merecen que la sociedad las castigue por lo que el agresor les hizo.

Si eres un sobreviviente que siente que quedó culturalmente marcado por el abuso, recuerda que estas opiniones culturales son inhumanas y crueles. Cuando las crees, te haces daño y mantienes vivo el abuso.

Sufrí daño físico permanente. El abuso sexual puede provocar heridas y marcas físicas duraderas. Los sobrevivientes pueden tener cicatrices visibles o sufrir repercusiones como enfermedades de transmisión sexual adquiridas durante el abuso. Algunas mujeres pueden haber quedado embarazadas del agresor, o bien haber quedado estériles como resultado de una enfermedad o del daño sufrido durante el abuso.

Hay mucho sufrimiento y pérdidas cuando el abuso provoca daños sexuales irreversibles. Las cicatrices y las heridas son dolorosas, recordatorios constantes del abuso pasado. Los sobrevivientes son como víctimas de accidentes que necesitan encontrar modos de continuar con sus actividades normales. En vista de la realidad de sus condiciones físicas, deben llorar las pérdidas y sobrellevarlas y luego aprender a disfrutar sus vidas lo más posible.

Hace años trabajé en el hospital local dirigiendo discusiones sobre sexualidad para personas con lesiones en la médula espinal, esclerosis múltiple, cáncer, herpes y otras afecciones que causan discapacidad sexual. Para estos pacientes la sexualidad era una cuestión importante. Sin embargo, algunos tenían autoconceptos sexuales muy positivos y disfrutaban de vidas sexuales satisfactorias. Me impresionaban sus actitudes y me daba curiosidad cómo podían sentirse tan bien con su sexualidad dados los problemas provocados por sus enfermedades y sus lesiones. Lo que descubrí fue que los pacientes con autoconceptos sexuales positivos definían el sexo y los comportamientos sexuales de manera muy amplia como caricias íntimas, privadas y compartir. Estos pacientes sacaban el máximo provecho de las actividades íntimas en las que todavía eran capaces físicamente de participar. Encontraban formas creativas de expresión sexual, establecían conexiones íntimas con sus parejas y se disfrutaban plenamente.

Si eres un sobreviviente que ha sufrido un daño permanente, puede ser útil que recuerdes que tu sexualidad tiene más que ver con tus sentimientos de amor y sensualidad que con la apariencia o el funcionamiento de una parte específica de tu cuerpo. Aún puedes ser una persona creativa, amorosa y sensual sin importar la magnitud de tu herida.

Nuestro valor sexual no es algo que llevemos con nosotros como un globo al que otros pueden clavarle alfileres y destruirlo. Nuestro valor sexual es tan profundo que nadie puede despojarnos de él, sin importar lo que digan o hagan.

CREENCIAS SOBRE EL GÉNERO Y LA ORIENTACIÓN SEXUAL

Para sentirnos bien con nosotros mismos sexualmente necesitamos sentirnos bien por ser el hombre o la mujer que somos, y cómodos con nuestra orientación sexual, ya sea que seamos lesbianas, gais, heterosexuales o bisexuales. Sin embargo, estas dos áreas suelen ser especialmente sensibles, confusas y controvertidas para los sobrevivientes.

La identidad de género y la orientación sexual son asuntos complejos incluso si el abuso sexual no entra en el panorama. Pueden estar fuertemente influidos por una serie de factores, que incluyen la biología, la crianza, las experiencias sexuales, las influencias culturales y la elección personal.

En esta sección exploraremos algunas de las formas en las que el abuso sexual puede influir negativamente en los sentimientos que los sobrevivientes tienen con respecto a su género y orientación sexual. Al comprender el impacto del abuso puedes empezar a liberarte de creencias y confusiones perjudiciales que pueden haberse desarrollado a partir del mismo.

No me gusta mi género. A causa del abuso, los sobrevivientes pueden detestar su feminidad o masculinidad. Un niño del que su padre abusó podría pensar: "No quiero ser hombre si los hombres son como mi papá". Y una niña de la que su padre abusó podría concluir: "No quiero ser mujer si las mujeres tienen que ser sumisas y tratadas así".

Algunos sobrevivientes pueden creer que su género fue la causa del abuso. Una niña puede odiarse por el hecho de ser mujer debido a que el abuso ocurrió cuando ya se le habían desarrollado los senos. Y un niño puede odiarse por el hecho de ser hombre debido a que su agresor se sentía sexualmente atraído por los niños y a las niñas las dejaba en paz.

Puede ser que te hayas puesto en contra tuya como consecuencia del abuso, sofocando cualidades que crees que están asociadas con tu género. Un sobreviviente masculino podría siempre evitar ser quien inicia las actividades y expresarse de manera asertiva. Y una mujer sobreviviente podría abstenerse de permitirse revelar su belleza natural o expresar su sensibilidad emocional. El rechazo de tu propio género puede desembocar en sentimientos de aislamiento, enajenación y odio hacia ti mismo. Un sobreviviente habló de cómo le afectó el abuso:

> Durante muchos años hablé con voz aguda. Actuaba con gestos femeninos. Las personas pensaban que yo era gay, a pesar de que no lo soy. Sentía cierta ambivalencia respecto a ser un hombre y no haber aceptado mi masculinidad.. En los últimos dos años he ampliado mi idea de lo que significa ser un hombre y el tono de mi voz ha bajado de manera considerable.

Si eres un sobreviviente a quien no le gusta su género, tienes que recordarte que el abuso sexual es cometido por —y le ocurre a— tanto hombres como mujeres. Las características que los agresores y las víctimas despliegan durante el abuso, como dominación y sumisión, control e indefensión, reflejan la dinámica del abuso sexual. Estos *no* son atributos que pertenezcan a un género en particular.

Sentirte bien en lo que respecta a tu género significa darte cuenta de tus fortalezas como hombre o mujer. Necesitas permitirte el acceso a una amplia gama de expresiones humanas, incluyendo cualidades positivas comúnmente asociadas con tu género: franqueza, receptividad, valor, afecto, dignidad, inventiva y vulnerabilidad emocional. Apartarte de tu género es negar la fuerza, belleza y poder que implican ser la persona que eres.

Soy diferente de otros de mi mismo género. El abuso sexual puede hacer que los sobrevivientes sientan que hay algo que los hace diferentes de otros miembros de su sexo.

A veces el abuso sexual es una afrenta directa a la identidad de género. Zack, sobreviviente de cincuenta y cinco años, pasó muchos años sintiendo que no era tan masculino como sus pares. Cuando era muy pequeño, su tía y su abuela con frecuencia lo vestían con ropa de niña. Le pintaban las uñas y le hacían permanente. Vestirlo involucraba tocar y acariciar su cuerpo. Ese abuso le enseñó a Zack a sentirse sexualmente estimulado por imágenes en las que era feminizado. Vestirse como mujer se volvió una manera en la que Zack se sentía emocionado, aceptado y amado. El abuso privó a Zack de saber cómo se sentiría ser un niño pequeño que no quería vestirse como niñita. Ahora, de adulto, Zack se siente diferente de otros hombres debido a su deseo de travestirse y masturbarse pensando en sí mismo vistiendo ropa de mujer.

El abuso sexual puede obligar a los sobrevivientes a desempeñar roles que contradicen las normas de género aceptadas. Rick, sobreviviente heterosexual, aprendió a representar un papel de sumisión sexual cuando un vecino mayor abusó de él siendo niño. Ahora a Rick le cuesta trabajo iniciar relaciones íntimas y el contacto físico.

> Tengo veinticuatro años y sigo siendo virgen. Mis temores con respecto al sexo son un obstáculo que me impide iniciar el contacto. Muchas mujeres con las que he salido me dejaron porque les incomodaba que yo no fuera sexualmente agresivo, como se supone que son los hombres. En el fondo soy un romántico, pero creo que he puesto bajo llave mi parte sexual. Hace poco soñé con una jaula cuya puerta se abría. Adentro había un tigre. Sabía que ese tigre representaba mi masculinidad. Fue una imagen hermosa para mí.

Ser obligado a representar un papel de sumisión puede tener otra serie de consecuencias para los hombres. En un intento de compensar los sentimientos de incapacidad sexual e indefensión, un chico sobreviviente puede expresar una caricatura de lo que cree que hacen los hombres al actuar como un macho rudo e invulnerable. Quizá pelee o destruya propiedad ajena en un intento inútil de demostrar que no es débil o femenino. Desafortunadamente, esta estrategia le dificulta identificarse de maneras positivas con otros hombres. Y esto también lleva a muchos sobrevivientes masculinos a actuar de maneras sexualmente agresivas y demandantes, lo cual inhibe una sana intimidad sexual en la edad adulta.

Algunas mujeres sobrevivientes se sienten diferentes de otras mujeres porque el abuso sexual las enseñó a ser sexualmente activas y agresivas. Al actuar en formas que contradicen los papeles femeninos tradicionales, estas sobrevivientes pueden sufrir de mucha confusión y rechazo, dificultándoles establecer relaciones íntimas. Una mujer de la que su padrastro abusó sexualmente cuando era niña describió su situación:

> Siempre me sentí diferente de otras mujeres. De adolescente me gustaba el sexo más que a los hombres con los que salía, y cuando me casé me gustaba más que a mi esposo. Me sentía demasiado *masculina*.

También niñas y mujeres pueden hacerse las duras para encubrir sentimientos de vulnerabilidad sexual producto del abuso. Estas conductas compensatorias pueden hacer que una mujer se sienta diferente de otras. Alice, lesbiana sobreviviente de veinticuatro años, sufrió abuso físico de su padre, y cuando tenía diez años su hermano y sus amigos la violaron. En la universidad fue estrella del equipo de volibol femenil. Le llamaban la jugadora kamikaze porque se lanzaba por la pelota con tal fuerza que a veces llegaba a las tribunas. Alice se rompió los dedos y se lastimó las rodillas, pero nunca lloraba ni mostraba dolor.

En sus relaciones sexuales de adulta, Alice se preguntaba por qué podía dar placer a su pareja durante el sexo, pero ella no podía recibirlo. Se sentía diferente de las otras mujeres. Ahora que se está recuperando de su temprano abuso sexual, Alice se da cuenta de que puede superar sus problemas sexuales aceptando los rasgos de dulzura y receptividad que ella siempre ha considerado típicamente femeninos.

Si eres un sobreviviente que se siente diferentes de otros de su género, tal vez necesites analizar detenidamente la manera en la que el abuso sexual ha coloreado tu opinión sobre ti mismo. Eres miembro de tu sexo como resultado de tu biología; el abuso no cambió el hecho de que seas hombre o mujer. Tu género no es algo que tengas que demostrar o negar; es un hecho.

Si bien es importante que te sientas cómodo e identificado con tu sexo, también es importante que tengas presente que en las relaciones sexuales sanas participan dos individuos que comparten su intimidad. Ambos, independientemente de su género, deben ser capaces de entablar actividades sexuales y recibir sensaciones placenteras.

Estoy confundido respecto a mi orientación sexual. El abuso sexual puede ocasionar que muchos sobrevivientes se cuestionen su orientación sexual. Pueden preguntarse si el abuso sexual determinó su orientación actual, o si fue la razón principal por la que son gais, heterosexuales o bisexuales.

La cuestión de la orientación sexual es confusa para muchas personas sin un pasado de abuso sexual. Incluso después de realizar muchos estudios, los investigadores analizan factores genéticos, biológicos, de crianza e influencias sociales, pero aún no pueden apuntar a una "causa" absoluta de la homosexualidad o la heterosexualidad. Las categorías de orientación sexual parecen mezclarse a lo largo de un continuo, más que ajustarse a distinciones bien definidas. Muy pocas personas entre la población en su conjunto se sienten completamente gais o heterosexuales. La orientación sexual puede ser confusa para algunas personas porque su orientación ha cambiado con el tiempo. Por ejemplo, una mujer casada puede tener una vida heterosexual por muchos años, divorciarse y luego involucrarse en una relación lésbica.

La cuestión de la orientación sexual también puede tener cierta carga para los sobrevivientes debido a los prejuicios culturales contra la homosexualidad, o con menor frecuencia, contra la heterosexualidad. Mientras que algunos sobrevivientes pueden simplemente tener curiosidad sobre asuntos relativos a la orientación sexual, otros pueden sentir un temor extremo al respecto. A un sobreviviente que sucumbe a los prejuicios culturales y la homofobia puede preocuparle la posibilidad de ser gay. Algunos sobrevivientes experimentan prejuicios similares contra la heterosexualidad. Por ejemplo, una sobreviviente que lleve una vida orientada a las mujeres, puede trastornarse mucho al considerar la posibilidad de ser heterosexual.

Aunque el abuso sexual no parece ser la "causa" precisa de una orientación particular, la investigación con sobrevivientes sí parece indicar que, al menos para algunos de ellos, puede tener una profunda influencia. Cabe destacar que la influencia del abuso sexual en la orientación puede darse en dos direcciones diferentes: aparentemente puede alentar e impedir a la vez el desarrollo de una orientación particular. Los sobrevivientes pueden transitar hacia o contra la orientación que tenían durante el abuso.

Algunos sobrevivientes *adoptan el papel de la orientación sexual que tenían en el abuso*. Por ejemplo, una niña de la que abusó una prima puede suponer que es lesbiana, mientras que una niña de la que abusó un primo puede asumir que es heterosexual. Estas suposiciones son comprensibles, pues con frecuencia el abuso sexual es la primera exposición de una persona joven a los roles sexuales.

Asumir el papel de la orientación sexual a partir del abuso no será un problema si es un papel con el que sobreviviente se siente cómodo. Si la chica a quien agredió su prima ya *siente* que es lesbiana, esta influencia "para adoptar el papel" es intrascendente. Pero un sobreviviente que se identificaba con una orientación sexual diferente antes del abuso, o aún no había identificado una orientación, la influencia puede ser inquietante y confusa, e incluso desembocar en años de infelicidad. Una lesbiana sobreviviente habló de su experiencia:

> Tras el abuso que sufrí a manos de mi padrastro asumí que debía ser heterosexual. Pasé por un horroroso periodo de tener sexo con parejas masculinas. Era físicamente doloroso y lo sentía como una violación. Esto quizá se deba a que no me gustan los hombres. Estaba con ellos para demostrar que yo estaba bien porque en esa época creía ser heterosexual.

Del mismo modo, algunos hombres que son agredidos sexualmente por otros hombres pueden adoptar el papel de la orientación sexual que se les hizo asumir en el abuso. El investigador David Finkelhor informó que los hombres adultos sobrevivientes que fueron victimizados antes de los trece años por hombres mayores, tenían cuatro veces más probabilidades de ser homosexualmente activos que aquellos que no experimentaron ningún contacto sexual abusivo de un hombre.[*]

Una de las razones por las que los sobrevivientes pueden adoptar la orientación del abuso es debido a un proceso de autocategorización. Los investigadores Robert Johnson y Diane Shrier, que estudiaron a niños víctimas, explican:

> El niño que ha sido agredido sexualmente por un hombre puede catalogar la experiencia como homosexual y erróneamente percibirse como tal por el hecho de que un hombre mayor lo haya encontrado sexualmente atractivo, sobre todo si no tuvo ninguna oportunidad de que lo tranquilizaran y liberaran de la culpa y ansiedad con respecto a su papel en la experiencia del abuso. Una vez autocategorizado como homosexual, el niño puede entonces ponerse en situaciones que lo expongan a tener actividad homosexual.[**]

Del mismo modo, las experiencias de abuso heterosexual pueden hacer que una persona homosexual categorice erróneamente su orientación. La sobreviviente lesbiana que fue agredida sexualmente por su padrastro y asumió que era heterosexual justamente hizo eso.

Al pasar por este proceso de autocategorización los sobrevivientes pueden no ver la distinción entre el sexo saludable y el abuso sexual. El sexo que tiene lugar durante el abuso sexual no es un acto homosexual

---

[*] David Finkelhor, "The Sexual Abuse of Boys", *Victimology: An International Journal* 6, 1981, 81.

[**] Robert Johnson y Diane Shrier, "Past Sexual Victimization by Females of Males in an Adolescent Medicine Clinic Population", *American Journal of Psychiatry*, 144, no. 5, mayo de 1987, p. 652.

o heterosexual, sino un acto de *abuso sexual*. La mayor parte del abuso sexual a niños es perpetrado por hombres heterosexuales. La mayoría de los perpetradores de abuso sexual a niños son pedófilos (personas que se sienten sexualmente atraídas por niños, no necesariamente de un género en particular). Es importante recordar que el sexo en el abuso está más relacionado con la crueldad, la explotación y el daño, que con actividades sexuales en las cuales fundamentar una orientación de larga duración.

Algunos sobrevivientes pueden adoptar el rol de orientación del abuso porque experimentaron excitación durante el mismo, y pueden pensar que esa excitación demuestra que esa es su orientación sexual. Puedes haber respondido sexualmente durante el abuso, pero eso no significa que seas gay, si fue un abuso homosexual, o heterosexual, si lo perpetró un heterosexual. Nuestros cuerpos responden a la estimulación sexual independientemente del sexo de la persona que hace la estimulación.

El abuso sexual puede enseñarnos patrones de excitación que afectan cómo definimos nuestra orientación sexual. El abuso sexual por un agresor masculino, por ejemplo, puede crear imágenes mentales de cuerpos y órganos sexuales masculinos, y satisfacción sexual asociada a la estimulación sexual. Un hombre de quien su primo abusó se sentía consternado por sus pensamientos sexuales:

> Estoy muy confundido sobre mi sexualidad, sobre si soy gay o heterosexual. Creo que soy heterosexual, pero no me gusta la obsesión que tengo con el pene masculino.

Este tipo de imágenes mentales y asociaciones pueden ser más una repercusión del trauma del abuso que un indicio real de la orientación sexual.

Más que sentir que el abuso los condujo al papel que tuvieron en el mismo, muchos sobrevivientes sienten que su orientación actual evolucionó *como una reacción contra el abuso*. Por ejemplo, una niña de la que su padre abusó podría alejarse de la heterosexualidad porque asocia las relaciones con hombres con el abuso. Para ella, los cuerpos masculinos pueden ser repulsivos y detonar imágenes de dolor y miedo. Al madurar, puede buscar compañeras femeninas porque con ellas se siente segura y más cómoda. Del mismo modo, debido al miedo y a asociaciones negativas con los cuerpos femeninos, una joven lesbiana de la que su madre abusó puede sesgarse hacia las relaciones con hombres. El abuso sexual puede haber causado en esta sobreviviente una reacción antifemenina, dificultándole entender su deseo por las mujeres.

Algunos sobrevivientes masculinos también reaccionan contra el papel de orientación del abuso. Un hombre homosexual de quien abusó un hombre, puede decidir relacionarse con mujeres por un tiempo. De igual manera, un hombre heterosexual de quien abusó una mujer puede sentirse atraído a actividades sexuales con hombres.

Un hombre que sufrió abuso a manos de su madre cuando era chico, y después fue agredido otra vez por un adolescente, padeció mucha confusión respecto a su orientación sexual. Reaccionaba y adoptaba a la vez la orientación de sus dos experiencias de abuso. Incluso con esas influencias contradictorias, en él pareció persistir una orientación heterosexual básica.

> Cuando crecí, mi concepto sexual era el de un niñito que buscaba el amor que su madre nunca le dio. Era muy pasivo sexualmente y temía a las mujeres. Me sentía con respecto a ellas como a veces me sentía hacia mi mamá, como si yo no fuera un hombre adulto.
>
> Después de que abusó de mí un chico más grande del vecindario, decidí por un tiempo que era gay porque me gustaba, y más adelante busqué experiencias gais a pesar de que no me sentía atraído por los hombres. Ahora, viéndolo en retrospectiva, creo que esa época gay era más fácil que tener que revisar mis miedos y mis sentimientos contradictorios hacia las mujeres por las que me sentía realmente atraído. Ahora estoy casado y a veces recurro a fantasías gais que me ayudan en el desempeño con mi esposa. Veo esto como una defensa contra la intimidad con ella. Conforme he ido entendiendo y aceptando el origen de estas fantasías, parece que las necesito cada vez menos.

Debido a las condiciones provocadas por el abuso y a las influencias culturales negativas, muchos sobrevivientes pasan años luchando contra una orientación sexual con la que se sentirían más cómodos. Con frecuencia no es sino hasta que se sienten más seguros, maduros y firmes cuando pueden aclarar su confusión.

Si eres un sobreviviente que cuestiona su orientación sexual, recuerda que *todas las orientaciones sexuales son válidas*. Al determinar tu orientación sexual toma en cuenta estas preguntas:

- ¿Cuál era la percepción de tu orientación sexual antes del abuso?
- ¿Crees que es posible que hayas reaccionado hacia o en contra del papel de orientación en el abuso, o piensas que el abuso no tuvo ningún efecto?
- Ahora, cuando experimentas sentimientos románticos, deseos de una mayor intimidad, atracción física constante o fantasías de

contacto sexual amoroso, ¿de qué sexo es la persona por quien sientes atracción?

Desarrollar un concepto sano de ti mismo en lo sexual implica sentirte cómodo con tu orientación sexual ahora. Tal vez no puedas responder de manera concluyente las preguntas que tienes sobre tu orientación sexual. Probablemente solo te provocarías angustia si te empeñas en una orientación particular que no crees que se adapte a ti en este momento. Lo que importa en la sanación de la sexualidad es aceptarte y poder expresar amor y compartir tu intimidad con alguien más.

PAUTAS PARA MEJORAR TU AUTOCONCEPTO SEXUAL

Toma tiempo y esfuerzo desarrollar un autoconcepto sexual positivo. No solo tenemos que estar atentos ante las falsas conclusiones y creencias negativas sobre nosotros mismos que fueron consecuencia del abuso; también debemos reemplazar viejas formas de pensar con otras nuevas y saludables. A continuación te sugiero algunas actividades que puedes llevar a cabo —cuando te sientas listo— para superar los efectos del abuso y empezar a desarrollar un concepto positivo de ti mismo como persona sexual.

Hazte amigo de tu niño interior

Dentro de cada uno de nosotros hay un niño inocente creativo y con curiosidad sexual. Esta vulnerabilidad infantil es una parte esencial de nuestra personalidad que se vio afectada por el abuso. Muchos terapeutas y sobrevivientes llaman a este yo-niño el "niño interior".* Muchos sobrevivientes sienten que su niño interior sigue lastimado. Ponerte en contacto con tu niño interior puede ayudarte a superar viejas heridas, curar antiguos dolores y darte cuenta de tu bondad intrínseca.

Una manera de hacerte amigo de tu niño interior es darte el apoyo y cuidado emocional que necesitaste después del abuso, pero que tal vez no recibiste. Pregúntate: ¿qué necesitaba de un padre, cuidador, amigo o amante cuando ocurrió el abuso? Tal vez necesitabas que te abrazaran y consolaran, que te aseguraran que estabas a salvo de mayores daños, que justificaran tus reacciones emocionales o te dieran información que te ayudara a entender lo que pasó. A pesar de que hayan pasado muchos años, ahora puedes empezar a darle a tu niño interior la aprobación y

---

* Para mayor información véase Whitfield, Charles. *Healing the Child Within: Discovery and Recovery for Adult Children of Dysfunctional Families.* Deerfield Beach, FL, HCI, 1987.

el apoyo que necesita. Una sobreviviente de incesto de padre a hija expresó así sus necesidades:

> La niñita que está dentro de mí necesita protección. Necesita escuchar que no fue mi culpa, que me encontraba en una situación imposible, que no había modo de que yo hubiera podido evitar la humillación.

Al aplicar tu sabiduría adulta y lo que sabes ahora sobre el abuso sexual, puedes entrar en contacto con tu niño interior y decirte todo lo que aún necesitas escuchar. El recurso de la meditación y las afirmaciones (véase recuadro de la página 155) puede ayudar a tu niño interior a sanar del abuso.

Al ponerte en contacto con tu niño interior también puedes aprender a responder a las necesidades insatisfechas del niño, tal como explicó este sobreviviente:

> No siento haber tenido una auténtica infancia. No me sentía inocente y libre de preocupaciones como deben ser los niños. Me perdí de muchas diversiones relajadas que tienen los niños, como volar papalotes y ser creativos. No pude explorar mi sexualidad como algo mío ni disfrutar el descubrimiento del sexo como algo bueno y natural.

Como adulto puedes darte permiso de hacer algunas cosas que no disfrutaste como niño. ¿Qué no hiciste que puedes hacer ahora? ¿Volar un papalote, disfrazarte, bailar, cantar, pintar, arreglar bicicletas? Liberar la energía infantil te pone en contacto con tu curiosidad natural y tus sentido lúdico, que son dos ingredientes importantes para una vida sexual sana.

Adopta una filosofía de vida de borrón y cuenta nueva

Deja que el pasado sea pasado, y date un futuro. No es justo que te aferres a la imagen pasada que tienes de ti mismo No tienes que sentirte dañado para siempre. Si en el pasado te has sentido como un objeto sexual, no tiene que seguir siendo así. Estas ideas no son trivialidades huecas como "Lo pasado, pasado está". Más bien puedes emplear tu nueva conciencia y reconocimiento del pasado de una manera activa para trabajar en busca del cambio paso a paso.

Creo en lo que llamo una filosofía de la vida de *borrón y cuenta nueva*. Esto significa que cada día nos brinda una oportunidad completamente nueva de volver a crearnos, sin que el pasado nos arrastre de nuevo.

Puedes imaginar que cada noche los pizarrones de tu vida se borran, dejándolos frescos y abiertos para los sucesos del día siguiente.

Tú eres quien decides ser. No estás adherido a las etiquetas negativas que te puso el agresor durante el abuso, ni a la forma como te viste a ti mismo a consecuencia de este. Esas etiquetas desaparecerán cuando dejes de creer en ellas y dejes de actuar de maneras que las refuercen. Continúa reafirmando conceptos nuevos y saludables de ti mismo; con el tiempo se arraigarán.

AFIRMACIONES PARA SANAR A MI NIÑO INTERIOR

En un ambiente seguro, silencioso y relajado, imagina que el adulto que eres ahora está sentado hablando con el niño o persona que eras cuando ocurrió el abuso. Pronuncia cada afirmación en voz alta.

El abuso sexual no fue tu culpa.
Eres una persona buena y valiosa.
No merecías lo que pasó.
No eres malo por lo que pasó.
Tus sentimientos y respuestas durante el abuso fueron normales.
Tu energía sexual es buena y es independiente del abuso.
Eres un [niño/hombre] [niña/mujer] fuerte.
Puedes compartir tu dolor con otros y este desaparecerá.
Ya no estás solo.

Sé consciente de tu respuesta a cada enunciado. ¿Hay algunos que son más fáciles de asimilar que otros? Tal vez desees repetir cada enunciado varias veces en una sesión.

Este ejercicio se puede adaptar para que tu niño interior también pueda repetir cada enunciado. Así, después de decir "El abuso no fue *tu* culpa", tu niño interior puede responder diciendo: "El abuso no fue *mi* culpa", y así sucesivamente con cada enunciado. También puedes hacer el ejercicio frente a un espejo. Este ejercicio es excelente como meditación diaria.

Encuentra tu voz

Una manera importante de dejar de sentirte como objeto es alzar la voz y reivindicar tus necesidades y sentimientos ante otros. Al reafirmarte, convalidas tu existencia. Afirmas ante ti y ante los demás que mereces respeto. Expresarte es encontrar tu voz.

Linda, de treinta y seis años, sobreviviente de abuso ritual, encontró su voz en una sesión de terapia de grupo. Era la semana anterior a Halloween y los miembros de su grupo estaban planeando una celebración con velas en una mesa. Linda entró en pánico. Retrocedió al abuso, que en ocasiones implicaba velas en una mesa. Como de costumbre, al principio Linda no dijo nada y empezó a ser muy dura consigo misma por haber tenido una reacción tan fuerte hacia el evento. Se repetía a sí misma que el grupo no le haría daño y que no tenía nada que temer. Se sintió tonta por tener miedo. Pero sus sentimientos de pánico no cesaban. Su niña interior le gritaba: "¡Si alguna vez vas a escucharme, hazlo ahora, y no vayas!". Linda pensó que quizá debía evitar conflictos y no asistir a la siguiente reunión.

Pero lo que pasó fue otra cosa. Linda decidió decirles a los integrantes del grupo cómo se sentía. Para su sorpresa, fueron receptivos y accedieron a no hacer un ritual. Cada uno la alabó por su autoafirmación. Linda estaba pesarosa pensando que había arruinado los planes de todos lo demás. Se criticaba por ser tan sensible. Pero por encima de esos sentimientos también se dio cuenta de que sus reacciones tenían sentido. Se sintió orgullosa de sí misma por haber dicho lo que sentía. Más adelante, en terapia de pareja, Linda le contó a Mike, su esposo, su hazaña:

Considero lo que hice en el grupo como un paso fundamental en mi restablecimiento sexual. Para poder sentirme cómoda al tener sexo contigo, debo decirte lo que necesito y no sentirme mal cuando haces cambios que toman en consideración mis sentimientos.

Por fin empiezo a sentir que merezco disfrutar del sexo. Es algo que quiero para mí. Parece tan elemental. Necesito darme tiempo para saber lo que quiero. Cuando era joven, nunca se me permitió sentir y tomar decisiones. Ahora puedo hacerlo. Puedo decidir que lo quiero. Merezco disfrutar mi sexualidad, y merecemos una vida íntima juntos.

Después de escuchar a Linda, Mike por primera vez manifestó su esperanza por su relación sexual. Para ellos los cambios no llegaron de la noche a la mañana. A lo largo de varios años Linda poco a poco pudo reivindicar sus sentimientos y necesidades en su relación con Mike. Esta nueva capacidad les permitió a los dos alcanzar un nivel nuevo de intimidad.

Encontrar tu voz te ayuda a superar los sentimientos de sumisión que aprendiste con el abuso. Un sobreviviente de incesto de padre a hijo afirmó:

Frente a situaciones difíciles solía cruzarme de brazos, retirarme y encogerme de hombros. O bien hacía cosas para distraer mi atención de mis verdaderos sentimientos. Ahora, cuando digo lo que pienso siento que existo, que soy poderoso e influyo en otras personas. Me siento bien conmigo mismo y fuerte como hombre.

Autoafirmarse le ayudó a Todd, otro sobreviviente, a superar su tendencia al aislamiento social. En terapia, Todd se dio cuenta de que debajo de todo su ocultamiento él era un hombre apasionado y sensual. Poco después, en una fiesta, por primera vez en su vida sacó a bailar a mujeres a las que no conocía.

> Tuve una increíble sensación de confianza cuando les pregunté a estas mujeres si querían bailar. Algunos amigos después me dijeron que se podía percibir que yo emanaba mucha energía sensual. La experiencia fue para mí como llegar a la mayoría de edad. Se me reconocía como un ser sexual. Me sentí vivo y agradecido. Creo que la vida es algo maravilloso y misterioso, y yo soy parte de ella. Este es mi lugar.

Aprende a estar en tu cuerpo

Somos nuestros cuerpos. Cuidar bien de ellos es cuidarnos a nosotros mismos. Desarrollar un autoconcepto sexual positivo significa mantenernos físicamente sanos y fuertes.

Debido al abuso muchos sobrevivientes no reciben el mensaje de que *tu cuerpo te pertenece*. Interiorizar este concepto es fundamental para sanar la sexualidad, pues es una manera de anular el falso autoconcepto de que eres un objeto sexual. Cuidar tu cuerpo te estimula a mantenerte en contacto con lo que te ocurre en un nivel físico.

Durante y después del abuso muchas víctimas no quieren o no soportan "estar en su cuerpo". Muchos enfrentan el dolor físico y emocional "abandonando" su cuerpo hasta cierto punto. Una joven víctima de violación, por ejemplo, puede bloquear las sensaciones y la percepción de su cuerpo distanciando mentalmente su conciencia de su área genital durante el ataque. Para muchos sobrevivientes, desconectar las necesidades del cuerpo y desconocer partes del mismo puede haber sido una manera de sobrevivir al abuso. No obstante, seguir replegándose físicamente ahora daña la recuperación y el goce sexual.

Aprender a vivir en nuestro cuerpo después del abuso es a menudo un proceso lento y gradual. Al principio de su sanación, a algunos sobrevivientes puede resultarles muy difícil incluso verse desnudos en el espejo. A una mujer una banda de motociclistas la secuestró, violó y tatuó y no tuvo dinero para eliminar los tatuajes. Eliminó todos los espejos de su departamento y evitaba caminar cerca de ventanas y espejos en público. Para superar su temor de mirarse a sí misma, su terapeuta le pidió que pensara en algo que disfrutara mirar y que la hiciera sentir a salvo y feliz. La mujer pensó en un osito café de peluche que tenía en su cuarto. A continuación, el terapeuta le sugirió que sostuviera al osito cerca de alguna parte de su cuerpo y que mirara esa parte en un pequeño espejo. Mediante ese procedimiento la mujer a la larga pudo observar todas las partes de su cuerpo, y finalmente verlo en un espejo de cuerpo entero, sin miedo.

Mirarte en un espejo también puede recordarte cómo has envejecido desde el abuso. Cuando se trata de sexo, algunos sobrevivientes siguen pensando en sí mismos como si tuvieran el mismo tamaño, edad y forma que tenían cuando ocurrió el abuso. Ahora, cuando te ves en un espejo puedesconfirmar las diferencias. (Muchos de los ejercicios de Técnicas de reaprendizaje del contacto del capítulo 10, como Limpiar y recuperar tu cuerpo, pueden ser sumamente útiles para mejorar la conciencia y la imagen corporales).

Hacer un inventario de las partes de tu cuerpo a las que se les hizo daño en el abuso también puede servirte. Janice, sobreviviente a la que le di terapia, dibujó el contorno de su cuerpo en un gran pedazo de papel. Al principio parecía una mujer de jengibre, a la que solo le dibujó ojos, nariz, boca y orejas; el resto de su cuerpo lo dejó en blanco. Le pedí que pensara en lo que le había ocurrido durante el asalto sexual, y que luego marcara una x en su dibujo para señalar cada parte de su cuerpo que había sufrido dolor o alguna herida, o que ella asociara con el daño emocional. Junto a cada x Janice describió el tipo de herida que había sufrido. Escribió, por ejemplo, "moretón por una patada" junto a una x en su muslo y "burlándose del tamaño de mis senos" junto a una x en su pecho. Cuando terminó, el dibujo de Janice tenía muchas marcas y palabras. Lentamente alargó el brazo y tocó su dibujo. Empezó a llorar. Al ver todo junto al mismo tiempo, Janice se dio cuenta de lo profundo que había sido su sufrimiento por el abuso. A pesar de que era doloroso para ella, esa conciencia finalmente le abrió las puertas para reconectarse con su cuerpo.

En un ejercicio parecido otros sobrevivientes pueden identificar cómo se sienten respecto a diferentes partes de sus cuerpos. Con la ayuda de un dibujo, o simplemente pensando para ti mismo, puedes escanear tu cuerpo de pies a cabeza, deteniéndote en cada parte. Plantéate repetidamente estas preguntas:

- ¿Cómo me siento con respecto a esta parte de mi cuerpo?
- ¿Cómo he estado cuidando esta parte de mi cuerpo?

Puedes registrar tus respuestas en un diario para que más adelante puedas consultarlas y evaluar cuánto ha cambiado la manera en la que te sientes con tu cuerpo.

Una sobreviviente a la que le costaba trabajo llegar al orgasmo se percató de que albergaba muchos sentimientos negativos hacia su clítoris. Pensaba en él como su "miembro recalcitrante: desobediente y resistente a la autoridad". Esta comprensión perturbadora fue la clave que le permitió superar sus sentimientos negativos y experimentar placer sexual. Empezó a hacer afirmaciones que le recordaban que su clítoris era una parte inocente de su cuerpo y que le pertenecía.

Algunos sobrevivientes aprenden a reconectarse con partes "extraviadas" de su cuerpo sosteniendo conversaciones imaginarias con su anatomía. Por extraño que parezca, darles una voz a las partes sexuales de tu cuerpo puede ayudarte a descubrir cómo te sientes respecto a ellas.

Por ejemplo, Jill se molestaba mucho cuando su esposo estimulaba sus senos durante el sexo. En terapia decía: "Odio mis senos. ¡No me importaría cortarlos y deshacerme de ellos!". El terapeuta le sugirió que "hablara" con ellos. Jill usó su imaginación y descubrió que los había estado culpando del abuso de su padre, porque él había empezado a abusar de ella cuando sus senos se desarrollaron. Cuando en la conversación imaginaria sus senos le "respondieron", pudieron aclarar su confusión. Había sido su padre, no sus senos, quien causó el abuso. Sus senos "le dijeron" que podían ofrecerle placer si ella los aceptaba. Este diálogo le ayudó a sentirse mejor respecto a sus senos y consigo misma.

Muchos sobrevivientes que hacen este ejercicio descubren que hay una situación víctima-perpetrador que se desarrolla entre sus mentes y sus partes sexuales. Por ejemplo, una conversación imaginaria entre un hombre y su pene podría sonar así:

HOMBRE: No me gustas. Eres muy poca cosa. Al margen de cómo te sientas, eres una cosa que voy a usar una y otra vez.

PENE: Me tratas horriblemente. Me manipulas sin amor ni afecto, me lastimas y me expones a enfermedades. No te importo: solo quieres que desempeñe mi papel.

Suena como si el pene fuera una víctima y el hombre un perpetrador, ¿verdad? Aun si el diálogo parece tonto, este tipo de exploración puede abrir tu autoconciencia. Una vez que entiendas cómo ves tu propio cuerpo, tal vez puedas empezar a cuidarte más.

PENE: Estoy harto de ser el receptáculo de tu enojo y vergüenza. Soy una parte importante de tu cuerpo. Merezco tu respeto.

HOMBRE: Es difícil para mí verte como algo mío y pensar en ti como algo que merece mi respeto. Pero supongo que eres muy importante.

Recuperar tu cuerpo como algo tuyo también implica mantener una buena salud física. Es útil recordar aquel viejo dicho de que tu cuerpo es un templo. El cuidado básico incluye comer bien, evitar el consumo de alcohol y otras drogas y hacer ejercicio con regularidad. También puedes empoderarte si aprendes más sobre sexualidad, reproducción sexual, enfermedades de transmisión sexual y asistencia médica.*

Al hacerte físicamente fuerte puedes cambiar tu imagen de ti mismo como alguien débil y vulnerable. El ejercicio te hace más fuerte y libera enojo y tensión. Muchos sobrevivientes toman clases de defensa personal y fisicoculturismo para adquirir confianza en su fuerza y su capacidad para protegerse del daño. También es muy recomendable practicar yoga y meditación de manera habitual. Se ha demostrado que esos ejercicios ayudan a los sobrevivientes a reducir la ansiedad y a sobrellevar mejor el estrés cotidiano.

Vivir en nuestros cuerpos es fundamental para adquirir un autoconcepto sexual saludable. Una sobreviviente dijo:

> Para mantenerme en contacto con mi cuerpo hago trabajo corporal y ahora soy bailarina. Vivir en mi cuerpo me ha dado una seguridad y una capacidad más profundas para funcionar como nunca antes. Es aquí donde se encuentra mi trabajo de sanación sexual, en aprender a vivir en mí misma.

Desarrollar un sentido de límites

Si aún no sientes tenerlos, los límites físicos pueden ser herramientas importantes para mejorar tu autoconcepto sexual. La mayor parte de los estadounidenses empiezan a sentirse incómodos cuando otra persona está a

---

* Para mayor información recomiendo leer Crooks, Robert & Karla Baur. *Our Sexuality*. 11ª. ed., Belmont, CA, Wadsworth, 2010, excelente manual sobre cuestiones, roles y funcionamiento sexuales.

45 centímetros de su cuerpo. Aquellos que no desean esa invasión se pueden proteger alejándose o apartando a los otros. Es posible que los sobrevivientes no tengan conciencia de esta invisible barrera cultural. Debido a la violación de sus cuerpos, muchos sobrevivientes no han aprendido que tienen un límite. Al tener presente el concepto de una burbuja invisible alrededor de tu cuerpo puedes empezar a reconocer y proteger tu propio espacio personal. Puedes imaginar que la burbuja mide los centímetros que quieras desde tu cuerpo en todas direcciones.

Reivindica tu derecho a la privacidad. Si quieres desvestirte a solas, hazlo en un baño solo; si quieres que tu pareja no te acaricie mientras duermes, tienes derecho a que se cumpla tu deseo. Conforme fortalezcas tus límites tendrás una percepción más fuerte de ti mismo. Luego, cuando decidas tener contacto con otra persona, te sentirás más presente, más en control y más capaz de disfrutar lo que están haciendo juntos.

Encuentra buenos ejemplos a seguir

Para desarrollar una imagen más positiva de ti mismo como una persona sexual, tal vez sea útil que te familiarices con personas que se sienten cómodas consigo mismas sexualmente y que disfrutan las relaciones sexuales sanas. Estas personas pueden servirte como modelos a seguir. Piensa en personas de tu mismo sexo a quienes admires y respetes por su presencia sexual sana.

Una vez le pedí a un grupo de sobrevivientes que pensaran en alguien de su mismo género a quien vieran como una persona sexualmente sana y positiva. Solo la mitad pudo pensar en un modelo de conducta con esas características. Las mujeres a las que se mencionó fueron descritas como personas autoprotectoras, decididas y capaces de disfrutar el sexo. A los hombres se les describió como sensibles emocionalmente, decididos y capaces de disfrutar el sexo. Incluso los personajes ficticios pueden reforzar actitudes y dinámicas sexuales saludables. Los sobrevivientes mencionaron haber encontrado modelos de conducta sexual positivos en libros, en la televisión y en el cine. Apreciaban ver a parejas demostrándose interés mutuo, respeto, pasión, cariño y participar en la intimidad física. Cuando te topes con estos ejemplos en los medios de comunicación puede ser beneficioso que te imagines a ti mismo interactuando de esa manera.

El abuso sexual pertenece a tu pasado. Si has estado culpándote o castigándote por él, ahora depende de ti romper con ese patrón. Tienes que perdonarte por haber sido víctima de abuso sexual, separarte de lo que pasó y tomar medidas eficaces para convertirte en la persona sexualmente sana que tienes derecho a ser. Después de dos años en el viaje para sanar la sexualidad, una mujer a la que su padre había violado expresó sus sentimientos:

> Para mí es raro sentir placer y orgullo por mi sexualidad, pero también es maravilloso. Ahora sé que mi melodía sexual es pura y hermosa.

7

Lograr el control de nuestras reacciones automáticas

En cualquier momento alguna señal del presente
puede catapultar a un sobreviviente al antiguo trauma y dolor.
Una de las principales dificultades que los sobrevivientes
en proceso de sanar la sexualidad enfrentan
es superar las reacciones automáticas
que obstruyen el libre acceso a las situaciones presentes.
Gregory Mulry, terapeuta

Judy, sobreviviente de violación, reacciona con miedo todas las mañanas cuando su esposo se despide con un beso. Esa reacción instantánea la confunde porque ama a su esposo. Cuando Tony, un sobreviviente soltero, se sienta en una cafetería al lado de una mujer atractiva, inmediatamente accede a una fantasía sexual de dominarla y controlarla. Se siente atrapado por sus pensamientos sexuales. Una conversación sencilla con ella es imposible.

Tony y Judy experimentan "reacciones automáticas" —sentimientos, pensamientos y sensaciones— que son eco del abuso pasado e inhiben una sexualidad saludable. Estas respuestas representan reacciones enquistadas frente al sexo, las caricias y la intimidad, aprendidas en el abuso sexual.

Las reacciones automáticas son repercusiones muy comunes e insidiosas del abuso sexual. Subsisten incluso después de que hemos modificado nuestras actitudes respecto al sexo y nos sentimos mejor con nosotros mismos en ese aspecto. Reflejan un imbricado patrón de respuestas físicas y emocionales. Las reacciones automáticas con frecuencia operan por debajo de nuestra percepción consciente, y nos hacen sentir confundidos, alterados y fuera de control.

En la medida en la que sanamos sexualmente nos vamos haciendo más conscientes de nuestras reacciones automáticas. Aprendemos a poner más atención a nuestras respuestas conforme nos proponemos transformar antiguos patrones de comportamiento sexual. Podemos tropezarnos con nuestras reacciones automáticas al intentar nuevas formas de experimentar el contacto y el sexo. "Es como si el abuso me siguiera a todas partes", me dijo un sobreviviente.

Las reacciones automáticas que se aprendieron en el abuso pueden dañarnos sexualmente. Pueden inhibir y trastocar nuestras experiencias sexuales actuales y mantenernos atrapados en patrones de negación y de un comportamiento sexual dañino durante muchos años. Además, pueden hacer que nos sintamos mal con nosotros mismos e impedirnos disfrutar de una gozosa intimidad sexual con una pareja.

En este capítulo se presenta información que te ayudará a reconocer, comprender y hacer frente a tus reacciones automáticas. Descubrirás que el conocimiento y las técnicas que adquieras aquí serán una inmensa ayuda para poder cambiar tu comportamiento sexual y aprender nuevas formas de aproximarte al contacto y al sexo.

RECONOCER LAS REACCIONES AUTOMÁTICAS

Reaccionamos automáticamente ante muchas situaciones de nuestra vida. Mantener las manos alejadas de un quemador caliente en la estufa, voltear a los dos lados antes de cruzar una calle o abrazar a nuestros hijos cuando se han hecho daño son reacciones automáticas buenas y sanas. Los problemas empiezan cuando las reacciones automáticas que desarrollamos en situaciones traumáticas y confusas, como el abuso sexual, interfieren con nuestra capacidad actual de disfrutar nuestra sexualidad. Estas reacciones automáticas nos hacen responder de maneras extrañas o inapropiadas que inhiben nuestra capacidad de sentirnos bien con nosotros mismos y cercanos a las personas que nos importan.

Las reacciones automáticas, que a menudo operan de manera subconsciente, pueden ser difíciles de reconocer. Incluso, es posible que ni siquiera nos demos cuenta cuando estamos teniendo reacciones automáticas aprendidas en el abuso. Por consiguiente, podemos atribuir incorrectamente nuestra respuesta a algo más, a un mal hábito o a una falla nuestra: "Temo al sexo porque no soy una persona afectuosa", "Cuando veo ropa interior me dan ganas de masturbarme porque soy un pervertido", o

"Cuando mi pareja me toca me alejo porque en realidad no quiero que nadie me toque". Podemos padecer años de autodesprecio y aislamiento sencillamente porque no somos conscientes de nuestras reacciones automáticas y de cómo nos afectan.

Para ayudarte a reconocer tus reacciones automáticas empezaremos por examinar tres tipos principales: respuestas emocionales, sensaciones físicas y pensamientos invasivos. Para ayudarte a identificar tus reacciones automáticas, primero repasa tus respuestas a la sección 3 del inventario de efectos sexuales en el capítulo 3, página 85.

Reacciones automáticas que son respuestas emocionales. Una tarde, Mandy, lesbiana sobreviviente de treinta años, se acurrucó en el sofá con Chris, su amante, para ver una película romántica en la televisión. Durante la película Chris se puso cariñosa y empezó a acariciarle los hombros. Mandy de inmediato se asustó. Su miedo no tenía sentido para ella. Sabía que Chris dejaría de acariciarla si se lo pedía. La sensación de miedo de Mandy fue automática, desencadenada por el hecho de que Chris le acariciara los hombros, lo que de alguna manera le recordaba el abuso sexual pasado.

Los sobrevivientes pueden experimentar muchos tipos diferentes de reacciones emocionales automáticas relacionadas con el abuso sexual. A continuación proporcionamos una lista de algunas bastante comunes. Marca cualquiera que hayas vivido en situaciones que implican caricias, sexo e intimidad.

_____ Siento miedo.

_____ Siento pánico.

_____ Siento terror.

_____ Siento enojo.

_____ Siento tristeza.

_____ Siento vergüenza.

_____ Siento repugnancia.

_____ Siento paranoia

_____ Siento ansiedad.

_____ Siento confusión.

_____ Siento desconfianza.

_____ Me siento emocionalmente insensible o distante.

Reacciones automáticas que son sensaciones físicas. Nancy, sobreviviente de cuarenta años, cuando sale con alguien se encuentra bien hasta que empieza a sentirse atraída por el hombre con el que está; en ese momento su cuerpo se tensa y se desconecta. Siente que le falta el aire, su cuerpo se pone duro y frío, y le empieza un temblor que le sube desde la profundidad de las entrañas. Le cuesta trabajo hablar y pasa el resto de la cita ansiosa por volver a casa, donde podrá relajarse y estar sola. Para Nancy, esta reacción fisiológica automática a la intimidad le impide construir relaciones sanas.

Algunas reacciones físicas que son resultado del abuso sexual pueden ser sumamente incómodas y volver imposible el disfrute sexual. Otra sobreviviente explicó así sus reacciones:

> A veces, cuando mi marido empieza a acariciarme de una manera sexual, mi cuerpo se pone tenso. Me vienen sentimientos extraños en olas sucesivas. Una energía tensa que empieza en el estómago se extiende a los brazos y me provoca rigidez. Es casi doloroso. No puedo relajarme. Es como una sensación abrasadora, pero extrañamente, al mismo tiempo me siento muy, muy fría.*

En contraste, otras reacciones físicas pueden ser sumamente placenteras y provocar que los sobrevivientes busquen experiencias sexuales de manera compulsiva. El sexo puede desencadenar niveles elevados de excitación, parecidos a los que se consiguen consumiendo alcohol u otras drogas. Incluso la perspectiva del sexo puede dar lugar a un sentimiento automático de euforia. "Cuando rompió la envoltura del condón —narró una sobreviviente— experimenté la misma emoción que cuando consumía drogas y alguien estaba por clavarme una aguja en el brazo". Aunque esta reacción automática es temporalmente placentera, a la larga puede provocar comportamientos que disminuyan la autoestima e impidan el desarrollo de una verdadera intimidad.

En la siguiente lista se presentan algunos tipos comunes de sensaciones físicas que pueden ser reacciones automáticas al abuso sexual. Marca las que hayas experimentado en situaciones que impliquen caricias, sexo e intimidad.

---

* Después de años de escuchar a sobrevivientes describir reacciones similares ante las caricias sexuales, llego a sospechar que el término *frígida* surgió de observaciones de lo que era, esencialmente, una reacción sexual traumática tardía, que no necesariamente refleja un verdadero desinterés en el sexo. Es una pena que tantas mujeres hayan padecido este insulto insensible, en vez de recibir compasión por el trauma que vivieron y ayuda para superar esa reacción.

_____ Siento náuseas.

_____ Siento dolor.

_____ Me da dolor de cabeza.

_____ Siento tenso el estómago.

_____ El corazón se me acelera.

_____ Siento dolor en el pecho.

_____ Siento dolor en los genitales.

_____ Tengo una descarga de adrenalina.

_____ Sudo.

_____ Me dan escalofríos.

_____ Siento frío.

_____ Me sonrojo o me siento caliente.

_____ Me siento eufórico.

_____ Experimento una excitación sexual indeseada o inapropiada.

_____ Experimento un orgasmo espontáneo.

_____ Siento sueño.

_____ Me siento mareado.

_____ Experimento entumecimiento.

Reacciones automáticas que son pensamientos invasivos. Sam es un heterosexual de cuarenta y cinco años, sobreviviente de abuso sexual cometido por su hermano mayor. Le preocupan los pensamientos de abuso sexual que se deslizan en su mente cuando está haciendo el amor con su esposa. De alguna manera, para Sam esos pensamientos son estimulantes, pues se añaden a su excitación sexual. Pero intelectualmente le resulta perturbador que el contenido de sus fantasías tenga relación con el abuso y la explotación sexuales. Sama se siente avergonzado y dominado por esas fantasías invasivas. Para él, esos no son pensamientos sanos que aporten algo a su gozo sexual general y a su autoestima, Más bien, esas fantasías lo sacan del momento presente y le restan capacidad para intimar sexualmente con su esposa.*

---

* Los sobrevivientes de abuso sexual suelen tener más fantasías sexuales perturbadoras que quienes no sufrieron abuso. Para mayor información léase Briere, John, K. Smiljanich & D. Henschel. "Sexual Fantasies, Gender, and Molestation History", *Child Abuse & Neglect*, 18, no. 2 (1994), pp.131-137, y Maltz, Wendy & Suzie Boss. *Private Thoughts: Exploring the Power of Women's Sexual Fantasies*, reedición, Charleston, SC, BookSurge, 2008. En una encuesta informal que apliqué en una concurrida conferencia para sobrevivientes en 1996, "Healing Woman", aproximadamente cuatro de cada cinco mujeres sobrevivientes dijeron verse atormentadas por fantasías sexuales indeseadas.

Los pensamientos invasivos pueden ser muy confusos e inquietantes. Después de leer una nota sobre abuso sexual en el periódico, una sobreviviente se sintió perturbada y enojada consigo misma por haber tenido automáticamente fantasías con el abuso y haberse excitado. Otro sobreviviente afirmó: "Me duele que aunque me utilizaron como objeto para la gratificación de otra persona durante el abuso, cuando conozco a alguien por primera vez sigue viniéndome a la mente la idea de utilizarlo de la misma manera".

Los pensamientos invasivos pueden mutilar el disfrute y la satisfacción sexual al provocar que los sobrevivientes cancelen la excitación sexual. Una sobreviviente se sentía muy mal por el hecho de que cuando estaba a punto de llegar al clímax le venía a la cabeza el nombre de su abusador, por lo que no se permitía excitarse.

La siguiente lista incluye algunos tipos comunes de pensamiento invasivo que pueden ser reacciones automáticas al abuso sexual. Marca cualquiera que hayas experimentado en situaciones que involucren caricias, sexo e intimidad.

_____ Tengo fantasías sexuales abusivas.
_____ Pienso en escenas abusivas tomadas de la pornografía.
_____ Pienso que mi pareja es el abusador.
_____ Pienso que el pasado es el presente.
_____ Pienso que soy un niño.
_____ Pienso que me están victimizando o abusando de mí.
_____ Pienso que soy malo.
_____ Pienso que soy inadecuado.
_____ Pienso que no soy digno de ser amado por mí mismo.
_____ Quisiera estar en otro lugar.

EXPERIMENTANDO REACCIONES AUTOMÁTICAS

Algunas reacciones automáticas duran segundos, otras horas. Por lo general, las reacciones vienen en serie. Pueden estar *vinculadas,* de modo que una desencadena otra. Una sobreviviente dijo que cada vez que se excitaba al masturbarse, inmediatamente se sentía entumecida y asqueada consigo misma. Las reacciones vinculadas pueden frustrar, enojar y provocar que los sobrevivientes interrumpan las caricias y la actividad sexual. Una sobreviviente describió así su reacción:

Me resulta difícil iniciar espontáneamente el sexo. Empiezo a sentir miedo [EMOCIÓN]. En mi cabeza empieza a funcionar una cinta increíble con verdaderos pensamientos negativos sobre mi pareja [PENSAMIENTOS INVASIVOS]. Me enojo conmigo misma porque mi reacción no tiene sentido [EMOCIÓN]. Luego tengo que tomarme un tiempo para hablar con mi pareja de la situación antes de que podamos hacer el amor.

Una *cadena de reacciones automáticas* puede convertir en pesadilla una experiencia que de otra manera podría haber sido placentera. Un hombre del que abusaban su madre y su padre recuerda uno de tales acontecimientos:

Mi novia y yo salimos una noche. Y regresamos a mi departamento. Estuvimos un rato abrazándonos y besándonos. Luego empezó a quitarme la ropa y me iba a hacer una felación. Me paralicé [SENSACIÓN FÍSICA]. Sentí como si yo no estuviera ahí. [EMOCIÓN]. No quería estar ahí [PENSAMIENTO].

Una cadena de reacciones automáticas relacionadas con el abuso puede también provocar que un sobreviviente se sienta atraído hacia una actividad sexual compulsiva y perjudicial. Sentimientos como depresión, ansiedad, miedo, repugnancia y soledad pueden haberse fusionado con una reacción automática de interés sexual o excitación. Sentirse mal consigo mismo puede provocar el deseo de participar en conductas sexuales compulsivas. "Siempre que me siento mal conmigo mismo me dan ganas de tener una aventura", afirmó un sobreviviente. Otro explicó: "Los días en que es probable que vaya a una librería para adultos es cuando no se concreta un negocio y estoy deprimido y me siento fatal conmigo mismo".

Para algunos sobrevivientes que experimentan excitación de esta manera, el tener sexo puede ser una forma de terminar con una cadena de reacciones automáticas incómodas. Los sobrevivientes tratan de sepultar reacciones mentales y fisiológicas desagradables evadiéndose mediante fuertes sensaciones sexuales. Desgraciadamente, ese patrón de buscar el sexo para terminar con el malestar tiene consecuencias negativas. Puede llevar a experiencias sexuales que dañen la autoestima, pongan en riesgo la salud o lastimen a otras personas. Esa clase de sexualidad impide que se forme una verdadera intimidad sexual y emocional. Una mujer a quien violaron en una cita describió así su patrón de comportamiento:

Salgo con un chico. Me preocupa no gustarle o no parecerle atractiva. De repente ansío que me abrace. Luego se apodera de mí el deseo de acostarme con él. Manipulo la situación para convertirla en algo sexual lo más rápido que puedo. Acabo con ese pánico teniendo sexo, a pesar de que sé que más tarde me sentiré infeliz.

Algunas reacciones automáticas conectadas no solo fluyen en una dirección. Pueden provocar que los sobrevivientes tengan *respuestas incompatibles,* haciéndolos desear simultáneamente sexo y alejarse del mismo. "Estoy muerto de miedo y deseo tu cuerpo desesperadamente", le dijo un hombre a su esposa. Para él, dos reacciones contradictorias —el miedo y el deseo sexual— estaban vinculadas.

Para algunos sobrevivientes una cadena de reacciones automáticas puede desembocar en un incómodo e incontrolable ataque de *ansiedad.* Pueden sentirse presas del miedo, paralizados y aterrados. Las reacciones de pánico pueden ser tan extremas que priven a los sobrevivientes del consuelo de las caricias no sexuales, como el abrazo de un amigo o la mano dulce y firme de una enfermera durante una intervención médica menor. Una sobreviviente sorda de treinta años se sentía incómoda con cualquier tipo de contacto.

> Mi hermano mayor abusó de mí cuando yo tenía como doce años. En ese entonces no usaba audífonos, así que nunca lo oí deslizarse por detrás. Me atrapaba y empezaba a tocarme, apretarme y pellizcarme los senos. Tengo la impresión de que sus manos bajaban, aunque no lo recuerdo bien. Lo que sí recuerdo es el terror absoluto de que un hombre grande y pesado me tocara con sus fuertes manazas. No podía liberarme. Solo me paralizaba. Ahora tengo "algo" con las manos. Cuando alguien me toca, me congelo. Se me revuelve el estómago. Tiemblo y me paralizo presa del pánico. Todo lo que tiene que ver con caricias, sexo y sexualidad es un campo minado.
>
> Lo que más me molesta no es que no pueda establecer una relación sexual —porque todavía estoy muy lejos de eso—, sino que no puedo aceptar un dulce abrazo reconfortante o una caricia. No puedo dejar que nadie me abrace. Me preocupo sin parar preguntándome si estará bien, si será sexual o no. ¿En qué acabará? ¿Saldré lastimada? ¿Podré lidiar con eso? Invariablemente me mantengo lejos. Pero muero de hambre, hambre de un abrazo o una caricia.

Para esta sobreviviente, el temor de tener una reacción de pánico la hace evitar cualquier situación en la que pudiera haber caricias, sexo o intimidad. En esencia, su miedo paraliza su vida.

Una cadena de reacciones automáticas puede provocar una experiencia en la que la mente se sienta momentáneamente separada y escindida del cuerpo, lo que los terapeutas llaman *disociación.* Los sobrevivientes sienten que se desprenden del momento presente, perdiendo la sensación de identidad física o de conexión emocional con el compañero. "Mi pareja usaba un cierto tono de voz conmigo —contó una sobreviviente— que me empujaba hacia un túnel. Sentía cómo me alejaba de él. Él me abrazaba, pero incluso sus caricias de consuelo me parecían estridentes". Algunos sobrevivientes describen la sensación como si su mente estuviera en una parte del cuarto (digamos, flotando cerca del techo) y su cuerpo en otra (acostado en la cama, por ejemplo). Estas experiencias de escindirse del propio cuerpo pueden ser extrañas, y en ocasiones incluso aterradoras.

Los *flashbacks*, o regresiones, son otra manifestación común, si bien inquietante, de las reacciones automáticas. Más de sesenta por ciento de los ochenta sobrevivientes que llenaron cuestionarios para proporcionar información para este libro reportaron haber tenido al menos uno de esos *flashbacks*. Algo en el presente relacionado con el contacto, el sexo o la intimidad desencadena una serie de fuertes reacciones automáticas de inmediato. Cuando el abuso original se recrea en el presente, una intensa avalancha de sentimientos, sensaciones y recuerdos se precipita. Los sobrevivientes de quienes abusaron cuando eran niños pueden sentir que se vuelven más jóvenes y su cuerpo disminuye de tamaño. Muchos sobrevivientes tienen experiencias sensoriales vívidas que les hacen revivir lo que sintieron durante el abuso. "Era como estar adentro de un video, con todos los detalles y colores muy vívidos, con el añadido del olor", dijo un sobreviviente.

Una sobreviviente de una violación en grupo me dijo que en el momento en que su novio introdujo el pene en su vagina mientras hacían el amor se remontó de inmediato al abuso.

> Volví a sentirme como una niña. Billy, el amigo de mi hermano, me embestía. Alcanzaba a escuchar a su amigo Donny (el siguiente en la fila para violarme) contando "uno, dos, tres... ¡cien cogidas por un dólar!".

Con frecuencia los *flashbacks* se producen cuando algún aspecto del sexo actual se siente parecido a lo que los sobrevivientes sintieron en el abuso. Una sobreviviente de incesto narró el suyo:

> Estaba haciéndole sexo oral a mi pareja. Él empezó a juguetear tiernamente con mi cabello. Entonces volví a experimentar la primera vez que me obligaron a hacer una felación. Sentí las manos de mi tío en mi cabeza.

Una vez que los sobrevivientes están dentro de un *flashback*, con frecuencia ven, oyen o sienten cosas que ocurrieron durante el abuso, que en realidad no están sucediendo en el momento. Pueden tener alucinaciones sensoriales temporales, como explicaron estas sobrevivientes:

Mi pareja me tocó el pezón mientras hacíamos el amor. De inmediato *sentí que algo se introducía en mi vagina,* aunque en realidad no había nada. La sensación duró varios minutos y fue muy incómoda. Tuve una regresión emocional a una edad muy temprana.

Una vez, que mi esposo estaba haciéndome sexo oral, bajé la mirada y *vi los ojos inyectados de sangre de mi padre mirándome fijamente.* Lo recuerdo viéndome con esa mirada penetrante como si fuera ayer.

Los *flashbacks,* las reacciones de pánico, la disociación emocional y otras combinaciones de reacciones automáticas pueden ser desagradables y aterradores en extremo. Normalmente ocurren sin previo aviso. En un instante los sobrevivientes se pueden encontrar perdidos en otro mundo, sintiendo cosas que no quieren sentir y haciendo cosas que no quieren hacer. Las reacciones automáticas pueden negarles temporalmente la sensación de tener el control mental y físico sobre sí mismos. Pueden sentir que pierden el contacto con la realidad. Una sobreviviente de incesto dijo:

Estaba teniendo sexo con mi pareja. De pronto me sentí muy joven, indefensa y aterrada. Empecé a llorar, y luego mentalmente me retiré de la experiencia por completo. Me metí entre las sábanas y desaparecí.

Debido a que los *flashbacks* y otras reacciones automáticas son tan perturbadores, muchos sobrevivientes tratan de evitarlos. Algunos, como la mujer sorda descrita páginas atrás, sencillamente se alejan de situaciones que tengan algo que ver con caricias, sexo e intimidad. Se desconectan y se alejan. El problema es que esta evasión con frecuencia se convierte en parte del problema. Apartarse de las caricias y de las experiencias sexuales hace que tales experiencias sean más inusuales y por lo tanto que sea más probable que provoquen una reacción perturbadora cuando ocurren inesperadamente.

Los sobrevivientes pueden tratar de evitar las desagradables reacciones automáticas de muchas otras formas: pueden volverse muy agresivos y controladores en lo que respecta a las caricias y el sexo, pueden recurrir a fantasías sexuales y pornografía de manera activa para mantener sus mentes apartadas de lo que está ocurriendo en el presente, o pueden desarrollar una disfunción sexual que les impida tener ciertas sensaciones que podrían desencadenar reacciones inquietantes. Estas formas de evitar y manejar las reacciones automáticas intensas también suelen causar problemas. Pueden inhibir un sexo sano y la intimidad. Más adelante en este mismo capítulo conoceremos algunas novedosas maneras alternativas para manejar las reacciones automáticas que fomenten experiencias sexuales sanas y positivas.

Como las reacciones automáticas pueden ser perturbadoras, atemorizantes e insoportables, no es difícil entender por qué tantos sobrevivientes terminan por aborrecer o sentirse avergonzados de ellas y ocultar sus reacciones. Incluso pueden odiarse a sí mismos por experimentarlas. Inconscientemente, los sobrevivientes con frecuencia asocian esas reacciones repentinas, desagradables, disruptivas y avasalladoras con el abuso mismo. Las reacciones automáticas pueden parecer una amenaza externa, una fuerza exterior decidida a causar daño. Una mujer dijo: "Se siente como si una plaga de moscas negras me persiguiera".

Cuando los sobrevivientes tienen una postura antagónica frente a sus reacciones automáticas, el cambio puede ser difícil. Necesitamos entender, respetar, y en un sentido incluso aceptar nuestras reacciones antes de poder encontrar nuevas formas de dominar y desactivar su influencia.

ENTENDIENDO CÓMO SE RELACIONAN LAS REACCIONES AUTOMÁTICAS CON EL ABUSO PASADO

Las reacciones automáticas no son fuerzas externas. Son una parte comprensible del legado del abuso pasado.

El abuso sexual es alarmante, traumático y extraño. El abuso propiamente dicho puede durar solo unos minutos, pero durante ese tiempo las víctimas están emocional y tal vez físicamente abrumadas. Pierden su sentido de seguridad, control y autonomía individual. La experiencia del abuso es excesivo para ser procesada y desborda a las víctimas con sensaciones, sentimientos y pensamientos que no pueden asimilar de inmediato.

El abuso sexual afecta profundamente a los sobrevivientes, igual que otras situaciones intensas que amenazan la vida, como un accidente potencialmente mortal, dar a luz, ver morir a alguien o ser secuestrado. La conciencia normal se exacerba, y la experiencia se intensifica hasta el más mínimo detalle. La mayoría de las víctimas no están preparadas para manejar esta situación mental o físicamente.

Para hacer frente al abuso mientras está ocurriendo, las víctimas aprenden a agrupar todos los aspectos del abuso. Todo —dónde están, qué están haciendo, con quién están y cómo se sienten— se fusiona. Ocurre una traumática cristalización de la experiencia, como si hubieran tomado una fotografía tridimensional del abuso. Como los sobrevivientes pueden estar confundidos sobre qué provocó el abuso, esta cristalización registra todo lo que pudiera ser una causa posible. Cuando los sobrevivientes se sienten más preparados para analizar lo que les pasó y por qué, pueden recuperar esa imagen mental tridimensional.

Las reacciones automáticas se activan o disparan por algo en nuestra realidad presente que nos recuerde, consciente o inconscientemente, el abuso pasado. El detonador puede ser casi cualquier cosa: un objeto, una fotografía, una caricia, un movimiento, un olor, un sonido, un escenario, una sensación, una característica física o un sentimiento como miedo, abandono o ansiedad. Cuando un detonador activa una reacción automática, bastan unos instantes para que las experiencias de caricias y el sexo del presente se contaminen con sentimientos, pensamientos y sensaciones del pasado.

Cualquier porción de la imagen de cristal puede convertirse en un detonador. Si estábamos en un cuarto oscuro y sentíamos miedo durante el abuso, entonces la oscuridad, el miedo y el sexo se vuelven parte de nuestra imagen cristalizada. Eso es lo que le pasó a una mujer de la que abusaron cuando era muy pequeña.

> Estar en una situación sexual en una habitación oscura puede detonar un *flashback*. No digo nada. No tengo palabras. Solo siento un terror abyecto y pánico. Me cuesta trabajo respirar y empiezo a llorar como un bebé.

Aprendimos muchas de nuestras reacciones automáticas como una forma de enfrentar el estrés físico y mental que experimentamos en el abuso. Las víctimas pueden empezar a disociar, por ejemplo, para eludir cualquier sensación, desde el dolor hasta el placer. "No sentí lo que estaba pasando durante el abuso porque estaba fuera de mi cuerpo", explicó un sobreviviente. Disociarse también les permite a las víctimas cooperar con el agresor y así evitar más violencia y dolor. "Enfrenté el abuso ausentándome mentalmente" —dijo un sobreviviente–. Fue una manera de decirle al agresor 'Puedes hacerme lo que quieras, pero no puedes obligarme a estar aquí'". Esta reacción le permite a la víctima conservar un sentimiento de poder y de identidad.

Para muchos sobrevivientes, sobre todo los que sufrieron abusos reiterados, el proceso de *disociarse* se convierte en algo que hacen una y otra vez. Escindirse se transforma en una respuesta arraigada, en un hábito, frente al sexo.

> Aprendí a separarme de mi cuerpo. Cuando tenía nueve años recuerdo haber estado viéndome en el espejo repitiéndome hipnóticamente que la niñita del

espejo no era yo. Ahora, cada vez que siento repugnancia al sexo, emocionalmente me ausento. Separo mi mente de mi cuerpo.

Otros sobrevivientes pueden haber aprendido a sobrellevar el estrés del
abuso *insensibilizando sus propias sensaciones físicas*. Esta insensibiliza-
ción puede haberles permitido soportar el abuso.

> Mis experiencias del abuso con frecuencia eran física y emocionalmente dolo-
> rosas. Para cuidarme, bloqueaba esos sentimientos y sensaciones lo mejor que
> podía. Una vez sentí algo de placer durante el abuso. Me sentí culpable y trai-
> cionada por mi propio cuerpo. Eso me hizo sentir tan sucia como mi abusador.
> Ahora, si llego a sentir placer, automáticamente lo bloqueo, igual que el dolor.

Una tercera estrategia que los sobrevivientes pueden haber aprendido en
el abuso es *dejarse llevar por lo que está ocurriendo*. Disfrutar los sentimientos sexuales, experimentar placer y tener orgasmos son respuestas
naturales, automáticas a la estimulación sexual.

> Sobrellevé el abuso integrándome a él. Me sentía excitado, inundado por sensa-
> ciones, desbordado, dispuesto a llegar al orgasmo para superarlo y anestesiar el
> dolor físico y psicológico. Ahora, cuando tengo sexo, con facilidad me siento re-
> basado y desbordado. Luego, después del orgasmo, me siento aterrado.

Algunos sobrevivientes descubrieron que podían llegar a tener cierto grado de control sobre lo que vivían si se dejaban llevar por el abuso. Hacer lo
que un violador te ordena y actuar como si te gustara puede salvarte la vida
o evitarte mayor violencia y dolor. Un hombre descubrió que podía eludir
el dolor y el daño fingiendo que deseaba lo que le estaba ocurriendo cuando era un niño de diez años y abusaron de él en una orgía sexual adulta.

> Después de que me revolcaron, me dieron de vueltas y me pincharon, empezó
> a gustarme. Al principio solo fingía que me gustaba, pero después, extrañamen-
> te empezó a gustarme de verdad. Empecé a pedir que me lastimaran. Eso hacía
> que mis abusadores me tocaran con menos violencia.

Puede ser que "disfrutar" el sexo abusivo les haya permitido a algunas víctimas sobrevivir, pero entretanto este se enraizaba en su forma de responder al sexo.

Trágicamente, este método para salvar la vida —dejarse llevar, alentar o "disfrutar" el propio abuso— disminuye la autoestima y pone en riesgo la salud y el bienestar de un sobreviviente. "Me excita pensar en que
me victimizan", dijo un sobreviviente. Pueden sentir vergüenza por sus

intereses sexuales y desarrollar actividades sexuales secretas y compulsivas. Un hombre, del que abusó otro hombre cuando era un adolescente, expresó su reacción:

> Al principio me sentí terrible por el abuso, pero todavía me atraían las sensaciones sexuales, la atención y la excitación que el abuso conllevaba. Con el tiempo enterré todos mis sentimientos negativos y desarrollé deseos muy fuertes por la estimulación sexual.

Su reacción automática fue enterrar su ansiedad, su humillación y su miedo. Eso lo protegió durante años del dolor emocional del abuso. Pero seguir ocultando sus sentimientos negativos actualmente solo perpetúa el daño.

Las reacciones automáticas pueden haber sido importantes para ti en el pasado. Puedes sentir respeto por ti mismo por haberlas desarrollado en primer lugar como mecanismo de defensa. Teniendo en cuenta por lo que pasaste, te sirvieron para manejar y sobrevivir a tu situación. Pero ahora que ya no estás en una circunstancia traumática extrema, estas medidas de protección ya no se requieren. Puedes aprender a manejar tus reacciones automáticas de maneras que no te dañen a ti o tus relaciones sexuales.

IDENTIFICAR LO QUE DESENCADENA TUS REACCIONES AUTOMÁTICAS

Como se explicó antes, los detonadores pueden ser cualquier cosa de tu realidad presente que te recuerde, consciente o inconscientemente, el abuso sexual pasado. Muchos sobrevivientes sienten como si estuvieran un campo minado, preparados para una explosión en cualquier momento. Sin embargo, es posible que los sobrevivientes aprendan a anticipar estas reacciones automáticas y a hacerse con el control de sus respuestas o incluso desactivar el detonador.

Puede ser que ya tengas una idea de qué es probable que desencadene tus reacciones automáticas: un cierto tipo de caricia, cierta actividad sexual, un objeto, un sentimiento particular hacia un compañero. "Siempre entro en pánico cuando me abrazan por atrás", dijo un sobreviviente. La reacción de otro sobreviviente se desencadenaba con una palabra común.

Tiemblo y siento miedo cuando escucho la palabra *amor*. Mi madre hablaba frecuentemente de cuán amorosa era ella y de cuánto me amaba. "Amor" se convirtió en la razón por la que ella podía hacerme cualquier cosa que quisiera y la razón por la que yo no podía oponerme.

Otros detonadores pueden permanecer latentes durante años, y salir a la superficie inesperadamente. Una mujer de la que su primo abusó sexualmente y que más adelante fue violada por un extraño, dijo:

Estaba teniendo sexo con mi pareja y decidimos cambiar de posición. En el proceso él golpeó accidentalmente mi mandíbula con el codo. Grité y me puse histérica. Luego me encontré en el rincón, envuelta en la cobija. Estaba aterrada. Él también.

Otra sobreviviente también descubrió un detonador de manera sorpresiva:

Mi esposo y yo estábamos teniendo sexo en nuestra casa nueva por primera vez. Yo estaba concentrada en la lámpara del techo y me di cuenta de que era igual a la que había en mi cuarto cuando era niña. De repente mi esposo se confundió con mi padre. En ese momento me convertí en una niña, tratándome de defender y llorando.

A veces los sobrevivientes pueden ver con facilidad cómo se relaciona un detonador con el abuso. "Tengo *flashbacks* cada vez que mis brazos o piernas se ven de alguna manera bloqueados —dijo una sobreviviente—. Mi agresor solía acostarse en mis piernas de tal manera que yo no podía moverlas". Para esta sobreviviente, una postura corporal restringida era un detonador.

Otras veces la relación es menos nítida. Los sobrevivientes solo pueden saber que algo les molesta y los altera. La pérdida de la memoria, una repercusión frecuente del abuso, puede evitar que los sobrevivientes entiendan las razones que están detrás de sus reacciones. Un sobreviviente no puede entender por qué no puede dejar de mirar fijamente los senos de las mujeres en público, sino hasta que recuerda el abuso pasado durante el cual se le estimuló a ver imágenes de mujeres desnudas.

Algunos detonadores pueden ser difíciles de identificar porque se relacionan con un aspecto muy específico de la experiencia sexual. Josie, una sobreviviente casada, se angustiaba ante las primeras sensaciones de excitación sexual. Pero una vez pasada esa fase, el coito y el orgasmo eran muy placenteros. Cuando Josie era niña, su abuelo le acariciaba los senos y los genitales, pero no había penetración ni orgasmo. En contraste, Becky, sobreviviente de una violación brutal, se sentía cómoda con las caricias amorosas y la excitación inicial, pero el coito y el orgasmo desencadenaban miedo y dolor.

Algunos detonadores pueden ser difíciles de identificar porque al principio parecen no tener nada que ver con el sexo, las caricias o la intimidad.

> Crecí con una fuerte repugnancia a los pañuelos blancos. Aborrecía estar cerca de ellos. Cuando veía a los adultos usándolos, me daban ganas de vomitar. Los pañuelos tenían una connotación sexual para mí, y no me daba cuenta de por qué. Hace poco recordé que mi padre tenía orgasmos encima de mí cuando era una niñita. Él usaba un pañuelo para limpiarse después.

Sandy, sobreviviente de abuso sexual de su abuelo, descubrió algo parecido. Desde que tenía memoria, Sandy se ponía histérica cuando veía hongos. Sus amigas le habían dicho que su miedo provenía de la preocupación de comer uno venenoso, y se burlaban de ella por su temor innecesario. En terapia, Sandy descubrió que su reacción a los hongos obedecía a que los asociaba con la apariencia y la sensación de la punta del pene de su abuelo. Como era muy pequeña y no tenía palabras para nombrarlo, había asociado los penes con un objeto que sí conocía, un hongo.

Puesto que los detonadores pueden ser casi cualquier cosa, es importante tomar en serio las reacciones que tengas. Estas pueden darte pistas sobre las particularidades de tu abuso y pueden facilitar tu recuperación. Cuando tengas una reacción que no entiendes, pregúntate: "¿Qué pudo haber detonado mi reacción en este momento?".

Es posible tener un enfoque aún más enérgico a la hora de identificar tus detonadores. Dicho enfoque, si bien puede ser muy revelador, en ocasiones puede resultar desagradable. Para aumentar tu conciencia sobre posibles detonadores será necesario que recuerdes el abuso en detalle. Tal vez no quieras rememorar los pormenores de la experiencia. Pero si tratas de recordarlo, incluso aunque sean solo pequeños fragmentos al principio, tal vez descubras que te ayuda a encontrar qué es lo que provoca tus reacciones automáticas.

Identificar los detonadores te da poder. Estos pierden su secretismo y misterio una vez que los entiendes. Tener esa nueva conciencia puede ser como cuando se conoce cómo funcionan los efectos especiales en las películas de terror o cómo un mago hace alguno de sus trucos. Una vez que te explican el misterio puedes seguir reaccionando, pero ya no te sorprenderá ni te horrorizará. Y tal vez descubras que ahora puedes ponerles palabras a experiencias que antes tal vez te desconcertaron.

El ejercicio Descubriendo tus detonadores puede ayudarte en este proceso. Si decides omitirlo por el momento, sigue leyendo en la página 183.

DESCUBRIENDO TUS DETONADORES

Este ejercicio está pensado para guiarte cuidadosamente en el proceso de rememorar el abuso. Te ayuda a pensar detenidamente en diferentes aspectos de la experiencia y descubrir qué asociaciones con las caricias y el sexo puedes haber hecho durante el mismo..

Al igual que todos los ejercicios y técnicas de este libro, es opcional. Puede ser que te sientas más cómodo haciéndolo en otro momento o en compañía de un terapeuta. O tal vez quieras continuar, pero date permiso de detenerte en cualquier momento.

Rememorar el abuso puede ser difícil tienes si tienes pocos o ningún recuerdo de él. Recuerda todo lo que puedas a partir de lo que sabes o sientes que pasó. Si tienes pocos recuerdos del abuso, o ninguno, date permiso de omitir algunas preguntas y adivinar respuestas a preguntas de las que no estás seguro. Sé consciente de que tus sentimientos y reacciones presentes pueden removerse por este proceso.

Revisemos los factores que existían en el momento en que abusaron sexualmente de ti. Si abusaron de ti más de una vez, concéntrate en las experiencias iniciales del abuso o en las que creas que fueron más traumáticas. Más tarde vuelve a repetir el ejercicio con otras experiencias.

Responder las siguientes preguntas te dará pistas sobre tus detonadores actuales.

Cómo eras en el momento del abuso

Es posible que reacciones ante personas e imágenes que te recuerden cómo eras cuando abusaron sexualmente de ti.

¿Cuántos años tenías? _____

¿Cuánto pesabas? _____

¿Cuánto medías? _____

¿Cómo te veías? ¿Cómo te vestías? _____

¿Cómo te sentías con respecto a ti mismo antes de que empezara el abuso (inseguro, exitoso, ignorante, inocente, etcétera)? _____

_____

Dónde estabas en el momento del abuso

Es posible que reacciones al estar en escenarios que te recuerden el ambiente en el que ocurrió el abuso.

¿Qué hora del día era? _____

¿Qué estación del año? _____

¿Hubo alguna circunstancia específica que rodeara el abuso (día festivo, un evento especial)? _____
_____

¿Qué tiempo hacía y qué temperatura? _____

Describe dónde estabas y qué estabas haciendo. _____
_____

¿Qué objetos había? _____
_____

¿Qué ruidos, olores y vistas había en el entorno? _____
_____

¿Estabas bajo la influencia de alguna sustancia o en condiciones inusuales (alcohol, drogas, enfermedad, material pornográfico, etcétera)? _____
_____
_____

Cómo era el agresor en el momento del abuso

Es posible que reacciones ante las personas, los lugares y las cosas que te recuerden al agresor.

¿Qué apariencia tenía el agresor? _____
_____

¿Cómo se movía el agresor? _____
_____

¿Qué hábitos tenía el agresor (fumar, beber, aficiones, intereses)? _____
_____

¿Qué características sobresalientes tenía el agresor (ademanes, voz, postura, características corporales inusuales, olores, sonidos)? _____
_____

¿Como describirías al agresor como persona? _____
_____

Cómo era tu relación con el agresor en el momento del abuso

Es posible que reacciones ante dinámicas de una relación actual que sean parecidas a las dinámicas interpersonales que existieron en tu relación con el agresor.

¿Cómo conociste al agresor antes del abuso (era un extraño, pariente, amistad)? _____

_____

¿Cómo te sentías originalmente con el agresor (amigable, asustado, respetuoso, temeroso, etcétera)? _____

_____

¿Qué es lo que más deseabas y necesitabas del agresor (afecto, respeto, aceptación, amor, etcétera)? _____

¿Cuáles fueron las principales emociones que el agresor expresó durante el abuso (enojo, excitación, miedo, "amor", falta de emociones, etcétera)?

_____

_____

¿Cómo se relacionó contigo el agresor (violento, suplicante, dominante, coqueto, manipulador, etcétera)?_____

_____

¿Qué clase de cosas te decía el agresor? _____

_____

¿Cómo te sentiste contigo mismo en relación con el agresor durante el abuso (elegido, traicionado, abandonado, asustado, amado, etcétera)?

_____

_____

Qué tocamientos y experiencias sexuales tuviste durante el abuso

Es posible que reacciones ante tocamientos, actividades y sensaciones similares a las que experimentaste en el abuso.

¿Qué clase de tocamientos experimentaste en el abuso (te tomaban con fuerza, te golpeaban, te pellizcaban, te calmaban, te acariciaban, te frotaban, etcétera)? _____

_____

SEGUIR ADELANTE: HACER CAMBIOS

¿Qué clase de tocamientos hacías tú? _____

_____

¿Qué partes de tu cuerpo fueron las que más te tocaron? _____

_____

¿Cómo se sentía el tocamiento (placentero, doloroso, cosquilloso)?

_____

¿Qué sonidos, olores, sabores sexuales experimentaste? _____

_____

¿Qué posiciones sexuales hubo? _____

_____

¿Qué actos sexuales ocurrieron? _____

_____

¿Qué heridas soportaste? _____

_____

¿Qué sensaciones, o falta de sensaciones, experimentaste en las partes sexuales de tu cuerpo (¿senos, boca, genitales, ano?) _____

_____

¿Qué respuestas sexuales ocurrieron (excitación, orgasmo)? _____

_____

_____

Qué ocurría dentro de tu cuerpo en el momento del abuso

Es posible que reacciones ante sensaciones de tu cuerpo parecidas a las que experimentaste durante el abuso.

¿Cómo te sentías físicamente en general (paralizado, débil, ausente, sin control, como huyendo, como luchando, excitado, abrumado, poderoso, caliente, frío, soñoliento, etcétera)? _____

_____

¿Qué experiencias fisiológicas concretas tuviste (desmayo, vómito, adormecimiento, aceleración del ritmo cardiaco, sangrado, náuseas, escupir, llanto, sudor, temblores, etcétera?) _____

_____

_____

Cuáles eran tus emociones en el momento del abuso

Es posible que reacciones ante emociones parecidas a las que experimentaste durante el abuso.

¿Qué emociones experimentaste justo antes de que empezara el abuso (miedo, tristeza, confusión, vergüenza, enojo, repulsión, terror, desconcierto, conmoción, humillación, etcétera)? _____
_____

¿Qué emociones experimentaste durante el abuso? _____
_____

¿Qué emociones experimentaste inmediatamente después del abuso?
_____

Otras sensaciones, emociones o pensamientos importantes que hayas vivido en la época del abuso. _____
_____

Cualesquiera de los elementos que identificaste en este ejercicio tienen el potencial de desencadenar reacciones automáticas. Como el abuso es tan traumático, puede ser que inconscientemente hayas asociado varios elementos o que los hayas fusionado en tu memoria. Ahora, mientras empiezas a identificar estos detonadores tal vez descubras que un recuerdo desencadena otro, así como una explosión puede provocar otras en un campo minado. Pero en la medida en que empieces a desactivar cada uno, aprenderás a tener mayor control sobre tu forma de reaccionar.

CÓMO EVITAR Y DESACTIVAR DETONADORES

Una vez que hayas identificado posibles detonadores, revísalos y piensa en cuándo tienden a surgir. Probablemente observarás que muchos detonadores, como la respiración pesada y los genitales, son partes naturales de la intimidad, el sexo e incluso de una vida no sexual. Estos detonadores naturales no pueden evitarse fácilmente sin inhibir tu disfrute sexual. Sin embargo, puedes evitar o minimizar otros, como los que tienen que ver con tu entorno, o con palabras que se dicen cuando se hace el amor. Reducir la cantidad de detonadores con los que tienes que lidiar facilita sanar tu sexualidad. Puedes concentrar una mayor parte de tu energía en aprender a manejar los detonadores que surgen naturalmente.

Jackie, de veintidós años, sobreviviente de incesto cometido por su hermano mayor, tenía dificultades sexuales con su prometido. Cuando él se le acercaba y quería intimidad, ella se paralizaba y se disociaba. Cuando Jackie era niña habían abusado de ella por la noche en su recámara. Después de revisar su pasado e identificar los detonadores, Jackie cayó en la cuenta de que su departamento actual estaba amueblado igual que cuando su hermano abusaba de ella —la misma lamparita sobre su cama, las mismas cortinas, las mismas almohadas, incluso la misma colcha. Durante los siguientes meses Jackie cambió la decoración y el mobiliario de su cuarto. Esa sencilla modificación ayudó. "Me di cuenta de que había llegado el momento de crecer —dijo—. Ahora, cuando estoy con mi novio en mi cuarto, me siento mucho mayor y más cómoda".

Otra sobreviviente, Josie, examinó el abuso que había cometido con ella su abuelo. Se dio cuenta de que muchas de las características físicas de su esposo le recordaban a su abuelo: el pelo de su esposo era canoso, sorbía la sopa del mismo modo, tenía un olor corporal parecido. Juntos, Josie y su esposo desactivaron esos detonadores. Él no cambió el color de su pelo, pero sí aprendió una nueva manera de tomar la sopa y empezó a usar una nueva colonia que Josie escogió.

Muchos sobrevivientes que se sienten atraídos por conductas sexuales potencialmente perjudiciales encuentran que pueden minimizar sus impulsos y deseos al evitar estimulantes que hayan provocado respuestas sexuales sin control. Si ver pornografía, beber alcohol o consumir otras drogas te estimula a actuar sexualmente, evítalos. Si la violencia te recarga sexualmente, evita películas, historias y espectáculos que asocien la violencia con el sexo. Eludir esos estimulantes se dice fácilmente. Algunos sobrevivientes pueden temer que si renuncian a determinado detonador perderán la capacidad de excitarse, aunque a la larga les genere problemas. Muchos sobrevivientes descubren que necesitan una ayuda especial para superar sus miedos. La terapia personal o grupal, programas de doce pasos como en Alcohólicos Anónimos o Adictos Sexuales Anónimos, y programas de tratamiento de la dependencia sexual pueden ser fundamentales para evitar y desactivar detonadores asociados con el sexo compulsivo (véase la sección de Recursos).

PAUTAS PARA MANEJAR LAS REACCIONES AUTOMÁTICAS: MÉTODO DE CUATRO PASOS

Las reacciones automáticas pueden ocurrir muy rápido y tomarte por sorpresa. La clave para superarlas es hacerte consciente de ellas. Es posible que te digas a ti mismo: "Estoy teniendo una reacción automática". Puedes dejar de reconocer tus reacciones incluso si no estás seguro de qué las detonó. Una vez que eres consciente de ellas, puedes darte un momento para tranquilizarte y determinar qué pudo haberlas provocado. Entonces puedes elegir nuevas formas de responder a la situación.

Robin, sobreviviente de cuarenta y tres años, soltera, narró su triunfo para modificar una reacción automática que llevaba años ocurriendo.

> Fui a visitar a mi hermana y su familia una semana en el verano. Un día entré al baño y vi el traje de baño de mi cuñado volteado al revés colgando en el toallero. De inmediato sentí miedo, me sentí como una *voyeur* y empecé a recriminarme por ser mala y tener una obsesión enfermiza con el sexo.
>
> Antes de llegar muy lejos con esa línea de pensamiento, simplemente me quedé de pie ahí unos momentos y me relajé. Pensé: "¿Por qué estoy reaccionando así?". Sabía que el traje de baño me recordaba de alguna manera la ropa de mi padre. Reflexioné en que ese era el traje de baño de mi cuñado y que tenía sentido que lo volteara para ponerlo a secar en el baño. Después examiné el traje con más detenimiento. En realidad, no tenía nada intrínsecamente repugnante o sexualmente sugerente. Me hizo sentir muy bien darme cuenta de que *tengo margen de elección en cómo reacciono*.

Robin pudo relajarse y detener su reacción habitual, que habría sido tener miedo, excitarse y despreciarse por ello.

Robin siguió un proceso de cuatro pasos en respuesta a los detonadores del traje de baño. Es un proceso al que todos los sobrevivientes pueden recurrir en situaciones presentes relacionadas con las caricias y el sexo. Estos son los pasos:

1. DETENTE y toma conciencia.
2. TRANQUILÍZATE.
3. REAFIRMA tu realidad presente.
4. ELIGE una respuesta nueva.

1. Detente y toma conciencia

En cuanto te descubras reaccionando de una manera repentina, perturbadora e irracional que sientes que está fuera de tu control, *detente*. Reconoce lo que está pasando. Asume que has puesto en marcha un detonador y estás reaccionando a abusos sexuales pasados. Trata de determinar qué desencadenó tu reacción. Toma en serio este detonador, aunque pueda parecer tonto o intrascendente. Ve si puedes encontrar una relación entre el detonador y algo que experimentaste en el abuso.

2. Tranquilízate

Sintoniza con tu cuerpo. ¿Te sientes asustado o a punto de entrar en pánico? ¿Sientes una excitación sexual fuera de lugar? Tal vez estés teniendo respuestas fisiológicas extremas que van más allá de la realidad de la situación presente. Cálmate. Di cosas tranquilizantes, como "Estoy a salvo, nadie puede hacerme daño ahora". Si tu ritmo cardiaco está desbocado, concéntrate en apaciguarlo. Siéntate erguido. A veces, colocar la mano derecha sobre el corazón y aplicar un masaje suave puede ayudar. Si dejaste de respirar o estás respirando rápidamente, concéntrate en hacer unas respiraciones profundas y lentas. Si tensaste los músculos, relájalos. Al modificar tus respuestas fisiológicas modificas tus reacciones automáticas. No puedes seguir sintiéndote ansioso si tu cuerpo está relajado.

3. Reafirma tu realidad presente

Recuérdate que lo que estás haciendo y viviendo ahora es diferente de lo que te pasó durante el abuso. Mira a tu alrededor. Toca las cosas. Observa dónde estás y con quién estás. Mírate. Recuérdate quién eres y cuántos años tienes. Reafirma tus derechos. Tienes derecho a una sexualidad sana y positiva. Recuerda la diferencia que hay entre el sexo y el abuso sexual. Reitera que tienes un auténtico yo sexual, separado de las influencias del abuso sexual. Date cuenta de que tu cuerpo te pertenece, que puedes tomar decisiones y tener el control de en qué tipo de caricias y actividades sexuales te involucras. Un sobreviviente dijo: "Cuando tengo un *flashback,* me recuerdo que una vez viví el abuso sexual y que fue real. Ahora no es real y no puede dañarme". Otro sobreviviente dijo: "Reconozco de dónde viene mi reacción y digo para mis adentros: 'El abuso fue entonces, esto es ahora. Ahora está mejor'".

4. Elige una respuesta nueva

Una vez que te hayas detenido y te hayas dado cuenta de lo que está pasando, te hayas tranquilizado y reafirmado tu realidad presente, tienes varias opciones. Puedes *apartarte del detonador*. Puedes *alterar el detonador de alguna manera* para que no te moleste tanto. Puedes *acercarte lentamente al detonador* para que no te sobresalte. Y puedes *aceptar el detonador y experimentar tu reacción automática,* poniendo mucha atención a tus pensamientos y sensaciones para entender más sobre el abuso.

Apartarte del detonador. En el caso de Robin, ella podría haberse apartado saliéndose del baño en el que estaba colgado el traje de baño. Cuando un tocamiento o una conducta sexual te molesta, puedes detenerte. Romper el contacto con el detonador trae consigo alivio. Una sobreviviente a la que asaltaban fantasías y *flashbacks* cuando se masturbaba dijo: "Cuando ocurren, dejo lo que estoy haciendo, me preparo un té, me siento en la cama con mi osito de peluche y espero a que pase la noche". Si estuviera en un grupo de apoyo de sobrevivientes de incesto podría llamar a un amigo para hablar del detonador y así desactivarlo.

Alterar el detonador. Puedes elegir interactuar de algún modo con el detonador para cambiarlo. Eso hizo Robin cuando observó con más detenimiento el traje de baño. El objetivo es controlar y modificar tu experiencia interna, más que evitar el objeto o el comportamiento que desencadena tu reacción. Si la lámpara del techo es un detonador, tal vez puedas hacer una pausa en lo que estés haciendo para adornarla a tu gusto. También podrías quitarla o sustituirla. Si durante un abrazo se detona una reacción automática, puedes detenerte y practicar el abrazo de diferentes maneras. Si ver la foto de una mujer desnuda en una revista detona el deseo de involucrarte de manera compulsiva en el sexo, puedes hacer ropa de papel para tapar la foto de la mujer, o dibujarle un vestido.

Janet, sobreviviente de incesto cometido por su padre, se asustó y le dieron náuseas cuando su pareja le dijo *Te amo* por primera vez. Cuando Janet pensó en decirle estas palabras a su compañero se imaginó diciendo "¡Anda, golpéame!". Al escucharlas de su compañero era como si él estuviera diciendo "Ahora te puedo hacer lo que quiera". Janet alteró ese detonador pidiéndole a su pareja que cambiara la frase *Te amo* por *¿Quieres ser mi novia?* Gracias a ese cambio, Janet pudo intercambiar palabras de afecto con su compañero.

Algunos sobrevivientes, acosados por fantasías sexuales de abuso invasivas, encuentran que les ayuda alterar el contenido de la fantasía mientras ocurre. Digamos que un sobreviviente fantasea con una mujer a la que un hombre ata y viola. El sobreviviente puede modificar la fantasía para que la mujer y el hombre sean buenos amigos y amantes que están fingiendo y tonteando. La cuerda es un largo espagueti y la pareja ríe todo el tiempo. Cambiar la fantasía de esta manera empieza a inclinar el pensamiento inconsciente lejos del abuso y hacia una sana expresión sexual. Si puedes encontrarle el lado humorístico, es muy sanador. Aun cuando solo puedas hacer un pequeño cambio a la fantasía en la dirección de una sexualidad sana, es un paso importante que te ayudará a desarmar el detonador.

Cambiar una fantasía sexual en pequeños pasos le permite a un sobreviviente conservar el poder erótico de la fantasía. A Tory estaba perturbada por unas fantasías sexuales en las que un hombre mayor seducía a una niña pequeña. Si bien le desagradaban el desequilibrio de poder y la explotación de su fantasía original, le gustaba la excitación que encontraba en los elementos de inocencia y curiosidad que contenía. Con el tiempo revisó su fantasía. Rejuveneció al hombre y le aumentó la edad a la mujer, de tal modo que ambos fueran adultos consintientes, y destacó los elementos de asombro sexual y provocación, con lo que la fantasía siguió siendo excitante.

Darnos cuenta de que tenemos la capacidad de revisar y recrear nuestras fantasías para que se adapten a nuestras necesidades individuales es empoderante. Como dijo un sobreviviente: "Antes, sentía que tenía que rendirme a mis fantasías. Ahora puedo fantasear y convertirla en lo que yo quiera".*

Alterar el detonador lentamente puede ser particularmente útil para sobrevivientes que tienen reacciones de miedo y pánico. ¿Alguna vez has notado cómo un niño supera su miedo inicial de un juguete que al principio lo asustó? Cuando Jules, mi hijo, era bebé, le compramos un mono que tocaba con las manos repetidamente unos platillos mientras saltaba. Al principio Jules se escondió y lo observó atentamente. Luego se acercó un poco más y le lanzó otros juguetes para ver su respuesta. Más adelante le dio unos empujoncitos con un palo. Finalmente lo pateó de un lado a otro, lo recogió y le jaló los brazos. Ya sin miedo, lo puso en el suelo y se

* Cita tomada de Wendy Maltz y Suzie Boss, *El mundo íntimo de las fantasías sexuales femeninas. Un viaje de pasión, placer y autodescubrimiento.* Véase la sección de Recursos.

rio viéndolo brincar por todas partes. Jules había descubierto que podía superar su reacción inicial si interactuaba con el mono —empujándolo, tocándolo, deteniéndolo, dejándolo continuar—. Superó su miedo experimentando su poder en relación con él. Mediante sus propias acciones desarrolló una nueva respuesta al detonador del mono de juguete.

Una sobreviviente contó cómo consiguió manejar sus reacciones al alterar los *flashbacks* que las detonaban.

> Cuando tengo un *flashback* imagino que mi experiencia es un video que están pasando en la televisión. Uso los botones del aparato para encender y apagar el *flashback,* dependiendo de si me siento lista para manejarlo.

Acercarte lentamente al detonador. Los sobrevivientes pueden aprender a acercarse lentamente a algunos detonadores, tales como objetos, lugares o partes del cuerpo. Pueden practicar técnicas como respirar lentamente y relajar los músculos para permanecer tranquilos mientras se acercan al detonador con pequeños pasos. Por ejemplo, un sobreviviente que se excita sobremanera cada vez que ve un sostén puede practicar pararse a diferentes distancias de uno. Tal vez cuando esté a quince metros no se excite tanto. A partir de esa distancia puede ir acercándose poco a poco a él y detenerse cuando sea necesario para mantenerse relajado y tranquilo. Puede ser que necesite practicarlo en varias ocasiones diferentes antes de que empiece a sentirse cómodo en la proximidad de un sostén.

Aceptar el detonador y experimentar tus reacciones automáticas. Las reacciones automáticas no duran toda la vida. Puedes decidir sentirlas y recorrerlas. Este enfoque puede ser particularmente útil para sobrevivientes con conductas sexuales compulsivas. Como burbujas de aire caliente y húmedo que flotan en el viento una fresca tarde de verano, las sensaciones sexuales incómodas duran un rato y luego se van. Puedes aprender a experimentarlas sin disgustarte contigo mismo y sin actuar de una manera sexual destructiva antes de que hayan tenido la oportunidad de pasar.

Puedes elegir explorar algunas reacciones automáticas que se relacionen con la supresión del sexo, como *flashbacks* y reacciones de pánico, en un entorno seguro y solidario. Puesto que esas reacciones pueden ser muy perturbadoras, lo mejor es que cuentes con la orientación de un terapeuta calificado o con el apoyo de una pareja comprensiva. En el capítulo 9 las parejas aprenderán cómo pueden desempeñar un papel de apoyo en este tipo de sanación activa.

Experimentar tus reacciones automáticas puede ayudarte a procesar los sentimientos del abuso y liberar emociones que quizá lleven años encerradas, tal como describió un sobreviviente:

A veces, cuando estoy teniendo un *flashback,* me meto en él, vuelvo a experimentar las sensaciones del abuso y grito y lloro. Otras veces decido no entrar en ellas. Le pido a mi pareja que haga cosas concretas como abrazarme, recordarme que respire, que cambiemos de posición, que se incorpore y que circule conmigo. Estoy seguro con mi pareja. Mientras más vuelvo a experimentar los *flashbacks* del abuso, estos se vuelven menos intensos. Me ayuda entender que el pasado ya no puede hacerme daño.

Otro sobreviviente dijo:

Cuando tengo un *flashback* mi compañero y yo nos detenemos y dejamos que este continúe. Me abraza y después me habla para regresarme al presente. Por alguna razón acepto estos *flashbacks*. Son liberadores y me recuerdan que no inventé nada.

Del mismo modo, al experimentar una fantasía de abuso invasiva, un sobreviviente puede optar por observar la fantasía más de cerca para ver qué pasa en ella. Las fantasías sexuales son como los sueños y las pesadillas. Pueden representar simbólicamente un conflicto psicológico inconsciente. Al analizar dinámicas interpersonales e identificar símbolos e imágenes, los sobrevivientes pueden encontrar pistas sobre cómo los afectó el abuso en un nivel inconsciente.

Cuando David, sobreviviente de incesto cometido por su padre, hacía el amor con su novia, a veces se descubría a sí mismo fantaseando con que su novia le gritaba y lo llamaba "pendejo". Esa fantasía se volvió tan perturbadora que una noche que estaban haciendo el amor, David de pronto se detuvo y le contó a su novia lo que estaba pasando. Ella lo escuchó con atención. Al hablar sobre su reacción, David se dio cuenta de que le había imbuido a ella todo el enojo que sentía hacia su padre y que nunca había podido expresar. Entonces David se imaginó de niño gritándole a su padre, y empezó a gritar: "¡Pendejo, cabrón, pendejo! ¡¿Cómo te atreves a hacerme esto?!". A partir de esa noche, David dejó de estar traumatizado por las fantasías invasivas y estas terminaron por desaparecer. Al expresar su indignación interior, David despojó a la fantasía de su poder emocional y la volvió psicológicamente innecesaria.

Si bien puede dar miedo pensar en recorrer una reacción automática hasta que esta pase, los sobrevivientes a menudo describen una sensación de logro al final. "¡Lo conseguí! —exclamó un sobreviviente—. La atravesé sin caer en ninguna de mis viejas conductas. Si alguna vez vuelvo a tener esta reacción, sé que será más fácil de manejar".

OTRAS TÉCNICAS PARA MANEJAR REACCIONES AUTOMÁTICAS

Además de las técnicas para manejar las reacciones automáticas que los sobrevivientes pueden poner en práctica por su cuenta, hay varias otras que se pueden hacer en un entorno terapéutico con ayuda de un terapeuta o de un compañero íntimo.

Adoptar la reacción

Una de esas técnicas que inventé se llama *adoptar la reacción*. En este enfoque, un sobreviviente describe una secuencia específica de reacciones automáticas con todo detalle a otra persona. Le pides al otro que trate de sentir tu reacción mientras tú la experimentas. Evidentemente, tiene que ser alguien con fortaleza psicológica y que se sienta cómodo haciendo el ejercicio. A veces animo a mis pacientes a que lo hagan conmigo. Presento a continuación un ejemplo de la aplicación de esta técnica con una sobreviviente en sesión de terapia.

YO: ¿Dónde estoy?

SOBREVIVIENTE: Estás de pie en la cocina, mirando por la ventana, lavando platos.

YO: (*Me pongo de pie y voy hacia una ventana*) Estoy de pie en la cocina, mirando por la ventana, lavando platos. ¿Y luego qué experimento?

SOBREVIVIENTE: Oyes pasos detrás de ti y sabes que son los de mi esposo, Fred. De repente sientes su aliento en el cuello y sus brazos rodeándote la cintura.

YO: Muy bien, siento el aliento de mi esposo Fred en el cuello y sus brazos rodeándome la cintura. ¿Ahora qué pasa? ¿Qué emociones tengo? ¿Qué le pasa a mi cuerpo? ¿Qué estoy pensando?

SOBREVIVIENTE: Fred te estrecha más fuerte y te dice que te ama. Te da miedo, pero más que eso, te enoja un poco que te haya sorprendido, y luego te sientes culpable por ser tan vulnerable a sus muestras de afecto. El cuerpo se te tensa, dejas de respirar y de repente te sientes caliente y sudorosa.

Yo:	Fred me estrecha más fuerte y me dice que me ama. Ahora siento miedo, pero también enojo. Ahora me siento culpable por ser tan vulnerable a sus muestras de afecto. Mi cuerpo se tensa. ¿Qué parte es la que más se tensa?
Sobreviviente:	El pecho y el estómago se te tensan, como si se hicieran nudo.
Yo:	Muy bien. El pecho y el estómago se me tensan, no puedo respirar muy bien. Me siento caliente y sudorosa. Qué incómodo es esto. ¿Luego qué?

Este diálogo puede continuar hasta que la reacción automática haya terminado. Los sobrevivientes frecuentemente se sienten aliviados al comunicar sus reacciones; el terapeuta, o la pareja, llegan a conocer mejor los pormenores de la experiencia del sobreviviente. Más adelante el sobreviviente y el terapeuta o la pareja pueden hacer una lluvia de ideas y practicar diferentes alternativas que el sobreviviente pueda aplicar para manejar la reacción automática mientras esta ocurre. Por ejemplo, la sobreviviente podría practicar detenerse y hablar con su esposo, Fred, sobre cómo se siente cuando él se le acerca de esa manera, y cómo le gustaría que lo hiciera en el futuro.

Adoptar la reacción automática le permite al sobreviviente ver su reacción desde una perspectiva psicológica más distante. Eso convalida la importancia de la reacción. El sobreviviente ya no es la única persona que ha experimentado el síntoma. Ya no tenemos que estar a solas con nuestra experiencia, como cuando ocurrió el abuso: compartimos la carga de la reacción. El poder y la influencia de la reacción se reducen.

Simulacro imaginario

A algunos sobrevivientes les beneficia la técnica terapéutica del simulacro imaginario. Un sobreviviente pasa tiempo en terapia generando una lista de muchas posibles actividades que incluyen caricias y sexualidad. Luego él o ella ordena la lista jerárquicamente, con el elemento menos perturbador hasta arriba y el más perturbador hasta abajo. Haciendo respiraciones lentas y controladas para mantenerse relajado, el sobreviviente imagina una por una las situaciones de la lista. Cuando encuentra detonadores imagina que consigue lidiar con éxito con la reacción automática, aplicando, por ejemplo, el enfoque de cuatro pasos descrito anteriormente. Imaginar permite que un sobreviviente ensaye y practique formas de enfrentar sus propias reacciones y le proporciona herramientas que lo ayudarán a experimentar cómodamente esas actividades en la vida real.

Los sobrevivientes pueden manejar reacciones automáticas específicas de mil maneras distintas. Date permiso de experimentar con los diferentes enfoques mencionados en este libro y de inventar tus propios métodos. Busca los que fortalezcan tu autoestima y te ayuden a dar un paso hacia experiencias sexuales sanas y positivas.

Cuando aprendemos a manejar nuestras reacciones automáticas adquirimos destrezas que nos permiten alejarnos de un comportamiento sexual problemático y a la larga crear nuevas experiencias sexuales que nos enriquezcan y que sean una reafirmación de la vida.

Avanzar hacia
un comportamiento sexual sano

*Mis conductas sexuales disfuncionales
tienen sentido tomando en cuenta el abuso.
Me ayudaron a lidiar con el dolor y a manifestarlo.
Las acepto a pesar de que ya las superé y las hice a un lado.*
Sobreviviente

Aun sin ser conscientes de la conexión, es posible que estemos atrapados en hábitos y rutinas sexuales que se relacionan con el abuso sexual. Deva, sobreviviente de veinticinco años a quien su novio violó cuando ella era adolescente, con frecuencia se involucra sexualmente con hombres que la engañan y abusan de ella, de manera muy parecida a su novio de la secundaria. Ben, de cincuenta años de edad, sobreviviente de incesto de padre a hijo, se masturba compulsivamente viendo pornografía, hábito en el que se inició poco después de que su padre empezara a abusar de él.

Si nunca hubieran sufrido abuso sexual, Deva y Ben probablemente no tendrían esas conductas hoy en día. El abuso sexual puede influir en algunos sobrevivientes y hacerles reproducir conductas a las que estuvieron expuestos por primera vez en el abuso, mientras que otros se involucran en actividades sexuales nuevas igualmente nocivas. Deva continúa con el patrón de elegir parejas que la victimizan. Ben recurre a pornografía degradante para compensar la humillación y la impotencia que experimentaba cuando abusaban de él.

Este tipo de conductas sexuales que son consecuencia del abuso pueden parecer familiares y habituales, incluso si nos dañan o lastiman a otros. Quienes practican el esquí a campo traviesa saben que es más fácil seguir los senderos muy transitados que marcar uno nuevo. Pero a menos que nos atrevamos a salirnos de los viejos surcos, puede ser que, año con año, nos deslicemos por conductas que nos hagan sentir mal con nosotros mismos y aislados emocionalmente de los demás. Muchos sobrevivientes no dan el primer paso para cambiar hasta que el dolor de no hacerlo supera el malestar de trazar un nuevo sendero.

Llevar a cabo cambios en la conducta sexual requiere del compromiso consciente del sobreviviente. Para muchos de nosotros este es el terreno de la sanación sexual más desafiante. Necesitamos valentía para observar la influencia que tuvo el abuso en nosotros, y voluntad para elegir nuevas conductas. También necesitamos comprometernos a perseverar en esos cambios, incluso en medio de la angustia y la inseguridad. Aunque la perspectiva de cambio puede parecer abrumadora al principio, con el tiempo esas nuevas conductas sexuales pueden volverse fáciles y familiares. Es posible adquirir hábitos sexuales saludables, cómodos y satisfactorios sin la influencia del abuso.

En este capítulo tendrás oportunidad de considerar de qué manera tus actividades sexuales presentes podrían estar relacionadas con el abuso sexual que sufriste en el pasado. Revelaremos razones por las que a los sobrevivientes les cuesta trabajo renunciar a conductas sexuales limitantes y perjudiciales, a pesar de que conscientemente quieren detenerlas. Exploraremos una diversidad de técnicas y alternativas a las que podrás recurrir para hacer los cambios que deseas cuando te sientas preparado. Estas alternativas incluyen cesar conductas relacionadas con el abuso sexual, tomar unas vacaciones curativas para descansar del sexo, y establecer normas básicas sanas para tus futuros encuentros sexuales.

DARSE CUENTA DE CÓMO LAS CONDUCTAS ACTUALES SE RELACIONAN CON EL ABUSO DEL PASADO

Probablemente ya estableciste algunas conexiones entre tu comportamiento sexual actual y el abuso pasado (posiblemente fue al responder el inventario de efectos sexuales del capítulo 3 o al conocer tus actitudes sexuales y tus reacciones automáticas). Al considerar la siguiente lista podrás observar con más detenimiento los diferentes tipos de conductas sexuales que pueden ser consecuencia del abuso sexual.

Cuando revises esta lista ten presente que dichas conductas pueden ser resultado del abuso en diversas formas. El abuso sexual puede introducir a las víctimas en muchas prácticas inusuales y dañinas: sexo violento, sexo entre adultos y menores, sadomasoquismo, pornografía, prostitución, sexo con múltiples parejas y masturbación compulsiva. Y es posible que ciertas conductas nos atraigan porque nos sentimos mal con nosotros mismos debido al abuso. Para determinar si tienes un problema serio hay que tomar en cuenta varios factores: el nivel de riesgo y peligro, el posible daño para ti y otras personas, la frecuencia con que incurres en la conducta, su intensidad, el contexto en que tiene lugar y cómo afecta tu autoestima.

Si bien revisar estos comportamientos puede ser perturbador o doloroso, es necesario que observes con claridad tus comportamientos sexuales antes de poder hacer algún cambio duradero. Coloca una palomita (✔) frente a cada afirmación que describa tus comportamientos actuales.

CONDUCTAS QUE PUEDEN SER RESULTADO DEL ABUSO SEXUAL

_____ Evito o me alejo del sexo.

_____ Finjo interés sexual.

_____ Finjo disfrute sexual.

_____ He permitido que me fuercen sexualmente.

_____ He tenido sexo sin desearlo.

_____ Normalmente tengo sexo bajo la influencia del alcohol u otras drogas.

_____ Combino el sexo con el abuso físico o emocional.

_____ Combino el sexo con el dolor físico o emocional.

_____ Participo en prácticas sexuales humillantes (con animales, sadomasoquismo).

_____ Tengo sexo cuando estoy medio dormido.

_____ Habitualmente empleo pornografía.

_____ Recurro a fantasía sexuales abusivas.

_____ Me masturbo de manera compulsiva.

_____ Participo en sexo promiscuo (muchas parejas simultáneas o seguidas).

_____ Me prostituyo.

_____ Visito a una prostituta.

_____ Tengo sexo que puede ser médicamente riesgoso.

_____ Tengo sexo anónimo (en baños, tiendas de pornografía, a través de internet, con servicios sexuales por teléfono).

_____ Tengo sexo en relaciones que carecen de intimidad.

_____ Tengo sexo fuera de mi relación principal.

_____ Tengo sexo secreto, lo que me provoca sentimientos de vergüenza.

_____ Tengo sexo con alguien que tiene otra relación.

_____ Tengo sexo en circunstancias deshonestas.

_____ Tengo sexo con desconocidos.

_____ Exijo sexo a mi pareja.

_____ Recurro a pornografía que incluye violencia, humillación, sexo con menores u otras actividades ilegales o abusivas.

_____ Cometo delitos sexuales (voyerismo, exhibicionismo, acoso, sexo con menores, incesto, violación).

_____ Visito bares nudistas, espectáculos de *striptease* o librerías para adultos.

_____ Con frecuencia veo películas o videos clasificación XXX.

_____ Empleo insultos sexuales o uso de manera habitual lenguaje sexual duro.

_____ Hago bromas sexualmente degradantes.

Si encuentras descritas en esta lista conductas en las que incurres en el presente, puede ser que de manera inconsciente estés repitiendo o reflejando el abuso sexual. Esta repetición instantánea, a veces llamada *compulsión de repetición*, puede ser una forma inconsciente por la que el sobreviviente trata de entender lo que pasó y de resolver el estrés emocional interno representando el abuso una y otra vez.

Escenificar repeticiones puede ser una manera de desensibilizarnos ante la vergüenza, repugnancia o dolor que experimentamos en el abuso. Las repeticiones pueden ser también un esfuerzo por adquirir algún dominio y control incluso sobre nuestras peores experiencias. "Poco después del abuso, cuando tenía doce años —contó una sobreviviente—, hice un *striptease* frente a la ventana de nuestra sala. No tenía idea de por qué estaba haciéndolo".

Con el tiempo, las repeticiones pueden arraigarse, volverse habituales y verse reforzadas por el placer de la excitación sexual. Podemos quedar atrapados exactamente en las mismas actividades sexuales que al principio nos provocaron angustia. Mientras abusaban de él, a Tyrone lo exponían a películas clasificación xxx; de adulto se siente adictivamente atraído por la misma clase de películas cuando se masturba.

El abuso sexual puede habernos enseñado a sobresexualizar nuestras respuestas al afecto y la cercanía. Es posible que nos resulte difícil acariciar y ser acariciados sin sentir excitación sexual, o sin creer que las caricias automáticamente desembocarán en sexo. Y también puede preocuparnos que una relación íntima no pueda existir a menos que el sexo forme parte de ella.

Algunos de estos comportamientos pueden haberse desarrollado como una forma de sobrellevar las profundas emociones que experimentaste en el abuso, como ansiedad, rabia, humillación o impotencia. Un sobreviviente puede haber empezado a actuar de cierta manera en un empeño por demostrar su valía sexual. Una sobreviviente de quien su hermano había abusado cuando era niña describió así su comportamiento:

> De niña me empecé a preocupar por mis genitales e hice varios experimentos con ellos, como ponerme perfume. Trataba de limpiarme del abuso y también de volverme más atractiva. Después de ponerme el perfume me masturbaba. Creo que era un intento de usar el placer físico para resolver mi confusión emocional. La masturbación se volvió algo que sentía que *tenía* que hacer, más que algo que sintiera que *deseaba* hacer.

Algunas conductas sexuales pueden haberse desarrollado para tratar de evitar sentimientos negativos y prevenir reacciones automáticas al sexo. Es posible que los sobrevivientes hayan empezado a consumir alcohol o pornografía al mismo tiempo que el sexo para disociarse y borrar recuerdos dolorosos del abuso durante las experiencias sexuales. Del mismo modo, los sobrevivientes pueden eludir ciertas actividades sexuales, o sentirse atraídos por ellas, en un esfuerzo por ocultar problemas de funcionamiento sexual, como dificultades para excitarse o para alcanzar el orgasmo desarrollados como respuesta al abuso (véase el capítulo 11). Por ejemplo, un sobreviviente puede masturbarse compulsivamente para eludir la posibilidad de sentirse avergonzado con una pareja por un problema de impotencia. O puede conscientemente recrear una fantasía sexual inquietante porque es una manera confiable de incentivar el interés sexual y facilitar el desahogo orgásmico.

Algunas actitudes sexuales recrean dinámicas de relación con las que los sobrevivientes se familiarizaron en el abuso. Una víctima que haya sufrido maltratos físicos y abusos sexuales puede verse inconscientemente atraída hacia relaciones sexuales abusivas en el presente. Hanna, sobreviviente de treinta años, contó esta parte de su historia:

> Cuando era niña mi padre me golpeaba y violaba reiteradamente. Una vez lo vi dejarle moretones a mi madre en los senos. Luego, cuando tenía dieciséis años me casé con un hombre que a menudo me golpeaba y humillaba sexualmente. En una ocasión, cuando estaba arreglándome para salir con unas amigas, se dio cuenta de que me veía atractiva y me arrancó la ropa. Después, me sacó de la casa a empujones y cerró la puerta con llave. Me quedé desnuda, acurrucada entre los arbustos de nuestro jardín.

Cuando finalmente nos damos cuenta de la relación entre el abuso sexual del pasado y nuestras conductas sexuales presentes, adquirimos una herramienta poderosa que nos ayuda a hacer cambios positivos. Podemos empezar a comprender por qué nos atraen ciertas conductas sexuales o por qué las evitamos. Al principio podemos desear aferrarnos a esos hábitos sexuales para satisfacer necesidades psicológicas relacionadas con el abuso. Pero una vez que observamos más de cerca estos patrones de comportamiento dañinos, podemos sentirnos motivados a liberarnos de la influencia del abuso pasado. Entonces podemos establecer nuevos patrones libres de asociaciones con el agresor y con el trauma que sufrimos tiempo atrás.

Todas las conductas de la última lista son potencialmente dañinas. Pueden suscitar sentimientos de infelicidad, soledad y odio a uno mismo. Pueden impedirte experimentar el sexo como algo positivo y saludable, algo que aumenta la autoestima y la intimidad con los demás. Por el contrario, las conductas relacionadas con el abuso tienden a reforzar la mentalidad del abuso sexual en la que el sexo es visto como mercancía, como algo incontrolable, hiriente, secreto y en el que no hay límites morales. Esas conductas también pueden perpetuar autoconceptos sexuales falsos y negativos que lleven a los sobrevivientes a sentirse intrínsecamente malos o dañados o verse como objetos sexuales.

Veamos más de cerca cómo varias de estas conductas sexuales perjudiciales pueden relacionarse con el abuso pasado, y de qué manera los sobrevivientes pueden desarrollar el deseo de modificar su conducta.

Evitar el sexo

Como consecuencia del abuso sexual, los sobrevivientes pueden haber aprendido a alejarse de situaciones con el potencial de volverse sexuales.

Una sobreviviente casada puede dormir en un cuarto o en una cama diferentes de su cónyuge. Un sobreviviente que no tiene una pareja íntima puede evitar el cortejo o el noviazgo. Al eludir el sexo, los sobrevivientes pueden sentir que se están protegiendo de conductas sexuales perjudiciales, de experiencias sexuales desagradables o de volver a sufrir abuso sexual. Rich, sobreviviente que sufrió múltiples formas de abuso sexual infantil, temía que pudiera convertirse en agresor si se permitía interactuar sexualmente.

> Me cuesta trabajo la cercanía. Soy muy paranoico; leo entre líneas. A la más mínima señal de que puedo salir lastimado, escapo. Corro. He terminado con varias mujeres después de hablar con ellas sobre mis sentimientos. Tenía miedo de que me lastimaran. No sé hacer insinuaciones sexuales. Temo que si las hago me convertiré en agresor.

En terapia, Rich se dio cuenta de que las insinuaciones sexuales en sí mismas no lo convertirían en agresor. Aprendió a distinguir entre condiciones que crean abuso sexual y las que propician un sexo sano y positivo. Se tranquilizó al entender que sus intenciones sexuales y su conciencia no eran las de un delincuente sexual. "No soy un agresor —concluyó Rich— porque estoy comprometido con no querer abusar sexualmente de nadie".

El aislamiento sexual puede perpetuarse a sí mismo. Los sobrevivientes pueden paralizarse en una rutina en la que cualquier relación social se vuelve cada vez más incómoda. Al permanecer aislados es probable que no cultiven las habilidades interpersonales básicas. Sintiéndose aislados, solos e indeseables, los sobrevivientes pueden recurrir a conductas sexuales privadas —como sexo cibernético, masturbación compulsiva o fantasías obsesivas de abuso sexual— que a la larga pueden hacerlos sentir peor. Si bien en estas conductas sexuales hay cabida para la excitación y el desfogue sexual, también pueden lastimar la autoestima e interferir con el desarrollo de relaciones satisfactorias. Una sobreviviente dijo:

> Después de las violaciones me alejé de las personas. Me aislé más, fantaseé más, me masturbé más y tuve muy pocas relaciones reales. Ahora, sin embargo, estoy viendo que esas conductas me mantuvieron encerrada en el dolor emocional del abuso.

Los sobrevivientes que tienen pareja pueden abstenerse del sexo para evitar reacciones automáticas y desenlaces desagradables. Pueden temer ser traicionados, tener *flashbacks,* ataques de pánico o que se repita el abuso sexual. Una sobreviviente muy comprometida con su relación actual, habló de sus miedos:

> Tengo miedo de la intimidad porque puede llevar al contacto sexual, y para mí el sexo sigue siendo muy traumático. Tiendo a evitar estar sola con mi pareja y soy renuente a alentar o iniciar las caricias. Tanto mi pareja como yo sufrimos por la falta de esa intimidad que los dos deseamos tanto.

Los sobrevivientes necesitan ver que persistir en esas conductas de evitación permite que el abuso anule su capacidad de alcanzar un sexo sano y positivo a solas y con una pareja. Como veremos más adelante en este mismo capítulo, y en los de la tercera parte del libro, los sobrevivientes pueden acercarse a la sexualidad poco a poco al aprender habilidades importantes y formas alternativas de rechazar situaciones sexuales problemáticas específicas. Pueden construir relaciones íntimas sanas y al mismo tiempo protegerse de sentimientos y reacciones desagradables.

Fingir el disfrute sexual

Mónica, sobreviviente de incesto con su hermano, solía fingir que llegaba al orgasmo cuando tenía relaciones sexuales con su esposo. Cuando abusaban de ella, Mónica aprendió a ocultar sus verdaderos sentimientos. Se acostumbró a permanecer en un mundo secreto, apartado de la persona con la que se estaba relacionando sexualmente, y encontró el modo de sofocar sus propias necesidades y disfrute sexual. Mónica temía que su esposo la rechazara si llegaba a saber que no era fácil satisfacerla sexualmente. Fingir el goce era la manera como Mónica creía que podía controlar la interacción sexual: su esposo llegaría al clímax y se detendría cuando ella fingiera un orgasmo.

Hace poco Mónica se dio cuenta de que al fingir orgasmos para ocultar su verdadera experiencia estaba continuando el abuso.

> Cada vez es más evidente para mí que si de verdad quiero superar el abuso debo hablar con mi esposo y dejar de fingir orgasmos, dejar de recrear el abuso cada vez que tenemos sexo. Quiero que el sexo también sea para mí.

Tener sexo cuando no lo deseas

El abuso sexual enseña roles sexuales sumisos. Las víctimas con frecuencia aprenden que si reafirman su voluntad las agredirán más y abusarán más de ellas. Puede ser que se hayan sentido aterradas ante la perspectiva del abandono y el desamor por no acceder. Una mujer, a quien de niña violaron a punta de pistola, sentía un miedo irracional a que su marido la matara si ella lo rechazaba.

Los hombres sobrevivientes pueden tener dificultades para rechazar el sexo por miedo a que eso socave su masculinidad, que pudo haber sido amenazada en el abuso. De hecho, muchos sobrevivientes creen que negarse al sexo no es una alternativa abierta a ellos.

Katie, sobreviviente de veintiocho años, se dio cuenta de que su reciente relación sentimental con un hombre que no era bueno con ella era un intento de resolver emociones relacionadas con su padre, el agresor original. Ella deseaba desesperadamente el amor que su padre nunca le pudo dar.

> Estaba obsesionada con ese hombre, a pesar de que era incapaz de comprometerse en una relación de pareja, además de que era un adicto sexual. Yo debí haberlo sabido, pero no podía negarme al sexo con él. Me encontraba en un tremendo estado de dolor, confusión y agitación. Empecé a escribir sobre cómo me sentía y me di cuenta de que, a través de ese hombre, mi padre estaba abusando verbal, física y sexualmente de mí. Todo se redujo a la convicción de que si tenía sexo con mi papá, él vería que yo necesitaba ser amada. Dejaría de torturarme y me amaría. De pronto mi comportamiento tuvo sentido. Decidí que tenía que dejar de ver a ese hombre.

Reconocer la relación entre su conducta actual y el abuso fue doloroso para Katie emocionalmente. Tuvo que reconocer que su padre había sido, y probablemente siempre sería, incapaz de darle un amor sano y generoso. Se dio cuenta de que tenía que aprender a darse a sí misma el amor que había deseado de su padre. Solo entonces dejaría de intentar satisfacer su necesidad de amor por medio de conductas sexuales no deseadas. "Para mí, tener sex3960 cuando no quiero no es una solución —dijo—. ¡Es el problema!".

George, otro sobreviviente, cuando era adolescente sufrió abuso sexual de una mujer mayor. Ella se burlaba de que no fuera "lo suficientemente hombre" para ella cuando él dudó ante el contacto sexual. Como George explicó:

> Sentía que no tenía alternativa sobre si tener o no sexo con alguien. Si alguien me deseaba sexualmente, yo me dejaba llevar. Negarme a tener sexo con una mujer me parecía inaceptable. Pensaba que significaría que había algo mal conmigo. Me parecía sumamente grosero e insultante. Estaba seguro de que, como resultado, la relación terminaría. Creía que un hombre nunca debe rechazar sexualmente a una mujer. No fue sino hasta hace poco tiempo, en terapia de

grupo con otros hombres sobrevivientes, cuando me di cuenta de que siempre que tengo sexo cuando no lo deseo, estoy reviviendo el abuso y abandonándome a mí mismo.

Como Katie y George, muchos sobrevivientes concluyen que para liberarse de la influencia del abuso necesitan aprender a sentirse cómodos cuando rechazan el sexo. Muchos descubren que poder decir no al sexo mientras sanan les permite aceptarlo más tarde, cuando se sienten listos y realmente lo desean. Más adelante en este mismo capítulo, cuando hablemos de las normas para encuentros sexuales sanos, hablaremos de cómo rechazar el sexo cuando tengas que hacerlo, a fin de que no sigas sintiéndote como víctima o un objeto sexual ni continúes con conductas sexuales no deseadas.

Combinar el sexo con el abuso emocional o físico

En el abuso sexual el perpetrador obliga a la víctima a una relación caracterizada por el secreto, la dominación, la humillación, la traición o el dolor. Por consiguiente, los sobrevivientes pueden inconscientemente sentirse atraídos a relaciones en las que vuelven a ser victimizados. Un sobreviviente describió así su situación:

> Estaba casado con una mujer que se enojaba conmigo porque yo no quería tener sexo con la frecuencia que ella lo deseaba. Nunca me dejaba elegir cuándo teníamos sexo. Ella siempre tomaba la iniciativa. Bebía antes de que tuviéramos sexo. Después, se burlaba de mí y me menospreciaba por no ser como sus otros compañeros.

Los sobrevivientes pueden involucrarse y seguir involucrados con parejas abusivas debido a sus temores y a su baja autoestima. Es posible que digan para sus adentros: "Nadie sino una pareja abusiva podría desearme" o "Tengo miedo de que alguien mejor que yo pudiera querer de mí más de lo que puedo dar". Los sobrevivientes que continúan sintiéndose responsables del abuso original pueden sentirse atraídos hacia relaciones abusivas para castigarse a sí mismos. "Cuando quiero relaciones sexuales y trato de iniciarlas —contó un sobreviviente—, mi pareja siempre me rechaza. Se deleita viéndome sufrir".*

Si mantienes una relación con alguien que constantemente te manifiesta desprecio, tu conducta puede ser resultado de un esfuerzo

---

* Para información sobre relaciones abusivas y cómo salir de ellas, véase NiCarthy, Ginny. *Getting Free: You Can End Abuse and Take Back Your Life*, 4a. ed., Seattle, Seal Press, 2004.

distorsionado para protegerte del dolor de la traición del abuso original. Es un ciclo perjudicial: tratas de demostrarte a ti mismo que eres malo teniendo parejas que te dicen que eres malo; luego puedes engañarte y hacerte creer que tú provocaste el abuso. Al culparte evitas pensar en la traición original. Puedes pensar que no tienes que sentirte mal por el horrible trato que te dio tu agresor al no reconocer ese dolor. Permitir que una pareja nos lastime en el presente puede verse como algo más aceptable que reconocer que nuestro padre, hermana o amigo nos lastimó tiempo atrás.

Cuando los sobrevivientes deciden liberarse de relaciones abusivas, muchas veces significa que han dejado de castigarse a sí mismos por abusos que no fueron su culpa. Reconocen que en el pasado alguien abusó horriblemente de ellos y los traicionó, y empiezan a responsabilizarse por cuidarse a sí mismos en adelante. Una sobreviviente dijo: "Me di cuenta de que nunca podría sentirme bien conmigo misma mientras permitiera que mi novio me insultara y me amenazara con una golpiza. Tuve que poner límites y decirle con toda claridad cómo debía tratarme si quería seguir conmigo, y seguí con él".

Tener sexo sin estar completamente alerta

A veces el abuso sexual ocurre cuando una víctima está medio dormida o de algún otro modo no del todo presente. Un niño pequeño al que acariciaron por la noche cuando dormía y fingió que seguía dormido hasta que el abuso terminó. Una mujer a la que le dieron mucho alcohol y luego la violaron. Algunas víctimas de agresiones sexuales reiteradas aprendieron que podían evitar momentáneamente el dolor físico y emocional drogándose antes de que su agresor se les volviera a acercar.

Pam, sobreviviente de treinta y seis años de incesto de padre a hija, tenía muy poco interés en el sexo. Cuando Lonnie, su esposo, se acercaba por la noche para tener sexo, ella se apartaba de él. A veces, mientras ella estaba dormida, Lonnie le acariciaba los senos y los genitales hasta que la estimulación sexual la excitaba. Pam se despertaba con las caricias y se enojaba mucho con Lonnie por haberla tocado, pero no le decía que estaba despierta ni le pedía que se detuviera. Pam narró:

Tenía sentimientos encontrados sobre decirle a Lonnie que se detuviera porque de otro modo me costaba trabajo sentir excitación sexual, pero estaba permitiendo que me tratara como cuando yo era niña y mi padre entraba en mi cuarto y me tocaba. Me di cuenta de que tenía que acabar con ese hábito, incluso si significaba renunciar a esos raros momentos en los que me sentía excitada. Ya no quería que el sexo siguiera siendo así. Sentía como si yo estuviera abusando sexualmente de mí misma. Quería poder relacionarme con Lonnie de manera honesta y directa y dejar de verlo como mi papá.

No estar completamente presente puede haber funcionado, y tal vez incluso era preferible durante el abuso sexual, pero seguir desconectándose ahora en situaciones sexuales no abusivas, despoja a los sobrevivientes de la capacidad de controlar sus experiencias sexuales, de disfrutar los placeres sensuales estando alertas y abiertos, y de establecer una auténtica intimidad con una pareja. Para que el sexo sea saludable y no se parezca al abuso, necesitamos estar completamente ahí.

Recurrir a fantasías sexuales de abuso o a pornografía

Carol, sobreviviente de veinticinco años, se dio cuenta de que la fuerte atracción que sentía por las historias pornográficas de actos sexuales entre adultos y niños se relacionaba directamente con el abuso que había cometido su padre con ella.

> Estoy casi segura de que las fantasías sexuales y los libros que usaba para masturbarme durante mi infancia se relacionaban claramente con escenas específicas con mi padre en el incesto. En mis pubertad y adolescencia mi padre y yo mantuvimos una relación secreta que incluía intercambiar pornografía. Él tenía en su cuarto un cajón lleno de libros pornográficos y yo otro en el mío. Él venía, tomaba unos de mis libros y me dejaba unos de los suyos. Yo los usaba para mis fantasías mientras me masturbaba Nunca dijimos una palabra sobre lo que estábamos haciendo. Era algo completamente tácito.

El intercambio secreto de pornografía fue la manera que Carol encontró para sentirse emocionalmente conectada con su padre. De adulta descubrió que cuando dejó de masturbarse con pornografía abusiva también tuvo que renunciar a su vínculo emocional con él. Se sintió atrapada. Sopesó pros y contras del cambio.

> Leer material con fantasías de incesto una y otra vez como método para la estimulación sexual era como continuar con el abuso. Me hacía sentir que podía estimularme sexualmente solo en situaciones secretas: con hombres casados, con gente investida de autoridad. Me di cuenta de que a menos de que parara nunca sanaría. Que mientras mi estimulación proviniera del abuso, nunca tendría una relación sexual normal con mi pareja.

Con el tiempo, Carol se deshizo del material pornográfico y restringió sus fantasías de abuso. Aunque fue doloroso, se dio cuenta de que su padre era incapaz de relacionarse con ella de manera saludable. En su proceso de sanación lamentó no haber recibido jamás el amor y la vinculación afectiva que necesitaba de él.

Recurrir a la pornografía y a las fantasías abusivas puede desarrollarse en los sobrevivientes como una manera de evitar sentirse impotentes, amenazados y temerosos. Aprendieron a emplear la fantasía y la pornografía como una manera de disociarse y evitar concentrarse en sus propias emociones y sensaciones durante una experiencia sexual. Durante mucho tiempo Gina, sobreviviente, usó pornografía para distanciarse del abuso.

> La pornografía me dio una intensa concentración mental que mantenía a mi padre fuera de mi pensamiento. Cuando mi padre se inmiscuía en mi cabeza, no solo me sentía mal, sino que perdía interés en el sexo.

Consumir pornografía le evitaba a Gina una experiencia negativa: la intrusión de la imagen de su padre. Sin embargo, con el tiempo se dio cuenta de que la pornografía la mantenía atrapada en imágenes de instrumentalización y degradación sexual. Esa forma de lidiar con la imagen de su padre tenía demasiados efectos secundarios indeseables. Gina decidió enfrentar de manera más directa el temor a la imagen de su padre. Exploró en terapia sus sentimientos hacia él y empezó a gritarle "Vete de aquí" a su imagen cuando esta se inmiscuía en su sexualidad. Esas nuevas formas de hacerle frente funcionaron mejor porque no inhibían su sana expresión sexual.

Algunos sobrevivientes emplean fantasías de abuso para castigarse. Como todavía tiene sentimientos latentes de culpa por el abuso, un sobreviviente puede fantasear con que lo azotan con un látigo. O puede darse cuenta de que sus fantasías representan el sentimiento de que no merece recibir amor y afecto. Una sobreviviente describió así su fantasía de abuso:

> La fantasía que más me excita es que mi pareja tiene fantasías con alguien más. Es como una droga. Siento como si la necesitara, y sin embargo me hace sentir triste y sola.

Algunos sobrevivientes se dan cuenta de que se han estado aferrando a fantasías de abuso porque les ofrecen la oportunidad de sentirse en control absoluto del sexo. En la fantasía pueden diseñar y cambiar escenarios sexuales imaginarios y tratar de compensar los sentimientos de impotencia y falta de control que experimentaron en el abuso. Como un sobreviviente explicó:

Las fantasías de abuso me han ayudado a sentir el poder y el control que no tenía cuando abusaban de mí. Si bien esto ha funcionado en el corto plazo, ahora que me siento mejor conmigo mismo quiero experimentar más con el sexo. Pero no puedo hacerlo si sigo dispersándome con esta clase de fantasías.

Las fantasías de abuso y la pornografía recrean y refuerzan la experiencia de abuso original. En la sanación de la sexualidad muchos sobrevivientes comprenden que tienen que reprimir esas conductas.[*] Después, en la medida en la que se alejan de la dinámica de abuso sexual y la influencia del pasado, pueden tener pensamientos sexuales nuevos y más saludables durante el sexo, como concentrarse en sensaciones placenteras o pensamientos afectuosos de contacto sexual con una pareja amorosa.

Masturbarse compulsivamente

Cuando los sobrevivientes sienten que son "adictos" a masturbarse, esa conducta refuerza la ofensiva idea de que el sexo es incontrolable y avasallador. A diferencia de la masturbación sana, algo que decidimos hacer como expresión de nuestro autocuidado físico y emocional, la masturbación compulsiva se experimenta como algo sucio, imperioso y dirigido.

En terapia, Dave se dio cuenta de que su masturbación compulsiva tenía una relación directa con el hecho de que su madre abusaba sexualmente de él de pequeño. Cuando era niño, su madre con cierta frecuencia le pedía que le enseñara el pene para determinar si era "del tamaño correcto". Eso provocó que Dave sintiera temor y ansiedad respecto a su idoneidad sexual. Recordando sus primeras experiencias con la masturbación excesiva contó:

A veces, cuando ya era un niño más grande, caminaba desnudo de noche en el patio. Me probaba las medias y los sujetadores de mi madre. Fantaseaba con ver y tocar sus senos. Empecé a masturbarme con imágenes de que las mujeres me controlaban sexualmente. Una vez me alteré de tanto masturbarme al grado de que me quemé con un encendedor. La actividad oculta me excitaba debido a la relación secreta que tenía con mi madre. Pensar sexualmente en ella me daba un sentido de irrealidad, una extraña sensación que me hacía querer alejarme de la gente por completo.

---

[*] Se puede encontrar una variedad de técnicas para sanar fantasías sexuales indeseadas en mi libro *El mundo íntimo de las fantasías sexuales femeninas*. En mi obra, *The Porn Trap*, mencionada en páginas anteriores, se describen estrategias efectivas para reducir el consumo de pornografía.

Los sobrevivientes necesitan darse cuenta de que esta conducta compulsiva como escape del dolor emocional es un maltrato a su sexualidad. Al explotarse a sí mismos, se quedan atrapados en hábitos de abuso que los hacen sentirse aislados, desconectados y diferentes de los demás. Mientras no eliminen esa conducta compulsiva seguirán obstaculizando sus posibilidades de construir una verdadera intimidad.

Involucrarse en sexo promiscuo

Algunos sobrevivientes, al enfrentarse a conflictos emocionales no resueltos provocados por el abuso original, pueden tener relaciones sexuales pasajeras sucesivas, o múltiples parejas sexuales en un periodo particular. Isaac, hombre gay de veintiséis años de quien su hermano y sus tíos abusaron reiteradamente, se dio cuenta de que el dolor de su baja autoestima había detonado su deseo por muchas parejas sexuales. A través de este tipo de sexo, inconscientemente estaba tratando de "demostrar" o "probar" cuán malo y desagradable se sentía a consecuencia de su abuso.

> Después de que salí del clóset tuve muchos encuentros sexuales en tiendas para adultos, saunas y baños. Acostumbraba tener muchos encuentros, incluso llegué a tener una docena de ellos en un día. Estaba tratando de ocultar los sentimientos de soledad. Más adelante me gané la vida dando masajes, es decir, básicamente masturbando a hombres. También hice películas sadomasoquistas. Ganaba bien, y en esa época tenía sentido. Por un tiempo, después de que salió todo este asunto del sida, seguí practicando sexo inseguro. Recuerdo que pensaba lo emocionante que era que el sexo pudiera matarme. Desde que abandoné esas conductas, me alejé de las drogas y he estado en tratamientos de recuperación del incesto, puedo ver que lo que estaba haciendo era representar simbólicamente todo el asunto de mi abuso, manteniéndolo vivo mientras me mataba lentamente.

La conducta promiscua de Isaac era una manera de castigarse y lastimarse por el abuso, como un niño que se golpea la cabeza contra la pared cuando se siente mal consigo mismo. Había dirigido contra sí mismo los sentimientos de enojo y traición que estaban destinados a sus agresores.*

---

* Para más detalles sobre cómo las víctimas de abuso pueden dirigir contra sí mismas el enojo, véase Miller, Alice. *For Your Own Good: Hidden Cruelty in Child - Rearing and the Roots of Violence*. 3a ed. New York, Farrar, Straus and Giroux, 1990, en especial el capítulo titulado "Unlived Anger" [Enojo no vivido], pp. 261-270.

Debido a la epidemia del sida, los sobrevivientes que se percatan de la relación entre su conducta promiscua y el abuso y que deciden hacer algo al respecto, pueden salvar sus vidas y las de otros.[*]

Tener sexo fuera de una relación principal

Tener aventuras "amorosas" puede ser la manera como un sobreviviente recrea la confianza perdida y la traición inherentes al abuso sexual original. Podemos engañar a nuestras parejas de la misma manera como nuestro agresor engañó a alguien más o traicionó nuestra confianza. Podemos ser deshonestos con respecto a nuestras acciones y mentirles a nuestras parejas para actuar de la misma manera que nuestros agresores nos mintieron a todos. Es posible que el abuso les haya enseñado a los sobrevivientes a sentir adicción por las relaciones sexuales ilícitas. Quizá no reconozcamos cuánto pueden nuestras acciones hacer sufrir a los demás, de la misma manera en que nuestros agresores no reconocieron cuánto nos lastimaron. Las aventuras pueden ser recreaciones en miniatura del abuso. Igual que el abuso, una aventura suele ser un secreto seductor, una relación sexual "prohibida". Muchos sobrevivientes llegan a la conclusión de que tienen que dejar de tener aventuras porque los mantienen atrapados en hábitos de engaño y ocultamiento y hacen daño a otras personas.

Actuar de maneras sexualmente demandantes o explotadoras

Las repercusiones del abuso sexual pueden llevar a un sobreviviente a actuar de maneras sexualmente agresivas. Puede ser que los sobrevivientes que así actúan ni siquiera se den cuenta conscientemente de que están haciéndoles a otros las mismas cosas perjudiciales que les hicieron a ellos. Este comportamiento agresivo puede ser manifiesto, como cuando un sobreviviente comete incesto o violación, pero también puede adoptar formas más sutiles. Ser amable con alguien, dormir con él y luego no hacerle caso es una forma sutil de abuso. También lo es exigir sexo a la pareja, emplear un lenguaje sexual fuerte cerca de personas que no desean escucharlo y pagar por sexo a una prostituta o en un sitio web de trabajadoras sexuales.

Las conductas sexualmente maltratadoras pueden ser intentos inconscientes de alinearse con el poder que el sobreviviente supuso que el agresor poseía. Un sobreviviente podría pensar: "Si no se lo hago a alguien,

[*] Weiss, Robert. *Cruise Control: Understanding Sex Addiction in Gay Men*. New York, Alyson Books, 2005. Contiene información útil para hombres gais que estén superando compulsiones y adicciones sexuales.

alguien más me lo hará a mí", o "La mejor defensa es un buen ataque". Esas conductas lastiman a los sobrevivientes al poner en peligro su integridad legal, ética y moral; también les niegan el respeto a sí mismos y a una intimidad real. No podrás sentirte realmente bien contigo mismo si tratas a otras personas como objetos o traicionas su confianza.

Los sobrevivientes pueden resistirse a reconocer que han actuado de maneras sexualmente abusivas. Puede ser que estén tan concentrados en sí mismos como víctimas que tal vez la idea de que *ellos* estén lastimando a alguien más nunca se les haya ocurrido. Pero esta especie de conciencia, una vez que se alcanza, puede preparar el terreno para el cambio. "Me duele darme cuenta de que he tratado a mi esposa como juguete, como una máquina cuyos orgasmos me hacían sentir que soy un hombre", dijo un sobreviviente.

Una vez que identificamos las formas como reproducimos el abuso, podemos empezar a desvelar el misterio y a mitigar el poder de nuestros impulsos para controlarnos. Al comprender mejor las dificultades que pueden presentar algunas conductas específicas, podemos trabajar de manera más efectiva para lograr cambios duraderos.

LIBERARSE DE CONDUCTAS SEXUALES RELACIONADAS CON EL ABUSO

Sanar la sexualidad supone reconocer prácticas sexuales que están relacionadas con el abuso sufrido en el pasado y aprender nuevas conductas que fomenten una sexualidad y una intimidad más sanas. A continuación se mencionan tres caminos que pueden seguir los sobrevivientes para introducir cambios en su comportamiento sexual:

1. Aprender métodos para detener conductas sexuales específicas indeseadas.
2. Tomarse unas vacaciones sanadoras del sexo para desarrollar una nueva orientación para integrar el sexo en tu vida.
3. Establecer normas sanas para los encuentros sexuales para mejorar el autocuidado y la intimidad en el sexo.

Describo estos caminos en orden progresivo. Son complementarios y pueden combinarse e integrarse unos con otros. Por ejemplo, un sobreviviente puede decidir tomarse unas vacaciones sanadoras sin sexo que le ayuden a poner fin una conducta indeseada específica. Otra sobreviviente puede desear establecer nuevas reglas para los encuentros sexuales mientras reanuda la actividad sexual después de unas vacaciones sin ella. Puedes decidir recorrer cada uno de los caminos cuanto desees, o hacerlo uno por uno en el orden en que se presentan. Al igual que con el resto de tu viaje para sanar la sexualidad, necesitas imaginar un programa que se ajuste a tus necesidades del momento. Familiarízate con cada uno de estos caminos; tal vez quieras dar unos pasos ahora y planear otros para el futuro.

Camino 1. Anula conductas específicas no deseadas

Cuando hayas identificado una o más conductas sexuales específicas que quieras detener, no te sorprendas si te provoca ansiedad pensar en realmente eliminarlas. Al principio, abandonar viejas conductas puede parecer abrumador, incluso imposible. Es natural. Después de todo, tus hábitos sexuales actuales probablemente se arraigaron a lo largo de muchos años. Aunque puedan provocarte una tristeza crónica y te recuerden el abuso, aún sabes cómo practicarlos y sabes lo que pasa cuando lo haces. Es difícil pensar en modificar una conducta que se cree conocida y segura aunque te dañe. Porque independientemente de cuánto te dañe una conducta sexual específica, bien puede ser que también esté satisfaciendo algunas necesidades emocionales, como darte placer y proporcionarte un alivio momentáneo del estrés.

Ciertas conductas sexuales le dan al sobreviviente una sensación de poder y control. Una sobreviviente que se aleja del sexo puede sentir que esa conducta la ayuda a evitar reacciones automáticas desagradables y experiencias sexuales potencialmente vergonzosas. Detener ese comportamiento evasivo representaría desarrollar formas alternativas de autoprotección y poder. Una de ellas podría ser aprender técnicas para manejar las reacciones automáticas y habilidades para comunicarse con la pareja.

En contraste, otro sobreviviente puede sentir que su conducta sexual agresiva le da una sensación de control y poder en situaciones sexuales. Para detener esa conducta agresiva se requerirían habilidades para sentirse poderoso y dueño de la situación, pero sin ser abusivo y respetando los derechos de la pareja. Aprender a hacer valer tus sentimientos y necesidades directamente y construir confianza emocional con la pareja, pueden ser las nuevas herramientas para sustituir los hábitos agresivos. Si eres reacio a perder algo que te es familiar, recuerda que estás ganando algo mucho mejor.

Puede ser que determinada conducta sexual, aunque sea dañina, te haga sentir seguro. Renunciar a ella significará enfrentar nuevos sentimientos de vulnerabilidad. Roxanne, sobreviviente de violación en una cita, se sentía muy sola y quería salir y volver a ser sexual, pero la sola idea de iniciar contactos sociales la hacía encogerse de miedo. Le angustiaba que volvieran a abusar de ella. Jake, sobreviviente que consumía pornografía abusiva y degradante para excitarse, estaba desesperado por detener ese hábito, pero temía que renunciar a su conducta lo expusiera a problemas de funcionamiento sexual. Describió así su dilema:

> Eliminar mis fantasías sexuales sería como salir de una caja. Me cuesta imaginar que algo pueda llegar a ser tan estimulante como las fantasías. Me preocupa que sin ellas no pueda mantener una erección, que me sienta humillado frente a una pareja, o que, si puedo tener erecciones, el sexo se convierta en algo aburrido.

Roxanne y Jake no pudieron poner fin a sus conductas sexuales dañinas hasta que se atrevieron a correr riesgos. El cambio implica aceptar nuestra vulnerabilidad intrínseca.

Una conducta sexual específica —incluso si sabes que es dañina— puede haber cumplido para ti una función psicológica al evitar que te percataras dolorosamente del abuso. Cuando Roberta, de treinta años, sobreviviente de incesto de padre a hija, empezó a tomar medidas para detener su conducta promiscua, se topó de frente con algo que la obligó a reevaluar la imagen que tenía de su padre. Se dio cuenta de que si admitía que era capaz de tener control sobre sus propios impulsos sexuales, su padre decidió no controlar los suyos cuando abusó de ella. Finalmente comprendió que su conducta sexual compulsiva había estado protegiéndola de sentir rabia por haber sido abandonada por su padre. Roberta tuvo que aceptar y lamentar el hecho de que su padre abusó de ella intencionalmente.

Algunos sobrevivientes se desalientan ante la sola idea de detener conductas sexuales dañinas. Tal vez trataron de detenerlas anteriormente y no lo lograron. El entusiasmo se convirtió en decepción y se sintieron incluso más arraigados en sus conductas dañinas.

Así como dejar de fumar o de beber, detener viejas prácticas sexuales provoca estrés. Puedes tener miedo del primer día sin ese comportamiento, igual que los potenciales exfumadores temen su primer día sin cigarros. También puedes preguntarte qué repercusiones tendrá para ti detener ese comportamiento a largo plazo.

Debido a toda esa resistencia y miedos, detener una conducta sexual perjudicial probablemente requerirá un esfuerzo constante y concentrado de largo plazo. Ten presente que la dificultad es distinta, dependiendo del tipo de conductas que decidas cambiar: los sobrevivientes que se alejan del sexo necesitan incitarse constantemente a superar sus temores y a desarrollar nuevas habilidades que los protejan durante el contacto y el sexo. Los sobrevivientes que se sienten atraídos por conductas sexuales compulsivas necesitan luchar consigo mismos constantemente para lidiar con su deseo de volver a las viejas conductas y apaciguarlo, allanando así el camino a las experiencias sexuales francas e integrales, en las que se sientan bien sexual, emocional y éticamente.

A continuación se presentan algunas sugerencias que pueden ayudarte a detener una determinada conducta sexual, a la que ya te diste cuenta que quieras poner fin.

Ten claro por qué quieres detenerte. Dedica un tiempo a evaluar la conducta sexual específica que quieres detener. Estudiar de cerca la conducta negativa puede ayudarte a recordar por qué es importante para ti detenerla y por qué vale la pena el tiempo y el esfuerzo que implica hacerlo. El siguiente ejercicio podrá ayudarte.

TENER CLARIDAD RESPECTO A CONDUCTAS SEXUALES ESPECÍFICAS

Revisa las conductas relacionadas con el abuso que marcaste al principio de este capítulo, en las páginas 197-198. Tal vez desees analizar cada una o concentrarte en una o dos. Luego responde las siguientes preguntas.

1. ¿De qué manera esta conducta representa una forma de pensar sobre el sexo en la que este se ve como abuso sexual?
2. ¿De qué manera esta conducta refleja una postura falsa o negativa sobre mí mismo como persona sexual?
3. ¿De qué manera esta conducta recrea las dinámicas de las relaciones a las que estuve expuesto en el abuso?
4. ¿De qué manera me lastima esta conducta?
5. ¿De qué manera lastima a otros esta conducta?
6. ¿Por qué es importante detener o cambiar esta conducta? (Considera las consecuencias en caso de continuarla: ¿podrías perder una relación importante?, ¿adquirir una enfermedad de transmisión sexual?, ¿provocar un embarazo

no deseado?, ¿ser acusado o condenado por un delito?, ¿perder tu empleo?, ¿sufrir años de soledad, marginación y remordimiento?).

Puedes ampliar tus respuestas en un diario, hablar de ellas en un grupo de apoyo o comentarlas con un terapeuta. También puede te puede resultar útil escribir tus respuestas a estas preguntas en una tarjeta y traerla contigo todo el tiempo. Consúltalas con frecuencia para recordarte el sólido razonamiento que está detrás de los cambios que estás haciendo.

Serge, sobreviviente, logró frenar masturbarse compulsivamente viendo revistas pornográficas ofensivas; lo hizo en parte para proteger su integridad personal. Se dio cuenta de que si moría de repente, su familia encontraría su provisión de revistas de pornografía sadomasoquista que escondía en la cochera. Esa posibilidad lo perturbó lo suficiente como para ayudarlo a cambiar su conducta.

Después de reflexionar a fondo en tus propias razones para desear interrumpir ciertos comportamientos, convendría clasificar qué conductas quieres detener primero. Algunas —actos sexuales delictivos, médicamente riesgosos o degradantes— deben enfrentarse de inmediato. Continuar con cualquiera de estas prácticas te coloca a ti y a otras personas en riesgo de daños graves.

Busca apoyo para detener el sexo dañino. Para abandonar conductas sexuales dañinas se requiere dedicación de largo plazo, por lo que es útil, y tal vez indispensable, el apoyo de una terapia individual o de grupo, o de algún programa de rehabilitación.[*] Sin esa ayuda es fácil que perdamos la perspectiva sobre lo que hace falta para cambiar y que innecesariamente nos culpemos o nos avergoncemos si flaqueamos. Un sobreviviente dijo:

Para mí ha sido fundamental encontrar otras personas con las que puedo hablar honesta y abiertamente de mis experiencias sexuales, mis sentimientos, compulsiones y atracciones. He podido sentirme auténticamente normal con solo escuchar que otros han pensado, sentido y hecho lo mismo que yo, y lo que les ha ayudado para recuperarse.

Los sobrevivientes con frecuencia necesitan otras clases de apoyo para detener viejas conductas. Tomar cursos de sexualidad, entrenarse para

---

[*] Consúltese la lista de Recursos para encontrar grupos de terapia, grupos de recuperación en doce pasos y otros programas de tratamiento.

sociabilizar, aprender a controlar el enojo, desarrollar la autoafirmación y habilidades de comunicación puede ayudarte a fortalecer los recursos personales que te servirán para hacer cambios. En muchos sentidos estás creando una nueva vida para ti lejos de la sombra del abuso. Cambiar tus conductas sexuales probablemente también implique reaprender y redefinir muchos viejos hábitos y actitudes, desde cómo te ves a ti mismo hasta cómo interactúas con el mundo que te rodea. Date cuenta de que es una gran tarea y busca apoyo para ayudarte en tu camino.

Desarrolla un enfoque realista para detener la conducta negativa. Cuídate a ti mismo. Sé compasivo contigo. Prevé que este proceso de sanación tomará tiempo.

No puedes obligarte a dejar de temer al sexo y a alejarte de él. El abandono es un escudo protector que harás a un lado cuando encuentres otras formas de sentirte a salvo. A la inversa, ser sexual cuando no lo deseas es abusar de ti mismo. Da pasos graduales. Concéntrate en sentirte a salvo y cómodo, en reivindicar tus necesidades y manejar tus reacciones automáticas. Dejarás de replegarte avanzando lentamente en otras conductas seguras, como explorar las caricias íntimas no sexuales, comunicar sentimientos y necesidades y estimular las experiencias sexuales. Procede con delicadeza.

Poner un alto a las compulsiones y adicciones puede requerir de ti un enfoque más firme. Los sobrevivientes tienen que estar alerta respecto a sus tendencias a negar que sus acciones sean problemáticas. La negación sabotea nuestra recuperación sexual. Puede ser que te oigas haciendo afirmaciones que racionalizan y validan las conductas compulsivas. Confronta dichas afirmaciones. "Una vez más no hará daño", podemos decir, a pesar de que sabemos que no es cierto. Pero siempre tendrás otra decisión que tomar. Debemos encontrar el modo de decir no cada vez. Debido a la tendencia a negar la conducta sexual adictiva y compulsiva, los grupos de apoyo, los programas de doce pasos y la terapia pueden ser fundamentales para tu recuperación. No es tan fácil engañarnos a nosotros mismos cuando hablamos de nuestros sentimientos con otros que nos entienden.

Las personas llevan a cabo los cambios de diferentes maneras. Tendrás que encontrar tu propio camino. Un sobreviviente puede terminar de golpe con una aventura y nunca volver a tener otra. Otro puede descubrir que le funciona mejor ir eliminando gradualmente la conducta negativa.

Una sobreviviente atrapada en un patrón de compulsión sexual descubrió que podía avanzar si renunciaba a sus hábitos sexuales dañinos uno por uno: primero el más fácil, al final el más difícil. Un triunfo estimulaba el siguiente.

> El sexo había sido la ley de la selva. No ponía ningún límite a mi conducta. Sabía que necesitaba dominar mi situación. Después de decidir que no me acostaría con nadie del trabajo, decidí no tener más sexo secreto. Tenía que tener sexo en el contexto de la relación en la que estaba, o decirle a mi pareja si tenía una aventura. Eso limitó bastante las cosas y fue bueno para mí porque *necesitaba límites*. Más adelante dejé de tener aventuras por completo.

Si eliges ir lenta y gradualmente, no te engañes poniendo las verdaderas metas muy lejos. En la película *Tío Buck al rescate,* el actor John Candy hace del tío encantador que tiene un plan de cinco años para dejar de fumar. Planea primero cambiar de cigarros a puros; luego de puros a pipa; de pipa a tabaco de mascar; de tabaco de mascar a chicles de nicotina, y finalmente abandonar el chicle. ¿Qué tan probable es que alguna vez lo logre?

Las fantasías de abuso plantean una dificultad distinta. Funcionan como reacciones automáticas que se presentan espontáneamente con la excitación sexual. No esperes que tus fantasías se vayan por completo, incluso si detienes tus conductas dañinas. Las fantasías suelen persistir, pero los sobrevivientes pueden dejar de sentir la vergüenza y la intimidad frustrada que a menudo las acompaña. Una sobreviviente habló sobre cómo pudo dominarlas:

> Pasé varios años tratando de detener las fantasías de abuso que tenía durante el coito. Conseguí dominarlas bastante y convertirlas en imágenes cada vez menos degradantes. Pero aún seguía frustrada y enojada por el hecho de que siguieran atrayéndome. Pueden detonar con mucha facilidad en mi mente. Llegué a un punto en que dejé de sentirme mal por tenerlas. Simplemente acepté que a veces estuvieran ahí. Ahora, cuando aparecen, hago todo lo posible por no concentrarme en ellas. Me aferro al presente, pienso en quererme a mí misma si estoy sola, o en amar a mi pareja si estoy con él. No dejo que las fantasías interfieran con gustarme a mí misma o con sentirme cerca de mi pareja.

Prevé experimentar emociones encontradas cuando dejes de involucrarte en sexo negativo. En un momento puedes sentir emoción y ánimo y al siguiente desaliento y tristeza. Sigue adelante. No te rindas.

Dejar ir cosas siempre es una pérdida, incluso cuando lo que sueltas es una conducta que te daña. Llora la pérdida, pero deja ir el daño.

Aprende a evitar las recaídas. En Alcohólicos Anónimos hay un dicho muy conocido: "La recaída es parte de la recuperación". Esto es verdad también para los sobrevivientes que quieren escapar del mal sexo. La recuperación no es algo estable. Caminas. Te caes. Te levantas y vuelves a caminar.

Algunas recaídas son evitables. Pregúntate: *¿Qué necesidad satisface esta conducta? ¿De qué otra manera puedo satisfacer esta necesidad?* Si el sexo relacionado con el abuso aliviaba el estrés, prueba con técnicas de relajación, haciendo ejercicio o meditando. Si el sexo perjudicial te conectaba con otras personas, únete a un club, practica deportes, come con un amigo. Encontrar alternativas saludables reduce la tendencia a ver la antigua conducta como la única respuesta a tu alcance.

Las recaídas pueden minimizarse y evitarse si estableces ciertas normas para tu conducta sexual. Si estás tratando de no involucrarte sexualmente demasiado pronto en una relación, puedes limitar las primeras citas con alguien y hacerlas de día y con grupos de amigos. Si estás dejando el sexo cuando estás medio dormido, puedes hablar con tu pareja sobre la situación para convenir en que no está bien el sexo si primero no se ven a los ojos y hay un consentimiento verbal.

Podemos reducir la probabilidad de la recaída mejorando nuestra autoestima y liberándonos de la vergüenza. Reconoce tus logros. Satisface tus deseos saludables. Establece un estilo de vida que equilibre las obligaciones y las actividades satisfactorias.

Otra manera de evitar las recaídas es identificar tus detonadores (véase el capítulo 7). Cuando un escenario físico, el comportamiento de una pareja o algo más te recuerda el abuso sexual, ahora ya puedes estar consciente de que es probable que respondas retirándote o bien actuando compulsivamente. Esa conciencia te permitirá controlar cómo reaccionas.

En una ocasión di terapia a una pareja en la que la sobreviviente, que se había estado absteniendo del sexo, hacía buenos progresos. Poco a poco se iba sintiendo más cómoda con la intimidad física con su esposo, y me aseguraba que tenía contacto con él solo cuando lo deseaba realmente. Pero en la noche de su decimocuarto aniversario de bodas empezó a sentirse culpable por no haber sido abiertamente sexual con su esposo durante mucho tiempo. Sin darse cuenta había empezado a presionarse para tener sexo movida por un sentido de obligación. Llevó a sus hijos a la casa de su madre, compró una botella de champaña, se puso un camisón sexi, y cuando su esposo entró por la puerta lo sedujo. A mitad del acto sexual ella se retiró, sintiéndose emocionalmente distante y deprimida. Pasaron meses antes de que tuviera ganas de volver a explorar cualquier clase de intimidad física. Al recordar la experiencia se daba cuenta de que el sentimiento de culpa y haber actuado por obligación habían desencadenado su recaída.

Algunos sobrevivientes planean con antelación lo que harán si empiezan a recaer. Esto puede implicar alejarse de un ambiente riesgoso, hablar con una persona que nos dé apoyo, escribir en un diario o recurrir a una variedad de conductas positivas alternativas.

Cuando las recaídas ocurran —y probablemente las habrá—, mantén una actitud positiva. Las recaídas arrojan información que puede ayudarte. Pregúntate qué la detonó y de qué manera podrías haberla evitado. Verlos en retrospectiva puede ayudarte a reducir la cantidad de resbalones en el futuro. No te odies por equivocarte. Aprende, y rápidamente vuelve a la pista.

Detener tus conductas sexuales dañinas puede traer consigo muchos cambios positivos. Te vuelcas en la creación de la vida que deseas, en vez de reaccionar a lo que otros te han hecho. Puedes protegerte para no adoptar inconscientemente el papel de víctima en tus relaciones. En ese momento de tu vida puedes asumir la responsabilidad de ti mismo y de tu futuro. Cuando te haces responsable de tus acciones, aceptas y das la bienvenida a tu fuerza y poder. Tom, sobreviviente de incesto de padre a hijo, narró:

> La mayor parte de mi vida adulta mi expresión sexual estuvo atada a una necesidad desesperada de tener a alguien que me amara y me aprobara. Tenía relaciones sexuales para tener cercanía. Más adelante me sentí usado. Sexualmente estaba fuera de control.
>
> Últimamente me he estado gustando más y confiando más en mí. Me doy cuenta de que lo que hago y lo que tengo para dar es importante. Por primera vez he estado estableciendo límites.
>
> Es hora de que me haga cargo de mi vida y sane. Quiero desacelerar las cosas y aprender a lidiar por mí mismo con mis propias reacciones y necesidades. Para reconocer mi valor humano tengo que pasar una temporada sin ser sexual.

Muchos sobrevivientes sienten una necesidad parecida de abstenerse temporalmente del sexo para darse tiempo de curar por completo y aprender nuevas formas de comportamiento. Cuando sientas que ya dominas las técnicas que te permitan detener las conductas sexuales dañinas, puedes desear tomar unas vacaciones sin sexo. Así como descansar del trabajo puede ayudarte a recobrar la perspectiva y renovar tu energía, un descanso del sexo puede darte la oportunidad de cambiar la manera como el sexo se adapta al resto de tu vida.

Camino 2. Toma unas vacaciones sanadoras del sexo

Las heridas emocionales del abuso sexual, al igual que las heridas físicas, necesitan tiempo para sanar. Sin embargo, como soldados heridos que enseguida regresan a la batalla, muchos sobrevivientes nunca se dan la oportunidad de descansar y recuperarse. Sus heridas siguen doliendo. Los sobrevivientes pueden sentir que tienen la carne viva y darse cuenta de cuánto los lastimaron.

Necesitas un descanso para sanar, un tiempo para procesar tus sentimientos y sintonizar con tu propio ser, al margen de tus exigencias sexuales. Poco a poco puedes aprender a sentir, confiar y disfrutar de tu yo sensual.

Unas vacaciones sin sexo pueden liberar la energía emocional que necesitas para sanar del abuso sexual. En esas vacaciones ya no tienes que sentirte ansioso o amenazado o controlado por el sexo: tienes una prórroga. La energía que habías reservado para preocuparte y obsesionarte con el sexo ahora puede fluir hacia tu recuperación sexual.

Crea tus propias vacaciones. Hay muchas maneras de tomarse unas vacaciones para sanar. Tendrás que diseñar unas vacaciones que se ajusten a tu situación y necesidades actuales. He aquí algunas alternativas a tomar en cuenta a la hora de planearlas.

1. Abstente de toda actividad sexual y contacto íntimo.
2. Abstente de actividades sexuales que supongan estimulación genital, como masturbación y coito, pero permite otro tipo de contacto íntimo, como besos y abrazos.
3. Abstente de tener relaciones sexuales con otras personas, pero permítete la autoestimulación.
4. Abstente solo de algunos tipos de actividad sexual. Por ejemplo, si tienes una pareja íntima, tal vez no desees caricias sexuales o espere de ti que la toques sexualmente. Pero tal vez te sientas cómodo abrazándola mientras él o ella se masturba.

Tus vacaciones sanadoras deben durar tanto como tú quieras. Si bien hay sobrevivientes que se sienten satisfechos con vacaciones curativas que duren entre varias semanas y varios meses, he notado que muchos normalmente necesitan por lo menos tres meses de descanso para empezar a sentir sus beneficios. Recomiendo tomarse entre tres meses y un año. Algunos sobrevivientes, sobre todo los que padecieron abusos graves y muy traumatizantes, tal vez necesiten más tiempo.

Algunas vacaciones ponen a los sobrevivientes completamente a cargo de la situación: nada de intimidad física a menos que ellos la inicien. Esto puede ayudar a quienes se sienten agobiados cada vez que alguien trata de abrazarlos, acariciarlos o besarlos. Es posible que hayan sentido que toda caricia conduce al sexo. Necesitan las vacaciones para aprender a sentirse físicamente a salvo, dueños de la situación y relajados.

Los sobrevivientes que no tienen actualmente una relación pueden optar por llevar una vida célibe por un tiempo. Si asocias salir con otros con tener sexo incontrolado, tal vez lo mejor sea abstenerte por completo de tener citas durante tus vacaciones sin sexo. Una mujer soltera sobreviviente de abuso sexual infantil y de violación durante una cita describió así su experiencia:

> Durante once después de la violación me mantuve célibe, y entonces empecé a enfrentar seriamente los problemas del abuso. Ese tiempo me dio el espacio para liberarme de los juicios críticos y las voces que habían actuado como rocas encadenadas a mis pies. Solo consentía las caricias que deseaba. Empecé a apreciar conscientemente mi propia sexualidad y a admitirla como parte de mí.

Los sobrevivientes que tienen una relación comprometida necesitan la cooperación de sus parejas para que las vacaciones funcionen. Debido al impacto que las vacaciones sin sexo pueden tener en una relación íntima, es importante que los sobrevivientes hablen con sus parejas sobre su deseo y las razones para tomar unas vacaciones sin sexo. Evidentemente, la idea de suspender toda actividad sexual por un rato puede asustar y disgustar a la pareja. Pueden temer que esas vacaciones signifiquen que sus problemas sexuales vayan de mal a peor. A la pareja puede preocuparle si alguna vez volverán a tener sexo. A una pareja que ya se siente sexualmente rechazada, la posibilidad de meses y meses de inactividad sexual puede resultarle deprimente.

Pero en esas vacaciones no es necesario que la pareja se sienta olvidada. Su papel en este tiempo es sumamente importante para sanar la sexualidad y para sentar las bases de una futura intimidad. En los siguientes capítulos estudiaremos detenidamente los sentimientos de las parejas, y veremos cómo los sobrevivientes y sus parejas pueden trabajar juntos en la sanación durante las vacaciones. También aprenderás una variedad de ejercicios progresivos para reaprender a tocar y resolver problemas sexuales. Puedes empezar a practicar algunos durante esas vacaciones. Aunque tomar vacaciones puede sonar como algo pasivo, no lo es. De hecho, puede ser el periodo más activo y productivo de tu sanación sexual.

Si la idea de las vacaciones te aterra, pregúntate por qué. Tu respuesta tal vez también te ayude a entender tus posibles miedos o adicciones. Cuando comparas tres, seis o más meses de vacaciones con el sufrimiento de toda tu vida, no parecen tan largos. Muchos sobrevivientes con los que he trabajado me dicen que unas vacaciones sanadoras son el paso más importante que han tomado para avanzar en su sanación sexual.

¿Cómo pueden ayudarte unas vacaciones sin sexo? Consideremos el tipo de sanación que puede darse en unas vacaciones sin sexo y por qué el descanso de la actividad sexual posibilita este proceso. Las tres tareas fundamentales que pueden lograrse durante las vacaciones sanadoras son:

- Sanar tu yo sexual.
- Resolver problemas relacionados con el abuso.
- Aprender nuevas maneras de relacionarse y tocar.

SANAR TU YO SEXUAL. Quienes fueron víctimas de abusos en la infancia tal vez no puedan recordar un periodo de su vida en el que no tuvieran actividad sexual. Una infancia segura e inocente es un derecho inalienable que posiblemente se te arrebató. Al darse un descanso en la edad adulta, los sobrevivientes pueden crear una edad de la inocencia, experiencia que nunca tuvieron. Es una manera de reivindicar activamente una parte perdida de la infancia, una forma de poner el sexo en saludable perspectiva.

Rhonda, sobreviviente soltera de treinta años, sufrió abusos sexuales de su padrastro de los ocho a los doce años. Desde entonces se ha visto envuelta en una tórrida relación pasajera tras otra. Se acostaba con distintos hombres a los pocos días, o incluso horas, de haberlos conocido. El sexo era el objetivo principal de sus encuentros. La primera vez que Rhonda se planteó descansar un tiempo del sexo se aterró. Necesitó varios intentos antes de conseguirlo finalmente. A los seis meses de vacaciones algo especial empezó a suceder: empezó a sentirse inocente sexualmente. Como explicó:

Me sentía fresca y nueva. Ahora pienso en mí como una virgen. El otro día me puse un vestido blanco y un collar de perlas para ir a una fiesta. Me sentí especial y buena de una manera que nunca antes conocí. Incluso empecé a usar aceite de oliva *extra virgen* para cocinar.

La virginidad es más un estado de la mente que del cuerpo. Está relacionada con verte como alguien presexual, puro, íntegro, que explora y que se protege a sí mismo. Independientemente del abuso y las experiencias del pasado, si te tomas un respiro de la sexualidad adulta podrás recuperar para ti la experiencia de la virginidad.

Darse unas vacaciones curativas sin sexo crea una oportunidad para reparar el daño que se hizo a tu desarrollo social y sexual. Cuando no se abusa sexualmente de los niños, normalmente atraviesan etapas de crecimiento que los preparan para relaciones y contactos sexuales futuros. Entre estas etapas se cuentan *sentirse físicamente a salvo y protegidos del sexo explícito, sentirse amados por quienes son, disfrutar el tacto y las sensaciones, adquirir curiosidad sexual, iniciar relaciones sociales y entablar amistades significativas y formas no sexuales de intimidad*. Más adelante en la vida podrán elegir tener sexo desde un lugar que les ofrezca disposición, elección y un sano entusiasmo.

Las vacaciones sanadoras del sexo pueden permitir a los sobrevivientes aprender a protegerse sexualmente. Son buenos momentos para tomar cursos de reafirmación personal y de autodefensa. Así, los sobrevivientes se familiarizan con sus deseos y necesidades personales y pueden reivindicar límites saludables que garanticen su autonomía. Los sobrevivientes también aprenden a derribar poco a poco los muros de miedo detrás de los que se han ocultado.

Las vacaciones curativas nos dan tiempo para convertirnos en nuestro propio progenitor interno, protector y bienhechor, que es capaz de establecer límites a partir del amor y el respeto a nosotros mismos. Como descubrió un sobreviviente:

> Mi primera relación tiene que ser la que tengo conmigo mismo. Nadie puede resarcirme por lo que sufrí. Tengo que aprender a amarme y a apreciar mi sexualidad por mí mismo.

Durante las vacaciones del sexo, los sobrevivientes tienen la oportunidad de aprender nuevas perspectivas del contacto. *Las caricias se pueden explorar gradualmente.* Las técnicas y ejercicios que se presentan más adelante están pensados para ayudarte. Los sobrevivientes pueden aprender que el contacto puede ser placentero en sí mismo, y no necesariamente algo que automáticamente desemboque en el sexo. También pueden aprender cómo expresar sus sentimientos mediante las caricias y que pueden obtener cariño del contacto amoroso de otras personas, como recordó este sobreviviente:

> Ya que me aseguré de que no tenía que tocar, empecé a *desear* explorar gradualmente el contacto físico con mi pareja. Empezamos con cosas sencillas, como tomarnos de la mano, sentarnos cerca el uno del otro, abrazarnos y acurrucarnos. Luego, ya que me sentí cómodo con estas actividades, nos dimos masajes, nos besamos y acariciamos un poco. Con cada paso me sentí presente, realmente ahí, expresando amor y también recibiéndolo. Mientras sigo explorando las caricias sé que necesitaré mucho tiempo y mucha paciencia.

Las vacaciones les dan a los sobrevivientes que se han retirado de la actividad sexual la oportunidad de entrar en contacto con sus impulsos y deseos sexuales innatos. Al ya no sentir la presión constante del sexo, y al ya no tener que defenderse de ella, los sobrevivientes pueden sintonizar con las cálidas y cosquilleantes sensaciones genitales y las fantasías sexuales saludables que naturalmente vienen y van. Algunos se dan cuenta por primera vez de que tienen impulsos sexuales. Aprenden a identificar sus experiencias como señales de una sexualidad sana. Con frecuencia descubren un mundo que no habían conocido. Una sobreviviente de abuso sexual infantil en el contexto de rituales sádicos que se tomó unas vacaciones sin sexo de un año, explica cómo la ayudaron:

> Ayer vi a un hombre y a una mujer montando en bicicleta por el campo. Era un día frío y lluvioso, pero al pasar en coche junto a ellos observé que iban sonriendo. Mi mente se puso a fantasear sobre lo lindo que sería si mi esposo y yo saliéramos juntos en bicicleta como ellos y luego volver a casa, darnos un regaderazo para calentarnos y después abrazarnos. La idea me sorprendió. Esa fue la primera fantasía sexual positiva que tuve en la vida.

Las vacaciones también pueden ofrecer un tiempo seguro para aprender sobre los impulsos sexuales de una manera diferente y exenta de abuso. Los sobrevivientes que alguna vez han estado atrapados en hábitos compulsivos descubren que no se mueren sin sexo. Aprenden que es posible sentir impulsos sexuales y no actuar en consecuencia.

RESOLVER PROBLEMAS RELACIONADOS CON EL ABUSO. Unas vacaciones sin sexo pueden ser un buen momento para trabajar en otros problemas relacionados con el abuso. Sin la constante preocupación de tener sexo, algunos sobrevivientes descubren que los recuerdos del abuso salen más fácilmente a la superficie en los sueños y en terapia. Es como si la mente inconsciente ya no está en guardia y ahora puede relajarse y dejar que las experiencias pasadas del abuso emerjan.

Sentimientos fuertes como la traición, el enojo, la tristeza y el duelo con frecuencia afloran justo cuando los sobrevivientes están resolviendo problemas generales relacionados con el abuso. Es posible que se depriman profundamente, deseen golpear cosas, lloren mucho o tengan pesadillas. Pueden sentirse especialmente vulnerables. Las vacaciones sin sexo le permiten a un sobreviviente acceder a soltar esas poderosas emociones con mayor facilidad. Más adelante, cuando reanuden el sexo, serán más capaces de disfrutar la intimidad.

Como el sobreviviente se siente a salvo y protegido durante las vacaciones, estas también pueden ser un buen momento para aprender a lidiar con los detonadores y las reacciones automáticas. Saber que no *tienes* que ser sexual puede darte serenidad para enfrentar y analizar los detonadores que pudieron haberte perturbado o aterrorizado durante el sexo.

El trabajo sanador no sexual que se hace en ese tiempo también puede ser fundamental para la recuperación sexual a largo plazo de un sobreviviente. Cuando no se han resuelto los sentimientos relacionados con el abuso, estos tienden a volcarse en nuestro fuero interno, o bien a proyectarse en la pareja, lo que vuelve más lento el proceso de sanación. Si la pareja sigue presionando para tener sexo, es posible que el sobreviviente la confunda con el agresor. El enojo destinado al agresor puede terminar dirigiéndose a la pareja. Si esta está dispuesta a abstenerse del sexo, el sobreviviente tal vez deje de pensar inconscientemente en ella como el agresor.

APRENDER NUEVAS FORMAS DE RELACIONARSE Y ACARICIARSE. En la seguridad y la confianza que les dan las vacaciones sin sexo, los sobrevivientes pueden dar un nuevo giro a su sanación sexual e iniciar el proceso de reconstrucción. Pueden aprender técnicas para abordar las caricias y la sexualidad de una nueva forma, y encontrar la manera de sustituir las prácticas sexuales dañinas a las que pusieron fin con un comportamiento nuevo más sano. Al entrar en esta nueva fase de sanación estás, en efecto, reinventándote a ti mismo. Estás dando forma a nuevas actitudes, nuevas conductas y nuevas respuestas. Mientras avanzas debes cuidar que tu nuevo yo sexual sea fuerte y seguro de sí mismo. En esta ocasión te toca ser la persona que quieres ser, no la que el agresor te dijo que eras o la que creíste ser debido al abuso. También tienes la oportunidad de establecer y fomentar el tipo de relación que deseas.

Pedí a varios sobrevivientes que describieran su relación ideal. En su lista de deseos figuraban el amor, la risa, las lágrimas, el respeto, la amistad, la confianza, el cuidado y el apoyo. Un sobreviviente dijo: "Necesito que me traten con cariño". Otro expresó: "Necesito una pareja que esté comprometida con su crecimiento personal y que también pueda hablar de sus problemas. No quiero ser 'el enfermo' de la relación". Yendo más allá del mero deseo, otra sobreviviente planteó lo siguiente:

> Siento que ahora tengo en una relación ideal. Mi compañero es amoroso y me apoya. Está dispuesto a abrazarme y a escucharme cuando hablo de cosas tristes o dolorosas. Ha estado conmigo en los distintos altibajos a lo largo de mi sanación. Ha aceptado mi necesidad de espacio y de momentos a solas. Ha aprendido sobre el abuso y la sanación. Me ha dicho que me ama y respeta más porque, a pesar de lo que soporté, me convertí en la mujer que soy.

¿Cómo sería tu relación ideal? Durante tus vacaciones sanadoras date tiempo para imaginar la clase de relación que deseas, y sabe que te estás ayudando a hacerla realidad.

Unas vacaciones sanadoras les dan a los sobrevivientes tiempo para construir relaciones lenta y cuidadosamente. Podemos *primero entablar amistad* y evitar los problemas que surgen por precipitarse a la intimidad física. Independientemente de si eres soltero o tienes una relación duradera, es importante que conozcas a las personas primero como amigas antes de siquiera plantearte tener sexo con ellas. Las vacaciones sanadoras te dan tiempo para hacerlo.

En el sexo sano y no abusivo, las relaciones íntimas *siempre* se basan en la amistad. En una amistad, el núcleo de la relación se encuentra en cosas como los intereses comunes y un sentimiento de confianza. Conoces a las personas por quiénes son y les haces saber quién eres tú. Con los amigos aprendes a ser vulnerable y a hablar con franqueza de lo que sientes y lo que piensas, sin la presión añadida de preocuparte por si seguirán viéndote como "atractivo", "femenina" o "masculino". Para sentirte relajado y cómodo cerca de otras personas casi siempre necesitas sentirte bien contigo mismo y desprenderte de la influencia inhibidora de los estereotipos de los roles sexuales aprendidos o reforzado con el abuso.

Si piensas que eres una víctima fácil de los estereotipos y de los roles sexuales y de otros prejuicios sociales, y que estos te impiden "ser tú mismo con tu pareja", te convendría probar un ejercicio al que llamo *Ponerse las anteojeras* (véase el recuadro siguiente).

PONERSE LAS ANTEOJERAS

Tal vez hayas observado que los caballos que tiran de carruajes suelen llevar unas anteojeras negras que les impiden mirar a los lados. Imaginemos que también nosotros tenemos anteojeras. Nuestras anteojeras evitan que nos demos cuenta de qué sexo somos y de qué sexo es otra persona mientras conversamos con ella. Nuestras anteojeras nos ayudan a ocultar los prejuicios sexistas, de manera que podemos expresar directamente nuestros pensamientos y sentimientos. Aprendemos a escuchar a otros *por lo que tienen que decir*, en vez de concentrarnos en el sexo de la persona que habla. Cuando hablamos con los demás expresamos nuestras ideas y valores individuales, no el hecho de que seamos hombre o mujer.

Puedes ponerte anteojeras el día que conoces a alguien por primera vez. Imagina que eres una mujer heterosexual a la que acaban de presentarle a un hombre atractivo. En vez de perderte pensando en qué guapo es y en la imagen que proyecta, puedes ponerte las anteojeras, escuchar lo que está diciendo y observar lo que hace *como ser humano*. Pregúntate: ¿Y si esta persona fuera una mujer de 60 años? ¿Estaría de acuerdo o en desacuerdo con ella? ¿Respeta mis ideas y sentimientos? ¿Me gusta cómo se relaciona conmigo y con otros? ¿Es una persona cariñosa y responsable? ¿Me siento atraída a ella por los valores e ideas que representa y expresa?

Ponernos anteojeras nos ayuda a ser nosotros mismos y fijarnos en quiénes son los demás, lejos de los estereotipos sexuales. Prueba este ejercicio en tu siguiente conversación.

Relacionarnos con las personas como humanos y no como objetos o estereotipos, nos ayuda a sentirnos mejor con nosotros mismos. Un sobreviviente manifestó:

Ahora estoy mucho más consciente de lo que pasa en mi cabeza y con mis emociones cuando alguien se interesa en conocerme. Puedo refrenar mis tendencias de acercarme a las personas de manera sexual. Hoy en día el sexo es algo que yo controlo. Puedo conseguir que mis acciones sean expresiones apropiadas de afecto, amistad y amor.

Tener una amistad primero nos permite establecer relaciones basadas en la igualdad y el respeto mutuo. Un hombre de quien su madre abusó de niño describió así su experiencia.

Solía ser agradable con las mujeres para conseguir sexo. Ahora tengo amigas. Puedo expresar mi necesidad de amor y cercanía de maneras no sexuales. Con ellas me siento como un igual, y eso me hace sentir mucho mejor con mi yo sexual. En el pasado consideraba que las mujeres eran sanas y que yo no lo era. Ahora veo que también ellas tienen miedos y necesidades, a la vez las veo como personas saludables y adaptadas.

La amistad es una buena base desde la cual puede desarrollarse una relación íntima. Sin la confusión y las expectativas que suelen crearse cuando se tiene sexo, puedes descubrir si otra persona te acepta como eres y se siente cómoda consigo misma. Como dijo una sobreviviente:

> Al principio de nuestra relación, mi novio actual y yo nos conocimos en eventos sociales con amigos. Luego pasamos tiempo corriendo en la playa, viendo películas, paseando a los perros, y con otras actividades divertidas y sin presiones. Dejamos que las cosas ocurrieran sobre un acuerdo sólido y mutuo mientras nos íbamos conociendo mejor.

Una vez que hayas establecido una amistad, puedes emplear tus vacaciones sin sexo para darte permiso de salir con alguien y disfrutar un periodo de cortejo no sexual. Ya sea que tengas o no una relación comprometida, salir con tu pareja sin que se planteen el sexo puede ser importante para sanar tu sexualidad.

Para los sobrevivientes que tienen relaciones comprometidas y duraderas, volver a "salir" ahora, durante tus vacaciones sanadoras, puede darte la oportunidad de crear un contexto romántico para sus relaciones sexuales futuras. Hasta en las parejas mejor adaptadas, los individuos y las circunstancias cambian. La pareja tiene que averiguar más acerca de las ideas y sentimientos del otro. Tener una cita con tu pareja, incluso si llevan años de conocerse, construye un momento especial a solas, sin las presiones de las tareas hogareñas y la crianza de los hijos.

El cortejo les da a los sobrevivientes solteros oportunidad de conocer a su potencial pareja gradualmente, paso a paso, a lo largo de un periodo prolongado. Se necesitan muchos encuentros con otra persona, en diferentes circunstancias, para determinar si sería una buena pareja para ti. Es fácil que nos dejemos engañar por las primeras impresiones. Una vez más, las vacaciones para sanar te dan tiempo para construir tu relación cuidadosamente.

Aunque pueda parecer mucho tiempo, sugiero que los sobrevivientes solteros inviertan por lo menos siete meses en las citas con una nueva pareja antes de que consideren tener actividades sexuales explícitas. Esto les da a los sobrevivientes tiempo para construir confianza, establecer una comunicación abierta y llegar a sentirse cómodos con las caricias. Puedes mencionar tu historia de abuso un poco cada vez, cuando te parezca apropiado, y observar si tu potencial pareja tiene la capacidad de apoyarte emocionalmente en cuestiones de abuso sexual. Juntos pueden descubrir si tienen objetivos similares a largo plazo para una relación futura, y si tu nuevo compañero puede respetar tu necesidad de controlar el ritmo y ponerle límites a la intimidad física.

Los sobrevivientes solteros deben ser cautelosos también por los tiempos peligrosos que corren. Esos meses de celibato pueden servir para que hacerse la prueba del sida y de otras enfermedades de transmisión sexual. Averigua si la persona con la que estás saliendo se preocupa por la salud sexual.*

Concluir las vacaciones sin sexo. Las vacaciones sanadoras acaban cuando los sobrevivientes se sienten listos para explorar la sexualidad como expresión de atención y autocuidado, o para compartir íntimamente con la pareja. Debes ir despacio y dar pasos graduales para conseguir la intimidad sexual. Al ir lentamente te darás tiempo de integrar nuevas experiencias sexuales con otros aprendizajes de la sanación sexual, como desarrollar un significado positivo del sexo, mejorar tu autoconcepto sexual, lidiar con las reacciones automáticas y suspender viejas conductas sexuales dañinas.

El sexo debe nacer de un deseo creciente de acercarte *emocionalmente* a tu pareja. Que te guste quien es tu pareja, disfrutar sus caricias, divertirse cuando están juntos, poder hablar de temas sexuales, sobre anticonceptivos y protección de enfermedades de transmisión sexual, todas estas son buenas señales de que pasar a un nivel más profundo de intimidad física sería oportuno para ustedes.

No sería realista esperar que las cosas salgan bien si te lanzas al pleno sexo después de prácticamente haber tenido poco o nada de sexo. Tras unas vacaciones sin sexo lo mejor es acostumbrarse al acto sexual gradualmente, dando un pequeño paso a la vez. No se presionen ni se precipiten. Empiecen con experiencias sencillas y no amenazantes, como tomarse de las manos, abrazarse y besarse. Trabajen para alcanzar experiencias que sean más íntimas y en algún momento sexuales.

* Para más información sobre cómo formar relaciones de pareja saludables, véanse las páginas sobre "Habilidades sexuales saludables" en mi sitio web: www.HealthySex.com.

Si surge la necesidad, las vacaciones sin sexo se pueden repetir más adelante . Cuando las vacaciones terminan, los sobrevivientes pueden apreciar diferencias considerables en su manera de abordar las relaciones y el sexo. Varios sobrevivientes contaron sus experiencias:

Antes veía el sexo como algo fundamental para atraer y conservar la relación con una pareja. Creía que el sexo era la clave de la intimidad. Ahora creo que es fundamental construir la relación *antes* de involucrarse sexualmente. Veo el sexo como el fruto de la intimidad y la intimidad como algo que tiene muchas dimensiones aparte de las sexuales.

Antes solía escoger a mis novios primero por cómo funcionábamos en la cama, y después por si me gustaban. Eso ha cambiado. Quiero estar con una persona que me gusta y no ser sexual con ella hasta conocerla mejor.

Ahora el sexo es mucho menos importante para mí. Alguna vez pensé que si no pudiera tener sexo por el resto de mi vida no desearía vivir. Ahora disfruto más la cercanía emocional.

Doy un valor distinto a mi actividad sexual. Veo el sexo como una forma de comunicar sentimientos. Separo la tensión sexual de la necesidad de compañía porque he enriquecido mis relaciones con amigos para obtener el amor que necesito, más que "venderme" a cambio de atención.

Con el tiempo, las vacaciones sin sexo pueden llevar al disfrute del sexo en un contexto muy diferente y mucho más sano.

Camino 3: Establecer normas saludables para los encuentros sexuales

Otra manera en la que los sobrevivientes pueden hacer cambios positivos en su comportamiento sexual es estableciendo nuevas normas para los encuentros sexuales. Dichas normas pueden ser la clave para crear cambios de conducta duraderos y saludables para los sobrevivientes que han abandonado conductas dañinas o que han tomado unas vacaciones sanadoras sin sexo. Las normas establecen límites para que puedas sentirte seguro en el sexo, y pueden implantarse en cualquier momento.

A continuación se presentan algunas sugerencias para normas saludables. (Siéntete libre de añadir o adaptar la lista a tus necesidades).

Ten sexo solo cuando verdaderamente lo desees. En primer lugar, analiza tus razones para tener sexo. Pregúntate por qué quieres tenerlo. Si la respuesta es algo como "Porque debería quererlo", "Porque debo tenerlo" o

"Porque mi pareja ya esperó suficiente", entonces no es el momento. Si tienes sexo cuando te sientes presionado a hacerlo o culpable por no hacerlo, corres el riesgo de reavivar viejas conductas negativas. El sexo, cuando no estás listo, puede traducirse en enojo, resentimiento y vergüenza.

Adopta un papel activo en el sexo. Tienes que poder controlar tu propia experiencia sexual e iniciar la clase de actividades sexuales que quieres. Cuando tu pareja inicie el sexo, comunícale lo que te haría sentir cómodo. Si bien a algunas personas puede preocuparles que hablar arruine una experiencia sexual, lo cierto es que para los sobrevivientes hablar es siempre mejor que callar. El silencio es lo que recuerdan de cuando fueron víctimas. Necesitamos hablar y hacer el amor, hacer el amor y hablar.

Los sobrevivientes deben tener un papel activo en el sexo cada vez. Asegúrate de que te involucres en una actividad sexual solo mientras te sientas cómodo participando en ella. Dirige la experiencia y termínala como tú quieras y cuando tú quieras.

A algunos sobrevivientes les sirve imaginar el encuentro sexual antes de participar en él. Tal vez una mujer quiera que la acaricien sin ropa. Primero puede imaginar el momento del día y el lugar en el que quiere tener esa experiencia. Luego puede imaginar que se quita únicamente la ropa que le permite seguir sintiéndose cómoda. Luego puede imaginarse que toca y acaricia partes de su cuerpo y el de su pareja. Piensa en lo cómoda que se siente al ser acariciada. Considera cuánto tiempo le gustaría que durara la experiencia, y después se imagina abrazando a su compañero y acurrucándose con él al final de su encuentro. Ahora que tiene una idea de cómo le gustaría que ocurriera de principio a fin, puede hablar con su pareja. Pueden planearlo juntos.

Si bien tener idea de lo que quieres hacer puede ayudar a crear experiencias positivas, es importante que no te obsesiones con determinado resultado, como que tu pareja o tú tengan un orgasmo. En la sanación sexual hacer del orgasmo el objetivo puede fácilmente provocar que te sientas presionado y que pierdas el contacto íntimo con tu pareja. Mejor concéntrate en sentirte cálido, cómodo, cercano y amoroso, haya o no un orgasmo. Con este enfoque el sexo se plantea como una manera de fortalecerte o de compartir momentos especiales con tu pareja.

Date permiso de negarte a tener sexo en cualquier momento. El sexo debe ser tu elección, no solo siempre, sino también en cada encuentro. Muchos sobrevivientes sienten que una vez que han dado su consentimiento tienen que seguir hasta el final. Tenemos pensamientos como "No sería justo para mi pareja parar a la mitad" o "Si dije que sí, ahora debo hacerlo". Esto está mal. Los sobrevivientes se preocupan innecesariamente de que excitarse y luego detenerse pueda provocarles un dolor físico a ellos o a sus parejas. Negarte la libertad de decir que no en cualquier momento solo dificultará tu proceso de sanación y volverá a despertar los viejos sentimientos de obligación o coacción.

Recuerda esta regla: *No puedes aceptar tener sexo a menos de que en cualquier momento puedas decir que no.* Imaginemos que un hombre sobreviviente está teniendo relaciones sexuales con su novia y se da cuenta de que quiere detenerse, pero percibe que ella está camino de tener un orgasmo. Él necesita poder darse permiso de llamarle la atención suavemente para hacerle saber lo que le pasa. Su novia tiene que ser receptiva a su necesidad de detenerse.

Podrás seguir esta norma más fácilmente cuando tanto tú como tu pareja crean que estar de acuerdo con tener sexo significa que están expresando su *voluntad de explorar posibilidades sexuales,* no su compromiso de tener sexo de principio a fin. Define con tu pareja las formas de detenerse que pudieran hacer de esa experiencia algo fácil y tranquilo. Una pareja me comentó que siempre que necesitaban detener la actividad sexual la sustituían por un dulce abrazo.

Al hacer cambios en la conducta sexual, el sexo se puede convertir en una experiencia completamente distinta de lo que era antes para ti. La imagen del antes y el después puede ser sorprendente. Después de un año de sanación sexual, una sobreviviente describió así el progreso:

Antes, yo no hacía valer mis necesidades sexuales. No tocaba a mi pareja y abordaba el sexo de manera pasiva. Prácticamente nunca hablábamos mientras duraba. Yo sentía que se me faltaba al respeto, que se me humillaba y se me utilizaba. Pensaba en mi disfrute del sexo como algo malo que me hacía una mala persona.

Ahora mantengo a mi compañero informado de cómo me estoy sintiendo y qué necesito. Inicio las caricias y le pido que en ocasiones sea pasivo para que yo pueda disfrutar de las caricias sintiéndome a salvo. Puedo parar e interrumpir el sexo cuando lo necesito. Estoy consciente del amor y el respeto de mi pareja hacia mí. Experimento mi disfrute como algo natural y positivo. Estos cambios han sido liberadores: me han permitido sentirme mejor conmigo misma y establecer una nueva y más profunda cercanía con mi pareja.

La sanación implica el apoyo y la participación de una pareja. De hecho, el papel de la pareja se vuelve más importante conforme la sanación progresa. Hasta ahora nos hemos concentrado principalmente en las experiencias y las necesidades del sobreviviente. Pero en el caso de los sobrevivientes que tienen relaciones íntimas, el abuso ha afectado también a otra persona. En el siguiente capítulo veremos cómo las parejas se vuelven víctimas secundarias del abuso sexual y analizaremos formas en las que las parejas pueden trabajar junto con los sobrevivientes en la sanación. Como un equipo íntimo, tu pareja y tú pueden superar el daño que el abuso sexual ha provocado a su relación sexual.

Para los sobrevivientes que actualmente no tienen una relación, el capítulo 9 presenta información útil sobre las dinámicas que podrían surgir en una relación futura. Si eres un sobreviviente que en el pasado ha visto fracasar sus relaciones, tal vez el capítulo 9 te ayude a entender qué salió mal y te muestre qué puedes hacer diferente en el futuro.

9

Sanar con la pareja

*Sanar con mi pareja ha sido una de las cosas
más difíciles que haya hecho jamás.
Hemos aprendido a transformar los momentos dolorosos
—cuando nos sentimos estancados, deprimidos y desesperanzados—
en oportunidades de crecer en lo personal
y fortalecer nuestra relación íntima.*
Una pareja

Hace varios años, cuando estaba impartiendo un taller para parejas sobre la sanación de los efectos sexuales del abuso sexual, conocí a Bill, de cuarenta años, sobreviviente de incesto, y a Patty, con quien llevaba diez años casado. A la hora de la comida los tres salimos a hacer pícnic en un prado muy bonito que había ahí afuera. En voz baja, que a menudo se quebraba por la emoción, Bill y Patty me hablaron con todo detalle de los problemas que el abuso sexual había provocado en su relación.

BILL: En los primeros años de mi matrimonio me sentía emocionalmente distante de Patty. Rara vez quería tener sexo, y solo me daban ganas cuando ella se vestía de manera seductora. No podía expresarle mi amor y al mismo tiempo tener sexo con ella. Era como si el sexo y el amor estuvieran en compartimentos separados. Durante el sexo no podía ponerle atención. Nunca la besaba; solo lo hacía para cumplir con la parte mecánica.

PATTY: A mí me preocupaba que no le resultaba sexualmente atractiva. Pensaba que su falta de interés en mí era problema mío. Parecía incapaz de verme como persona; recuerdo que una vez le dije que me sentía como un simple agujero. Bill no hablaba conmigo abierta u honestamente. Levantaba muros. Los dos nos alejamos emocionalmente de la relación. Fumábamos marihuana y tratábamos de olvidar nuestros problemas.

BILL: No me daba cuenta de que mis problemas tenían algo que ver con el abuso sexual sin hasta hace tres años, cuando empecé a soñar con tener sexo con mi madre. Después de un tiempo le hablé a Patty de mis sueños porque me sentía enfermo por tenerlos. Ella me animó a buscar terapia, cosa que hice, y a la larga me di cuenta de que los sueños eran recuerdos reales del abuso.

PATTY: Me impactó y sorprendió cuando Bill me contó lo que su madre le había hecho. Me entristeció que hubiera tenido que soportar eso cuando era niño y estaba furiosa con su madre. También me enojé con él. Aunque me daba cuenta de que había reprimido sus recuerdos del abuso, deseaba haberlo sabido antes. Eso habría explicado muchas cosas. Por años había estado culpándome a mí misma de nuestros problemas. Cuando mi enojo se aplacó lo sustituí con ansiedad. Temía lo que eso pudiera significar para nuestra relación sexual y todo el futuro de nuestra relación..

BILL: Mientras yo seguía en terapia para resolver los sentimientos en torno al abuso, nuestra vida familiar se volvía aún más tensa. Necesitaba separarme más de Patty emocionalmente. Ya no quería tener sexo. Tenía miedo de que si lo tenía perdería el sentido de mí mismo y mi poder. Nunca aprendí en qué consistían los límites emocionales o físicos. Si no ponía muros entre nosotros, me perdía completamente en los sentimientos y las necesidades de Patty. Si ella quería un abrazo yo me sentía controlado, como si fuera una exigencia. Sabía que mi "sí" no significaría nada a menos de que pudiera aprender a decir que no.

PATTY: Cuando empezamos a dormir en habitaciones separadas me sentí destrozada. Ya no podía contar con que estuviera ahí para apoyarme cuando lo necesitaba. Y sí lo necesitaba. Mi padre murió durante un incendio extraño en su casa. Yo tuve un aborto espontáneo y tuvieron que operarme por un bulto en un pecho. Todo ese tiempo, cuando le preguntaba a Bill si aún me amaba, su respuesta podía cambiar de *sí* a *no* y a *no lo sé*.

Inicié una terapia individual y empecé a ir a un programa de recuperación para tratar mis problemas de codependencia. Me di cuenta de que, debido a experiencias en mi niñez, yo había estado contribuyendo a nuestros problemas. Crecí en una familia que abusaba emocionalmente de mí. No es fácil que confíe en alguien; conmigo es todo o nada. Tiendo a centrarme más en los sentimientos de Bill que en mi propia experiencia.

BILL: Ahora los dos estamos trabajando para desarrollar un sentido de separación y fortaleza interior.

PATTY: ¡Y eso duele! No puedo llegar y espontáneamente abrazar o besar a Bill. Antes tengo que preguntarle. Muchas veces me rechaza. Mi expresión sexual se siente aplastada. Con la masturbación solo se atiende la parte física, no hace nada por mi necesidad de cercanía. Me siento triste cada vez que pongo la ropa limpia de Bill en "su" cuarto y me siento sola cuando me voy a la cama por la noche. No me siento casada y no me siento soltera.

No sé cuánto tiempo necesitará Bill para sanar. No sé si será este año, el siguiente o dentro de cinco años. Espero poder aguantar todo ese tiempo.

BILL: Nuestra fortaleza es que los dos somos personas inteligentes deseosas de seguir intentando y aprendiendo. Tarde o temprano lo conseguiremos, ¿verdad?

PATTY: Lo que ahora me hace seguir adelante para salir es el sentimiento profundo que tengo. Parece que también Bill lo tiene. Aun en las peores épocas sigue volviendo. Creo que es un amor profundo y cuidarnos el uno al otro.

La historia de Bill y Patty describe un escenario común entre parejas que experimentaron una crisis de intimidad debido al abuso sexual. Los dos integrantes de la pareja sufren por el abuso: el sobreviviente es una víctima directa, la principal, y su pareja una víctima indirecta, secundaria. Ambos se ven afectados por el sufrimiento que provoca el abuso y ambos necesitan trabajar en la sanación para superar la crisis y disfrutar de una relación sana.

Para algunas parejas este tipo de crisis son demasiado difíciles de superar. Desgraciadamente sí hay relaciones que terminan por las secuelas del abuso. En estos casos las parejas no tienen en cuenta las señales de alarma: tienden a dejar de comunicarse; se retiran emocionalmente cada uno a su propio mundo; el sobreviviente no implica, o no le informa, a su pareja en el proceso de sanación, o bien la pareja rehúsa colaborar o participar de alguna manera que promueva la sanación.

Sin embargo, para la mayoría de las parejas, las crisis que atraviesan resultan ser temporales y está en su poder remediarlas. Se ajustan a la realidad de su situación, hacen cambios importantes, y a lo largo del proceso fortalecen su relación íntima de muchas maneras. Bill y Patty pudieron hacerlo. Tiempo después supe que su historia tenía un final feliz: aprendieron a trabajar juntos para sanar y a la larga pudieron establecer una relación sexual duradera y satisfactoria y disfrutar de un matrimonio sólido.

La crisis de intimidad que puede resultar del abuso sexual golpea el núcleo mismo de una relación. Trastorna la capacidad de la pareja para disfrutar de una cercanía física y emocional. Una pareja habló de su experiencia:

> El abuso sexual le ha echado un jarro de agua fría a nuestras vidas. Se siente como si nuestra libertad de disfrutarnos plenamente el uno al otro, nuestra capacidad de deleitarnos en la felicidad de nuestro amor, y los derechos inalienables de nuestra relación fueron robados y vulnerados. Como pareja tenemos que salvar algunos obstáculos que de otro modo no habrían estado ahí.

Puede ser que, mientras trabajan en resolver sus crisis de intimidad, las parejas encuentren que su relación también esta sometida a otras tensiones. Los asuntos cotidianos, las responsabilidades domésticas y las actividades familiares pueden verse afectadas mientras los sobrevivientes y sus parejas atraviesan periodos en los que se sienten enojados, deprimidos o distanciados. Las parejas también pueden sufrir un estrés adicional por las exigencias —que consumen tiempo y recursos— de obtener apoyo externo y ayuda profesional

Soportar esas crisis puede ser tan difícil para las parejas como cuando se enfrentan a una enfermedad, una herida física o la muerte de un pariente querido. Cuando un hombre se entera de que tiene un conteo bajo de espermatozoides, su infertilidad puede afectar también íntimamente la vida de su pareja. Cuando una mujer sufre múltiples heridas en un accidente automovilístico y no puede tener sexo durante una larga convalecencia, también impacta en la vida de su pareja. Mientras uno de los miembros de la pareja sufre el trauma y el dolor originales, la felicidad cotidiana y las expectativas de ambos se ven afectadas.

Sea cual sea la causa, una crisis de intimidad requiere que las parejas reconozcan que sus problemas son hasta cierto punto mutuos.

CÓMO TRABAJAR JUNTOS EN LA SANACIÓN SEXUAL

Para superar tus problemas deberán crear una *estrategia de sanación mutua*. Será necesario que trabajen individualmente en problemas individuales y juntos en problemas que tienen que ver con la relación. Para superar los efectos del abuso y a la larga establecer nuevas maneras sanas y mutuamente satisfactorias de relacionarse sexualmente, los dos tendrán que ser activos e involucrarse.

Si alguno de los dos adopta una postura como "Esos son *tus* problemas sexuales, déjame fuera de ellos y resuélvelos por tu cuenta", solo empeorará las cosas. Esa actitud ignora la realidad de la situación, renuncia a la responsabilidad de sanar y solo genera más sentimientos de distancia emocional y aislamiento en la relación.

Del mismo modo, ambos tendrán que evitar la inclinación a culparse a sí mismos de los problemas y del estrés por el que están atravesando. Un integrante de la pareja puede soslayar la realidad del abuso y erróneamente culparse a sí mismo por el sufrimiento sexual de su pareja en el pasado. Un sobreviviente también puede sentirse culpable por "llevar esa crisis horrible a la relación".

Ninguno de ustedes tiene la culpa de la crisis que pueden estar experimentando. Sus problemas fueron provocados por el abuso sexual. Ahora están saliendo a la superficie como repercusión tardía de acciones realizadas en el pasado por el agresor.

En este capítulo exploraremos métodos específicos con los que las parejas pueden trabajar para sanar sexualmente. Descubriremos cómo los sobrevivientes y sus parejas han sido afectados por el abuso y de qué manera pueden desarrollar un planteamiento de equipo dinámico para crear experiencias nuevas y positivas de contacto, disfrute e intimidad sexuales.

Cuando inicien este proceso como pareja tendrán que aceptar una especie de sociedad única. Sus necesidades individuales en el proceso de sanación no son idénticas, sus papeles al trabajar por la sanación no serán iguales. Los sobrevivientes, debido a su necesidad de controlar el ritmo de la recuperación del abuso, por ahora tendrán que tomar la iniciativa para mejorar la intimidad física en su relación. Las parejas tienen que sentirse cómodas siguiendo más que empujando. Como pareja, sus papeles serán complementarios pero necesariamente desiguales.

En este capítulo a veces les hablaré en lo individual y por momentos como pareja. Es importante que ambos conozcan y sean sensibles respecto a las necesidades del otro.

Si bien el abuso y el viaje para sanar la sexualidad dan lugar a crisis en la intimidad, toda crisis, por perturbadora que sea al principio, ofrece la oportunidad de crecer de maneras positivas. Las destrezas que adquieran al aprender a trabajar juntos para sanar (empatía, honestidad, confianza y comunicación) los beneficiarán como pareja en los años venideros. Pueden crear algo positivo de su dolor.

Mientras examinamos algunas formas concretas en las que pueden trabajar individualmente y como pareja, vean cada una de ellas como una oportunidad de cambio y sanación. Aunque las parejas, al igual que los sobrevivientes, sanan a su propio ritmo y a su propia y única manera, trabajaremos con estas ideas en el orden en el que muchas parejas las experimentan.

1. Aceptar el hecho del abuso sexual.
2. Aprender sobre abuso sexual.
3. Enfrentar las emociones exacerbadas.
4. Buscar apoyo.
5. Cuestionar sus proyecciones inconscientes.
6. Adaptarse a los cambios en el contacto y la relación sexual.
7. Mantener una comunicación abierta.
8. Trabajar juntos como un equipo activo de sanación.

Aceptar el hecho del abuso sexual

Cuando un sobreviviente le habla a su pareja del abuso del pasado, la revelación puede sacudir la relación. Tanya, de veinte años y sobreviviente de incesto, ya le había dicho a su joven esposo, Brian, que su padre había abusado sexualmente de ella. Durante sesión de terapia decidió contarle los detalles.

Cuando Brian supo que a lo largo de un periodo de cinco años el padre de Tanya le acarició los senos, tuvo sexo oral a e intentó copular con ella, la realidad del abuso fue un duro golpe. Se levantó de un brinco, se dobló sobre el brazo del sofá y se puso la mano en boca. Luego salió corriendo del despacho y caminó a lo largo del pasillo hasta el baño, donde vomitó. Cuando regresó dijo que tenía ganas de *matar* al padre de Tanya. Ella le dijo que no lo hiciera porque eso la lastimaría todavía más; se convertiría en delincuente y lo mandarían a la cárcel.

La reacción de Brian alarmó a Tanya, pero también le hizo darse cuenta de cuánto daño le había hecho su padre. En lo personal y como pareja,

Tanya y Brian tenían que resolver las intensas emociones que se removieron por la revelación del abuso y aceptar la realidad del pasado de Tanya.

Cuando las parejas conocen la historia de abuso sexual del sobreviviente casi siempre se sienten impresionadas, desprevenidas e inseguras de cómo responder. Pueden culpar a la víctima, cuestionar la validez de la revelación o alterarse y enojarse de otros modos peligrosos. Una sobreviviente narró:

Cuando le conté a mi pareja que me habían violado me respondió que lo estaba inventando. Le dije que no era así. Luego dijo que había pasado hacía mucho tiempo y que yo podría superarlo si me esforzaba más. Lo decía como si solo fuera mi problema.

Resolver los sentimientos que provoca la revelación. Cuando las parejas, al enterarse del abuso, reaccionan de manera insensible, las tensiones pueden estallar. Los sobrevivientes pueden sentirse lastimados y enojados. Si no resuelven sus sentimientos negativos hacia la reacción inicial de la pareja, les costará trabajo encontrar una manera de sanar en equipo. Los sobrevivientes tienen que darse cuenta de que las parejas que responden de forma hiriente, muchas veces lo hacen por ignorancia y por temor ante el abuso sexual.

En algunas parejas el otro integrante se siente herido al enterarse de la noticia del abuso sexual. Los que tienen una relación duradera pueden preguntarse "¿Por qué no me lo contó antes?". Algunas parejas temen que la relación se haya basado en engaños o falsedades. De pronto pueden ponerse en tela de juicio el amor, la honestidad y la confianza.

Cuando el sobreviviente revela la historia del abuso en un punto crítico de la relación, muchas veces esta va acompañada del reconocimiento de que en realidad ella o él nunca ha disfrutado del sexo o le ha resultado incómodo. Que el sobreviviente haya tenido un mundo secreto de sentimientos y experiencias puede hacer que su pareja se sienta traicionada. La pareja puede preguntarse si ella o él alguna vez podrá volver a confiar en el sobreviviente. Una mujer pareja de un sobreviviente describió así su reacción:

Hasta aquella noche, hace varios meses, que mi esposo me dijo que cuando era niño abusaron sexualmente de él y que era un adicto sexual, yo pensaba que teníamos una buena relación. Nunca me di cuenta de lo que le ocurría realmente, que sentía vergüenza cuando estaba desnudo conmigo, que se sentía triste cuando llegaba al clímax, que constantemente fantaseaba acerca de otras mujeres y que había estado teniendo aventuras amorosas. Me sentí como una idiota por no haber sido más sensible y estoy enojada con él porque no me dijo antes cómo se sentía realmente. Me dio la impresión de que nuestra vida juntos había así solo para mí, no para él. Antes, cuando no era honesto conmigo y no merecía mi confianza, confiaba en él. Ahora no sé bien cómo empezar a confiar nuevamente en él.

A menos de que las parejas que se sienten lastimadas resuelvan sus sentimientos, va a resultarles difícil trabajar como equipo en la sanación. Puede serles de ayuda darse cuenta de que con frecuencia es difícil para los sobrevivientes entrar en contacto con los recuerdos del abuso, reconocer que una experiencia fue abuso sexual y contar sus secretos sexuales (véase el capítulo 2).

Puede haber muchas razones comprensibles por las que un sobreviviente ocultaría esa información. Tal vez le dijeron que si alguna vez revelaba el abuso lo matarían. Quizá los sobrevivientes no se dieron cuenta de que el abuso podía tener un efecto importante en su relación, o tenían la esperanza de que los problemas sexuales desaparecerían por sí solos. Además, es posible que temieran que sus parejas:

- Los culparan.
- Sintieran repugnancia.
- Los rechazaran.
- Se volvieran sobreprotectoras.
- Pensaran que hay algo irreparablemente malo en ellos.
- Rechazaran a su familia de origen.
- Fueran incapaces de darles consuelo.

Reconocer el dolor del abuso. Las parejas con dificultades para resolver su enojo y su sensación de haber sido traicionadas tal vez estén tratando de protegerse del dolor. Duele enfrentar la realidad del abuso sexual. Los sobrevivientes ya lo saben. A sus parejas puede resultarles más fácil sentir enojo que seguir adelante y enfrentarse a sentimientos dolorosos, como la aflicción y la injusticia.

A muchas parejas el abuso sexual puede sonarles increíble, diferente a toda su experiencia personal. El esposo de una mujer de la que su madre y su hermano abusaron en el contexto de un ritual y la torturaron sexualmente, dijo que la experiencia más traumática que él podía recordar era cuando le golpearon la nariz con un bate de beisbol. Le resultaba difícil imaginar el terror y la violencia que su esposa había tenido que soportar.

Cuando las parejas aceptan la realidad del dolor de su sobreviviente, puede desencadenar un dilema espiritual. Pueden cuestionarse el sentido de la vida y la existencia de Dios. Una mujer que estaba saliendo con un sobreviviente estaba atónita con la historia del abuso.

> Para mí fue difícil enfrentarme a la realidad de la enorme maldad que describía. Prefiero tener una imagen mucho más segura y amable de mi mundo: nunca he estado expuesta a semejantes horrores. Tuve que integrar sus experiencias a mi realidad espiritual. Reflexioné sobre preguntas como: "¿Cómo puedo confiar en un dios que permite que niños inocentes sufran ese daño?", "¿Cómo puedo sentirme segura en un mundo en el que esas cosas son siquiera posibles?". Son, a fin de cuentas, preguntas que cualquier persona consciente tiene que enfrentar, pero la cercanía con su dolor fue lo que a mí me obligó a planteármelas.

La aceptación del dolor de un sobreviviente puede conectar a la pareja con un problema más grande: el abuso sexual toca las vidas de mucha gente inocente en nuestra sociedad. Cuando esa triste realidad llega a nuestras propias casas, ya no podemos seguir ignorándola.

Algunas parejas experimentan una empatía tan fuerte con el sobreviviente que se sienten heridas personalmente. Una pareja contó:

> Después de que me habló de su abuso sexual, esa noche soñé que estaban abusando de ella y no podía moverme para ayudarla. La pesadilla me hizo sentir como si también estuvieran abusando de mí. Desde entonces ha llegado a suceder que mi esposa habla del abuso sexual y yo realmente siento el dolor y el daño dentro de mí.

En algunas ocasiones la disposición de un sobreviviente a hablar del abuso puede hacer que su pareja se dé cuenta o admita que él o ella también es un sobreviviente. En parejas de dos sobrevivientes, cada persona tiene un doble papel: como sobreviviente y como pareja de un sobreviviente. Su compleja relación es como una fotografía de doble exposición, en la que sus historias separadas de abuso se superponen en su relación. Ambos integrantes tienen que aceptar la realidad de la historia de abuso y ser sensibles a su doble función. Esas parejas pueden tener más empatía mutua, pero al mismo tiempo se enfrentan a mayores dificultades para sanar juntos.

Generar confianza. Independientemente de cómo puedan responder en un principio a la revelación del abuso, tarde o temprano muchas parejas son capaces de brindarle al sobreviviente compasión, apoyo y comprensión. Su convalidación de la experiencia de abuso del sobreviviente es un componente fundamental en el proceso de sanar la sexualidad, ya que sienta las bases para la confianza e incrementa la intimidad emocional. Una sobreviviente contó:

> Al principio era difícil hablar de los actos anormales, humillantes y vergonzosos de mi agresor, pero mi cónyuge respondió de manera intuitiva e inteligente. Aprendimos juntos, poco a poco. Estoy segura de que haber podido hablar libremente con él me ha ayudado enormemente.

Y su pareja agregó:

> Siempre me preguntaba por qué se mostraba tan fría cuando teníamos sexo. Pero desde que me he hecho más consciente del alcance del abuso, lo entiendo mejor. Ahora tenemos esperanza en la recuperación.

Cuando un sobreviviente le cuenta a su pareja del abuso, con frecuencia es señal de que la relación ha llegado a un nivel elevado de amor, compromiso y confianza. Las parejas deben celebrar la revelación *en el momento en que llegue.*

Aunque aceptar el hecho del abuso puede ser difícil para una pareja, la mayoría de los sobrevivientes y sus parejas coinciden en que es mejor que los problemas salgan a la luz, donde pueden conocerlos y hacer algo al respecto, en vez de mantenerlos sepultados y pudriéndose. No puedes deshacer lo que le pasó a tu pareja o a ti en el pasado, pero puedes hacerte cargo de cómo respondes ahora y apoyarse el uno al otro en el presente y en el futuro.

Aprender sobre abuso sexual

En la sanación sexual, al igual que en muchos otros esfuerzos, el conocimiento es poder. Mientras más sabe una pareja sobre el abuso sexual y cómo recuperarse de él, más fácil será para ambos integrantes dirigir sus energías en formas que favorezcan la sanación. Juntos podrán superar viejos mitos y mentiras sobre el abuso sexual y descubrir cómo han hecho otras personas para dejar atrás el daño provocado por este. Pueden crear una base común de conocimiento y compartir un vocabulario que les sirva para hablar de crecimiento personal y recuperación.

Aprender juntos. Hay una gran diversidad de fuentes de información. Pueden leer libros sobre el abuso sexual individualmente o juntos, o que uno de los dos lea en voz alta, y luego comentar lo que leyeron (véase la sección de Recursos). Subrayen, cada uno con un color distinto, partes de un libro que se apliquen a cada uno en lo individual. Esta técnica les permitirá identificar fácilmente sus preocupaciones personales y aprender a qué temas es más susceptible su pareja.

Pueden asistir a seminarios y talleres que aborden temas de abuso sexual. Conocer a otras parejas que están viviendo el proceso de sanar puede ayudarles a darse cuenta de que su situación no es única. Tal vez otras parejas puedan darles ideas útiles. También les pueden servir seminarios sobre temas afines como la adicción o la compulsión sexual, familias disfuncionales, codependencia, crecimiento personal y técnicas de comunicación.

Aumentar su comprensión. Aprender más sobre el abuso y temas afines puede ayudar a las parejas a ser más comprensivas y sensibles a las necesidades del sobreviviente en su proceso de sanación. Las parejas pueden aprender más sobre el tipo particular de abuso que el sobreviviente sufrió. Conocer sobre el trauma por violación puede ser importante para las parejas de víctimas de violación, así como saber de qué manera el abuso afecta la dinámica familiar puede ayudar a los compañeros de las víctimas de incesto.

La educación sobre el abuso sexual puede ayudar a las parejas de los sobrevivientes a entender por qué estos pueden reaccionar de determinadas maneras. Después de asistir a un seminario sobre abuso sexual, el compañero de una sobreviviente me dijo: "Aprendí que una persona que ha sido violada piensa, actúa y reacciona de manera diferente de una persona que no lo ha sido". La pareja de otra habló en estos términos sobre su nueva comprensión::

> Entendí por qué mis comentarios a la ligera sobre el sexo tenían ese profundo impacto negativo en mi mujer. Comentarios y gestos que podrían ser aceptables para alguien que nunca ha sufrido abuso sexual son inaceptables para una sobreviviente.

Y el esposo de una mujer que fue violada cuando era adolescente expresó:

> Mi esposa me contó que su hermano mayor la hacía representar escenas pornográficas durante el abuso. Ahora entiendo por qué no soporta que yo vea

pornografía. Sus lágrimas me hicieron reflexionar en que debería alejarme del porno. No quiero que me asocie con esa escoria de ninguna manera.

Para tener una mayor sensibilidad respecto a sus compañeros, a los sobrevivientes puede interesarles leer materiales que se refieren a su experiencia como víctimas secundarias.* Para ambos, conocer más sobre el abuso sexual y la recuperación representará una manera concreta y relativamente indolora de *hacer algo* para fortalecer su capacidad de trabajar como equipo en la sanación.

Enfrentar las emociones exacerbadas

El proceso de sanar la sexualidad puede hipotecar su fortaleza, sus emociones y su relación. Para construir y mantener un enfoque de equipo ante la sanación sexual necesitan entender las necesidades mutuas y encontrar maneras positivas de manejar el estrés adicional que el proceso de sanación introduce en su relación.

Cuando un miembro de la pareja se enferma y necesita reposo, ejerce presión sobre la otra persona. El compañero sano tiene que cuidar al enfermo, atender sus propias necesidades y hacer solo trabajos que acostumbraban a hacer juntos. Eso ya es bastante difícil, pero en la sanación de la sexualidad ambos son víctimas del abuso sexual. Aunque ninguno está "enfermo", en ocasiones tal vez se sientan como si los dos estuvieran sufriendo al mismo tiempo. Sus reservas pueden estar agotadas. Su enfoque está en sus propias necesidades. Cada uno necesita un cuidado especial y posiblemente sea difícil que les quede algo para dar al otro.

Para aprender a lidiar y dominar esta situación como pareja, ambos tienen que desarrollar sensibilidad y empatía hacia lo que el otro está viviendo. Tienen que aprender formas saludables de cuidar también sus propias necesidades individuales.

Sobrevivientes: sentirse más vulnerables emocionalmente. No es raro que los sobrevivientes atraviesen periodos en los que se sienten muy vulnerables emocionalmente. Pueden deprimirse, enojarse, entristecerse; quizá les preocupen pensamientos recurrentes del abuso sexual del pasado y pueden tener accesos de llanto y pesadillas. Estas reacciones son síntomas de estrés postraumático, una afección temporal que es común entre los sobrevivientes del abuso, tanto antes como después de su recuperación.

---

* Muchos de los libros sobre la recuperación del abuso sexual tienen capítulos especiales para las parejas. Véanse, por ejemplo, los libros de Bass y Davis, Davis, Gil, Ledray, Lew, Maltz y Holman y Warshaw que se mencionan en la sección de Recursos.

En las primeras fases de su recuperación, Rose, de treinta y dos años, sobreviviente de incesto de padre a hija, escribió esto en su diario:

> Llevo ya varios días de sentirme sola, asustada y horriblemente confundida. Mi mente da vueltas todo el tiempo y las fantasías del abuso llegan con facilidad. Casi todo el tiempo parece que estoy en otro mundo. Siento la necesidad de llorar, aunque no haya ningún problema. Solo me doy cuenta de mi fuerza cuando alguien me hace enojar. Entonces respondo con enfado por cualquier nimiedad. Es fácil detonar mi ira. A veces siento que el amor por mi esposo está sepultado tan profundamente que está fuera de alcance o que se fue para siempre.

A Rose los cambios emocionales y los arrebatos le dieron la oportunidad de liberar sentimientos reprimidos relacionados con el abuso. El hecho de que esos sentimientos hayan salido a la superficie es una buena señal de su recuperación. Sin embargo, Rose y su esposo pueden sentirse confundidos y disgustados a menos de que ambos entiendan lo que le está pasando a ella y por qué.

Idealmente, cuando esos sentimientos surgen, los sobrevivientes deben tener un ambiente emocional en el que puedan liberarlos y resolverlos. Las parejas pueden ayudar a crear ese lugar seguro siendo emocionalmente atentas y cariñosas.

Parejas: experimentar nuevas dificultades. Aunque las parejas pueden entender intelectualmente la necesidad de ser más solidarias, este ajuste puede ser difícil de llevar a cabo. Es posible que algunas parejas resientan tener que restringir e inhibir sus propias acciones a fin de adaptarse a las necesidades de recuperación del sobreviviente. Considerando que disfrutaban de ciertas libertades, ahora sienten que deben ser especialmente cuidadosos con lo que dicen y hacen. Un compañero que llevaba veinticinco años casado con una sobreviviente explicó:

> Mi esposa es mucho más vulnerable a mis comentarios de lo que jamás imaginé, y más demandante de lo que esperaba. Antes yo simplemente reaccionaba. Ahora tengo menos libertad en la relación y soy más cauto en mis respuestas.

Las parejas pueden no estar acostumbradas a dar la cantidad y el tipo de apoyo emocional que el sobreviviente necesita en ese momento. Si el sobreviviente antes tendía a cuidar las necesidades emocionales de su compañero, toda la dinámica de la relación se invierte. Ahora el compañero siente que a él o a ella le toca dar y apoyar más. Si se espera que apoye sin pedir mucho a cambio, la relación puede parecer desequilibrada. Una lesbiana, pareja de una sobreviviente, explicó así su frustración:

> Mi amante quiere que yo esté ahí para abrazarla, mecerla y básicamente hacer el papel de madre. Pero cuando yo me siento cansada o necesitada dice que no puedo contar con ella de esa manera por ahora. No quiero guardarle rencor por sus necesidades, pero no sé cómo puede esperarse que yo continúe indefinidamente.

Esta nueva dinámica puede tensar una relación. El sobreviviente se siente especialmente vulnerable y quiere cuidados adicionales. Al compañero se le exige más apoyo emocional cuando él mismo está sufriendo la pérdida de antiguos vínculos placenteros. Las parejas pueden sentirse en la cuerda floja, en un equilibrio precario entre el desinterés pasivo y las exigencias activas de cambio. Los compañeros encontrarán su equilibrio si apoyan y dan aliento, pero sin dominar o avasallar.

Como resultado de estas nuevas exigencias de apoyar en lo emocional, pero ser paciente con el proceso de sanar la sexualidad, muchas veces las parejas se sienten impotentes. Pueden tener la sensación de que les ataron las manos, como en el caso de estos compañeros:

> Antes pensaba que si hacía esto o aquello de manera distinta podría mejorar las cosas. Siento ternura hacia ella y soy protector; ha pasado por algo espantoso; sin embargo yo quería que siguiera adelante para que pudiéramos ser sexuales de una forma más normal. Con el paso del tiempo me di cuenta de que el progreso no estaba bajo mi control. Ella haría cambios sólo cuando se sintiera lista para hacerlos.

> Me sentía controlado por la necesidad que mi esposa tenía de que yo sintiera empatía por el dolor y la vergüenza que estaba padeciendo. Yo quería encarar el problema de frente, resolver nuestros problemas de intimidad rápidamente y seguir adelante con nuestro matrimonio. Aprendí que el proceso de sanar sexualmente no funciona así. Las heridas de su abuso sexual eran más profundas de lo que yo en un principio había imaginado.

Para las parejas puede ser difícil darse cuenta de que por el momento tienen que sentarse en el asiento del acompañante y dejar que el sobreviviente conduzca. No pueden cambiar el pasado, borrar el dolor presente del sobreviviente o siquiera introducir cambios inmediatos para reparar los daños. Dependen de que el sobreviviente inicie su recuperación y la haga realidad.

Al no sentir que tienen algún control sobre el proceso de recuperación, muchos compañeros de sobrevivientes empiezan a sentirse pesimistas con respecto al futuro. Uno dijo:

No puedo hacer nada mejor que no irme, y puedo cometer numerosos pecados. El proceso de recuperación avanza a paso de tortuga y no se les ve fin a los problemas tangenciales relacionados con el abuso. No tengo ningún control sobre lo que está pasando. A estas alturas no tengo idea de si la sanación en verdad se dará. Dudo que alguna vez volvamos a tener libertad sexual en nuestra relación.

En respuesta a esos sentimientos de impotencia, algunas parejas quizás intenten presionar, controlar o dominar los esfuerzos del sobreviviente por sanar. Una pareja, por frustración, puede amenazar con: "Si no sanas pronto, me voy". Otro puede gritar enojado "¡No estás esforzándote lo suficiente!". Esa clase de comentarios pueden dañar la relación. Los sobrevivientes pueden rebelarse, y en protesta detener su trabajo de recuperación sexual. Muchas veces esos sentimientos de enojo no son sino cortinas de humo para ocultar la tristeza o impotencia que a la pareja le cuesta más trabajo expresar. Si eres pareja de un sobreviviente, busca las cuestiones más profundas que puedan estar en el fondo de los sentimientos que ahora experimentas en la superficie.

El desafío para las parejas es encontrar maneras positivas de superar su sensación de impotencia. Pueden recordarse a sí mismas que pueden elegir continuar con la relación. Que pueden aprender a expresar sus sentimientos y temores de manera directa, pero con sensibilidad. A veces, si una pareja puede expresar claramente sus necesidades, sin culpar o coaccionar al sobreviviente, estos comentarios le servirán a este de aliento para seguir avanzando en su recuperación. Es lo que les pasó a Susan y su pareja:

Después de seis meses de ser paciente y no ejercer ninguna presión, me senté con mi pareja [la sobreviviente] y le dije que aunque la amaba, contemplaba la posibilidad de terminar la relación. Le dije que últimamente no parecía estar haciendo nada para propiciar la sanación sexual. La realidad era que no podía esperar para siempre. Al día siguiente llamó a un terapeuta y empezó a recibir ayuda. Viendo en retrospectiva, coincidimos en que el hecho de que yo le dijera con franqueza cómo me sentía fue de gran ayuda.

Hasta las parejas más solidarias pueden en ocasiones preguntarse si tienen lo que hace falta para perseverar en la relación durante el proceso de sanar la sexualidad, como lo expresó esta:

Al darme cuenta de la tremenda aflicción y el dolor que está soportando mi esposa, y la manera como esto está afectándonos a los dos, empiezo a cuestionar mi propia capacidad para lidiar con el abuso. ¿Soy lo bastante fuerte emocionalmente? A veces temo que la sanación exija demasiado y que termine con la relación, pero persevero. ¡No quiero que nuestra relación se disuelva por algo que le hicieron en el pasado!

Incluso cuando las parejas confían en que la sanación llegará, pueden experimentar ansiedad. Tal vez teman que la sanación tarde demasiado. Pueden luchar contra el temor de que el sobreviviente los deje cuando haya sanado. Y pueden temer lo que pueda pasar si dicen cómo se sienten. La crisis provocada por el abuso impide al sobreviviente y a su pareja hablar profunda y abiertamente y decirse cómo se sienten. Es atemorizante hablar de temas que tocan el meollo de su relación. Si bien esta crisis les da a la pareja y al sobreviviente la oportunidad de crecer juntos, el proceso de crecimiento puede ser doloroso.

Problemas personales que surgen para los compañeros. El abuso sexual y el trabajo para la recuperación de la sexualidad pueden detonar en la pareja del sobreviviente problemas personales. Esos temas emocionales a menudo se relacionan con sentimientos no resueltos del pasado de la pareja, y pueden surgir ahora porque el estrés que conlleva la sanación sexual la hace sentir vulnerable. Una pareja que en una relación previa se sintió sexualmente rechazada, por ejemplo, puede ser extremadamente susceptible a la sensación de rechazo ahora.

La falta de una agradable intimidad física parece afectar en algún grado a todas las parejas, haciéndolas dudar de su atractivo y sus aptitudes sexuales. Aunque intelectualmente sepan que los problemas sexuales del sobreviviente se relacionan sobre todo con el abuso del pasado, muchas parejas tienen que luchar todo el tiempo contra sus tendencias internas a sentir que personalmente están siendo sexualmente rechazadas.

A muchas parejas también les lastima presenciar el sufrimiento y la lucha emocional del sobreviviente. Puede preocuparles su salud mental y su bienestar físico. Con el tiempo, los compañeros pueden cobrar mayor conciencia de que son víctimas secundarias del abuso que sufrió el sobreviviente. "Descubro que estoy absorbiendo mucho del dolor y la fealdad de su abuso", dijo una pareja.

Es posible que los mismos compañeros hayan sufrido abuso físico o emocional en el pasado. Muchos provienen de familias disfuncionales, y de niños no tuvieron el apoyo y el cuidado que necesitaban, o sufrieron experiencias traumáticas tempranas. Ahora pueden sentir que les hacen falta conocimiento y habilidades para responder a los sobrevivientes en recuperación. O pueden estar perdidos en sus propias necesidades insatisfechas. Las parejas pueden cuestionar su autoestima o preguntarse si serán aceptadas o amadas tal como son.

Las parejas que fueron víctimas de abuso sexual pueden sentirse incómodas con todo el asunto. Puede ser que no se sientan motivadas o listas para abordar la sanación sexual, ya sea para ellas o sus parejas. Denise, pareja y sobreviviente de cuarenta años, explicó:

> Estaba razonablemente contenta con una relación sexualmente insatisfactoria. Evitaba el sexo y me alegraba si mi esposo buscaba a otras mujeres para eso. Cuando teníamos sexo yo podía divorciarme de mis emociones y servirlo sexualmente. Ahora las cosas son diferentes. Ha avanzado muchísimo en su sanación, y quiere que en nuestra relación haya una verdadera intimidad. Se siente más capaz de ello y siente que lo merece. Yo siento que perdí a mi viejo amigo. Voy a la zaga Su recuperación me ha obligado a ver mis problemas.

Jerry, esposo de Denise, cree que su avance para sanar la sexualidad se ha visto obstaculizado por sus problemas no resueltos. Emocionado por los cambios que ha hecho, le cuesta trabajo ser comprensivo con el ritmo más lento de ella.

> Mis sentimientos se están abriendo. Para Denise son amenazantes. Me estoy volviendo una persona que está menos a la defensiva y me siento más deseable. Sus problemas están más reprimidos que los míos. He aquí un ejemplo: antes no me cuidaba físicamente y no me bañaba muy seguido. Denise decía que no quería tener sexo conmigo debido a mi desaseo. Ahora me baño y me rasuro con frecuencia, pero ella encuentra otras razones para no querer sexo. Yo bajé la guardia, y eso la hizo sentir amenazada.

Como pareja en la que ambos son sobrevivientes, tanto Jerry como Denise tenían problemas personales originados por su sanación sexual. Como sobrevivientes no solo necesitaban hacer frente a sus preocupaciones individuales, también debían ser más conscientes de los sentimientos y reacciones del otro.

El dilema del sobreviviente. Para muchos sobrevivientes es penoso reconocer el dolor de su pareja, y les puede llegar a preocupar la capacidad de esta para enfrentar los cambios necesarios. Debido a sentimientos de baja autoestima, algunos sobrevivientes podrían dudar de que su pareja quisiera seguir en la relación. Un sobreviviente habló de esa inquietud:

> Para mí es difícil aceptar que mi pareja quisiera someterse a todo esto solo por estar conmigo. Siento que le estoy pidiendo demasiado. Es como si le dijera "Voy a saltar al vacío y las cosas se van a poner en verdad extrañas y puedes venir conmigo". No se me hace justo para ella.

Para un sobreviviente puede ser un logro difícil pero importante darse cuenta de que es merecedor(a) de la paciencia, el amor y el apoyo que se espera de una pareja.

Algunos sobrevivientes pueden verse tentados a poner en peligro su propia recuperación sexual para proteger a su pareja de un mayor dolor emocional. Considérese el ejemplo de Paula, sobreviviente de cuarenta y cinco años.

> Me entristece que mi recuperación ha sido dura para Richard, mi esposo. Él no se queja, pero sé por lo que está pasando. Para él el sexo es algo bello. Temo que mi continua abstinencia esté destruyendo algo que él disfruta.

Paula está en un aprieto. Si ignora su necesidad actual de abstinencia para complacer a Richard, estará descuidándose a sí misma y a la larga probablemente le guarde resentimiento. Necesita encontrar la manera de permanecer fiel a sí misma y a su programa para sanar la sexualidad y tener en cuenta a su esposo.

Unirse para hacerle frente juntos. Cada uno de los integrantes de la relación tiene que darse cuenta de que se encuentran en una crisis temporal. Esta crisis los puede someter a un estrés adicional. Cada uno tendrá que encontrar maneras de cuidarse a sí mismo y lidiar con esa carga adicional de estrés. Comer bien, hacer ejercicio, descansar. Mientras más sanos se sientan, podrán manejar mejor las dificultades psicológicas de la sanación sexual. Encuentren actividades que sean placenteras y buenas para ustedes: practicar algún deporte, ir al teatro, hacer un proyecto laboral, encontrar un pasatiempo. La pareja de una sobreviviente decía que haber empezado a hacer meditación zen fue especialmente beneficioso para él. Una sobreviviente descubrió que hacerse un tratamiento facial una vez por semana la ayudaba a relajarse.

En este tiempo es probable que aumenten las tensiones y se traduzcan en arrebatos emocionales. Cada uno de ustedes tiene que ser sensible a lo que el otro pueda soportar. Si están enojados, hablen de su enojo en lugar de arremeter contra el otro.

El tiempo que has dedicado a aprender sobre el abuso te ayudará a tener menos temor de estos arrebatos emocionales. El esposo de una sobreviviente afirmó que cuando aprendió a respetar el enojo de ella dejó de esperar que lo refrenara por completo. Cuando las parejas aprenden que el malhumor es común entre los sobrevivientes, pueden dejar de tomarse tan a pecho las expresiones de enojo o rechazo. Un compañero dijo:

> He aprendido a ser realista: sé que el abuso es parte del pasado y que posiblemente tengamos que hacer algunos ajustes para poder superar un mal día de vez en cuando.

Las parejas solo pueden poner en riesgo al sobreviviente si establecen plazos para su recuperación descabellados, o sugieren erróneamente que la sanación se puede realizar mediante un acto de voluntad. La realidad es que por lo general la sanación implica una enorme capacidad para desaprender y reaprender cómo tener una relación y cómo disfrutar la intimidad física. La sanación necesita avanzar lentamente y los compañeros deben construir confianza emocional y seguridad antes de intentar la intimidad física.

Dado que las parejas tienen la tendencia a sentirse no amadas y poco atractivas cuando se restringe la intimidad sexual, y los sobrevivientes tienen la tendencia a sentirse solos y culpables por prescindir de la cercanía física y sexual, ambos miembros de la pareja pueden ayudar a aliviar las tensiones emocionales buscando nuevas maneras de expresar sentimientos amorosos positivos. Puedes decirle a tu pareja de manera directa cuánto la amas, darle una tarjeta especial o planear salir a un lugar que le guste, o tal vez darle un regalo como muestra de que entiendes la situación y tu compromiso con la relación. Sé de una pareja que le regaló a la sobreviviente un muñeco de peluche y ella le dio a él un certificado de regalo para un masaje terapéutico.

Mientras trabajan juntos para sanar, dense ánimos mutuamente para seguir adelante con su crecimiento personal. Mencionen los cambios positivos y los avances. Compartan su respeto mutuo, y cuando tengan ganas, hablen de su optimismo con respecto a su futuro juntos.

Buscar apoyo

La sanación sexual es una época en la que hay que buscar apoyo emocional fuera de la relación. Los sobrevivientes están demasiado cerca de los problemas y demasiado preocupados con su propio proceso de sanación para darles a sus parejas el apoyo que necesitan, y las parejas pueden estar demasiado afectadas por la crisis como para ser el único, o el principal apoyo emocional del sobreviviente. Es posible que deseen tomar terapia individual, lo que les daría un tiempo privado con alguien que se concentre únicamente en sus problemas. Un grupo de apoyo o terapéutico para sobrevivientes o para sus parejas también puede ayudarles a encontrar algún consuelo fuera de la relación.

Descubrir que no estás solo puede ser muy poderoso. Muchos otros han sobrevivido al abuso y muchas otras parejas han experimentado sentimientos parecidos a los que tú puedes estar sintiendo ahora. Una pareja manifestó que la terapia la había ayudado a liberarse del sentimiento de culpa por tener sueños y fantasías sexuales en los que salían otras personas. El terapeuta le explicó que sus fantasías eran comprensibles, sobre todo dada su falta de actividad sexual. De esta manera, se dio cuenta de la diferencia entre tener pensamientos y fantasías y llevarlas a cabo.

Concentrarte en tus propios problemas puede ayudarte a aclarar tus prioridades. ¿Qué es lo más importante para ti? ¿Qué tan crucial es la sexualidad con respecto a tu felicidad y bienestar general? ¿Qué fortalezas hay en la relación? ¿Por qué sigues eligiendo permanecer en ella? Con valores conscientes y autoconocimiento estarás mejor preparado para sobrellevar los momentos en los que te invada el pesimismo.

Conseguir apoyo emocional puede facilitarles a las parejas de los sobrevivientes manejar los cambios temporales y los ajustes que la situación exige. Por momentos tu crecimiento personal puede ayudar directamente al sobreviviente a sanar. Una sobreviviente habló sobre la participación de su esposo en su sanación:

> Mi esposo inició un grupo de apoyo para parejas de sobrevivientes en un centro de orientación psicológica local, y me demuestra más apoyo por lo que estoy atravesando. Cuando siento que me entiende y apoya, siento que puedo confiar en que estará ahí cuando lo necesite y ya no me hará a un lado. Ha aceptado sinceramente que ya no tengamos sexo, y ese solo hecho ha permitido que yo me acerque cómodamente a él.

Si eres un compañero que también es superviviente de abuso sexual, el apoyo externo puede ser fundamental para su relación. Cada integrante de una pareja de dos sobrevivientes necesita trabajar en sus problemas individuales para adquirir nuevas técnicas para la intimidad física y emocional. Sin la influencia de personas externas a la relación, se arriesgan a hacer detonar los miedos y la negatividad del otro. Una pareja, también sobreviviente, describió así su experiencia:

> Antes de que ambos fuéramos a terapia nos sentíamos atrapados en una situación en la que un ciego guía a otro ciego. Ninguno de los dos sabía qué significaba ser normales. No sabíamos lo que una sexualidad sana significaba para nosotros como individuos. Creo que los dos eludíamos los temas sexuales con un consentimiento mutuo inconsciente. A menudo chocábamos en nuestro miedo a la intimidad. En vez de abrirnos camino, como quizá lo habría hecho otra pareja, estábamos contentos de estar atrapados en nuestros miedos.
> Creo que desde que ambos trabajamos arduamente en estos problemas, la coincidencia del abuso nos ayuda a entender por lo que cada uno atraviesa. Ambos sabemos que el abuso sexual deja secuelas de por vida y que hay un proceso de recuperación que podemos poner en práctica si acaso hubiera un retroceso. Ambos conocemos los barrancos y estamos dispuestos a trabajar juntos para salir de ellos.

Para todas las parejas la terapia puede ofrecer un espacio para concentrarse en temas de recuperación sexual relativos a su relación, además de proporcionarles el apoyo adicional y la orientación de un profesional capacitado. Puedes concentrarse en fortalecer su relación construyendo confianza, adquiriendo empatía y mejorando la comunicación. Las sesiones de terapia pueden ser el momento para abordar cualquier preocupación que pudiera surgir mientras desarrollan nuevas habilidades para reaprender a acariciarse y mejorar las experiencias sexuales. Una sobreviviente contó:

> La terapia de pareja de largo plazo resultó la actividad más útil en la que participé para mi sanación sexual. Descubrí que no era la única que estaba sufriendo. Mi esposo finalmente pudo entender cómo algunas de sus acciones habían sido destructivas para nuestra relación sexual. Aprendió qué no hacer, lo que me ha permitido ser más libre.

Cuestionar sus proyecciones inconscientes

Al recuperarse del abuso, las parejas enfrentan una serie de dificultades. Una de las más sutiles es la tendencia de cada uno de los integrantes de la pareja a proyectar en su pareja actual emociones que en realidad están dirigidas a alguien de su pasado.

Por ejemplo, los sobrevivientes pueden inconscientemente asociar a sus parejas actuales con los agresores del pasado. También el compañero puede inconscientemente asociar al sobreviviente con alguien de su pasado, como un examante que lo rechazaba sexualmente, una madre o padre que no le daban amor físico y afecto, o un conocido necesitado emocionalmente y preocupado por sí mismo. Como estas asociaciones y proyecciones pueden ocurrir de manera inconsciente, es importante que cada uno de ustedes aprenda una técnica para identificarlas y sacarlas a la luz de manera que puedan relacionarse entre sí sin que estos sentimientos no expresados los entorpezcan o induzcan a error.

Cómo se sienten los sobrevivientes. Antes pensaba que solo los sobrevivientes que seguían en relaciones abusivas tendían a asociar inconscientemente a sus parejas actuales con los agresores originales. Estaba en un error. Parece que todos los sobrevivientes tienden a confundir en algún grado a las parejas con los agresores. He visto que esto ocurre sin importar lo amorosa y amable que sea la pareja y lo diferente que sea del agresor. El deseo de sexualidad e intimidad de la pareja puede muchas veces ser suficiente para detonar automáticamente la respuesta, como explicó esta sobreviviente:

> En ocasiones mi cónyuge se convierte, en mi cabeza, en mi agresor. El agresor agotó todo el crédito de mi esposo, como cuando un extraño hace retiros de tu cuenta bancaria. Si mi esposo accidentalmente me pellizca mientras tenemos sexo, el dolor es exactamente igual al que sentía cuando abusaban sexualmente de mí de niña, y su acto se convierte en abuso. No puede cometer ningún error o tener una actitud paternal hacia mí sin que piense que está comportándose tal como mi agresor y que por lo tanto se *está convirtiendo* en mi agresor.

Sin saberlo, muchas parejas actúan de maneras que al sobreviviente le recuerdan al agresor. "Cuando mi amada me acaricia la cara de cierta manera, inmediatamente siento que es mi padre quien está acariciándome —me contó en terapia Tess, lesbiana sobreviviente de incesto—. Me enojo con ella y quiero que me deje de tocar". Aunque su amada pueda sentir que está siendo amorosa al acariciar el rostro de Tess, para ella sus actos son detonadores de pensamientos automáticos de su agresor del pasado. Otra sobreviviente dijo: "Mi esposo me presionaba para tener sexo cuando yo no quería, y al terminar siempre era más amable conmigo, igual que mi padre".

Otros factores pueden llevar al sobreviviente a asociar a la pareja con el agresor. Un sobreviviente puede observar que la pareja y el agresor tienen características físicas semejantes, como el corte de pelo, rasgos de personalidad comunes, como ser tímido o extrovertido, o hábitos similares, como fumar o beber. El novio de una sobreviviente tenía unas entradas en la cabeza iguales a las de su agresor.

Al percibir cualquiera de estas similitudes, los sobrevivientes pueden erróneamente suponer que la pareja actual es igual al agresor, con la misma forma de pensar y las mismas intenciones de controlar, explotar o hacer daño. También puede suponer que, al igual que el agresor, la pareja también ve la sexualidad como abuso sexual. Los psicólogos llaman a esta clase de asociaciones *proyección inconsciente*.

Sin darse cuenta, los sobrevivientes hacen a su pareja íntima blanco del enojo y los resentimientos que tienen por el abuso y hacia el agresor. La pareja representa una persona accesible, relativamente segura, a la cual arrojarle esos sentimientos. Como esta pareja describió, a una pareja puede acusársele directamente de ser en realidad un agresor.

> Me he convertido en el blanco del enojo de mi esposa. En los últimos meses ha llegado a estar sumamente disgustada y en ocasiones me ha confundido con su agresor. Se ha vuelto violenta y me acusa de violarla y matarla. Temo su miedo y otras emociones fuertes. *Tengo que sufrir por algo que no hice.*

Muchos sobrevivientes tienen también la tendencia a confundir a su actual pareja con un padre o cuidador del pasado que no fue el agresor. Un día, Betsy, sobreviviente de veintisiete años, le gritó a su novio: "¡Estoy sufriendo y tú no haces nada para ayudarme!". Más tarde, cuando ya se había tranquilizado, Betsy se dio cuenta de que estaba proyectando en su novio su enojo hacia su madre por no haberla protegido de las insinuaciones sexuales de su padre.

Cómo se sienten las parejas. Cuando ocurren las proyecciones inconscientes, las parejas pueden perturbarse y ofenderse. Para ellas es doloroso darse cuenta de que el sobreviviente al que aman piensa en ellos como un partidario indiferente, o peor, como un agresor. "Siento náuseas cuando pienso en que mi esposa interpreta mis insinuaciones sexuales como un deseo de abusar sexualmente de ella", dijo una pareja. Algunas parejas pueden sentirse atrapadas:

> Cuando la toco, aunque sea por casualidad, nunca sé si me aceptará como la pareja que ella eligió o si me rechazará como la reencarnación de su agresor. Mis intentos de tener un juego previo al coito son considerados una agresión. Cuando hacemos el amor, me preocupa que sienta que me está haciendo el favor en lugar de demostrando y recibiendo amor.

Los compañeros de los sobrevivientes pueden empezar a sentirse extraños por sus propios deseos y necesidades sexuales saludables. Un compañero dijo:

> Mis deseos sexuales ahora parecen extraños y demandantes. Me siento avergonzado de querer juguetear un poco cuando sé cuán espantoso fue para ella el abuso. Tengo que recordarme que estoy bien y que no soy el problema.

Como resultado de este tipo de proyección, algunas parejas pueden llegar a tener problemas con el deseo y el funcionamiento sexual. Pueden empezar a dudar de sus propios impulsos y deseos sexuales sanos. "Quizá sí soy solo un animal, como ella dice", comentó la pareja de una sobreviviente. Los compañeros pueden empezar a condenar sus pasiones naturales y sentirse culpables por disfrutar el desahogo sexual. Como resultado, algunas parejas pueden querer alejarse del sexo.

A Diana le empezaron a dar miedo sus propios sentimientos sexuales. Creía haberse vuelto el blanco de un esfuerzo de sabotaje sexual a manos de su pareja, Kate, sobreviviente de incesto de padre a hija.

> Cuando era niña, Kate aprendió a percibir cuando su padre quería sexo. Si ella no podía evitarlo, trataba de convertir la "aventura sexual" de él con ella en lo más desagradable posible, haciendo cosas que interrumpieran la concentración de él o interfirieran con su orgasmo Ahora, aunque no se lo propone, hace conmigo las mismas cosas. Me he vuelto aprensiva respecto a sentirme sexual, excitarme y llegar al orgasmo.

Las parejas muchas veces se sienten insultadas al saber que en algún sentido se les está viendo como el agresor. Pueden sentir que su identidad individual y sus buenas intenciones se han ignorado. Pueden sentir que se les ha reducido a un objeto —un pene o una vagina— y que se les considera unos seres lujuriosos que harían lo que fuera a cambio de sexo. La mayoría de las parejas tienen la esperanza de que su relación se base en el amor y en compartir, pero cuando se dan cuenta de que el sobreviviente cree que el deseo de contacto físico es simplemente un deseo de sexo, se entristecen.

Qué pueden hacer las parejas. Las parejas de sobrevivientes tienen que recordarse que su sexualidad es buena y positiva. Hablar sobre una sexualidad sana puede ser una oportunidad para que les expliquen a los sobrevivientes hasta qué punto su concepto del sexo difiere de las actitudes abusivas de un agresor.

Los compañeros también tienen que detener cualquier comportamiento que parezca imitación del abuso sexual o que pudiera detonar que un sobreviviente asocie a la pareja con el agresor. Si el compañero se ha informado sobre el abuso y ha investigado especialmente sobre el abuso que vivió su pareja, estos detonadores y conductas serán más fáciles de evitar. Pregúntate si estás haciendo cosas asociadas con el abuso sexual, como:

- tocar sin consentimiento
- hacer caso omiso de cómo se siente el sobreviviente
- comportarte de manera impulsiva, fuera de controlo o hiriente.[*]

Si lo estás haciendo, tu comportamiento puede estar retrasando la sanación sexual, o incluso impidiéndola.

Si las parejas tienen problemas de adicción a las drogas, al alcohol o al sexo, recomiendo que busquen tratamiento. Estos comportamientos se relacionan tan estrechamente con el abuso sexual que con toda seguridad socavarán los avances. A lo largo del proceso de sanar la sexualidad las parejas de los sobrevivientes necesitan tener buen criterio y control físico. Cualquiera de estas actitudes es imposible si la pareja está bajo la influencia del alcohol o las drogas.

Los sobrevivientes deben poder controlar hasta qué punto su pareja tiene contacto con su agresor. Si un compañero ha entablado amistad con el agresor, lo mejor es ponerle un alto a la relación, o enfriarla, si resulta incómoda para el sobreviviente. Una pareja que se asocia y simpatiza con la persona responsable de haber victimizado al sobreviviente, refuerza la tendencia de este último a verla también como un agresor. La pareja puede desempeñar un papel activo para disminuir estas proyecciones inconscientes por parte del sobreviviente.

Es igualmente importante que las parejas eviten hacer proyecciones inconscientes sobre el sobreviviente. Justin, esposo de una sobreviviente de incesto, describió así su experiencia:

Mientras más comprometida estaba mi esposa en su recuperación del abuso sexual, más diferente la veía. En mi mente había pasado de ser una persona cálida y amorosa a ser alguien frío e indiferente. Resentía el hecho de que estuviera tan concentrada en sí misma. Parecía que por mucho que yo tratara, de todas formas no podía complacerla ni lograr que dirigiera su atención amorosa hacia mí.

---

[*] Las parejas de sobrevivientes también pueden responder el inventario de efectos sexuales del capítulo 3. Ello puede permitir identificar actitudes y conductas relacionadas con el abuso sexual.

Mi madre y mi padre se divorciaron cuando yo tenía ocho años. Viví principalmente con mi papá, porque mi mamá muy pronto se relacionó con un hombre que tenía su propia familia. Aunque nunca se lo dije, yo sentía que ella me había abandonado y ya no me quería. Nada que yo hiciera parecía conseguir que ella deseara pasar más tiempo conmigo. Estaba completamente absorta en su nueva vida y yo no parecía importarle.

En terapia individual me di cuenta de que mis sentimientos hacia mi esposa se relacionaban con los sentimientos no resueltos que tenía de niño hacia mi madre.

Para que Justin y su esposa continuaran trabajando como equipo en la sanación sexual, Justin necesitaba cobrar conciencia sobre su tendencia a asociar a su esposa con su madre. Debía dejar de proyectar su rabia y su miedo en su esposa. Al darse cuenta de lo que se detonaba en él, su esposa pudo entender las reacciones de Justin mucho mejor. Entenderlas la ayudó a darle muestras de su amor y cuidado en formas en las que ella se sentía a gusto durante ese tiempo.

Qué pueden hacer los sobrevivientes. Los sobrevivientes pueden ayudar a reducir las proyecciones inconscientes al hacer a su pareja partícipe de lo que piensan y de sus progresos. Esas conversaciones les sirven a los sobrevivientes para relacionarse con su pareja como amigo, no como agresor, y contribuyen a que las parejas reduzcan su tendencia a ver al sobreviviente como alguien distante o indiferente.

Cuando los sobrevivientes se dan cuenta de que están confundiendo a su pareja con el agresor, pueden recurrir a ciertas técnicas para manejar las reacciones automáticas (que se presentan en el capítulo 7), como detenerse, tranquilizarse, afirmar y actuar para desactivar la proyección. Los sobrevivientes también pueden reducir las proyecciones si aprenden a desviar de su pareja el enojo dirigido al agresor. Por ejemplo, pueden escribir sobre ese enojo, hacer un juego de roles o hablar con el agresor en terapia, o confrontar al agresor y expresarle directamente sus sentimientos. Cuando los sobrevivientes manejan sus sentimientos hacia el agresor a través de la confrontación directa u otros métodos en terapia, es frecuente que recuperen un sentimiento de fortaleza y autonomía.

Al sacar a la luz estas proyecciones inconscientes por parte de cualquiera de los dos, ambos pueden aprender a responderse más efectivamente mutuamente, y a trabajar para sanar en vez de dañar su relación.

Adaptarse a los cambios en el contacto y en la forma de relacionarse sexualmente

Con el solo deseo de que las cosas sean diferentes nunca resolverán sus problemas de intimidad física. Como pareja, ambos necesitan trabajar juntos para superar las reacciones automáticas, detener conductas que imiten el abuso sexual, seguir adelante con las vacaciones sanadoras del sexo y establecer nuevas normas para el contacto y la intimidad sexual. Estos cambios son fundamentales y pueden ser difíciles. Los dos tendrán que hacer ajustes. Por momentos pueden volverse frustrantes. A veces se sentirán atrapados o desearan poder volver a un tiempo en el que el sexo y el contacto eran más sencillos.

Cuando el sexo continúa. Cuando los problemas de intimidad sexual relacionados con el abuso sexual salen a la superficie, algunas parejas intentan hacer frente a la situación continuando con el sexo. Tal vez esperan que al hacer unos cuantos ajustes, como volverse más consciente de las reacciones automáticas, sus problemas de intimidad sexual sanarán. A veces funcionan, pero otras veces no son suficientes para propiciar cambios saludables. Para algunas parejas, seguir teniendo sexo cuando este es problemáticas puede provocar consecuencias negativas. Como dijo la pareja de un sobreviviente: "El sexo se ha asociado con la lucha más que con el placer".

Cuando el sexo continúa, algunas parejas sienten como si caminaran sobre una cuerda floja y tratan de evitar detonadores y reacciones automáticas. Si bien pueden apreciar el valor de ser más consciente de las necesidades del sobreviviente durante el sexo, también pueden sentir que el sobreviviente está ignorando sus propias necesidades sexuales. La actividad sexual puede perder la sensación de libertad y relajamiento. Una pareja expresó así su desaliento:

> Cuando le hago sexo oral puede ser que en un momento de pasión diga algo que a ella le resulta desagradable. De repente su estado de ánimo se vuelve negativo. Tenemos que detener el sexo. Experiencias como esa me dejan con la sensación de que yo respondo más a sus necesidades que ella a las mías.

Es una situación difícil. Las parejas saben racionalmente que los sobrevivientes pueden poner en peligro su recuperación si en vez de concentrarse en ella se preocupan por satisfacer las necesidades sexuales de su pareja. Aun así, los compañeros pueden sentir que los están dejando a su suerte.

271

La falta de una reciprocidad cómoda lastima. Cuando el sexo continúa, las restricciones a la actividad sexual pueden parecer interminables. Una pareja dijo:

> Podemos ser sexuales solamente en la cama, nunca en otro lugar. No puedo usar la lengua cuando la beso porque se asusta. No puedo bromear sobre el sexo porque se ofende y se asusta. En las escasas ocasiones en que tenemos sexo, tengo que ser sumamente suave, lento y calmado, y nunca variar. El juego sexual relajado es algo demasiado amenazante para ella. Después del clímax, no participa. No podemos excitarnos con otras actividades, como divertirnos o una conversación íntima. El sexo es algo aislado que no forma parte de nada más.

La idea del sexo como algo divertido, como un intercambio lúdico o una expresión de amor puede perderse en la lucha de poder respecto a tener sexo o no. La sensación de dar y recibir mutuamente también se puede perder. La pareja de una sobreviviente que se retiró del sexo expresó su frustración:

> A veces nos abrazamos. A veces me rechaza. Nada de sexo. No me frota ni me da masajes, pero quiere que yo la frote y le dé masajes a ella. He pensado en conseguirme una amante, pero es más que el sexo. ¡Yo quiero intimidad *con ella*!

Para que la sanación siga adelante cuando el sexo continúa hace falta que entre el sobreviviente y su pareja haya compromiso y cooperación mutuos. Ambos tienen que hacer ajustes y aceptar los cambios; ambos necesitan apoyar y respetar los límites sobre las caricias y el sexo. Los sobrevivientes tienen que respetar esos límites para poder tomarse en serio su autoestima y permitir que haya progresos en la sanación sexual. Si los sobrevivientes siguen quebrantando sus propios límites, sanar tomará más tiempo y a la larga costará más frustración. Las parejas tienen que entender la importancia de los límites físicos y no enojarse cuando el contacto o la actividad sexual se interrumpen o tienen que detenerse por completo. El sobreviviente no está siendo desconsiderado, sino que está activamente comprometido con sanar.

Las parejas de sobrevivientes que buscan sexo de manera compulsiva pueden experimentar otro tipo de frustración cuando el sexo continúa, como explicó esta pareja:

> Mi novia quiere sexo y afecto más que yo. Siento que tengo que dar más de lo que quiero. Con frecuencia termino sintiéndome sexualmente inadecuado porque se espera que yo satisfaga todas sus necesidades emocionales a través del acto sexual. Eso nunca funciona.

Para estas parejas, ajustarse a la situación y ayudar a promover la sanación del sobreviviente puede significar que tendrán que poner límites al sexo. Para cualquier pareja es inútil seguir teniendo sexo cuando este está constantemente provocando problemas.

Debido a la cantidad de problemas y tensiones que pueden surgir, un integrante de la pareja o ambos pueden llegar a la conclusión de que seguir teniendo sexo no está funcionando en absoluto o no lo suficientemente bien para facilitar cambios positivos. Seguir teniendo sexo puede estar generando sentimientos negativos en ambos integrantes de la pareja, o reforzando conductas asociadas con el abuso sexual. Una pareja puede decidir, a menudo a su pesar, que para que el sobreviviente sane, lo mejor es que se tome unas vacaciones sanadoras sin sexo.

Durante unas vacaciones sin sexo. Probablemente una de las mayores dificultades para la pareja de un sobreviviente sea apoyar y respetar los límites acordados en cuanto a la actividad sexual y física durante unas vacaciones sin sexo. Si bien muchas parejas entienden en teoría la importancia de esas vacaciones sin sexo para el sobreviviente (véase el capítulo 8), de todas formas la experiencia las lanza a un estado de celibato forzada. La pareja tiene que renunciar a una importante actividad compartida; quizá se le niegue un contacto que él o ella cree necesitar y tiene que adaptarse al sexo solitario. De lo que puede resultar una gran cantidad de sufrimiento emocional, como explicó una pareja:

> Ahora no tenemos una relación sexual íntima. Cuando surgió el tema del abuso, su sexualidad y su impulso sexual entraron en una cámara frigorífica. Si bien hay algunas cosas que sabe que *no* quiere, y con lo que yo no tengo problema, aún no tiene idea de lo que *sí* quiere. Toda su historia sexual está dominada por los hábitos que aprendió cuando abusaron de ella. El problema para mí es que tengo que seguir masturbándome y mantener un contacto físico cercano sin sexo.

A consecuencia de la falta de actividad sexual, algunas parejas empiezan a cuestionarse quiénes son como personas sexuales, qué significa el sexo y qué importancia tiene para ellos. Como mencioné antes, con frecuencia se descubren cuestionándose su atractivo y si son deseables sexualmente.

Puesto que los roles culturales tradicionales representan la masculinidad como algo ligado a la actividad sexual, algunas parejas masculinas tienen que revisar sus conceptos sobre lo que significa ser hombre.

Al tener que adaptarme a las reacciones de mi pareja como sobreviviente de incesto, tuve que redefinir mi imagen como hombre y como una persona sexual. Hemos aprendido a ser compañeros y amigos sin mucha intimidad sexual.

Algunos compañeros empeoran las cosas al creer equivocadamente que el sobreviviente no los ama si ella o él no desea tener actividad sexual. Tal vez deban recordar que el sexo es solo una expresión de amor. La disposición del sobreviviente a tomar medidas importantes y a menudo dolorosas (como unas vacaciones sin sexo) para a la larga aumentar la intimidad y la satisfacción sexuales, es en sí misma una significativa expresión de amor hacia la pareja.

Los sobrevivientes pueden ayudar demostrándoles a sus parejas su afecto y atracción. Una pareja estaba encantada cuando su esposa le llamó a mitad del día para decirle que tenía ganas de tener sexo con él. Ambos sabían que no cumplirían el deseo, pero escucharlo los hizo sentir bien a los dos.

Respetar las vacaciones. Si una pareja sigue presionando al sobreviviente por caricias y sexo, así sea de manera sutil, el progreso de este en su sanación sexual puede detenerse. Los sobrevivientes cuyas parejas son incapaces de respetar los límites a las caricias y al sexo durante una vacaciones pueden llegar a una conclusión falsa y perjudicial: tengo que ser sexual para ser amado.

Aunque deseen intimidad sexual, las parejas de los sobrevivientes tal vez necesiten reivindicar a veces la prohibición de sexo. Digamos que ambos acordaron que lo mejor sería no tener sexo durante tres meses. Dos semanas después, tu pareja, la sobreviviente, te dice que percibe que estás irritable y que se siente mal por tu privación sexual. "Si quieres hacerlo, está bien", le dice. ¡No caigas! Recuérdale que llegaron a un acuerdo y que te propones seguir adelante con él. Si empieza a desearte más sexualmente, está bien, pero no lo lleven a cabo. Cuando se trata de sanar la sexualidad, *en caso de duda, no procedas.*

Hay muchas razones por las cuales un sobreviviente podría probar los límites sexuales de esa manera. Estas con frecuencia se relacionan con opiniones sutiles que tiene el o la sobreviviente de sí mismo como objeto sexual y víctima, de ti como agresor y de la sexualidad como mercancía. Un sobreviviente puede estar atrapado en viejas actitudes y pensar: "De todas formas, lo único que mi pareja realmente quiere de mí es sexo. Tengo que dárselo o me dejará para ir a buscarlo a otra parte. Es imposible que aguante tanto tiempo. Si tenemos sexo ahora, no tendré que sentir el dolor de que siga su camino. La única manera de conservarla es dándole sexo. No me siento amado a menos de que tengamos sexo".

Respetar los límites sexuales le permite a la pareja demostrarle al sobreviviente que puede confiar en ella. Protegerás a tu pareja en lugar de sacar provecho y abusar de él o ella. Esto ayuda a distinguirte como alguien diferente del agresor. Al abstenerte del contacto, permites que en el sobreviviente aumente el deseo de tener contacto físico y sexual contigo. Respetar los límites hará su relación más genuina en el futuro. Sabrás que tu pareja quiere relacionarse contigo por deseo, no por un sentido del deber, culpa, miedo o una mala imagen de sí misma.

Si un sobreviviente pone a prueba los límites, su pareja podría responder: "Quiero que me desees sexualmente *porque me deseas,* no porque pienses que yo te deseo". Cuando los límites son seguros y coherentes, el sobreviviente tiene la oportunidad de aprender a acercarse en busca de intimidad sexual.

Para sobrellevar largos periodos sin contacto sexual, muchas parejas recurren a la masturbación como desahogo sexual. Es posible que les preocupe que se les condene por ello. Los sobrevivientes pueden ayudar a que sus parejas hagan ese ajuste si aprenden a respetar el tiempo y la privacidad que necesitan para el sexo solitario. Los sobrevivientes tienen que ver la masturbación como una manera sana de lidiar con la situación y recordar que los sentimientos sexuales de la pareja son saludables.

Incluso sin intimidad sexual, las parejas pueden encontrar infinitas maneras de expresar afecto físico y cuidado emocional. Los sobrevivientes pueden iniciar caricias con las que se sientan cómodos, como masajear la espalda o los pies. Juntos pueden pensar en actividades no sexuales que pueden aportar diversión y placer a su relación actual. Trabajen juntos en un proyecto, vayan al teatro, monten en bicicleta, salgan a comer o simplemente pasen un rato relajados juntos y disfrutando de su mutua compañía.

En este tiempo recuerden que han mandado al sexo de vacaciones, no a la jubilación. La intimidad física tarde o temprano regresará a su relación. Sigan viéndose a sí mismos y a su pareja como personas amorosas y sensuales, aunque tal vez no tengan por el momento tanto contacto como antes. Unas vacaciones para sanar pueden representar para los dos una oportunidad de descubrir más sobre ustedes mismos sexualmente: sus sentimientos sexuales, sus inseguridades y su capacidad de aceptar y responder a sus propias necesidades sexuales.

Comunicación abierta

La comunicación es la clave para sanar juntos. Muchos de los problemas y dificultades con que se enfrentan las parejas pueden solucionarse si se habla de los sentimientos con franqueza y si se hacen lluvias de ideas para cambiar juntos.

La comunicación neutraliza los efectos del abuso sexual. Se opone a las dinámicas que existían en el abuso sexual, como el silencio, el sigilo, la vergüenza y la victimización. Cuando hablas, lo que haces no es un secreto, como sí lo fue el abuso. Estás reafirmando en voz alta lo que es importante para ti. La vergüenza no tiene oportunidad de consolidarse. Un sobreviviente se expresó así de su progreso:

> Hablar me ha ayudado enormemente. Le conté a mi nueva pareja que me resultaba incómodo estar desnudo. Ella se mostró comprensiva y dijo que tenía temores similares. Seguimos hablando de eso y experimentamos quitándonos la ropa el uno al otro. Ahora nos bañamos juntos con cierta frecuencia. Es la primera vez que me siento bien estando desnudo frente a una pareja.

La comunicación saca a los sobrevivientes del papel de víctimas pasivas, en el que les hacen cosas sin que ellos tengan voz en el asunto, y los lleva a una posición activa en la que fijan límites, dirigen acciones y negocian con su pareja sobre cómo se desarrollarán las cosas. Ustedes dos son importantes. Una sobreviviente lesbiana dijo:

> Mi pareja y yo nos contamos cómo nos sentimos sobre algo. Ella respeta mis sentimientos y yo respeto los suyos. Evitamos las luchas de poder. En vez de manipularnos mutuamente para tratar de obtener lo que queremos, planteamos lo que queremos y negociamos. Es saludable y solidario.

Al comunicarse, construyes intimidad emocional con tu pareja. Esta es una condición previa para tener también una intimidad física saludable. Sharon Wegscheider-Cruse, autora y terapeuta, explica:

> La intimidad es una necesidad humana básica y no debe confundirse con la necesidad de sexo. El sexo puede ser un aspecto importante de la intimidad, pero no es la única manera —ni siquiera la más importante— de intercambiar afecto [...] Antes de que podamos encontrar y *mantener* satisfacción sexual con una pareja, debemos adquirir la habilidad para lograr y mantener "un contacto emocional". [...] Este surge del deseo de conectarse con alguien más —saber lo que la persona piensa y siente, y mostrarle, a cambio, lo más íntimo de tu ser.[*]

---

[*] Sharon Wegscheider-Cruse, *Coupleship: How to Have a Relationship*, Deerfield Beach, FL, Health Communications, 1988, p. 4.

Mediante la comunicación puedes ayudarte a conservar un profundo sentido de ti mismo mientras buscas una cercanía emocional y física con tu pareja. Un sobreviviente dijo: "Nos esforzamos por tener una comunicación abierta: esta nos conduce a la seguridad, que a su vez nos lleva a tener encuentros sexuales positivos".

La comunicación también puede fortalecer tu sentido de formar parte de un equipo de sanación. "Cuando hablamos, compartimos la experiencia, estamos juntos", dijo una pareja.

Escuchar para aprender. Debido a que la comunicación es tan importante en el proceso de sanar la sexualidad como equipo, tanto el sobreviviente como su pareja tienen que aprender a hacerlo bien. Ambos deberán crear un clima en el que la comunicación sea segura. Existen muchos recursos disponibles que pueden ayudarles a establecer una buena comunicación.*

Recuerda que el sexo y el abuso sexual son temas sensibles. La clase de asuntos de los que van a hablar son muy personales. Muchas personas temen que su pareja vaya a juzgarlas negativamente o a rechazarlas si hablan con franqueza de estos temas. Pueden creer que sus sentimientos y experiencias son únicas o anormales, cuando en realidad muchas personas están en situaciones similares y se sienten igual. Tu sensibilidad respecto a lo vulnerable que pueda sentirse tu pareja permitirá que la comunicación avance.

A continuación se proporcionan algunas pautas para que la comunicación con tu pareja sea sana y productiva.

- Encuentren un momento para hablar que sea bueno para los dos.
- Concéntrense en un tema cada vez.
- Empiecen discusiones desde su propia experiencia, afirmando "Yo siento que..." en vez de hacer afirmaciones sobre tu pareja ("Tú crees...").
- Evita culpar, insultar y etiquetar.
- Escucha activamente. No interrumpas.
- Repite lo que escuchas que tu pareja dice.

Si hay algo que no entiendes, pídele que te lo aclare. Cuando das por sentado que sabes lo que tu pareja está sintiendo o pensando pueden surgir dificultades importantes de comunicación. Cuando estaba en la

---

* Véase la sección de Recursos para libros de interés general sobre la comunicación en la pareja.

universidad, un profesor de estudios sobre el matrimonio solía decir bromeando: "Cuando das por sentado, nos dejas en ridículo a ti y a mí".* El mensaje para las parejas es: no den por sentado, *pregunten*.

Escuchar puede mejorar cuando tu pareja y tú entiendan que ambos están "en proceso". Esto significa que tus sentimientos, percepciones e ideas reflejan cómo te sientes en este punto. No hay nada fijo. Con el paso del tiempo puedes desarrollar una idea nueva y diferente respecto a una situación.

Si bien estas pautas ayudan a que la comunicación fluya más suavemente en todas las parejas, son especialmente importantes cuando las parejas abordan la sanación sexual (véase recuadro páginas 269-270).

Aplicar lo que aprendiste. Las parejas tienen que conocer la experiencia del sobreviviente para no sentirse aisladas de lo que ocurre durante el proceso de sanación. Cuando no son conscientes de los avances que se están llevando a cabo, los sentimientos de enojo, desesperación o impotencia pueden recrudecerse. Comunicarse es una manera como el sobreviviente puede ayudar a mantener a su pareja informada e involucrada.

Conocer detalles sobre el abuso puede ayudar a la pareja a saber qué hacer para ayudar a que el sobreviviente se sienta más cómodo con las caricias y el sexo. Una sobreviviente dijo:

> Desde que le conté a mi pareja exactamente qué pasó en el abuso entiende por qué ciertas áreas del cuerpo y ciertos tipos de caricia pueden detonar reacciones en mí. No me toca los senos sin primero preguntarme, y es receptivo respecto a mis sentimientos y mis reacciones.

Muchas parejas se quejan de no saber qué hacer para ayudar. Necesitan instrucciones y orientación. Los sobrevivientes pueden ayudar diciéndoles a sus parejas específicamente qué quieren y qué no quieren que hagan.

Sugiero que las parejas hablen por lo menos varias veces a la semana sobre los avances o retrocesos en su sanación. Qué tanto hablen y de qué hablen depende de ustedes. Una sobreviviente explicó su situación:

> En las etapas iniciales e intermedias de mi sanación, la mayor parte de los cambios que hice ocurrieron en mi cabeza. Mis conductas prácticamente siguieron siendo las mismas. Aunque era difícil, le explicaba a mi pareja cómo mi pensamiento sí estaba experimentando cambios importantes.

---

* Juego de palabras intraducible: "When you 'ass-u-me', you make an ass out of you and me", por *assume*, asumir; *u-me o you and me*, tú y yo, y *make an ass* (*of yourself/myself*): quedar en ridículo. (*N. de la T.*).

El sobreviviente no puede presuponer que su pareja estará al tanto de los progresos. Los cambios pueden no ser evidentes para nadie más que para el sobreviviente. Estos pueden desear compartir cosas como los problemas a los que se están enfrentando, las metas a corto plazo en las que estén trabajando, en qué aspectos están sintiéndose mejor y cuáles son sus preocupaciones y esperanzas para el futuro. Esta clase de intercambios te ayudan a evitar la tendencia de alejarte de tu pareja en secreto, en silencio y con un dolor íntimo. Recuerda que tu pareja también se ve afectada por la situación presente y puede beneficiarse si sabe más de lo que está ocurriendo. Hablen, aunque tengas miedo. El silencio es tu enemigo.

En estas conversaciones habituales, las parejas pueden preguntarles a los sobrevivientes directamente, pero sin presionarlos, sobre sus experiencias y cómo podrían ser de más ayuda para ellos. Las parejas con frecuencia tienen ideas valiosas y conciencia respecto a la familia de origen del sobreviviente, de sus experiencias pasadas o conducta presente que pueda ayudarle a sanar su sexualidad. Cuando una pareja tiene ideas que ofrecer, lo mejor es plantearlas cuando el sobreviviente está listo para escucharlas y le interesan. "Tengo una idea sobre eso —podría decirle—, ¿quieres escucharla ahora?". Seguir este formato para ofrecer información respeta la necesidad del sobreviviente de controlar su propio proceso de sanación.

TEMAS DE CONVERSACIÓN PARA SANAR JUNTOS

Aquí se presentan algunas ideas de temas que tal vez quieras analizar con tu pareja para mejorar su trabajo de sanación en equipo. Recuerda seguir las sugerencias anteriores para una buena comunicación para garantizar que tus esfuerzos no sean infructuosos. De lo que se trata es de adquirir confianza y comprensión. Si la idea de una comunicación frente a frente resulta demasiado difícil en este momento, tu pareja y tú podrían redactar sus respuestas en cartas. Este proceso puede ser un paso para comunicarse de manera más directa en el futuro.

Túrnense para plantearse estas preguntas. Concéntrense en una o dos cada vez. Está bien saltarse una pregunta difícil y volver a ella más tarde.

1. ¿Cómo crees que el abuso sexual te haya afectado en lo personal?
2. ¿Cómo crees que el abuso sexual haya afectado nuestra relación?
3. ¿Cuál es tu mayor miedo sobre lo que nos pasará en el futuro?
4. ¿Qué significa el sexo para ti?
5. ¿Cómo te gustaría que fuera el sexo para nosotros como pareja?

6. ¿Cómo te sientes acerca de ti mismo como persona sexual?
7. ¿Qué necesitas de mí para que tu sanación sexual marche sin contratiempos? (Nota: Una buena forma de responder a esta pregunta es empezar con la frase "Para mí sería de gran ayuda que…").

Recuerda que no hay respuestas correctas o incorrectas. Su meta como pareja es conocer las necesidades del otro, sean cuales sean, y planear juntos su futura intimidad.

Cuando el sobreviviente esté listo, él o ella necesitará saber más sobre los sentimientos y necesidades de su pareja. Las parejas con frecuencia reprimen sus sentimientos. Pueden temer alterar o molestar al sobreviviente con ellos, a pesar de que dicha contención muchas veces aumenta sus propios sentimientos de soledad. Cuando las parejas no comunican sus sentimientos, corren el riesgo de sentirse rechazadas no solo en lo físico sino en lo emocional.

El sobreviviente tiene que comprobar cómo está su pareja y hacerle preguntas como: "¿Qué sentimientos te ha provocado este trabajo de sanación?". "¿Cuáles son tus temores?". "¿Qué preocupaciones tienes?". ¿Qué necesitas?". Al oír la respuesta de tu pareja recuerda que *tu capacidad de escuchar lo que tu pareja tiene que decir es más importante que responder de una manera particular.* Es posible que en ese momento no puedas satisfacer sus necesidades y deseos, pero tu atención y tu preocupación son regalos que valen por sí mismos.

A Robert, una pareja, estaba sumamente preocupado de que Jane, su esposa, dejara que su padre, el agresor, fuera a su casa de visita cuando él no estaba. A Robert le inquietaba que el padre pudiera interactuar de forma manipuladora o abusiva y que él no pudiera intervenir para detenerlo. Sin embargo, vacilaba en decirle a Jane lo que sentía y en pedirle que hiciera las cosas de otro modo. Robert temía que pensara que no confiaba en que ella pudiera proteger a sus hijos o a sí misma y que estaba tratando de decirle qué hacer.

En la medida en que su ansiedad aumentó, Robert se dio cuenta de que para cuidarse a sí mismo tenía que hablar con Jane de esos sentimientos y necesidades. Lo hizo, asegurándose de concentrarse en cómo se sentía *él* y qué necesitaba *él,* más que en el comportamiento de Jane. Aunque ella al principio estaba un poco a la defensiva, pudo ver que se trataba de una *necesidad personal* de Robert basada en sus inseguridades y también en su deseo positivo de proteger a su familia de posibles daños. Su petición no tenía el propósito de controlarla. Ella se analizó para determinar si responder a la petición de Robert perjudicaría de alguna manera su recuperación, y la respuesta fue que no. Juntos acordaron dejar que su padre fuera a la casa solo cuando Robert también estuviera ahí.

Con el tiempo, la comunicación abierta y efectiva ayuda a que una pareja salve la brecha que les impide comprenderse mutuamente. Mientras más capaces sean de escucharse sin culparse y sin renunciar a sus principios, mayor libertad tendrá cada uno para hablar directamente y con honestidad. Comunicarse se vuelve la principal manera de establecer lazos entre los dos. Más adelante, relacionarse sexualmente podrá convertirse en otra forma íntima para que la pareja se comunique.

Trabajar juntos como un activo equipo de sanación

Los sobrevivientes y sus parejas pueden trabajar activamente como equipo sobre ciertas áreas claves de la recuperación del abuso sexual y la sanación. Estas incluyen resolver los sentimientos relacionados con el abuso, adoptar nuevas actitudes frente al sexo, manejar las reacciones automáticas a las caricias y el sexo y encontrar un nuevo enfoque para tener intimidad física.

Cuando se trabaja activamente en estas áreas, es más probable que la sanación avance sin contratiempos y de manera sistemática. Si las parejas no cooperan y no se apoyan mutuamente, la distancia emocional puede ensancharse, y los intentos de sanación de los sobrevivientes pueden verse frustrados. Muchos sobrevivientes atribuyen su éxito en sanar sexualmente a la relación especial que pudieron establecer con sus parejas. Como la crisis les crea problemas a ambos miembros de la pareja, *tanto el sobreviviente como su pareja se benefician al participar juntos en las soluciones.*

En muchos sentidos las parejas pueden ayudar solo en la medida en la que los sobrevivientes lo permitan. Los sobrevivientes tienen mucho que ganar cuando invitan a su pareja a participar de manera más directa en el proceso de recuperación. Trabajar como equipo le da al sobreviviente la oportunidad de combatir activamente cualquier tendencia inconsciente de ver a la pareja como agresor, y ayuda a contrarrestar los sentimientos de frustración y rechazo de la pareja.

Las parejas se hacen un favor a ellas mismas y a la relación cuando se involucran de manera positiva en la sanación sexual. Dicha implicación puede ayudarles a superar los sentimientos de impotencia, frustración y depresión. Involucrarse puede propiciar una mayor intimidad y cuidado.

Resolver sentimientos relacionados con el abuso. Las parejas pueden implicarse en ayudar al sobreviviente a resolver sentimientos relacionados con el abuso. Pueden crear una atmósfera segura, solidaria, sin prejuicios, para que el sobreviviente se atreva a hablar con más libertad sobre el abuso, de su relación con miembros de su familia de origen, de sus sentimientos hacia el agresor y la conducta sexual que provino del abuso. Al escuchar de manera abierta y compasiva, las parejas convalidan las percepciones y pensamientos de los sobrevivientes. El sobreviviente se siente reconfortado por el saludable amor que existe en su relación presente.

Las parejas también pueden hacer cosas especiales para los sobrevivientes que muestren su apoyo en los momentos en los que este naufraga en sus problemas y sentimientos relacionados en el abuso, como ofrecerles palabras de aliento o prepararles una cena. El esposo de una sobreviviente limpió la casa en señal de apoyo cuando ella se sintió vulnerable después de hablar con su madre sobre el abuso. Sabía que su esposa siempre se sentía mejor cuando la casa estaba limpia. Ella estaba fascinada.

Confrontaciones. Cuando los sobrevivientes quieren revelarles el abuso a miembros de su familia de origen o enfrentar a sus agresores, las parejas pueden ayudar.* Si bien depende del sobreviviente iniciar, planear y controlar las revelaciones y confrontaciones, las parejas pueden escuchar las preocupaciones del sobreviviente, acompañarlo a una reunión con el miembro de su familia o agresor, esperarlo en los alrededores y estar presente después para darle apoyo emocional. La presencia tranquila y discreta de una pareja en esos momentos tan estresantes puede ser de gran importancia para crear confianza e intimidad en la relación.

Desarrollar nuevas actitudes sexuales. Los sobrevivientes y sus parejas pueden trabajar juntos para desarrollar nuevas actitudes sexuales. Una pareja puede compartir materiales —poemas,** historias o artículos— que muestren un modelo de sexo saludable, en el que este se base en el consentimiento, la igualdad, el respeto, la confianza y la seguridad. Como pareja

---

* Para información sobre cómo preparar una confrontación y sobre las confrontaciones en general, véase *The Courage to Heal,* de Ellen Bass y Laura Davis, y *The Courage to Heal Workbook,* de Laura Davis, ambos en la sección de Recursos.

** He elaborado dos antologías de poemas que inspiran y celebran una intimidad sexual saludable: *Passionate Hearts: The Poetry of Sexual Love,* e *Intimate Kisses: The Poetry of Sexual Pleasure.* Las dos están publicadas por New World Library e incluyen a muchos poetas conocidos. Véase la sección de Recursos o llámese al (800) 972-6657 para pedirlas.

pueden evitar hablar de sexo con palabras o de maneras que refuercen una forma de pensar abusiva sexualmente.

Las parejas pueden ayudar a los sobrevivientes a adquirir un concepto sexual de sí mismos más positivo recordándoles que su yo sexual básico es bueno y saludable. Kent, sobreviviente que empezó a participar en prácticas sexuales compulsivas después de que abusaron sexualmente de él cuando era niño, le contó a su esposa que "se sentía como basura" y que no podía creer que alguien lo amara de verdad. Su esposa le respondió: "Puedes seguir sintiéndote así contigo mismo si así lo decides, pero quiero que sepas que, independientemente de tu pasado y de tus tendencias presentes, *yo* creo que eres una persona hermosa y te amo sinceramente". Si bien en ese momento Kent no estuvo en condiciones de asimilar todo lo que le dijo su esposa, a la larga sus palabras le ayudaron a sanar.

Manejar reacciones automáticas. Como vimos en el capítulo 7, las parejas de sobrevivientes pueden ayudarles a identificar detonadores de reacciones automáticas relacionadas con el abuso. Juntos pueden planear modos de manejar las reacciones automáticas, como los ataques de pánico, los *flashbacks* o la disociación. Pueden elaborar una lista de estrategias para controlar las reacciones automáticas que inevitablemente ocurrirán. Esto puede suponer hablar de lo que el sobreviviente necesita de su pareja durante un *flashback:* que lo abrace, que le hable, que lo anime a expresar lo que siente, etcétera. Las parejas pueden idear formas creativas de evitar o alterar los detonadores.

Una sobreviviente contó que su novio y ella elaboraron un plan en el que, en cuanto él notara que ella parecía "haberse ido a otro mundo", detendría el sexo para hablarle. Esto la ayudaba a seguir presente y a conservar sentimientos de cercanía emocional durante el sexo.

El esposo de una sobreviviente, después de hablar con ella sobre los detonadores y las reacciones automáticas, dijo: "He aprendido muchísimo sobre por qué mi esposa era tan sensible a ciertos sonidos y caricias y sobre lo que puedo hacer para fomentar nuestra intimidad sexual gradualmente". Su esposa respondió: "Mi esposo me está ayudando a aprender que las caricias pueden ser buenas y que disfrutarlas es clave para superar mis problemas sexuales".

Reaprender el contacto. Las parejas pueden ayudarles a los sobrevivientes a entender que el sentido del contacto no es el sexo. Que el contacto puede ser placentero en sí mismo. Una pareja expresó: "Me he propuesto abrazar a mi novio sin que el sexo sea el motivo final. Quiero que sepa que el sexo no es una motivación oculta".

Como pareja puedes apoyar y participar en el reaprendizaje del contacto y los ejercicios sexuales, además de ayudarle al sobreviviente a superar problemas de funcionamiento sexual. Cuando los sobrevivientes deban hacer los ejercicios ellos solos, sus parejas pueden ayudarles creando un lugar y un momento seguros, tranquilos y privados para que ellos puedan trabajar en su sanación. Puedes proteger al sobreviviente de interrupciones de los niños o de llamadas telefónicas, por ejemplo. Más adelante, en los ejercicios que se hacen con la pareja, podrás unirte al sobreviviente para que juntos construyan nuevas habilidades y creen experiencias positivas con caricias, y más adelante con el sexo. Tu apoyo le da al sobreviviente permiso para explorar nuevos territorios y una pareja amorosa con la cual hacerlo.

En parejas de dos sobrevivientes, recorrer juntos el camino para sanar puede detonar en cada uno sentimientos sobre su propio abuso sexual. Es posible que haya oscilaciones en los avances si la sanación de una pareja ejerce presión sobre la otra. Estas parejas tienen que ser especialmente creativas a la hora de encontrar actividades para sanar que ambos se sientan preparados para llevar a cabo juntos.

LAS RECOMPENSAS DE TRABAJAR JUNTOS

La sanación sexual puede crear un profundo lazo emocional entre ustedes dos. Las habilidades que desarrollen para sanar contribuyen a que la relación prospere. Una pareja habló de los progresos que habían hecho:

> La sanación sexual ha representado para nosotros un desafío, por decir lo menos. Nos hemos hecho más fuertes como pareja porque nos ha obligado a ser honestos con lo que deseamos en una relación íntima. Nos comunicamos abiertamente. Nos respetamos a nosotros mismos. Ha sido una lección sobre la confianza y la comprensión mutuas.

El resultado de participar en la sanación sexual puede ser gratificante en lo individual. Como dijo la pareja de una sobreviviente:

He podido distinguir entre intimidad y sexualidad, y me he dado cuenta de que usaba el sexo como una manera de conseguir la "plenitud". Fue difícil, pero aprendí a no tomarme todo esto de manera tan personal y a recordarme que yo estoy bien. Aprendí a no enojarme con mi novia por apartarse y sentirse asqueada cuando yo me abro y me siento sexualmente vulnerable. He aprendido a tener paciencia, confianza y seguridad en mí mismo.

"Tal vez todo esto haya sido una bendición disfrazada" —dijo otra pareja—. Ahora sabemos sin lugar a dudas que nuestra relación no se basa exclusivamente en el sexo". La sanación sexual puede tener muchos efectos secundarios positivos. Puede ayudar a los dos integrantes de la pareja a mejorar su autoestima. Puede ayudarles a trabajar de manera más efectiva en colaboración. También puede aportar riqueza y profundidad a su relación. Una sobreviviente relató su experiencia:

> Nuestra situación ha sido de cambios mutuos. Leemos, escribimos y hablamos entre nosotros sobre el abuso y sus efectos. Experimentamos con el contacto de una manera lenta, dulce y tolerante. En ambos lados hay un entendimiento abierto y gentileza. Nos damos mutuamente un lugar seguro donde compartirnos y un terreno fértil para la sanación y el amor.

Sin duda, los desafíos que enfrentan las parejas durante la sanación sexual son muy grandes, pero los cambios que logres seguirán beneficiando la relación mucho después de que haber alcanzado la sanación.

Ahora, mientras aprendes a confiar en que tu pareja te dará comprensión y aliento y la haces participar de manera más activa en tu recuperación, pasemos a unas técnicas y ejercicios específicos que ambos pueden hacer para fomentar la salud, el placer y la intimidad.

Tercera parte

Cómo llegar

Crear experiencias positivas

10

Técnicas de reaprendizaje del contacto

*Tocar y ser tocado íntimamente significa exponer
mi parte oculta como la panza de un puercoespín.
Me siento vulnerable. Paso a paso estoy aprendiendo
a reemplazar el dolor del abuso sexual
con el gozo de estar vivo y de ser una persona sensual.*
Sobreviviente

Cuando era pequeña, cada vez que no podía dormir me sentaba en la cama y le gritaba a mi papá: "¡Papi, quiero un poco de agua!". Entonces él entraba con un vaso de agua, se sentaba junto a mí y esperaba mientras yo le daba unos sorbos. Luego volvía a meterme bajo las cobijas y él se quedaba un rato acariciándome la cabeza. Pasaba suavemente la mano sobre mis orejas y me peinaba con las puntas de los dedos una y otra vez. Yo enseguida me relajaba y me quedaba dormida. Lo que necesitaba, más que agua, era su contacto.

Las experiencias infantiles cálidas, como la que yo tenía con mi padre, le enseñan a un niño a disfrutar del contacto. Desde muy pequeños aprendemos que el contacto es una fuente de bienestar y seguridad. Aprendemos a acariciar como una manera de compartir el compromiso, la confianza y el amor. Sin miedo, inquietud o incomodidad, llegamos a valorar el contacto por la seguridad y el placer sensual que aporta.

Trágicamente, el abuso sexual puede interferir con esta lección. Muchos sobrevivientes no aprenden que el contacto es una forma sana de comunicación. Con el abuso, tocar a otra persona se convierte en una manera de dominarla y controlarla. Cuando abusan sexualmente de nosotros, aprendemos a percibir el contacto como algo mecánico, insensible, y con frecuencia como una manipulación dolorosa de nuestros cuerpos. Debido al abuso es posible que asociemos el contacto con el dolor, la traición y el miedo. Puede volverse difícil, o incluso imposible, para nosotros imaginar el contacto como algo sano y deseable. "¿Cómo puede alguien desear que lo toquen de manera erótica? ¿No sentirá automáticamente que quieren aprovecharse?", preguntó un sobreviviente.

Muchos sobrevivientes sienten de esta manera. Si los sobrevivientes no tuvieron la posibilidad de elegir quién los tocaba sexualmente, o cuándo o cómo o dónde, tal vez automáticamente supongan que todo contacto conduce al sexo. Los sobrevivientes pueden eludir cierto contacto sensorial e íntimo pero que está al margen del contacto sexual: el abrazo de una amigo, el apretón de manos de un compañero de trabajo, el masaje de una enfermera. Una mujer, de quien su madre, su padre y su hermano abusaron, describió así su dilema:

> Crecí sin caricias afectuosas y con muchos tocamientos sexuales inapropiados. Ahora el contacto me confunde. Tengo miedo de confiar en que alguien me toque y tengo dudas de que si yo toco a alguien, mi contacto sea recibido con placer.

Los sobrevivientes no pueden borrar el pasado. Abusaron sexualmente de ellos y puede ser que nunca hayan tenido la oportunidad de aprender a disfrutar que los tocaran. Sin embargo, no es demasiado tarde para empezar a aprender a disfrutar el contacto ahora. Es posible crear un nuevo archivo mental, un lugar donde guardar recuerdos nuevos y disfrutables del contacto, como guardar fotos de un viaje maravilloso. Al crear nuevas experiencias, los sobrevivientes pueden despegar en direcciones a las que nunca imaginaron que podrían viajar.

Has llegado a una nueva frontera en el viaje para sanar la sexualidad. En la primera y la segunda partes, el enfoque fue entender las experiencias pasadas y presentes, en deshacernos de creencias negativas sobre nuestra sexualidad, en asumir el control de las reacciones automáticas aprendidas en el abuso y en hacer cambios en nuestra conducta sexual y nuestras relaciones. Con base en estos cimientos, ahora estás listo para empezar a hacer cambios en el nivel físico, de manera experimental, con el contacto. Puedes buscar experiencias nuevas y positivas, en lugar de alejarte de ellas o de buscar contacto desesperadamente por el daño que te dejó el abuso. Puedes aprender a experimentar el contacto como una fuente de bienestar, cuidado y placer.

Primero se te pedirá que observes la relación entre el contacto y la sexualidad. En segundo lugar, se te presentarán varias técnicas importantes a las que puedes recurrir para reaprender el contacto. Finalmente, se te guiará a través de una serie de diecisiete ejercicios prácticos que te ofrecerán la oportunidades de explorar tu sensualidad de manera segura, suave y juguetona. Dando pasos pequeños y graduales, aprenderás a sentirte relajado y presente con el contacto y cómo modificar tu experiencia como respuesta a tus sentimientos y necesidades individuales. Puedes trabajar en muchos de estos ejercicios solo, tengas o no una relación de pareja actualmente.

Estas técnicas y ejercicios te permitirán compensar el aprendizaje que por culpa del abuso sexual te faltó. Es una oportunidad para ti de reaprender el contacto de manera positiva, y de desarrollar nuevas posibilidades para disfrutar el placer sensual.

PONER LA SEXUALIDAD EN SU SITIO

Los seres humanos se tocan unos a otros de muy diversas maneras. La mayor parte de las veces se toca de una manera que no tiene nada de sexual. El contacto sexual es solo una posibilidad entre las experiencias de contacto sensual. Para ilustrar cómo se relacionan entre sí las diferentes experiencias de contacto, podemos imaginar una secuencia de contacto sensual, enumerando las experiencias progresivamente, de menos sexual a más sexual.

Idealmente aprendemos a disfrutar del contacto en etapas, sintiéndonos cómodos con los más fundamentales y relajantes, antes de experimentarlos en un contexto sexual. Cada experiencia, además de ser en sí misma satisfactoria, nos prepara para el siguiente paso. De manera gradual vamos construyendo una base de experiencias placenteras de contacto.

Sin embargo, la mayoría de los sobrevivientes no aprendieron el contacto en estas condiciones ideales. Pudieron haber sido obligados a experimentar el contacto sexual demasiado pronto en la secuencia del contacto, antes de que tuvieran la oportunidad de construir los cimientos de otras experiencias de contacto menos sexual.

Para reforzar la sanación sexual, los sobrevivientes pueden ahora retroceder para reconstruir una saludable secuencia de experiencias de contacto. Es fundamental tener presente que *el placer sexual viene después —y no antes— de que hayas aprendido a sentirte cómodo y a salvo con el contacto no sexual.*

La siguiente ilustración muestra un ejemplo de la secuencia del contacto. La tuya tal vez sea un poco diferente, pero tendría que mostrar una progresión desde el contacto no sexual hacia el más sexual.

Los sobrevivientes tienen que sentir que dominan su capacidad para relajarse, estar presentes y guiar el contacto, antes de poder disfrutar los placeres únicos inherentes al contacto sexual. Empieza con las experiencias de contacto que te parezcan más sencillas y que estén en el principio de tu secuencia. Un sobreviviente puede sentirse más seguro si empieza con un abrazo que si lo hace con un beso, mientras que otro tal vez prefiera tomarse de la mano con alguien en el cine antes de sentirse a gusto con un masaje en la espalda.

Volver aprender a tocar supone avanzar paso a paso hacia el contacto más sexual. Tener sexo y crear lazos sexuales se ajusta de manera natural en la progresión conforme los sobrevivientes van sanando, pero estas actividades deben darse solo después de que tengan una base de experiencias de contacto placenteras. Una vez que el sobreviviente se sienta seguro con esta base, entonces él o ella podrá invitar a su pareja a compartir cada etapa de la secuencia del contacto, construyendo gradualmente experiencias sexuales compartidas.

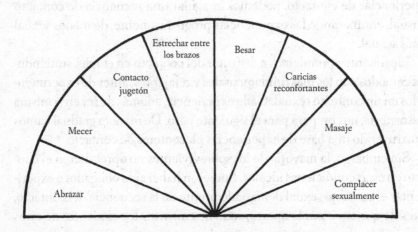

Un ejemplo de la secuencia de contacto

TÉCNICAS IMPORTANTES PARA REAPRENDER A TOCAR

Antes de que empieces los ejercicios para reaprender a tocar, repasemos estas tres técnicas importantes que pueden ayudarte a superar las dificultades que pudieran surgir:

1. Relajación y descanso
2. Conciencia activa
3. Resolución creativa de problemas

Relajación y descanso

Darte permiso de detenerte y relajarte cuando sientes la necesidad, es una condición previa para todos estos ejercicios. No empieces un ejercicio para volver a aprender a tocar hasta que sientas que, si es necesario, podrás detenerte, descansar, tranquilizarte y sentirte a salvo.

Primero relájate. ¿Cómo puedes crear un estado de ánimo en el que esto sea posible? Prueba con un relajamiento preliminar antes de iniciar un ejercicio. Disfruta un baño caliente. Lee sobre el ejercicio. Date unos minutos para imaginarte haciéndolo.

Algunos sobrevivientes pueden relajarse mejor si recurren a un ejercicio de relajación, como estirarse lentamente y dar masaje a sus grupos musculares. Otros pueden recurrir al yoga, a calentamientos de baile o al automasaje.*

A continuación describo un ejercicio sencillo que yo empleo, que consiste en tensar y relajar diferentes grupos musculares uno tras otro. Acuéstate de espaldas un rato. Respira y descansa. Cuando estés listo, empieza a contraer y relajar, alternadamente, los músculos de los pies, luego de las piernas, el estómago, el pecho, las manos, los brazos, los hombros y el cuello, y así sucesivamente. Respira profundamente y despacio. Imagina que tus músculos se hacen pesados, como si todo tu cuerpo estuviera hundiéndose en el piso. Relájate y sigue respirando lentamente.

---

* Hay una técnica terapéutica de masaje profundo de los tejidos y estiramiento muscular que se ha usado con éxito para ayudar a víctimas de tortura sexual a restaurar una conciencia positiva con el cuerpo y a recuperar la sensación en las partes sexuales. Para un artículo interesante sobre este tema véase H. Larsen y J. Pagaduan-Lopez, "Stress-Tension Reduction in the Treatment of Sexually Tortured Women: An Exploratory Study", *Journal of Sex & Marital Therapy*, 13, no. 3 (otoño de 1987), pp. 210-218.

No hay una receta única para relajarse. Cada quien necesita encontrar lo que mejor le funcione. Otros métodos de relajación también podrían servirte.

Descansa cuando lo necesites. Durante los ejercicios, cada vez que lo desees date unos minutos nada más para respirar. Inhala y exhala, recordándote que estás a cargo, que haces esto porque así lo decidiste y que puedes detenerte cuando quieras. Las técnicas que se describen en el capítulo 7 para controlar las reacciones automáticas pueden ayudarte ahora, aplicadas a ejercicios para reaprender el contacto.

Cuando las experiencias sensuales con su pareja se volvieron demasiado intensas, Dee, sobreviviente, hacía una T con las manos para indicar que se dieran un descanso.

> Me detengo un poco hasta que puedo darme cuenta de que no estoy volviendo a vivir el abuso. Me concentro en mis necesidades y eso me ayuda a superar mis reacciones.

La señal no verbal que usaba Dee era una manera fácil de recordarse a sí misma y a su pareja que quería un descanso. Acuérdate de detenerte, moverte, ir al baño, tomar alguna bebida sin alcohol, o si tienes una pareja, hablar de lo que sientes. Otro sobreviviente describió así un incidente particular:

> En una ocasión mi pareja y yo estábamos besándonos. Nos detuvimos y nos preguntamos cómo nos sentíamos. Me di cuenta de que yo no había estado realmente "ahí" mientras besaba a mi pareja. Abrí los ojos, la vi y recordé a quién estaba besando. Eso ayudó. Me dio una sensación de poder.

Tomarte un breve descanso refuerza el hecho de que es tu decisión y te hace consciente de que tienes el control. Algunas veces también puedes detener los ejercicios cuando te estás sintiendo bien. Si te detienes solo cuando las cosas se ponen difíciles, puedes hacer que el solo hecho de detenerte se vuelva algo traumático. No tiene que ser así. Descansar es natural. Mejor parar que presionar demasiado. Tómatelo con calma y añade dos o tres descansos a cada ejercicio. Detente y avanza a tu propio ritmo.

Si descubres que detenerte se vuelve algo tan frecuente que termina interfiriendo con tus avances, puede ser que no estés listo para hacer el ejercicio particular que elegiste. Si experimentas un enojo intenso o pánico, primero atiende estos sentimientos. Retrocede un poco y revisa los aspectos del viaje para sanar la sexualidad que se abordan en la segunda parte. No te presiones para avanzar a menos de que te sientas preparado.

Cuando detengas los ejercicios, haz algo que sea tranquilizante para ti. Encuentra tus propias seguridades. Tal vez colocar la mano sobre el pecho, escuchar música, meditar, abrazar una almohada, acariciar a tu gato o simplemente respirar y tomar una siesta.

Encuentra una base de operaciones. Cuando hagas ejercicios con una pareja tal vez te sirva encontrar lo que llamo una base de operaciones segura: un sitio en el cuerpo de tu pareja que te haga sentir seguro y cómodo al tocarlo.* Al tocar ese sitio, el sobreviviente recuerda que esa persona es su pareja, no el agresor. Esa zona es una *base de operaciones* a la que el sobreviviente puede regresar y sentirse cómodo.

Al hacer ejercicios para reaprender el contacto, Charlotte, sobreviviente de violación, se sentía en calma y tranquila si acariciaba la suave parte inferior del brazo de su novio. Era una parte del cuerpo masculino que para ella no tenía absolutamente ninguna asociación con el ataque. Tocar la base de operaciones puede ser un modo de tranquilizarse cuando otros tocamientos puedan resultar incómodos.

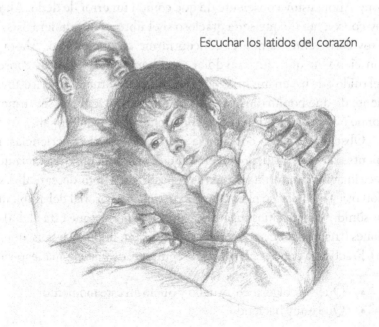

Escuchar los latidos del corazón

---

* Esta técnica fue creada originalmente por Karla Baur, terapeuta sexual de Portland, Oregon.

Escuchar los latidos del corazón. Del mismo modo, algunos sobrevivientes se consuelan cuando se detienen y escuchan los latidos del corazón de su pareja. Para casi todo mundo, el sonido del corazón humano es primordial. Lo escuchamos en la comodidad del vientre de nuestra madre mucho antes de que abusaran de nosotros. El sonido puede volver a hacernos sentir seguros ahora.

Conciencia activa

Ahora nuestro objetivo es ayudarte a que estés consciente, a salvo y que tengas el control. No se trata de "qué tan lejos llegues" en los ejercicios, sino de cuán cómodo te sientas. Debes poder sintonizar con tus sentimientos en todo momento. Estar consciente de tus sentimientos durante el contacto no es fácil. Para aprender se necesitan tiempo y práctica.

Ensaya completar la oración "Estoy consciente de...". ¿Qué te viene a la cabeza? No hay respuestas correctas; lo que pienses, sea lo que sea, está bien. Vuelve a planteártelo: "Estoy consciente de...". ¿Ahora qué viene a tu cabeza? La conciencia activa significa sintonizar constantemente con tus pensamientos y sentimientos.

Yo lo haré ahora para darte un ejemplo: "Estoy consciente de que mis dedos están oprimiendo las teclas mientras escribo en la computadora. Ahora estoy consciente de que cometí un error de dedo. Ahora estoy consciente de que sería gracioso si el libro se imprimiera así. Ahora estoy consciente de querer concentrarme en el ejercicio. Ahora estoy consciente de que tengo un dolor en el hombro. Ahora estoy consciente del ruido que hacen mis hijos que están jugando afuera. Ahora estoy consciente de qué bonito día hace. Ahora estoy consciente de sentirme triste por no estar afuera. Ahora estoy consciente de que quiero salir...".

Observa cómo mi conciencia incluye todas las experiencias: movimientos del cuerpo (dedos en el teclado), pensamientos (la gracia que me hace imaginar una errata dejada a propósito en el libro, desear salir), sensación física (el dolor en el hombro), experiencia sensorial del ambiente (oír los sonidos de mis hijos jugando, percibir lo bonito que está el día), emociones (tristeza por estar adentro en un día tan lindo) y deseos (querer salir). Practica la conciencia activa. Pregúntate, de manera más específica:

- ¿Qué veo, oigo, toco, pruebo y huelo en este momento?
- ¿Qué estoy haciendo?

- ¿Cómo me siento físicamente (tensión muscular, ritmo cardíaco, sensaciones estomacales, molestias, dolores, tranquilidad)?
- ¿Qué estoy sintiendo emocionalmente (enojo, miedo, alegría, tranquilidad, tristeza, emoción, confusión)?
- ¿Qué quiero y necesito en este momento?
- (Si estás con una pareja) ¿Cómo me siento con respecto a mi pareja? ¿Qué está haciendo? ¿Cómo me siento con respecto a nosotros dos?

La conciencia activa puede evitar que mentalmente nos ausentemos de lo que estamos haciendo. La conciencia es una habilidad que puedes practicar antes, durante y después de un ejercicio de reaprendizaje del contacto. Al principio puede ser difícil reconocer, incluso para ti, qué estás sintiendo. Sigue practicando. Intenta decir tus afirmaciones de conciencia en voz alta. Esto reafirma tu experiencia. Si tienes pareja, puedes compartirlas con ella. Si eres un sobreviviente soltero, tal vez puedas decírselas a un terapeuta, a un grupo de apoyo o a un amigo. ¿Te cuesta trabajo imaginarlo? Recuerda que tú tienes el control. Por ahora solo comparte lo que estés listo para contar. Mientras más le abras la puerta de tus experiencias a tu pareja, más íntima puede ser su relación.

Ten cuidado con la tendencia a juzgarte por tus sentimientos. "¿Cómo es posible que me sienta así? ¿Por qué estoy pensando eso?". No juzgues: acepta cualquier cosa que estés experimentando. Es real, y es un sentimiento válido; es de lo que estás consciente en un momento particular.

Cuando hayas adquirido más práctica en la conciencia activa, observarás que ya no tienes que hacer un esfuerzo consciente para entrar en sintonía. Tu conciencia llegará de manera más natural. Como cuando se aprende un nuevo idioma, aprender a estar activamente consciente al principio requiere del pensamiento consciente, pero a la larga empiezas a "pensar en el idioma" de la conciencia activa automáticamente.

Resolución creativa de problemas

Todos tenemos respuestas individuales a los ejercicios de reaprendizaje del contacto. Es común que los sobrevivientes tengan problemas a la hora de aprender una nueva manera de contacto. Puedes tener bloqueos emocionales, como una sensación de ansiedad o miedo al hacer un ejercicio u otro. Cuando esto ocurra, no te rindas. Evalúa esos bloqueos emocionales. Entender por qué algo te hace sentir incómodo puede ayudarte a ser consciente de formas en las que necesitas modificar la experiencia para ayudarte a sentirte más seguro emocionalmente. Esta es, en sí misma, una parte importante del reaprendizaje del tacto. Tus sentimientos son tu guía. Cree en ellos y disponte a crear experiencias sexuales más disfrutables en el futuro.

La resolución creativa de problemas significa *adaptar los ejercicios a tus necesidades personales*. Cuando te topes con un bloqueo pregúntate: "¿Qué puedo hacer para sentirme más a gusto con este ejercicio?". Mientras te adaptas continúas activo con tu sanación, respetando tus sentimientos personales. Las siguientes son varias técnicas que pueden resultar útiles cuando te encuentras con un bloqueo.

Cambia de nuevo. Debido a que los ejercicios siguientes están ordenados progresivamente, toparte con un bloqueo puede ser señal de que vas demasiado rápido. A lo mejor necesitas más tiempo para practicar las técnicas con actividades de contacto más familiares. Al regresar a un ejercicio que hiciste antes conservarás la sensación de control y seguridad mientras fijas tu propio ritmo.

Jenna, sobreviviente de veintisiete años, había estado aprendiendo a sentirse más cómoda al tocar su propio cuerpo. Empezó por concentrarse en permanecer tranquila y presente mientras tomaba un regaderazo. Descubrió que ese ejercicio de limpieza era relativamente fácil. Decidió probar otro ejercicio que implicaba acostarse en la cama y ponerse crema en la piel. De repente se asustó. Se sintió expuesta e incómoda.

Al día siguiente regresó a la regadera. La tercera vez que hizo su ejercicio de limpieza, a Jenna le empezó a dar curiosidad el siguiente ejercicio y se sintió con más confianza de hacerlo. Estaba lista para avanzar. Cuando salió de la regadera se secó y fue directo a su recámara. Esa vez se sintió relajada mientras se untaba la crema. Regresar brevemente al ejercicio de limpieza le había dado el tiempo que necesitaba para sentirse más cómoda al tocarse.

Puedes adaptar la técnica de regresar siempre que lo desees. Imaginemos que Jenna se sentía bien al ponerse crema en las piernas y en los brazos, pero le daba miedo ponérsela en el pecho. En tal caso hubiera podido dedicar varias sesiones a ponerse crema solo en brazos y piernas antes de siquiera plantearse volver a untársela en el área del pecho. Adáptate. Fija tu propio ritmo.

Tender puentes. Otra técnica de resolución creativa de problemas es dar pasos intermedios en un ejercicio. Al agregarle pasos a un ejercicio tiendes un puente entre una experiencia de contacto y otra. Imagina que estamos de excursión por el bosque y llegamos a un río que queremos cruzar. Vemos unas piedras grandes en el agua, pero nuestras piernas son demasiado cortas. No podemos fácilmente llegar de una piedra a la siguiente. ¿Qué hacemos? Agregamos más piedras para dar pasos más pequeños entre las piedras grandes. Ahora podemos cruzar con facilidad, y lo hacemos.

Cuando al reaprender el contacto llegas a un bloqueo, puedes preguntarte: "¿Qué piedras puedo agregar para cruzar este río?". A lo mejor podrías *disminuir la cantidad de tiempo* que dedicas a una actividad. Por ejemplo, haz el ejercicio durante tres minutos en lugar de veinte. Eso te permite exponerte un poco cada vez. Puedes probar un modo diferente al sugerido: *cambia el escenario o colócate de manera distinta.* Jenna podría haber tendido puentes añadiendo una sesión o dos en las que se hubiera quedado en el baño después de su regaderazo para secarse y ponerse ahí la crema y no en la recámara. Eso le habría permitido mantener una posición del cuerpo y un ambiente similar a los que había mientras se bañaba. Su éxito con el ejercicio de limpieza podría haber sido un puente para la aplicación de la crema.

La terapeuta Jill Kennedy, de Sacramento, California, describió cómo una paciente suya empleaba el modelado en barro como puente para superar su miedo a los besos. La mujer, sobreviviente de incesto de padre a hija, había hecho algo de trabajo curativo y había llegado al punto en que pudo tener relaciones sexuales cómodamente. Se sintió a salvo hasta que su esposo, excitado, se movió para besarla en el cuello, cerca de la clavícula. Su padre la besaba exactamente así. Habló con su esposo de sus sentimientos y él estuvo de acuerdo en no besarla así. Sin embargo, le entristecía esa restricción y decidió que quería superar su miedo a los besos. Kennedy escribió:

> La mujer era ceramista y consiguió un poco de barro, con lo que empezó lo que llamó su "campaña de boca y labios". Empezó esculpiendo bocas y labios en las sesiones y después aplastándolos con los puños o tirándolos al piso para deshacerlos. Esa fase cambió a una en la cual empezó a hacer declaraciones afirmativas como "Esto no es la boca de mi padre..., la boca de todo mundo no es la boca de mi padre". Poco a poco empezó a tratar de ponerse en el cuello y la clavícula las bocas que había modelado, siempre afirmando que tenía control sobre ese contacto. Finalmente se llevó los modelos a su casa, y en ejercicios cuidadosamente

controlados con su esposo, permitió que la tocara con las piezas de barro. Con el tiempo logró sentir placer al recibir los besos que su esposo le daba en el cuello.*

Esta solución creativa funcionó. Al usar los labios de barro, la mujer pudo borrar las viejas asociaciones con el abuso. Reaprendió la experiencia de ser besada como algo sano y disfrutable que ella podía controlar.

Otro tipo común de puentes que pueden usarse para volver a aprender el contacto tienen que ver con *variar la cantidad de ropa que usas*. Amy, sobreviviente, se sentía sumamente incómoda si se metía desnuda a la cama. Tras hablar con su pareja sugirió que ambos se acostaran con la ropa puesta mientras empezaba a reaprender el contacto. Así, sabiendo que ambos estaban vestidos, las caricias le resultaban menos amenazantes. Después de algunas sesiones Amy sugirió que se quitaran una prenda de ropa cada vez. Por un tiempo se acostaban con ropa interior. Los dos se sorprendieron al descubrir que los calcetines fueron lo último en irse.

Otra sobreviviente, Tanya, usaba maquillaje de ojos como puente. Su pareja y ella estaban experimentando, dando y recibiendo masaje. De pronto Tanya sintió miedo y se detuvo. Se dio cuenta de que necesitaba una manera de mostrarle claramente a su pareja dónde sentía bien que la tocara. Hurgando en su bolsa encontró un delineador y dibujó una línea en torno a sus pechos y genitales. Dentro de la línea estaba prohibido tocar. En sesiones futuras, en vez de usar el delineador dibujó fronteras imaginarias con el dedo. Sus zonas prohibidas fueron reduciéndose hasta desaparecer. Estas técnicas ingeniosas para tender puentes le posibilitaron relajarse.

Con pensamientos creativos mis pacientes han podido tender puentes efectivos y disfrutables para ellos. Algunos de los favoritos: frotar clara de huevo entre los dedos como un paso hacia sentirse cómodo con las secreciones vaginales o el semen; juntar los meñiques como paso hacia tomarse de la mano; dar y recibir besos de mariposa (pestañear contra la mejilla de la pareja) como un paso hacia un beso con los labios; dispararse con pistolas de agua en la regadera como paso hacia sentirse cómodo con la eyaculación de la pareja.

Podemos hacer grandes progresos al aprender a solucionar de manera creativa los problemas relacionados con el contacto. Como la pareja de las pistolas de agua, puedes sanar sexualmente mientras te diviertes.

Reaprender el contacto es algo gradual. Requiere creatividad y una gentil persistencia. No puedes apresurarlo, pues de hacerlo probablemente

* Respuesta a cuestionario, 1989.

suscites temores, ansiedad y una sobreexcitación. Una sobreviviente que lentamente aprendió a masturbarse describió su método:

> Me premio solo con las caricias que quiero. Nunca me presiono a hacer más de lo que puedo manejar. Escucho mi voz interna, qué quiero y necesito en el momento.

Apresurarse puede provocar que te sientas abrumado y eso puede hacerte renunciar por completo al reaprendizaje. Necesitas estar preparado para experimentar cierta dificultad y ansiedad en este proceso. Los cambios siempre traen consigo una incomodidad temporal. Para encontrar el equilibrio y permitirte salir adelante, puedes seguir la sugerencia de este sobreviviente:

> Haz lo que se sienta cómodo, pero ve un poco más allá del nivel de confort. Vale la pena seguir, aunque pienses que lograrlo va más allá de lo posible.

EJERCICIOS PARA REAPRENDER A TOCAR*

Puedes pensar en el reaprendizaje del contacto como un proceso de tender muchos puentes que vayan de las actividades de contacto más sencillas a las más demandantes. Muchos sobrevivientes dedican por lo menos una semana a hacer cada ejercicio tres o cuatro veces antes de pasar al siguiente. Todos los ejercicios tienen variaciones que pueden usarse como enlaces a ejercicios que vendrán después. Utiliza los ejercicios y sus variaciones para crear una secuencia que se adapte a ti. Sé flexible con el orden y las variaciones de los ejercicios que hagas. Probablemente tus necesidades cambien conforme continúas y haces progresos con el contacto.

Para los ejercicios que se hacen con pareja, recuerda que el sobreviviente los inicia todos, marca el ritmo y controla el proceso. Ya sea el sobreviviente o su pareja pueden detener un ejercicio en cualquier momento o sugerir alguna adaptación que lo haga más cómodo.

Elimina cualquier expectativa de alivio o interacción sexual de los ejercicios para reaprender el contacto. Por supuesto que puede haber excitación, pero por ahora ese no es el propósito. De hecho, si por el

---

* Mi video *Relearning Touch: Healing Techniques for Couples* [Reaprender el contacto: técnicas de sanación para parejas] presenta demostraciones delicadas de los ejercicios y reflexiones de las tres parejas que se beneficiaron con las técnicas. El video está disponible en forma gratuita en www.HealthySex.com

momento no estás tomando unas vacaciones sin sexo (como se describe en el capítulo 8), recomiendo que esperes por lo menos varias horas después de hacer un ejercicio antes de tener actividad sexual. A muchas parejas les funciona mejor la abstinencia sexual en los días en que hacen los ejercicios. En los primeros meses de la sanación estos ejercicios no deben verse como preludio del sexo. No debe haber exigencias ni presión alguna. Recuerda que por el momento tu meta es empezar a experimentar el contacto por sí mismo, libre de las viejas asociaciones sexuales.

Volver a aprender a tocar a la larga puede ayudarte a crear mejores relaciones sexuales, pero tienes que ser paciente. Deja que la curiosidad te guíe y que la risa te acompañe.

A continuación se presentan los ejercicios para reaprender el contacto en sí mismo ordenados de manera progresiva, según las categorías de aprendizaje:

CONTACTO LÚDICO

Cesto sensorial
Aplaudir
Dibujar sobre el cuerpo

CONSTRUIR SEGURIDAD

Nido seguro
Abrazo seguro
Del abrazo seguro a tocarse
La mano en el corazón

INICIAR Y GUIAR EL CONTACTO

La pluma mágica
Luz roja - luz verde

CONCIENCIA CORPORAL

Lavado de cabello
Limpieza
Recuperar tu cuerpo
Conocer tus genitales
Exploración genital con la pareja

COMPLACER

Masaje corporal con la pareja
Placer genital
Placer genital con la pareja

Si eres un sobreviviente soltero, hay una selección de ejercicios que puedes practicar sin pareja. Un programa para sobrevivientes solteros podría ser como sigue:

EJERCICIOS PARA REAPRENDER EL CONTACTO
PARA SOBREVIVIENTES SOLTEROS

Cesto sensorial
Nido seguro
Limpieza
Recuperar tu cuerpo
Conocer tus genitales
Placer genital

Ahora veamos los ejercicios más de cerca.

CONTACTO LÚDICO

Cesto sensorial*

Objetivo: Despertar los sentidos, permanecer relajado y presente durante el contacto, reconocer preferencias, jugar y experimentar con el contacto
Tiempo sugerido: De diez a veinte minutos

En un cesto coloca una variedad de objetos para despertar tus sentidos. Escoge aquellos que pienses que te resultaría agradable tocar, oler, probar, oír o mirar. Un cesto sensorial puede incluir cosas como terciopelo, plumas, sonajas, campanas, fruta, especias, joyería, piedras pulidas, ligas de hule o animales de peluche.

* Un agradecimiento especial a Miriam Smolover, de Oakland, California, y a Joyce Baker, de Eugene, Oregon, por darme a conocer versiones similares de este ejercicio.

303

Dedica unos minutos a interactuar con cada objeto. Practica la relajación y la conciencia activa para mantenerte tranquilo y presente. Acércate el objeto a la oreja y agítalo. Colócalo debajo de la nariz y huélelo. Frótalo contra tu mejilla o el dorso de la mano y siéntelo. Ordena los objetos en hilera, con tus favoritos en un extremo y los que menos te gusten en el otro. Haz un diseño o una cara con todos ellos. Diviértete, experimenta. Agrega o quita artículos de tu cesto sensorial con toda libertad.

Exploración de un cesto sensorial

Variaciones futuras: Abraza, acaricia y juega con un animal, como un perro, gato o hámster.

Palmoteo

Objetivo: Diseñar y poner en práctica un contacto lúdico, además de fomentar la cooperación y comunicación con una pareja.

Tiempo sugerido: Varía.

Siéntense uno frente al otro en sillas o en el suelo con las piernas cruzadas, a una distancia que les permita cómodamente juntar las palmas de ambos. Inventa una rutina de aplausos y enséñasela a tu pareja. El juego es parecido a los que tal vez jugabas de niño o veías a otros niños jugar. El que yo aprendí consiste en chocar las dos manos con las de mi pareja una vez, aplaudir con las mías, luego mi mano derecha con la mano derecha de mi pareja, otra vez un aplauso, mano izquierda con la izquierda de mi pareja y de nuevo juntar mis palmas. Solía cantar algo como "Llévame al juego de pelota" o "Marinero que se fue a la mar", al ritmo de las palmadas.

Después de decidir la rutina de palmadas enséñasela a tu pareja. Practíquenla juntos varias veces. El ejercicio se completa cuando puedes hacer toda la rutina tres veces, cantando la canción que vaya con ella, sin que ninguno de los dos cometa un solo error.

Palmoteo

Variaciones futuras: Hagan el ejercicio sentados en la cama, con trajes de baño, o más adelante, sin ropa.

DIBUJAR SOBRE EL CUERPO

OBJETIVO: Aprender a tocar como forma de comunicación.
TIEMPO SUGERIDO: Varía.

Siéntate frente a la espalda de tu pareja. Con tu dedo escribe un mensaje a tu pareja, dibujando las letras una por una. La pareja se queda quieta y trata de adivinar cada letra y cuando terminas dice el mensaje en voz alta. Puedes escribirle "Me gustas", "Te toca lavar los trastes" o lo que quieras. Cuando estés listo cambien de lugar y deja que ahora tu pareja te escriba un mensaje en la espalda.

Dibujar sobre el cuerpo

VARIACIONES FUTURAS: (1) Escribe mensajes en otras partes del cuerpo de tu pareja, como las palmas de las manos o las plantas de los pies (es probable que esto le provoque risas). (2) Hagan el ejercicio con la espalda desnuda.

CONSTRUIR SEGURIDAD

NIDO SEGURO

OBJETIVO: Crear un escenario seguro para experimentar el contacto sensual; identificar tus necesidades emocionales y fisiológicas y responder a ellas.

TIEMPO SUGERIDO: De veinte a treinta minutos.

Crea un ambiente seguro y cálido en el que puedas sentirte física y emocionalmente relajado a solas. Para proteger tu privacidad descuelga el teléfono, a quienes vivan contigo pídeles que no te molesten, etcétera. Usa ropa suave y holgada. Con cobijas, almohadas y otra ropa de cama, forma un nido en el que puedas descansar. Emplea técnicas de relajación para tranquilizarte y técnicas de conciencia para concentrarte en estar contigo mismo y en el momento presente. Respira de manera consciente. Concéntrate en tu cuerpo y en lo que te rodea. Tu objetivo es la comodidad y la relajación. Pregúntate qué podrías hacer en ese momento para que la situación sea más cómoda: ¿subirle a la calefacción, abrir una ventana, cerrar una puerta con llave, pedirle a un amigo que se quede en el cuarto de junto, poner música suave? Sintoniza con tus necesidades y tómatelas en serio, aunque al principio puedan parecer tontas o insignificantes. Descansa cómodamente.

Descansar en un nido seguro

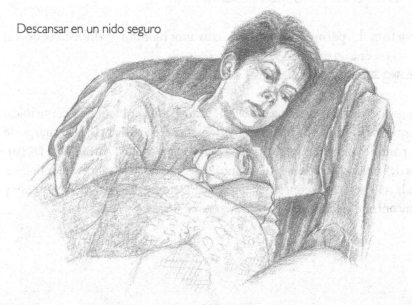

VARIACIONES FUTURAS: (1) Abrázate. Mécete suavemente. (2) Con el tiempo puedes practicar cada vez con menos ropa.

ABRAZO SEGURO

OBJETIVO: Relajarte y sentirte segura con tu pareja.
TIEMPO SUGERIDO: De veinte a treinta minutos.

Invita a tu pareja a unírsete en tu nido seguro. Pónganse ropa suave y holgada. Encuentren una posición, sentados o reclinados, en la que te sientas a gusto estando en contacto con tu pareja. Puedes abrazarla suavemente o descansar la cabeza en su pecho y escuchar sus latidos. Una posibilidad es que lo estreches entre tus brazos o le pidas que te estreche entre los suyos. Respiren juntos, lentamente. Relájense y descansen. De vez en cuando comparte tu conciencia de cómo te sientes en el momento presente. Mecerse suavemente está bien, pero eviten exploración de manos y caricias.

VARIACIONES FUTURAS: Con el tiempo pueden practicar cada vez con menos ropa.

DEL ABRAZO SEGURO A TOCARSE

OBJETIVO: Experimentar caricias con movimiento y dirección en un escenario relajado y seguro.
TIEMPO SUGERIDO: De diez a veinte minutos.

Empiecen con un abrazo seguro. Mientras lo abraza, el sobreviviente inicia pequeños tocamientos; el compañero permanece pasivo. Toca el cuerpo de tu pareja explorando la textura de la ropa y la suavidad o dureza de las partes del cuerpo cercanas a tus manos. Haz pequeños avances, manteniendo la relajación y la conciencia presente. Detente en cualquier momento y concéntrate en abrazar a tu pareja o en ser abrazado por él.

Explorar el contacto en un abrazo seguro

Variaciones futuras: (1) Amplíen las zonas que tocas. (2) Con el tiempo pueden practicar cada vez con menos ropa.

La mano en el corazón

Objetivo: Asociar el contacto con el intercambio de sentimientos amorosos, respetuosos y positivos.

Tiempo sugerido: De diez a veinte minutos.

Con ropa suave y cómoda, tu pareja y tú siéntense en sillas o en el suelo, frente a frente. Acérquense lo suficiente para que cada uno pueda sin problemas poner la mano derecha en el hombro de su pareja con el codo ligeramente doblado. Mírense a los ojos. Hagan unas cuantas respiraciones lentas y profundas. Este ejercicio está pensado como un intercambio silencioso, a menos que alguno necesite hablar. Ahora cada uno mueva la mano y pase del hombro de la pareja a colocarla suave pero firmemente, con la palma hacia abajo, sobre su corazón. Vuélvanse a ver a los ojos. Ahora vean el círculo que ambos están formando, de la mano al corazón y del corazón a la mano.

309

Mientras estás en esa posición, lleva tu conciencia a los sentimientos que tienes hacia tu pareja. Concéntrate en lo que te gusta de ella y en las cosas por las que la valoras. Piensa en las ocasiones en las que hayan estado juntos y que te resultaron divertidas y agradables. Deja que esos pensamientos se unan y se conviertan en sentimientos amorosos que reposan en tu corazón.

Ahora imagina esos sentimientos amorosos viajando de tu corazón a tu hombro derecho, por debajo de tu brazo, y saliendo de la palma de tu mano al corazón de tu pareja. Él o ella recibe tu amor y lo combina con los sentimientos amorosos que siente por ti y los envía por medio de su hombro, de su brazo y de su mano de regreso a ti. Los recibes, te unes a ellos y los envías de regreso, y así sucesivamente. Juntos crean un flujo circular de sentimientos amorosos, del corazón a la mano y de la mano al corazón.

Compartiendo de la mano al corazón

Variaciones futuras: (1) Haz que tu mano derecha se pose en los hombros, mejillas, rodilla, etcétera, creando un flujo de sentimientos amorosos hacia otras zonas de sus cuerpos. La versión más avanzada de este ejercicio incluye las zonas genitales. (2) Haz el ejercicio con cada vez menos ropa.

INICIAR Y GUIAR EL CONTACTO

PLUMA MÁGICA

Objetivo: Desarrollar técnicas para iniciar el contacto y controlar el movimiento con una pareja; practicar verbalmente necesidades de comunicación.

Tiempo sugerido: De cinco a diez minutos.

Siéntate en una mesa o en el piso frente a tu pareja, a poco más de medio metro de distancia. Coloca una pluma en la mesa, o en el suelo, entre los dos. Con firmeza, pero de manera cómoda, toma un extremo de la pluma. Cuando estés listo, pídele a tu pareja que tome el otro extremo. Muevan la pluma arriba y abajo y en círculos. Guía a tu pareja para crear distintos movimientos. Puedes imaginar que eres un director de orquesta o un niño haciendo figuras con una luz de Bengala. Muévete de manera que tu pareja te pueda seguir fácilmente sin perder el contacto con la pluma. La pareja sostiene firmemente la pluma pero no la dirige; la pareja debe permitir que el sobreviviente esté a cargo de los movimientos en todo momento.

Cuando hayan terminado (la primera vez esto puede ocurrir tan solo unos segundos después de iniciado el ejercicio) pídele a tu pareja que suelte la pluma. No la sueltes tú primero. Parte importante del aprendizaje es practicar decirle cuándo estás listo para iniciar el contacto y cuándo detenerlo.

Guiando la pluma mágica

VARIACIONES FUTURAS: (1) Prescinde de la pluma. Puedes pedirle a tu pareja que tome tu dedo índice, tal como lo hizo con la pluma, o simplemente tómense de la mano de una manera cómoda. (2) Más adelante hagan el ejercicio con menos y menos ropa.

LUZ ROJA - LUZ VERDE

OBJETIVO: Adquirir comodidad y control de la situación al tocar y ser tocado.
TIEMPO SUGERIDO: Quince minutos.

Empieza en una posición cómoda y relajada, como un abrazo seguro, o sentado cerca de tu pareja. Observa a tu pareja unos minutos. Recuérdate que todas las partes del cuerpo de tu pareja están conectadas. Ve uno de sus brazos. Observa cómo la mano es parte del brazo, el brazo es parte del tronco y el tronco es parte de la cabeza. Ve a tu pareja a los ojos. Relájate y respira.

Indícale a tu pareja cuando estés listo para empezar. Asegúrate de que también esté lista. Cuando ambos sientan que están preparados, tu pareja dice "Luz verde". Empieza por tocar el brazo de tu pareja que antes examinaste. Explora cómo se siente. Si quieres, frótalo y masajéalo suavemente. Durante este tiempo tu pareja debe contar despacio hasta diez. Al llegar a diez dice "Luz roja". En cuanto oigas esto detén el contacto, solo sostén su brazo. Repite tres veces el ejercicio y luego cambien de papel para que tu pareja toque tu brazo y seas tú quien dice "Luz verde" y "Luz roja". Recuerda detener el ejercicio en cualquier momento si lo necesitas: simplemente di "Luz roja" antes de lo planeado.

Cuando te sientas preparado, repite el ejercicio aumentando a veinte segundos. Vuelvan a cambiar de papeles. Sigan aumentando la duración del contacto activo hasta llegar a un minuto.

VARIACIONES FUTURAS: (1) Prescindan de la cuenta y usen las palabras *luz verde* y *luz roja* para indicarse el uno al otro cuándo empezar y cuándo detener el contacto. (*Nota para las parejas:* No dejen que pase más de un minuto o dos sin decir "Luz roja". Es mejor decirlo con más frecuencia que menos seguido). (2) En versiones posteriores pueden reducir la cantidad de ropa y extender la exploración del contacto y el masaje a otras partes del cuerpo, como la cabeza, la cara, la espalda o las piernas.

CONCIENCIA CORPORAL

LAVADO DE CABELLO

OBJETIVO: Crear una experiencia placentera para ambos y una experiencia de contacto divertida y húmeda.

TIEMPO SUGERIDO: De diez a veinte minutos.

Este ejercicio es como crear una minipeluquería en tu propia casa (o patio). Haz que tu pareja se siente en una silla con una toalla sobre los hombros. Mójale el cabello con agua tibia, agrega champú y aplícaselo en el cabello hasta obtener una espuma bonita. Prueba con diferentes maneras de masajearle la cabeza y hacer distintas figuras con el cabello y la espuma. Con los dedos frota suavemente su cabeza, asegurándote de tocar las zonas difíciles de alcanzar. Explora las diferentes sensaciones en tus dedos mientras lavas el cabello con la espuma. Inventa modos de lavarlo que sean divertidos. Cuando termines, ayuda a tu pareja a enjuagarse, cepillarse y secarse.

Lavado de cabello

Variaciones futuras: (1) Intercambien posiciones de tal modo que la pareja le lave el cabello al sobreviviente. (2) Los dos llevan cada vez menos ropa.

Limpieza

Objetivo: Hacerte más consciente de tu cuerpo y tu piel.
Tiempo sugerido: De veinte a treinta minutos.

Asegúrate de tener privacidad y un rato sin interrupciones. Date un regaderazo o baño de tina largo y relajante. Mientras estés en el agua frota jabón en una esponja o manopla y lávate todo el cuerpo. Haz espuma con el jabón y en algunas partes forma espirales. Prueba diferentes clases de movimientos: largos, cortos, ligeros, firmes. Recuérdate que es tu cuerpo y que te pertenece.

Observa tu piel atentamente. ¿Sabías que la piel es un órgano del cuerpo? ¿Sabías que las células superficiales de la piel se están desprendiendo constantemente? La piel que sientes ahora no es la misma que la de hace semanas, meses o años, cuando ocurrió el abuso. La piel de tu cuerpo ahora es nueva y diferente. Tu piel posee capacidades autocurativas muy poderosas. Mientras te lavas la piel piensa en cuán fresca y nueva es. Cuando estés listo, sal del agua y sécate con una toalla mullida. Vístete enseguida o quédate un rato descansando en la cama bajo las cobijas antes de vestirte.

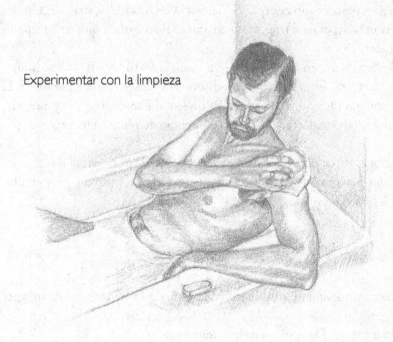

Experimentar con la limpieza

VARIACIONES FUTURAS: (1) Usa la mano en vez de una esponja o manopla, poniendo atención a las sensaciones que recibes al tocarte a ti mismo. (2) Lava el cuerpo de tu pareja o pídele que lave el tuyo.

RECUPERAR TU CUERPO

OBJETIVO: Aumentar los sentimientos de pertenencia y conciencia corporales.

TIEMPO SUGERIDO: De diez a veinte minutos.

Empieza con el ejercicio de limpieza. Observa tu cuerpo sin ropa o en un espejo de cuerpo entero. Gira a los lados para ver partes de tu cuerpo que normalmente no ves. ¿Cómo te sientes respecto a las diferentes partes de tu cuerpo? ¿Qué partes son las que más te gustan? ¿Qué partes tiendes a calificar negativamente o a omitir? Identifica cada parte de tu cuerpo diciendo en voz alta "Este es mi cabello", "Este es mi brazo", y así sucesivamente.

Tócate, excluyendo los pezones y los genitales. ¿Cómo se sienten estas diferentes partes de tu cuerpo? ¿Cuáles son las zonas más suaves? ¿Cuáles son las más ásperas? ¿Y las más sensibles? Recuérdate que tu cuerpo te pertenece.

Aplica crema en tu piel. Observa cómo la textura de tu piel se humedece y suaviza. Experimenta con diferentes clases de tocamiento en la piel: movimientos suaves y delicados, un frotamiento muscular profundo, movimientos circulares, toques livianos como de pluma, etcétera.

VARIACIONES FUTURAS: (1) Tócate con el propósito de aumentar las sensaciones placenteras. (2) Más adelante incluye los pezones y los genitales en el ejercicio.

FAMILIARIZARTE CON TUS GENITALES

OBJETIVO: Aumentar el sentimiento de propiedad y conciencia de tu zona genital.

TIEMPO SUGERIDO: De veinte a treinta minutos.

Empieza con el ejercicio del nido seguro. Con la luz encendida y un espejo, observa de cerca tu zona genital. ¿Puedes identificar las diferentes partes de tus genitales?[*] Si eres mujer, encuentra los labios vaginales

---

[*] Véase la sección de Recursos para libros de educación sexual. Tienen diagramas que pueden ayudarte a aprender los nombres y la ubicación de las partes genitales.

externos, los labios vaginales internos, el clítoris, la uretra, la abertura vaginal y el ano. Si eres hombre encuentra el escroto, los testículos, el glande del pene, el frenillo y el ano. Toca cada parte con suavidad al tiempo que dices su nombre. Observa las diferencias en textura y color de las distintas partes. Pon atención a lo que sientes. No olvides respirar. Prueba con diferentes tipos de tocamiento, como presionar, jalar suavemente, dar golpecitos, acariciar o masajear. ¿Cuáles son las partes más sensibles? ¿Cuáles las menos sensibles? Enfócate en permanecer centrado en el presente y relajado, no excitado. Recuérdate que tus genitales te pertenecen.

Termina este ejercicio con un "abrazo de mano". De manera firme y cómoda coloca la mano sobre tu zona genital. Recuerda el amor y la protección que puedes dar a esa parte especial de tu cuerpo.

Concluir la exploración genital uniendo tus manos

VARIACIONES FUTURAS: (1) Haz un dibujo de tu zona genital. Usa lápices de colores para representar cuán sensibles son al tacto las diferentes partes (por ejemplo, el lápiz rojo significa sensaciones intensas, el azul significa pocas sensaciones). (2) Esculpe tus genitales con plastilina, poniendo mucha atención a la forma y la textura.

Exploración genital con la pareja

Objetivo: Compartir el conocimiento y reducir la ansiedad en torno a los genitales.
Tiempo sugerido: Treinta minutos.

Tanto tu pareja como tú tienen que haber hecho el ejercicio de conocer sus genitales antes de pasar a este. Primero haz con ella los ejercicios de limpieza y del abrazo seguro. Por turnos (el sobreviviente decide quién va primero), colócate en una postura en la que tu pareja pueda ver tus genitales fácilmente. Señala y nombra las diferentes partes para tu pareja. Siéntete con libertad para hablarle de lo que aprendiste sobre tus genitales, como qué partes son sensibles a qué tipo de tocamientos. Háganse mutuamente preguntas acerca de sus genitales. Terminen el ejercicio dándose un abrazo seguro.

Variaciones futuras: Toca y di en voz alta los nombres de las diferentes partes de los genitales de tu pareja.

COMPLACER

Masaje corporal con la pareja

Objetivo: Explorar sensaciones de contacto con la pareja.
Tiempo sugerido: De veinte a cuarenta minutos.

Con ropa holgada en un cuarto tibio, empieza con un abrazo seguro. Hazle saber a tu pareja cuando estés listo para empezar el masaje. Pídele que se desvista al punto que tú decidas, como quedarse en ropa interior o sin nada de ropa. Dile que se acueste sobre una superficie cómoda, como la cama, o sobre una cobija en el suelo. Ayúdale a ponerse bocarriba o bocabajo, dependiendo de lo que te haga sentir más relajado. Empieza a tocar a tu pareja de la cabeza a los pies, excluyendo los senos y los genitales. Inicia con las partes del cuerpo de tu pareja que te sean más familiares. Toca de maneras que sean agradables para ti. Después pídele que se voltee y toca el otro lado de su cuerpo.

En general, tu pareja debe estar receptiva y relajada. Sin embargo, si la tocas de un modo que le resulte incómodo o desagradable, debe decírtelo. Si esto ocurre, lo mejor es que la pareja sugiera una clase distinta de contacto. Una pareja podría decir: "Me siento incómoda cuando me tocas el codo. Si me tocaras el brazo más arriba se sentiría mejor". La pareja plantea su experiencia y luego *da orientaciones específicas* sobre cómo el sobreviviente puede hacer del contacto algo más agradable. Cuando estas comunicaciones se ponen en práctica, el sobreviviente puede concentrarse en las sensaciones de contacto sin tener que preocuparse por la experiencia de su pareja.

Concéntrate en las sensaciones que reciben tus manos cuando tocas. Permítete experimentar con distintos tipos de contacto, como frotar, tocar o acariciar. Observa las diferentes texturas del cuerpo de tu pareja: velludas, tersas, duras, suaves. ¿Qué lugares disfrutas más al tocar?

Termina la sesión de una manera que para ti sea cómoda. Tal vez desees tapar a tu pareja con una cobija, darse un abrazo seguro o sentarse y hablar un rato.

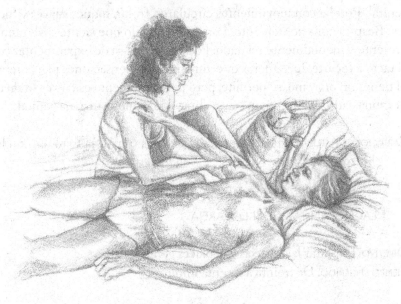

Masaje corporal con la pareja

VARIACIONES FUTURAS: (1) Después de tocar a tu pareja, intercambien papeles de modo que tú estés acostado y tu pareja sea quien te toca.

Recurran al ejercicio de luz roja - luz verde para recordarse su capacidad de controlar la experiencia y para detenerse y comunicarse con frecuencia. Para hacer un puente puedes colocar tu mano suavemente sobre la de tu pareja mientras te toca. De esta manera puedes guiar a tu pareja en el contacto hasta que te sientas cómodo. (2) Incluye las zonas de los senos y los genitales, pero tócalos solo como tocarías cualquier otra parte del cuerpo. (3) Dense masajes simultáneos. El sobreviviente decide si se ponen ropa y cuándo empezar y cuándo detenerse.

Dar placer genital

Objetivo: Descubrir maneras placenteras de tocar tu zona genital.
Tiempo sugerido: De veinte a treinta minutos.

Empieza con los ejercicios del nido seguro y conocer tus genitales. Experimenta con diferentes tipos de contacto en tu zona genital. Usa un lubricante personal para crear nuevas sensaciones y facilitar el contacto genital. Prueba con movimientos circulares, frotar, toques suaves y fuertes. Respira conscientemente. Pon atención a lo que sientes. Mantente presente y mentalmente relajado. Poco a poco pasa de experimentar con el tacto a tocarte de maneras que aumenten las sensaciones placenteras. Si tienes un orgasmo, se permite, pero por el momento esa no es tu meta. Termina cada sesión con un suave abrazo de manos a tu zona genital.

Variaciones futuras: Haz el ejercicio mientras tu pareja te rodea con los brazos.

Placer genital con la pareja

Objetivo: Explorar las caricias y el placer genitales.
Tiempo sugerido: De treinta a sesenta minutos.

Empieza con los ejercicios de limpieza con la pareja y el abrazo seguro. Pasa al ejercicio de masaje corporal, la segunda variación, en la que se incluyen los senos y los genitales en el contacto exploratorio. Decide con qué papel te gustaría empezar, ya sea tocar la zona genital de tu pareja o que tu pareja toque la tuya.

Cuando estás en el papel de ser tocado, coloca tu mano suavemente sobre la de tu pareja por un rato, orientándola sobre los lugares y la manera como te gustaría que te tocara. Comunícate frecuentemente con tu pareja. Indícale qué caricias te gustan más. Detente cuando quieras. Puedes terminar con tu mano sobre la de tu pareja mientras esta le da un abrazo de mano a tu zona genital.

Cuando estés en el papel de tocar la zona genital de tu pareja, ten la confianza de hacerle preguntas mientras la tocas: "¿Esto se siente bien? ¿Qué tanto puedo presionar aquí antes de que sea molesto? ¿Cómo se siente si jalo la piel aquí?". En cualquier sesión, no toques más de lo que te haga sentir cómodo.

Placer genital con la pareja

VARIACIONES FUTURAS: Explora tocar la zona genital con otras partes del cuerpo como los pies, las mejillas, la boca o la lengua.

Los ejercicios para reaprender el contacto nos permiten pasar gradualmente de un contacto lúdico y amigable a uno sexual. Nos mantenemos presentes, relajados y en contacto con nuestros sentimientos. Si nos topamos con bloqueos, tenemos la oportunidad de emplear técnicas como las de descansar y relajarse, la conciencia activa y la resolución creativa de problemas, así como el método de cuatro pasos para manejar las reacciones automáticas descrito en el capítulo 7. Las nuevas experiencias que tenemos nos ayudan a que nuestros viejos temores y tendencias compulsivas disminuyan.* Un sobreviviente que no tenía una relación, contó su reacción:

> Fue divertido acondicionar y jugar con un cesto lleno de juguetes y otras cosas para tocar. También compré espuma para baño de burbujas y crema corporal. Usarlos fue reconfortante. Mi niño interno tuvo un agradable rato relajante. Me di cuenta de que hay una gran parte de mí que quiere que la abracen. Estos ejercicios son un buen descanso de las luchas por la recuperación del abuso.

A los sobrevivientes que tienen una relación, los ejercicios de reaprender las caricias les ofrecen la oportunidad de continuar practicando la autoconciencia, así como de establecer un nuevo formato de intimidad física y de intercambio con la pareja. Una sobreviviente describió así su experiencia:

> Al principio tuve problemas con todos los niveles de contacto con mi pareja. El solo hecho de que me tocaran, como sensación que pudiera disfrutarse, era nueva para mí. Siempre me había dicho a mí misma que si alguien me tocaba, sobre todo si me tocaba "ahí", significaba que debíamos tener sexo, y el sexo no era divertido. Tocar fue un campo totalmente nuevo para mí. Fue atemorizante y difícil, pero al final valió la pena.

Otro sobreviviente habló de sus avances:

> Me sentía con miedo y tenso. Me preocupaba que si tocaba a mi esposa me acusara de no saber lo que estaba haciendo. Los ejercicios me dieron permiso de explorar su cuerpo lentamente. Estoy superando mis miedos y dándome cuenta de cuánto nos parecemos, a pesar de tener cuerpos distintos. Es asombroso haber vivido diez años con mi esposa y apenas ahora darme cuenta de esas pecas y esos pelitos graciosos en su cuerpo. Por mucho tiempo me sentí como buscando a tientas en la oscuridad, envuelto en el miedo y en las fantasías. Ahora he abierto la puerta y estoy realmente aprendiendo algo nuevo.

Otra sobreviviente dijo:

---

* En mi libro *The Porn Trap: The Essential Guide to Overcoming Problems Caused by Pornography*, pueden encontrarse variaciones de los ejercicios para aprender el contacto, especialmente pensados para personas en recuperación de adicciones y compulsiones sexuales. (Véase la sección de Recursos).

Antes, cuando pensaba en el cuerpo de mi esposo, me lo imaginaba con un gran agujero en la zona genital. Odiaba pensar en su pene. Era como si este fuera un barómetro de mis miedos. Si era pequeño, mis miedos eran pequeños; cuando se hacía más grande, el miedo crecía dentro de mí. Cada vez que el pene de mi esposo me tocaba, me sentía pequeña, asustada, como si se esperara que yo tuviera sexo. Ahora, después de estos ejercicios, su pene ya no me da miedo. Es parte de su cuerpo, está conectado a quien él es y al amor que tiene en su corazón por mí.

Cuando reaprendes el contacto aumentas tu capacidad para experimentar placer por ti mismo, y a la larga con una pareja en quien confíes. Después de varios meses de ejercicios, un sobreviviente describió su progreso:

He llegado a un punto en el que mi deseo de divertirme es mayor que mis miedos. Puedo sentirme a salvo sin apagarme o bloquearme. Me siento mejor cuando permito que haya sensaciones de placer. Cada vez que lo hago y funciona, llego a creer más y más que no me pasará nada malo si siento placer.

En la medida en la que has trabajado en estos ejercicios, has empezado a adquirir una nueva colección más saludable de recuerdos relacionados con el contacto. En el futuro, repetir estos ejercicios podrá ayudarte a solucionar problemas específicos de funcionamiento sexual, o simplemente a reforzar lo que has aprendido: que el contacto es una fuente de bienestar, seguridad y placer.

Conforme te vayas sintiendo más a gusto con el contacto, puedes disfrutar inventando nuevos ejercicios para expandir esos sentimientos saludables. Recuerda hacer hincapié en la seguridad, en la exploración sin presiones y en el éxito progresivo. Deja que estos sean tus guías mientras continúas con tu viaje para sanar.

11

Solución de problemas sexuales específicos

*Las técnicas de terapia sexual tradicionales
para las disfunciones sexuales pueden
en realidad ser perjudiciales para los sobrevivientes,
a menos de que estos hayan avanzado un buen trecho
en su recuperación del abuso sexual.*
Miriam Smolover, terapeuta

Prácticamente todo mundo sufre algún problema sexual complicado en algún momento de su vida. Algunos problemas sexuales son temporales y se van solos. Otros persisten. Los que son resultado del abuso sexual suelen ser problemas persistentes. Para resolverlos se requiere de nuestra atención activa.

Los problemas de funcionamiento sexual, de interés y de relación atormentan con frecuencia a los sobrevivientes a lo largo de muchos años. Algunos sobrevivientes nunca han tenido un fuerte interés en tener sexo. Para otros, los problemas sexuales pueden haber salido a la superficie apenas recientemente, como resultado de su trabajo sanador de la sexualidad. Por ejemplo, un sobreviviente que ha aprendido a dejar de fantasear sobre el abuso sexual, tal vez ahora tenga dificultades para excitarse.

Ahora es un buen momento en el viaje para sanar la sexualidad para que los sobrevivientes aborden problemas sexuales específicos. Han logrado entender de otro modo la relación entre el sexo y el abuso sexual, han hecho cambios importantes y han desarrollado nuevas habilidades para reaprender el contacto y el sexo. Para este momento del viaje, muchos sobrevivientes sienten menos aprensión sobre la actividad sexual, pues ya aprendieron que el contacto sexual es solo un aspecto de una sensualidad de cuerpo entero y una expresión de intimidad física.

En este capítulo examinaremos las causas de una variedad de problemas sexuales y aprenderemos maneras específicas de solucionar cada uno de ellos.

ENCONTRAR LA VERDADERA CAUSA DE UN PROBLEMA SEXUAL ESPECÍFICO

Los problemas sexuales tienen un gran número de causas. Algunos pueden ser consecuencia de cuestiones orgánicas, como una afección médica, una lesión física, el efecto de ciertas drogas.* Otros se derivan de causas psicológicas o de acontecimientos específicos de la vida, como estrés, una educación sexual inadecuada, actitudes parentales contra la sexualidad rígidas, problemas interpersonales y malas experiencias, como el abuso sexual. Si bien puede haber buenas razones para creer que un problema actual proviene del abuso temprano, no es conveniente asumir que el abuso sexual sea la única causa, ni siquiera la principal, de todos nuestros problemas sexuales.

Un buen primer paso es ir a ver a un médico, y tal vez a un terapeuta sexual certificado,** para determinar si el problema podría tener una causa implícita distinta del abuso sexual. Sin un diagnóstico preciso corres el riesgo dar vueltas sin llegar a ningún lado tratando de solucionar un problema sexual.

A Wanda, por ejemplo, la aquejaba un malestar vaginal durante la relación sexual. De veinticinco años de edad y sobreviviente de violación, asumía que el problema era resultado del abuso sexual. Durante

* Entre las causas orgánicas más comunes están diabetes, alcoholismo, lesión de la médula espinal, esclerosis múltiple, infecciones, lesiones genitales, deficiencias hormonales y problemas circulatorios. Otras causas comunes son algunos medicamentos (para la presión arterial alta o para la depresión, por ejemplo), drogas callejeras (como anfetaminas, barbitúricos o estupefacientes) y el consumo compulsivo de pornografía por largo tiempo.

** En la sección de Recursos véase la American Association of Sex Educators, Counselors, and Therapists (Asociación Estadounidense de Educadores, Orientadores y Terapeutas Sexuales, AASECT por sus siglas en inglés) para obtener una lista de los terapeutas sexuales certificados en tu área. Antes de sacar una cita entrevístate con el terapeuta para asegurarte de que tiene capacitación especializada en tratamiento del abuso sexual. Como cuando se busca a cualquier terapeuta, sería buena idea que hablaras con personas de tu comunidad, como médicos o gente de agencias de referencia que estén familiarizados con su enfoque y su trabajo.

la cópula se concentraba en relajarse y en recordar que su pareja actual no era un agresor. Su pareja y ella empezaban lentamente la cópula y Wanda se detenía con frecuencia para tranquilizarse y recordarse que ella tenía el control de la experiencia. Sin embargo, sus molestias continuaban. Finalmente fue con el ginecólogo, que la revisó y sugirió que la causa del problema podría ser una leve candidiasis. Wanda se libró de la infección, y para su sorpresa la cópula se sentía bien.

Cuando Chuck, de treinta y cinco años, que sufrió abuso sexual en la niñez, entró a un grupo de apoyo para sobrevivientes, empezó a tener dificultades con la erección y la eyaculación. Sus erecciones no eran tan firmes como antes; a veces eyaculaba muy pronto y en algunas ocasiones sintió dolor en la base del pene. Chuck supuso que esos síntomas eran expresiones del dolor emocional no resuelto relacionado con el abuso. Sus problemas sexuales continuaron por meses. Chuck leyó libros de terapia sexual y probó las técnicas que en ellos se proponían, sin éxito. Finalmente fue con un urólogo a una revisión. Tenía una infección de próstata menor. Después de tomar antibióticos sus problemas sexuales desaparecieron.

Como Wanda y Chuck, muchos sobrevivientes pueden apresurarse a suponer que el abuso sexual es la causa única o principal de un problema sexual. Una serie de factores se pueden combinar para crearles un problema sexual a los sobrevivientes. Te puede resultar difícil descartar hasta qué punto el problema se relaciona con el abuso.

Consideremos el caso de Jesse, para quien es difícil llegar al orgasmo. De niña, a Jesse se le enseñó que la masturbación es repugnante y pecaminosa. Debido a los mensajes de su familia, Jesse nunca intentó tocar sus genitales para obtener placer. En la preparatoria fue violada por un joven con el que había estado saliendo; mientras la violaba, el agresor le decía *puta*. Jesse ahora ya tiene veintitantos años, se casó y está muy enamorada de su esposo. Quiere tener orgasmos. En su caso, la combinación de abuso sexual con su educación antisexo son la causa de su problema sexual actual. Alcanzar el orgasmo requerirá no solo que supere el trauma sexual vivido en la violación, sino también que resuelva los efectos negativos de su educación.

LA ANSIEDAD EMPEORA LOS PROBLEMAS SEXUALES

Los problemas sexuales nos pueden preocupar, deprimir o hacernos sentir culpables, con lo que se hacen más profundos. Tal vez nos detenemos demasiado en pensamientos como "No soy normal", "Sexualmente soy inferior", "Nadie me querría de pareja si lo supiera", "Le he fallado a mi pareja" o "Nunca podré cambiar".

Lonnie, sobreviviente de incesto de madre a hijo, estaba enfermo de preocupación después de unos días con problemas de erección. Estos problemas empezaron después de una horrible pesadilla en la que su madre estaba sobre su cama riéndose de él mientras él le hacía el amor a su novia. Aunque Lonnie nunca antes había tenido dificultades con la erección, después de ese sueño se convenció de que el problema era un castigo. Le preocupaba nunca volver a tener una erección y que su novia lo dejara. Su ansiedad se exacerbó, y eso provocó que el problema persistiera. Lonnie pudo superar su ansiedad al darse cuenta de que su dificultad eréctil era una respuesta normal, si bien molesta, a la pesadilla. En la medida en que su ansiedad disminuyó, su capacidad eréctil aumentó.

Barry McCarthy, terapeuta sexual de Washington, DC, escribió: "El hombre que puede aceptar una experiencia insatisfactoria esporádica sin que esta represente una amenaza a su autoestima sexual, se inocula contra la disfunción sexual".[*] Cambiar la manera como nos sentimos con respecto a un problema sexual es gran parte de la solución.

PROBLEMAS SEXUALES Y SUS SOLUCIONES

Analicemos algunos problemas sexuales comunes que involucran el interés y el funcionamiento sexuales y las maneras de relacionarse, que pueden ser efecto del abuso sexual. Algunos problemas pueden aplicarse a ti y otros no.

FALTA DE INTERÉS SEXUAL

Inhibición del deseo
Miedo al sexo

DIFICULTAD PARA EXCITARSE Y TENER SENSACIONES

Falta de lubricación en mujeres
Falta de erección (impotencia) en hombres

[*] Barry McCarthy, "Developing Positive Intimacy Cognitions in Males with a History of Nonintimate Sexual Experiences", *Journal of Sex & Marital Therapy*, 13, no. 4 (invierno de 1987), p. 256.

DIFICULTAD PARA TENER UN ORGASMO

Falta de orgasmo en mujeres
Eyaculación inhibida en hombres

DIFICULTAD PARA EVITAR EL ORGASMO

Eyaculación prematura en hombres
Orgasmo rápido en mujeres

DIFICULTADES PARA LA CÓPULA, EN MUJERES SOBREVIVIENTES

Espasmos musculares, dolor y malestar
Miedo a la penetración

Los hombres y las mujeres experimentan muchos problemas similares. Sexualmente se parecen en muchos sentidos, con patrones de respuesta parecidos y semejanzas fisiológicas que tienen su origen en el útero. Cerca de los seis meses de gestación, las hormonas masculinas influyen en los embriones masculinos para desarrollar un pene y un saco escrotal; estos órganos se desarrollan a partir de los mismos tejidos que en una mujer se convierten en clítoris y labios vaginales externos. En los adultos de ambos sexos estos órganos contienen tejidos sensibles que se hinchan de sangre con la excitación, así como músculos que se contraen a intervalos de ocho décimas de segundo durante el orgasmo.

Cuando todo funciona bien sexualmente, mujeres y hombres atraviesan las mismas cuatro etapas del ciclo de respuesta sexual: excitación (acumulación inicial del deseo sexual), meseta (se mantienen e intensifican altos niveles de deseo), orgasmo (descarga de la tensión sexual a través de contracciones musculares del piso pélvico) y resolución (regreso al estado de no excitación).

Unas relaciones íntimas sanas y satisfactorias implican, por supuesto, mucho más que atravesar estas cuatro etapas. Nuestro funcionamiento sexual es una parte secundaria de la intimidad sexual. Podemos relajarnos y cuidarnos a nosotros mismos físicamente, o acariciar, abrazar, tocar y murmurar palabras dulces a una pareja, independientemente de si hemos estado funcionando de determinada manera o si nos sentimos listos para tener sexo. *No tenemos que permitir que un problema sexual específico con el que nos enfrentemos se interponga en nuestras sensaciones cálidas y placenteras o que interfiera con la intimidad.*

Los problemas de funcionamiento sexual se presentan cuando decidimos tener sexo y no podemos avanzar por el ciclo de la respuesta sexual con facilidad y satisfacción, o cuando no podemos compartir nuestra experiencia con una pareja íntima. Nos preocupamos, y aunque estos problemas no impiden la intimidad física, de todas formas queremos mejorar nuestra capacidad de sentirnos sexualmente excitados, tener orgasmos o tener relaciones sexuales y copular.

En los últimos cincuenta años se han desarrollado excelentes técnicas para ayudar tanto a hombres como a mujeres a superar exitosamente sus problemas sexuales. Dichas técnicas se basan en métodos conductuales que reducen la ansiedad y reconfiguran las respuestas sexuales. Se desarrollaron bajo la premisa de que la conducta sexual es aprendida, y por lo tanto puede desaprenderse y luego reaprenderse de una nueva forma.

Los sobrevivientes pueden utilizar de manera efectiva las técnicas de terapia sexual, pero solo cuando estas se adaptan —como se ha hecho en este libro— para abordar los miedos y ansiedades de los sobrevivientes con respecto al sexo. Los sobrevivientes necesitan modificar las técnicas para respetar sus necesidades de ir despacio, sentirse con el control de lo que está ocurriendo, manejar las reacciones automáticas y lidiar con sentimientos relacionados con el abuso que pudieran surgir.* Sin estas adaptaciones especiales, las técnicas tradicionales de terapia sexual pueden desbordar a los sobrevivientes y estimularlos a que caigan en viejos hábitos sexuales nocivos. Los sobrevivientes cuyas necesidades no se satisfacen en la terapia sexual, corren el riesgo de reanudar sus relaciones sexuales antes de estar listos o de poder disociarse mentalmente de la experiencia. Su viaje para sanar puede interrumpirse o incluso retroceder.

Superar los problemas sexuales toma tiempo, al igual que volver a aprender el contacto. Para sanar se necesita un tiempo especial y un ambiente privado y seguro, reservado para hacer los ejercicios. Emplearás nuevas técnicas —relajación, conciencia activa y resolución creativa de problemas (descritas en el capítulo 10)— para hacer cambios gradualmente. Avanzas en pequeños pasos progresivos, de las experiencias más sencillas

---

*Para descripciones detalladas de técnicas tradicionales de terapia sexual y cómo se crearon, véanse los libros de Barbach, Crooks y Baur, Kaplan, Kerner, McCarthy y McCarthy, Masters y Johnson, y Zilbergeld en la sección de Recursos.

a las más difíciles. A la larga aprenderás nuevas formas de responder y funcionar sexualmente, libre de las asociaciones negativas del abuso pasado.

El funcionamiento sexual *no es volitivo*. Es decir, no podemos excitarnos sexualmente o tener orgasmos por pura fuerza de voluntad, tal como no podemos "obligarnos" a quedarnos dormidos. Lo mejor que podemos hacer es crear situaciones en las que sea probable que tengamos la clase de experiencias que queremos. Después podemos soltar, relajarnos y permitir que las respuestas se den.

Puede ser que actualmente no tengas un problema sexual específico que necesites abordar. De todas formas, es probable que las explicaciones, historias y sugerencias que se ofrecen en este capítulo te resulten útiles para mejorar tus experiencias sexuales.

Echemos un vistazo a problemas sexuales específicos y veamos cómo algunos sobrevivientes los han resuelto eficazmente.

Falta de interés sexual

La falta de interés sexual parece ser el problema sexual específico más común entre los sobrevivientes. Algunos tienen un deseo sexual inhibido; muy rara vez, si no es que nunca, piensan en involucrarse en el sexo. Otros pueden tener falta de interés sexual por miedo al sexo o a las reacciones y respuestas automáticas que pueden detonarse durante el mismo. Los sobrevivientes que han estado demasiado interesados o preocupados por el sexo, pueden darse cuenta de que su interés sexual se va a pique cuando detienen sus conductas sexuales compulsivas. Un interés excesivo en el sexo puede disimular inhibiciones y temores latentes.

Cuando consideramos cuánto dolor y sufrimiento provoca el abuso sexual, empezamos a entender por qué después del abuso muchos sobrevivientes carecen de interés en el sexo. Cuando el sexo lastima es natural querer evitarlo. Apagar nuestros sentimientos sexuales durante el abuso es una conducta adaptativa y protectora. Tal vez inconscientemente nos enseñemos formas de bloquear o amortiguar la conciencia de nuestros sentimientos sexuales naturales. Podemos mantenernos tan ocupados y mentalmente preocupados que los sentimientos sexuales no puedan aflorar.

Continuar con este patrón ahora te arrebata la oportunidad de disfrutar de la intimidad. Hasta el momento has aprendido que el sexo sano es distinto del sexo abusivo. Tal vez estés en situaciones en las que el sexo podría ser seguro y placentero. En vez de protegerte, una continua ausencia de interés en el sexo ahora te impide el placer y te roba el gozo de construir una relación especial con una pareja.

Para despertar el interés sexual, los sobrevivientes deben creer que el sexo es bueno y que puedes sentirte bien contigo mismo cuando eres sexual. También necesitas saber que puedes manejar cualquier reacción problemática que pueda detonarse, como miedo, incomodidad, sobreexcitación y *flashbacks*.

Los problemas de pareja también pueden disminuir el deseo sexual. Los sobrevivientes pueden sentir enojo o resentimiento hacia una pareja debido a experiencias sexuales desagradables del pasado. Algunas parejas les transmiten a los sobrevivientes la idea de que el sexo es un deber para con ellas. Cuando esto ocurre, un sobreviviente puede verse atrapado en una lucha de poder con la pareja y afianzarse en la posición de "No me puedes obligar a tener ganas". Mientras la pareja se vea como un adversario y no como un aliado, probablemente persistirá la falta de deseo.

A los sobrevivientes puede preocuparles que sus parejas se les abalancen en cuanto muestren algún deseo de sexo. Pueden temer que sus parejas se decepcionen si ellos deciden no responder a ese deseo, o que si lo hacen, esperen sexo con más frecuencia. La reafirmación personal y una comunicación clara pueden ayudar a los sobrevivientes a sentirse seguros de explorar el interés sexual cuando este surja y cuando se sientan listos para seguir adelante.

El cortejo también es importante para las personas. Tendemos a olvidar que tenemos nuestras propias y exclusivas danzas de apareamiento. Para muchos de nosotros es tonto pensar que podemos estar todo el día sin ver a nuestra pareja y al meternos en la cama por la noche querer sexo. El deseo sexual surge de primero pasar tiempo juntos, verse a los ojos, hablar, jugar y hacer conexiones no sexuales. Descubrirás que tu interés en el sexo crece en la medida en que aumentes el amor propio y el cariño, fomentes la confianza en tu pareja, y practiques los ejercicios de reaprendizaje del tacto que se presentan en el capítulo 10.

Para reducir el miedo y aumentar el interés sexual, los sobrevivientes y sus parejas necesitan llegar a un acuerdo. Creo que son fundamentales dos reglas básicas:

1. Expresar interés en el sexo no es un compromiso para realizar actividad sexual.
2. Declinar el sexo no es un rechazo absoluto.

Estas reglas sobre el sexo son tan importantes que vale la pena tomarse el tiempo para aprenderlas en la práctica. El siguiente ejercicio puede ayudarles a tu pareja y a ti a entender y trabajar con problemas relacionados con iniciar y declinar el sexo. Al aliviar la tensión interpersonal y la presión sexual podrás darle al interés sexual la oportunidad de desarrollarse naturalmente (véase recuadro, pp. 324-325).

Aprender técnicas para iniciar o declinar el sexo puede aumentar la empatía en parejas en las que una persona es quien inicia con más frecuencia que la otra. Una sobreviviente que nunca había tenido la iniciativa con su esposo, se sorprendió con su propia reacción cuando hizo el papel de iniciadora y su esposo declinó.

> No lo esperaba, y me sentí rechazada. Pensaba que sentiría alivio si declinaba, pero no fue así, sentí tristeza. Ahora sé cómo se ha de sentir él algunas veces.

Su esposo disfrutaba estar en el papel del que rechazaba. Le gustaba oír a su esposa expresar su interés sexual en él, algo que nunca había escuchado. Disfrutó oírle decirle que su piel suave y cálida le atraían. El simple hecho de saber que su esposa tenía sentimientos positivos hacia él lo ayudó a no sentirse tan mal por no tener sexo.

Cuando te sientas listo para tener sexo, debe ser por ti mismo y no ante todo para satisfacer a tu pareja. Puedes permitir que tu interés en el sexo surja al aumentar la comunicación con tu pareja y tener claridad sobre cómo se deben buscar las posibilidades sexuales. Como explicó esta sobreviviente:

> Hablo abiertamente con mi pareja sobre los temores que surgen cuando se me aborda románticamente, cómo me preocupa que se espere que yo tenga sexo. Él escucha y luego platicamos cómo podemos estar más seguros y cómodos. Después nos tocamos suavemente, nos damos masajes y nos acariciamos. A veces esto lleva al sexo y a orgasmos mutuos, pero si eso no pasa, está bien.

PRÁCTICA PARA INICIAR Y DECLINAR EL SEXO

Objetivo: Mejorar las habilidades de comunicación, aumentar la empatía y reducir la presión respecto a expresar interés en la actividad sexual

En este juego de rol, tu pareja y tú se turnan para iniciar y declinar la actividad sexual. Solo se trata de practicar estos roles. No debe haber actividad sexual como resultado del ejercicio.

Siéntense tu pareja y tú en una posición cómoda, frente a frente, a poco menos de un metro de distancia. El o la sobreviviente elige con qué papel le gustaría empezar. Hay un "iniciador" y alguien que "declina". Son como actores interpretando papeles. No tienen que experimentar los sentimientos que expresen en el momento.

El iniciador habla primero durante tres minutos aproximadamente. Empieza expresando un interés sexual: "Me interesa tener sexo contigo…", y continúa haciendo al menos tres declaraciones que expresen por qué quiere tener sexo.

Después puede decir: "Te respeto y me gusta la persona que eres. Me resultas sexualmente atractivo. Aprecio nuestra vida juntos y quiero estar cerca de ti de una manera especial…".

Luego describe lo que le gustaría que pasara: "Me gustaría pasar un rato acurrucados los dos y platicando. Luego me gustaría que nos desvistiéramos y nos tocáramos suavemente. Luego me gustaría que nos besáramos". Y así sucesivamente.

Mientras el iniciadora habla, quien declina simplemente escucha. Se entiende que no se trata de una iniciativa "real", sino de una oportunidad de ensayar. Sean honestos y explícitos sobre lo que les resulta atractivo de su pareja y cómo imaginan que podría ser un encuentro sexual positivo.

A continuación es el turno de quien declina de responder durante cerca de tres minutos. Empieza por agradecer al iniciador por expresar interés sexual. Y luego, declina directamente la invitación. Por ejemplo: "Agradezco tu interés de tener sexo conmigo; sin embargo, en este momento no estoy interesado en tener sexo".

Quien declina continúa agradeciéndole al iniciador las cosas positivas que expresó, como: "Me da gusto que me encuentres sexualmente atractivo. Me hace sentir bien que me respetes y que quieras mostrarme tu amor sexualmente. Me gusta la idea de que estemos un rato acurrucados antes de desvestirnos". Y así sucesivamente. El iniciador escucha mientras el que declina habla.

El que declina se centra en rechazar la iniciativa sexual de un modo cortés y respetuoso. El mensaje general es que te sientes feliz por la invitación, pero en ese momento sencillamente no tienes interés.

Cuando quien declina termine, dense unos minutos para observar cómo se siente cada uno. Cuando estén listos, intercambien papeles y hagan el ejercicio actuando el papel opuesto. Cuando esta segunda parte haya concluido, pasen un rato platicando sobre cómo se sintieron en los papeles de iniciador y de quien declina. ¿Cuál te resultó más fácil encarnar? ¿Qué aprendiste sobre ti y tu pareja? Cuando tuviste la iniciativa, ¿lo hiciste como una declaración de tus sentimientos ("Me interesa tener sexo contigo"), o caíste en exigir ("Quiero que tengas sexo conmigo")? Las iniciativas demandantes tienden a aumentar la ansiedad en quien declina.

Repitan el ejercicio varias veces. Tal vez noten que se sienten más cómodos en un papel mientras más lo practiquen.

Las relaciones no son la única clave del deseo sexual. Date un tiempo para pensar sobre cómo ves el deseo sexual. ¿Lo consideras algo filoso y apremiante, como el hambre, o algo cálido, como una fruta que madura en la viña? Para desarrollar tu interés sexual te recomiendo adoptar la segunda perspectiva. El interés sexual es algo que podemos aprender a cultivar y dejar que madure. (Esto se vuelve especialmente importante con la edad. No siempre podemos contar con un subidón hormonal para despertar nuestros deseos sexuales).

Date permiso de cultivar la suave conciencia de tus sentidos. Volverse sensual naturalmente puede llevar a volverse sexual. ¿Qué clase de experiencias sensuales disfrutas? ¿Tenderte al sol? ¿Caminar sobre una alfombra suave? ¿Darte un baño caliente? Haz de las experiencias sensuales una prioridad en tu vida.

Si quieres interesarte más en el sexo, puedes adoptar un método más directo para despertar y desarrollar tu sensualidad. Al participar en actividades que estimulen sensaciones de excitación sexual o en las que recibes y disfrutas la estimulación genital directa, es probable que los deseos naturales surjan.

He aquí algunas sugerencias:

1. Has los ejercicios de reaprendizaje del tacto.
2. Imagina que tienes sexo de una manera que disfrutarías.
3. Participa con tu pareja en juegos previos como abrazarse, besarse y acariciarse.
4. Estimula tu zona genital mientras te bañas, descansas o te acurrucas con tu pareja.

El interés sexual se puede cultivar pero no presionar. Necesitas encontrar un equilibrio delicado entre la voz interior que te dice "No quiero hacer esto" y la que te dice "Voy a hacer el intento". Recuerda que en cualquier momento puedes decir que no, y que puedes dar pequeños pasos hacia adelante. Tienes el derecho de ser sexual. El sexo respetuoso y saludable es bueno.

Dificultad para excitarse y tener sensaciones

La excitación sexual aumenta nuestro interés en el sexo y ayuda a nuestros cuerpos a prepararse fisiológicamente para la cópula y otras actividades sexuales. Cuando los sobrevivientes tienen dificultades para excitarse puede ser algo muy preocupante. El deseo puede caer en picada. Las mujeres pueden notar la ausencia de las secreciones que normalmente lubrican la vagina. Las paredes internas de sus vaginas pueden no expandirse adecuadamente. El coito y otras formas de penetración vaginal pueden ser sumamente incómodas, si no es que dolorosas. Para los hombres sobrevivientes las dificultades para excitarse son más evidentes externamente. Un hombre puede tener problemas para lograr y mantener una erección. En esas circunstancias, el coito y otras actividades sexuales pueden volverse difíciles o incluso imposibles.

Hay muchas razones por las cuales el abuso sexual provoca dificultades para excitarse. Tal vez los sobrevivientes aprendieron durante el abuso sexual a hacer frente a confusas sensaciones placenteras no deseadas, o a soportar la violencia y el dolor, adormeciendo sus zonas sexuales. Esta respuesta, si bien crucial para soportar el abuso, pudo haberse arraigado tanto y vuelto tan automática que ahora paraliza la respuesta sexual. Para ayudarse a superar los problemas de insensibilidad, los sobrevivientes tienen que recordar que el abuso sexual ya pasó. Que pueden controlar sus experiencias sexuales. Practicar nuevas maneras de cuidarte durante el sexo, como hacer valer tus sentimientos y necesidades, poner límites, dirigir el contacto y detener la actividad sexual cuando es necesario, puede ayudarte a reafirmar tu sensualidad, más que a negarla.

Tanto para hombres como mujeres, los problemas de insensibilidad también pueden atacarse mediante un proceso llamado *reaprendizaje sensorial*. Digamos que una sobreviviente tiene muy poca o ninguna sensibilidad en el clítoris, incluso después de diez minutos de tocarse ella misma. Sin embargo, sí experimenta sensaciones placenteras cuando se estimula los pezones. La mujer puede reentrenar al clítoris para que vuelva a tener sensaciones, si durante un rato primero se toca los pezones y luego se toca simultáneamente el clítoris. Por medio de esta técnica puede empezar a vincular las sensaciones placenteras de los pezones con el clítoris

—sensación por asociación—. Tras varias sesiones, la mujer tal vez empiece a percibir cálidas sensaciones cosquilleantes en el clítoris. A la larga percibirá estas sensaciones cuando se toque solamente el clítoris.

Para algunos sobrevivientes su propia excitación sexual detona sentimientos negativos asociados con la agresión sufrida. Como se describe en el capítulo 7, estas reacciones son resultado de la cristalización de las experiencias traumáticas que ocurrieron durante el abuso: fuertes sentimientos emocionales inconscientemente se ligaron a sensaciones de excitación. Impedir la excitación puede ser un intento inconsciente de evitar sentirse asustado, enojado, asqueado o confundido.

Algunos sobrevivientes bloquean la excitación porque tienen una opinión negativa del sexo y se sienten culpables por desear tener actividad sexual, como lo describe este sobreviviente:

A veces, cuando me masturbo para liberar tensiones, pierdo la erección porque me pongo a pensar en lo repugnante que es el sexo y en que no debería estar haciendo eso. Tengo que hacer un esfuerzo consciente por recordarme que esa clase de autoestimulación es saludable y no tiene nada que ver con el abuso sexual.

Algunos sobrevivientes creen que excitarse los hace iguales al agresor. Después de todo, durante el abuso el agresor estaba excitado. Para estos sobrevivientes, la excitación representa un súbita transformación en una persona mala, descontrolada o sexualmente demandante. Un sobreviviente de incesto de padre a hijo habló de su problema:

A veces, cuando hago el amor, pierdo la erección porque en pienso lo sexualmente demandante que era mi padre conmigo. Me preocupa ser sexualmente demandante con mi esposa. Es una sensación de soledad pensar que estás exigiendo sexo sin saber con seguridad si tu esposa lo desea. Necesito una reafirmación constante de parte de mi esposa de que está disfrutando el contacto antes de poder continuar.

Los sobrevivientes pueden tener dificultades para separar mentalmente los signos de su propia saludable excitación sexual de los recuerdos del perpetrador y el abuso. Cuando eso pasa, los síntomas de excitación, como respiración pesada, sensaciones cálidas, pulso acelerado o la hinchazón de los órganos sexuales, pueden volverse más perturbadores que placenteros. A un hombre puede disgustarle su erección, a una mujer sus secreciones vaginales o la hinchazón natural del clítoris.

Mattie, sobreviviente de incesto de padre a hija, notaba que durante la masturbación, cuando el clítoris se le endurecía le recordaba el pene de su padre y de inmediato desaparecía la excitación. Su clítoris excitado se había vuelto un detonador para la pérdida de excitación sexual. Mattie empleó las técnicas descritas en el capítulo 7 para tranquilizarse, reafirmar su realidad presente y crear nuevas asociaciones con su clítoris. Se imaginó que este era un botón que resplandecía con una luz blanca, pura y sanadora. Su luminiscencia reflejaba el amor y el cariño que sentía hacia sí misma y hacia su pareja. Al crear sus propias asociaciones positivas, Mattie a la larga pudo experimentar sensaciones placenteras constantes.

Puede ser útil recordar que la excitación es una respuesta humana saludable y que no tiene, en sí, nada que ver con el abuso. La excitación sexual representa el deseo de sentir placer y relacionarse de maneras amorosas. La actriz Mae West solía bromear: "¿Traes una pistola en el bolsillo o solo estás contento de verme?".

Los sobrevivientes pueden superar sus problemas con la excitación sexual si prestan atención y se enfrentan a sus actitudes a ese respecto. Dennis, sobreviviente a quien molestaba ver su propia erección, dijo:

> Durante el sexo me recuerdo que soy muy distinto de mi tío el agresor. Mi tío usaba su pene como arma para explotarme y lastimarme. Yo pienso en mi pene como una parte especial de mí que aumenta el placer de mi pareja así como el mío. Me recuerdo también que *mi excitación es diferente* de la de mi tío. A él lo excitaba abusar sexualmente. En cambio, lo que a mí me excita es tener sexo sano, amoroso, mutuamente deseado.

Los sobrevivientes también pueden hacer ejercicios progresivos, como los de conciencia y placer genital, que se describen en el capítulo 10, para ayudarse a aprender a despertar gradualmente las sensaciones y experimentar intensidades crecientes de excitación. Esos ejercicios les permiten sentirse a salvo y más cómodos con sensaciones más fuertes, un pequeño paso a la vez. Más adelante, cuando el sobreviviente se sienta listo, su pareja podrá participar también en los ejercicios, de manera que el sobreviviente lentamente pueda acostumbrarse a sentirse excitado en presencia de la pareja.

Los hombres sobrevivientes pueden combinar los ejercicios de placer genital con otras técnicas para hacer frente a la impotencia y otros problemas eréctiles. Un hombre puede darse un rato íntimo y relajado para hacer una serie de ejercicios progresivos pensados para ayudarle a sintonizar con sensaciones placenteras y fortalecer sus capacidades eréctiles. Estos esos ejercicios incluyen actividades como acariciarse cuando el pene está flácido, masturbarse hasta lograr una erección y luego detenerse deliberadamente hasta que vuelva a estar flácido, y masturbarse con fantasías de tener sexo con una pareja, de perder y volver a conseguir una erección con una pareja, y de tener sexo de manera que no se necesite una erección.

Otra forma de abordar los problemas de excitación es concentrarse en reducir la ansiedad. Eros está en la mente. Si estamos físicamente sanos nuestra capacidad para excitarnos tiene más que ver con lo que pasa en nuestra cabeza que con lo que les sucede a nuestros genitales. La preocupación y la angustia potencian los problemas de excitación. Mientras más ansiosos nos sentimos, menos nos excitamos. A la inversa, mientras menos ansiedad sentimos, más nos podemos excitar.

Un sobreviviente puede reducir la ansiedad aprendiendo a satisfacer sexualmente a su pareja independientemente de si tiene una erección, con métodos como la estimulación con la mano, la boca o un vibrador. Cuando se le resta presión a la importancia de una erección, un hombre puede crear experiencias que aumentan su capacidad de tener sensaciones y excitarse, y le permite ser más espontáneo en el juego sexual.

Las mujeres sobrevivientes pueden reducir su angustia en torno a la lubricación vaginal. Si bien la lubricación y el relajamiento suelen ser señales de que una mujer está sexualmente excitada, la ausencia de lubricación no es un indicador automático de que no lo esté. La cantidad de lubricación de una mujer fluctúa a lo largo de su vida y disminuye con la edad. También puede variar con el ciclo menstrual. Suele ser más pronunciada durante la ovulación.

Puesto que la lubricación no siempre es una medida confiable de excitación, es preferible no darle demasiada importancia. Usa saliva para lubricar el área genital durante la estimulación y penetración, o ten a la mano un lubricante comercial seguro y aplícalo generosamente antes y varias veces durante las actividades sexuales que impliquen penetración o tocamiento vaginal. Al decidir si estás lista para tener sexo, presta más atención a lo que te dicen el corazón y la mente a si estás lubricada o no.

Aprender a sentirse cómodo al excitarse sexualmente abre nuevas puertas para la autoestima y la autovaloración. En una atmósfera de seguridad y apoyo puedes disfrutar el hormigueo y las olas de excitación que tu cuerpo tiene la capacidad natural de experimentar. Permitirte sentirte sexualmente excitado es una manera de permitirte sentirte plenamente vivo.

Dificultades para tener orgasmos

Algunos sobrevivientes tienen dificultad para llegar al orgasmo constantemente. Otros tienen problemas para alcanzarlo solo en ciertas situaciones, como una pareja.

El abuso muchas veces inhibe la curiosidad natural sobre nuestras sensaciones genitales. Puede ser que no exploremos nuestros propios cuerpos y por tanto no aprendamos cómo nuestras sensaciones sexuales pueden llegar al clímax. Un sobreviviente dijo:

> En el pasado mis dificultades con el orgasmo se explicaban porque yo no sabía suficiente sobre mi sexualidad ni qué estímulos me llevarían a él. Por el abuso, yo no creía en mi derecho al placer y la satisfacción sexual, en mi derecho a hablar de lo que quería o a explorar y descubrir qué es lo que sí quería en el sexo. Dependía de que mi pareja descubriera lo que debía hacer.

Cuando los problemas de orgasmo se deben a una falta de autoexploración, los sobrevivientes con frecuencia pueden hacer avances grandes si dedican tiempo a ejercicios de autodescubrimiento y de placer genital.

> Nunca tuve un orgasmo hasta hace unos años, cuando me empecé a masturbar, algo que nunca había hecho. Leí un libro sobre masturbación y se me ocurrió hacer la prueba. Antes de eso pensaba que toda forma de sexualidad era repugnante y asquerosa. Ha sido muy sanador tener una experiencia sexual que me hace sentir satisfecho, fuerte y sexual. Sentirme más cómodo al amarme a mí mismo de esa manera me ayuda a saber que el sexo entre personas también puede ser algo agradable.

Debido al abuso, algunos sobrevivientes evitaron aprender sobre funcionamiento sexual, o el agresor les dio información falsa. Los sobrevivientes pueden no llegar al orgasmo porque lo han estado haciendo mal. Por ejemplo, una sobreviviente heterosexual a la que le cuesta trabajo alcanzar el orgasmo durante la cópula, puede no saber que la mayoría de las mujeres necesitan estimulación directa del clítoris durante el coito para que se dé un orgasmo. A menos que aprenda a tocarse, o que le pida a su pareja que la estimule con los dedos durante el coito, no es probable que haya un orgasmo. Para muchas mujeres no basta con la penetración.

Los sobrevivientes pueden desconocer que la fortaleza de los músculos pélvicos juega un papel en los orgasmos. Los músculos pélvicos deben estar en buenas condiciones para experimentar un orgasmo. Estos fuertes músculos no solo facilitan el orgasmo, sino que están directamente relacionados con el placer y el disfrute de un orgasmo. Ya seas hombre o mujer, puedes fortalecer estos músculos haciendo una serie de ejercicios consistentes en apretar y soltar los músculos, conocidos como *ejercicios de Kegel.** En ellos contraes los mismos músculos que necesitas apretar para dejar de orinar. Contrae lentamente, detente un momento, después relaja lentamente. Repite. Después, contrae y suelta en una sucesión rápida y rítmica. Hacer ejercicios de Kegel diariamente por diez minutos durante seis semanas suele ser suficiente para dejar estos músculos en buenas condiciones.

Algunos sobrevivientes pueden tener problemas para alcanzar el orgasmo porque el abuso sexual dañó su percepción del sexo y las relaciones sexuales. Un sobreviviente narró cómo solucionó su incapacidad para tener un orgasmo:

En los primeros meses de nuestro matrimonio me asustó el hecho de no poder tener un orgasmo con mi esposa. Parecía que pasábamos horas haciendo el amor, pero yo simplemente no me venía. Luego, un buen día, de pronto me asaltó un pensamiento: el sexo es poder. Y luego ese pensamiento me llevó a la conclusión de que, si no tenía un orgasmo, podía prolongar el sexo y ser poderoso. Me di cuenta de que no quería poder sobre la mujer que amaba. Esa noche hicimos el amor de manera diferente. Ya sin el elemento de poder, tuve un orgasmo y me sentí más cerca de ella.

Sentimientos no resueltos hacia el agresor y el abuso pueden interferir con la capacidad orgásmica. Un sobreviviente con problemas de eyaculación inhibida encontró una relación entre su dificultad para el orgasmo y el miedo al abandono que aún sentía hacia su madre, la agresora.

A veces el sexo detona mis problemas con el abandono. Me da miedo que mi amante vaya a abandonarme, como lo hizo mi madre. Es confuso porque mi amante a veces disfruta que yo dure mucho, pero para mí es una tortura. Me angustio, sudo de miedo. Siento que estoy negándome a mí y a mi pareja el orgasmo para protegerme. Mientras tanto, salgo perdiendo.

La conversación positiva con uno mismo puede ayudarles a los sobrevivientes a superar creencias distorsionadas. Dichas creencias pueden haberse desarrollado a consecuencia del abuso o como medio de autoprotección. Pero permitir que persistan ahora puede estar inhibiendo tu capacidad de experimentar orgasmos. La conversación positiva con uno mismo

* Para una descripción más detallada de los ejercicios de Kegel, véase *Nuestra sexualidad*, de Robert Crooks y Karla Baur, que se menciona en la sección de Recursos.

es una manera de separar tus actitudes acerca del funcionamiento sexual de la influencia del abuso. A continuación presento un ejemplo de cómo una mujer sobreviviente podría desafiar sus creencias negativas e inhibidoras acerca de tener un orgasmo:

Creencia inhibidora: Cuando mi pareja me estimula, lo que hace es tratar de hacerme tener un orgasmo.

Creencia alternativa: Independientemente de si me estoy tocando yo o me está tocando mi pareja, la excitación que experimento es algo que siento para mí y no para nadie más.

Creencia inhibidora: Me resulta horriblemente vergonzoso excitarme y tener un orgasmo frente a mi pareja.

Creencia alternativa: Mis respuestas sexuales son naturales y normales. Mi pareja se preocupa por mí y disfruta estar conmigo cuando yo me siento bien.

Creencia inhibidora: Tener un orgasmo es ceder, perder y hacerse daño.

Creencia alternativa: Si tengo sexo es porque quiero. Me gustan las sensaciones que se producen en el sexo. Yo controlo cuándo, dónde, cómo y con quién tengo sexo. El orgasmo es una simple respuesta biológica y no puede lastimarme. Está hecho de mis sentimientos y sensaciones, no de ningún objeto concreto o externo. Mis orgasmos son parte de mí, surgen de mi interior. Son una expresión intensa del hecho de estar viva. Lo que me hacen sentir es una posible manera natural de experimentar placer.

Otra forma en que los sobrevivientes pueden facilitar el orgasmo es reduciendo los detonadores asociados con el abuso sexual original. Ten sexo de manera que no se relacione con lo que ocurrió durante el abuso. Si estabas acostado cuando abusaron de ti y descubres que ahora llegar al clímax mientras estás acostado te resulta difícil, prueba tener sexo recargado en almohadas, pero sentado. Si el abuso consistió en estimulación manual, prueba la estimulación oral.

Una vez que tengas la confianza de que tendrás orgasmos de cierta manera, puedes tender puentes para tenerlo de otros modos. Un sobreviviente que puede eyacular con estimulación oral puede tender un puente hacia la cópula si durante el sexo oral tiene fantasías sobre el coito. En sesiones posteriores podría hacer una transición a la cópula cuando haya alcanzado un alto nivel de excitación.

Del mismo modo, una mujer sobreviviente que fácilmente llega al orgasmo tocándose a sí misma puede tender un puente para tener orgasmos con una pareja si se estimula mientras esta la abraza y coloca la mano de su pareja sobre la suya al hacerlo. Más adelante podría alternar su mano con la de su pareja hasta que le resulte cómodo que su pareja sola la estimule hasta alcanzar el orgasmo.

Los vibradores* también pueden ayudar a aumentar el potencial orgásmico proporcionando una clase de estimulación diferente de la que ocurrió en el abuso. "Usar un vibrador me ha ayudado a liberar sentimientos de culpa asociados con recibir placer", dijo un sobreviviente.

Algunos sobrevivientes pueden tener dificultades para alcanzar un orgasmo debido a las fantasías de las que dependen para "superar el bache" y llegar al clímax. Un hombre heterosexual puede sentirse mal por sus fantasías homosexuales, una sobreviviente lesbiana puede sentirse mal por sus fantasías heterosexuales. Muchos sobrevivientes pueden sentirse mal por sus fantasías de abuso sexual. Aceptar la fantasía y aprender una técnica para cambiarla y luego volver a ella puede ayudarte. Una sobreviviente a la que le costaba mucho llegar al clímax con su pareja explicó su método:

> Usaba la fantasía para llegar cerca del orgasmo. Luego cambiaba mi concentración a la situación real con mi pareja justo al llegar al "punto de no retorno" y durante el clímax. Cada vez que teníamos sexo iba haciendo el cambio más pronto, hasta que conseguí mantenerme presente la mayor parte del tiempo.**

Es importante tener presente que si bien el orgasmo supone entregarse a sensaciones placenteras, no ocasiona una pérdida de integridad personal o control. Los orgasmos pueden oscilar entre una contracción muscular casi imperceptible y un intenso sentimiento de liberación. No perdemos

---

* Hay una variedad de vibradores disponibles en muchas farmacias. Para mayor información sobre vibradores, puedes consultar *Good Vibrations. The New Complete Guide to Vibrators*, ed. rev. (2000), de Joani Blank y Ann Whidden, y en el centro de recursos sobre sexualidad *A Woman's Touch* (www.AwomansTouchOnline.com) se pueden conseguir folletos e información al respecto.

** En mi libro *El mundo íntimo de las fantasías sexuales femeninas* se presentan ejercicios adicionales pensados para reducir la dependencia en fantasías sexuales no deseadas. (Véase la sección de Recursos).

más control en el orgasmo que en el estornudo. Seguimos siendo nosotros mismos todo el tiempo. Aprender a sentirse cómodo con la intensidad del orgasmo es como aprender a disfrutar una buena y sonora carcajada. Son funciones naturales que aportan resultados placenteros.

Dificultades para evitar el orgasmo

Algunos sobrevivientes tienen el problema opuesto: orgasmos que llegan demasiado pronto. Un sobreviviente pudo haber descubierto que un orgasmo rápido ayudaba a lidiar con la estimulación, tensión o emoción dolorosa experimentadas durante el abuso. También, algunas veces el agresor dejó al niño solo después del orgasmo; el orgasmo era una manera de acabar más pronto con el abuso.

Como consecuencia de asociaciones pasadas, las caricias sexuales pueden detonar un clímax temprano. Una situación actual puede recordarle al sobreviviente el abuso en cierta forma. Puede sentirse atrapado en una intensa acumulación de ansiedad y miedo que de pronto hace erupción en un orgasmo, como experimentó este sobreviviente:

> Después de nuestra primera cita me descubrí en la cama con una mujer que quería sexo. Ambos estábamos excitados. Ella se vino, y yo por dentro di un grito silencioso: "¡No!". Estaba paralizado. Me fui de mi cuerpo. Eyaculé antes de estar adentro de ella. Me desmoroné. Me sentí estúpido, avergonzado. Ella pareció no darse cuenta de lo que pasó. Me sentí traicionado, desmoralizado.

El abuso llevó a otro sobreviviente a la masturbación compulsiva, lo que implicaba eyacular rápidamente. El hombre aprendió a eyacular rápido para evitar los sentimientos de culpa que acompañaban a su conducta sexual. "Cuando me masturbaba me decía 'Apúrate', para que no me descubrieran y no meterme en problemas por lo que estaba haciendo", dijo.

Venirse demasiado pronto puede estar relacionado con el miedo a la intimidad. Un orgasmo rápido puede permitirle a un sobreviviente evitar construir lazos emocionales más profundos con la pareja. Un sobreviviente puede pensar que si no hay vínculos, ella o él está protegido de sentirse traicionado y devastado si la relación no funciona.

Venirse demasiado pronto puede también ser un intento de poner fin a la experiencia sexual. El sexo en general puede resultar tan incómodo que el sobreviviente busca una salida rápida. Por ejemplo, un sobreviviente puede querer evitar ser testigo del orgasmo de su pareja si este le recuerda la respuesta sexual del agresor en el abuso.

Las técnicas de reducción de la ansiedad, como la relajación y hablar abiertamente de los miedos con una pareja o terapeuta, pueden ayudar a los sobrevivientes a superar sus problemas con el orgasmo rápido. Poniendo en práctica una serie de técnicas progresivas pensadas para tratar la eyaculación precoz,* los sobrevivientes pueden aprender a estar más cómodos con niveles de estimulación creciente, a reconocer en su cuerpo señales que indiquen que el orgasmo se acerca, y cómo ir más lento y posponer el orgasmo.

Si llega a darse un orgasmo demasiado rápido, lo mejor es tomarlo a la ligera. Continúa con las caricias y con la interacción sexual; no dejes que el orgasmo impida establecer intimidad emocional con tu pareja. Cuando te relajes y experimentes con más caricias, con el tiempo tal vez te sorprenda que afloran nuevas sensaciones de excitación. Estas nuevas sensaciones a veces se traducen en un segundo orgasmo que se desarrolla de manera más lenta y es más satisfactorio.

No evites el sexo. Mientras más participes en el juego sexual, más probable será que reduzcas las tendencias a la ansiedad y la sobreexcitación.

Dificultad con la cópula en mujeres sobrevivientes

Las sobrevivientes pueden tener una dificultad crónica con la penetración vaginal a causa de la dispareunia, o en términos simples, coito doloroso. Las mujeres con esta afección sienten dolor, como ardor, calambres o sensaciones filosas durante las experiencias sexuales que incluyen penetración. Las mujeres con dispareunia por lo general tienen también dificultades con otros tipos de penetración vaginal, como la inserción de un dedo, un juguete sexual o un instrumento médico.

Una forma de dispareunia conocida como *vaginismo* se distingue por un endurecimiento reflejo de los músculos vaginales. En cuanto se intenta la penetración, la mujer tiene una constricción automática del tercio externo de la vagina. El vaginismo suele presentarse en mujeres víctimas de violación y en otras experiencias sexuales traumáticas o sumamente desagradables. El espasmo muscular aprendido cierra el canal vaginal en un intento inconsciente de proteger a la mujer para que no sienta dolor o sufra otro ataque.

Las mujeres sobrevivientes también pueden padecer coitos dolorosos a causa de irritación en los tejidos del canal vaginal. Hay una serie de

---

* Para un librito excelente sobre el tema, véase *How to Overcome Premature Ejaculation*, de Helen Kaplan, listado en la sección de Recursos.

problemas médicos, como infecciones no diagnosticadas, lubricación insuficiente, deficiencias hormonales, tejido conectivo duro, inflamación de los nervios, problemas glandulares o alergias, que pueden estar entre las causas de malestares vaginales crónicos. En algunos casos, el coito doloroso puede estar directamente relacionado con un daño físico real a los tejidos y nervios vaginales y a órganos internos provocados durante un ataque sexual brutal. La angustia psicológica provocada por recuerdos desagradables del abuso sexual y las tendencias a asociar automáticamente el coito con trauma y dolor físicos también pueden contribuir a la molestia vaginal.

Es comprensible que una mujer que sufre dolor durante el coito probablemente evite el sexo. Esto puede traer consigo mayor ansiedad y malestar. La excitación y la lubricación naturales pueden disminuir, y la sensibilidad vaginal puede ser más pronunciada en las raras ocasiones que se intente el coito.

A la inversa, algunas sobrevivientes empeoran las cosas obligándose a soportar el coito doloroso. De esa manera se recrea el abuso, y las asociaciones negativas con el coito se fortalecen cada vez. Como explicó una sobreviviente:

> Sentía que tenía que soportar el dolor por el placer de un hombre. Me obligaba a tener sexo aunque me doliera muchísimo. Me enojaba con mi pareja y conmigo misma. Era como volver a experimentar la violación.

Nadie debería tener que tolerar esa clase de dolor o malestar prolongado. Hay muchas cosas que una sobreviviente puede hacer para, con el tiempo, poder disfrutar de experiencias sexuales que incluyan penetración vaginal. Una forma es mejorar lo que piensas sobre el coito y la penetración vaginal. Si entiendes la cópula como intrusión y fuerza, algo que se te hace a ti, puede ser que estés preparándote para una mala experiencia. (En un seminario para sobrevivientes que impartí, una mujer señaló que el término *penetración* era ofensivo ya de entrada. Su sugerencia era que las sobrevivientes mejor piensen en *envolver*. Es una gran idea. Imagina que envuelves a tu pareja, le das un abrazo interno. Eso reduce la sensación de amenaza y te recuerda que tú estás en el asiento del conductor).

Cambiar nuestro pensamiento también puede ser una herramienta poderosa para ayudar a relajar los músculos de la vagina. Cuando imaginas el interior de la vagina, ¿qué te viene a la mente? Si lo ves como un pequeño túnel duro con una sólida puerta de acero, tu enfoque ante la posibilidad del coito será diferente a verlo como un recoveco cálido, húmedo, terroso, con suave musgo y flores preciosas, o un globo terso que se estira y puede expandirse hasta alcanzar varias veces su tamaño original.

También las técnicas de relajación pueden ser útiles. Los ejercicios de Kegel antes descritos pueden darle a una mujer una sensación de control sobre los músculos de la vagina. Cuando haya practicado esos ejercicios, podrá probar endureciendo los músculos vaginales para luego relajarlos por completo durante la introducción del pene. Pueden incorporarse técnicas de respiración lenta, de las que se suelen usar en los partos, para facilitar aún más la relajación durante el acto sexual.

He conocido sobrevivientes que tienen un enorme éxito haciendo ejercicios con dilatadores vaginales para superar los problemas con el coito. Los dilatadores vaginales son artefactos médicos cuyo tamaño va desde 1.25 centímetros hasta el ancho promedio de un pene. Hay de varias clases. Algunos tienen forma de pequeños penes de hule, otros están hechos de vidrio irrompible y otros de un suave plástico blanco.* Los dilatadores vaginales les permiten a las sobrevivientes sentirse lenta y progresivamente en control y cómodas con la penetración vaginal.

A continuación te presento algunas sugerencias para usar los dilatadores en un programa para sanar la sexualidad:

1. Entibia el dilatador más pequeño en un vaso de agua caliente en el buró. Date un baño caliente y relajante. Sécate y recuéstate en la cama sobre unas almohadas mullidas.

2. Toma el dilatador tibio, sécalo y cubre la punta con lubricante. Coloca también una buena cantidad de lubricante en tu entrada vaginal.

3. Relájate y haz respiraciones profundas y continuas. Haz unos ejercicios de Kegel para apretar y relajar la abertura vaginal. Cuando te sientas lista, inserta lentamente la punta del dilatador en la abertura de tu vagina. Coloca la punta en un ángulo hacia abajo, hacia el coxis, lo que permitirá a guiar cómodamente el dilatador hacia dentro de la vagina y por abajo y alrededor del hueso púbico. Inserta el dilatador hasta donde tú quieras; luego descansa y continúa con

---

* Los dilatadores vaginales pueden adquirirse en tiendas de insumos médicos y compañías farmacéuticas. Consulta a tu médico antes de adquirirlos y usarlos. Quizá también desees consultar a un fisioterapeuta especializado en el diagnóstico y tratamiento de dolor pélvico. Yo recomiendo un dilatador de plástico blanco que fabrica y distribuye Syracuse Medical Devices, Inc., 214 Hurlburt Road, Siracusa, NY 13224, teléfono: (315) 449-0657, fax: (315) 449-0756, correo electrónico: syrmed@twcny.rr.com.

técnicas de relajación para mantenerte tranquila y aflojar los músculos vaginales.

4. Trata de conseguir insertar el dilatador hasta siete o diez centímetros dentro de ti y dejarlo ahí como veinte minutos todos los días. Si haces estas inserciones de manera habitual y las vuelves una rutina, se irá haciendo más fácil.

5. Cuando te sientas cómoda con el dilatador más pequeño dentro de ti, experimenta moviéndolo un poco. Recuerda, el dilatador te está ayudando a estirar lentamente los músculos internos de la vagina. Mueve el dilatador hacia arriba y abajo y adelante y atrás.

6. Repite este ejercicio con el dilatador más pequeño durante al menos una semana. Cuando sientas que estás lista, avanza al siguiente tamaño. Quédate con un tamaño de dilatador todo el tiempo que necesites hasta sentirte relajada y cómoda con la inserción y el movimiento. Domina cada tamaño antes de pasar al siguiente.

7. Continúa con los ejercicios hasta que hayas dominado el dilatador más grande. Luego podrás repetirlos guiando la mano de tu pareja mientras inserta los dilatadores y los mueve un poco. A la larga, con la cooperación de tu pareja podrás continuar con los ejercicios usando sus dedos o su pene.

Si al insertar un dilatador específico tienes un bloqueo, usa la relajación, la respiración, la imaginación y la resolución creativa de problemas. Tal vez necesites cambiar a un tamaño menor y más cómodo para ti por un tiempo más prolongado, o puedes pasar lentamente de un tamaño a otro en el mismo periodo de veinte minutos.

La autoestimulación puede ayudar a las sobrevivientes cuando llegan a un *impasse* en la inserción. Estimula el clítoris antes y durante los ejercicios de dilatación. La excitación sexual aumenta la lubricación natural y provoca expansión vaginal, lo que muchas veces facilita la inserción. Esta variación también es útil para ayudar a una sobreviviente a asociar sensaciones placenteras con tener algo adentro de la vagina. Estar cómoda con estas sensaciones puede con el tiempo facilitar la capacidad de tener orgasmos durante el coito.

Cuando una sobreviviente siente que ya logró lo que deseaba insertando por su cuenta los dilatadores, puede, si así lo desea, invitar a su pareja a que la acompañe en algunas sesiones. La sobreviviente puede enseñarle a la pareja cómo insertarle cómodamente un dilatador y moverlo un poco. Es fundamental la comunicación activa y específica.

Ginny, sobreviviente de abusos sexuales de su hermano, trabajó con Ron, su esposo, para superar su problema de dolor vaginal y miedo a la penetración.

GINNY: Una vez que estuve cómoda con los dilatadores por mi cuenta, le pedí a Ron que me los insertara. Llegamos al punto en que él dejaba el dilatador adentro y lo manipulaba un poco. Su participación me demostró que él no iba a hacer nada que yo no quisiera o no le pidiera. Su ayuda se volvió algo positivo entre nosotros.

RON: Me sentí involucrado. Ginny estaba compartiendo conmigo una parte de sí misma. Aunque eso me alegraba, de repente era frustrante: deseaba ser yo, y no el pedazo de plástico. Los ejercicios nos dieron pautas. Sabíamos lo que íbamos a hacer, por cuánto tiempo, y que no iría más lejos. Yo me pude relajar y Ginny también.

Los dilatadores vaginales les permiten a las sobrevivientes acostumbrarse a sensaciones que son comunes en el acto sexual. Las mujeres aprenden que la penetración no siempre es cien por ciento cómoda. Pequeños tirones y presiones momentáneos suelen ser una parte del inicio. Si hay alguna incomodidad menor, trata de seguir adelante de todas maneras. Sin embargo, si persiste algún dolor evidente, no hagas caso omiso de él: detente.

La transición de los dilatadores de plástico al pene de un compañero suele ser un paso emocionante para una pareja. El hombre se convierte, en esencia, en "el dilatador humano". Una sobreviviente describió así su transición:

> Cuando finalmente hicimos el ejercicio del dilatador humano me sentía tímida, nerviosa y avergonzada. Había en mi interior un conflicto entre querer apagar las sensaciones placenteras y querer vivirlas. Decidí que estaba bien disfrutarlas, ¡y las disfruté!

En el ejercicio del dilatador humano, el compañero tiene que asumir un papel pasivo y permitir que la sobreviviente controle la inserción y luego simplemente dejar el pene un rato quieto dentro de la vagina. A un compañero le preocupaba cómo mantener la erección y qué pasaría si tuviera un orgasmo. En sesión de terapia le expliqué que podía moverse dentro de su esposa solo cuanto fuera necesario para mantener la erección. Si tenía un orgasmo estaba bien, pero sería preferible que no. Me dijo "Creo que logro penetrar a fondo en lo que me dices", a lo que respondí: "Lo que tienes que hacer es *penetrar a medias* en lo que te digo". Soltamos una buena carcajada.

Con el tiempo, el ejercicio del dilatador humano puede expandirse para permitir la inserción del pene, la estimulación del clítoris, un poco de empuje y experimentar con diferentes posiciones. A la larga una pareja puede aplicar al acto sexual normal las técnicas aprendidas. Una sobreviviente contó esto:

> Con el coito vamos muy lentamente. Mi novio es muy cuidadoso para tomarse su tiempo, entrar lentamente en mí, un poco cada vez, y salirse si me duele. Me he acostumbrado a eso, y por consiguiente ya no tengo miedo de que me duela. Me gusta sentirme libre para moverme un poco y cambiar de posición. Le comunico abiertamente mis necesidades.

Mientras los problemas sexuales se van resolviendo, no olvides esto: lo más importante es la intimidad emocional, el cuidado y el respeto que tu pareja y tú están creando. Esa es la meta de tu sanación.

12

Disfrutar
las experiencias sexuales

Sanar la sexualidad requiere mucho tiempo,
pero ocurre gradualmente.
Ellen Bass y Laura Davis, *The Courage to Heal*

Siento que por primera vez en la vida
tengo conciencia y capacidad de decisión sobre el sexo.
Sobreviviente

Sí, la sanación sexual realmente ocurre. Con el tiempo, los sobrevivientes aprenden una nueva manera de abordar las caricias y la intimidad, regresan de sus vacaciones sanadoras del sexo y se involucran en actividades sexuales placenteras. Me gusta pensar en esa etapa final de la sanación sexual como *unas vacaciones permanentes del sexo abusivo*.

Los sobrevivientes pueden sorprenderse de todos los cambios positivos que pueden hacer en su manera de ver y experimentar el sexo. Varios sobrevivientes que llegaron a esa etapa de sanación sexual hablaron de sus avances:

Antes recurría a la masturbación para liberar la tensión sexual y me rondaban los recuerdos de mi abuso. Ahora vivo la masturbación como una parte importante, sana y disfrutable de mi vida sexual. Ahora veo el sexo como un aspecto clave y central de la imagen de mí mismo y de mi autoestima.

He avanzado mucho. Ya no siento que el sexo sea sucio o un deber que debo cumplir. Ya no me avergüenza masturbarme. Ahora siento que el sexo es una parte sana y natural de la intimidad con mi pareja y conmigo mismo.

El sexo era algo que me provocaba inquietud. ¿Lo haría bien, podría enfrentar los sentimientos, tendría un orgasmo? ¿O me abrumaría la vergüenza? Ahora me siento bastante seguro de que voy a pasar un buen rato sin importar lo que ocurra, y que conseguiré estar presente.

Ya puedo estar presente en las experiencias sexuales y disfrutarlas. Mi esposo y yo ahora nos vemos como amigos que se aprecian, se aman, y quieren compartir placer. Por consiguiente, nuestra vida sexual se ha vuelto más relajada, sencilla y natural.

También las parejas de sobrevivientes hacen cambios significativos. "He aprendido a hacer el amor *con* mi esposa, no a ella", comentó una pareja. Y otra dijo: "Ya no siento que el orgasmo sea un requisito para tener alguna actividad sexual. He aprendido a ser sensual y disfrutar las caricias, independientemente de si después pasamos al sexo".

Cuando llegas a esta etapa final en la sanación de la sexualidad, el trabajo más crítico ya está hecho: le has dado un nuevo significado al sexo, has mejorado cómo te sientes contigo mismo sexualmente y has aprendido a controlar tus reacciones automáticas y tus comportamientos sexuales. También has aprendido a permanecer alerta, a avanzar en el contacto y a comunicar tus sentimientos y necesidades a una pareja.

Debido a cómo los traumas vividos en el pasado pueden afectar sexualmente, sabes que para que el sexo se sienta bien es necesario seguir ciertas normas. El sexo debe ser tu decisión, una experiencia en la que sientas que tienes el control y una actividad sin expectativas, presiones o demandas. Has aprendido nuevas técnicas y habilidades para enriquecer la intimidad sexual. A partir de ahora tendrás que practicar lo aprendido para que no se te olvide ni vuelvas a caer en viejos hábitos.

La sanación sexual no tiene que acabar aquí. Como lo expresó un sobreviviente:

Hemos escalado la gran montaña de nuestra sanación sexual y bajamos al otro lado. Ahora estamos desplazándonos sobre un terreno nivelado. Pero creo que aún nos quedan unos cuantos baches que superar.

PROFUNDIZAR LA SANACIÓN SEXUAL

Los sobrevivientes con frecuencia quieren ir más lejos en su sanación sexual, afinar lo aprendido o incluso explorar algún nuevo territorio estimulante. Hay tres maneras de hacerlo:

- Ajustarse mejor a las realidades de la recuperación.
- Crear experiencias sexuales nuevas y más placenteras.
- Permitir a la pareja más libertad para tomar la iniciativa y expresarse sexualmente.

Ajustarse mejor a las realidades de la recuperación

La sanación sexual introduce cambios en la manera en la que disfrutas el sexo a los que tal vez haya que acostumbrarse. El sexo no es lo mismo para ti ahora que antes de empezar tu sanación. Si bien muchos sobrevivientes se sienten a gusto con las diferencias, como con cualquier cambio trascendente en la vida, a menudo sufren algunas decepciones y tristezas.

Sanar la sexualidad puede traer consigo la pérdida de algunas cosas que disfrutábamos, aunque fueran malas para nosotras. Si solíamos apartarnos pasivamente del sexo, quizá extrañemos lo fácil que era evitar situaciones sexuales. Puede parecer una carga tener que decirle a una pareja con toda franqueza que no queremos sexo. Del mismo modo, si antes el sexo nos sobreexcitaba y nos involucrábamos en él de manera compulsiva, tal vez extrañemos esos frecuentes "subidones".

> El sexo no satisface las mismas necesidades adictivas que antes. Ya no me pierdo por completo. Sigo disfrutándolo mucho, pero de alguna manera me emociono menos. Sé que en general estoy mejor ahora. Era autodestructivo, pero a veces sí extraño la intensidad.

Tal vez debemos ajustar nuestras expectativas para hacer frente a los cambios que nuestra recuperación sexual ha traído consigo. Sanar la sexualidad supone hacer cambios para toda la vida *para bien*. Si queremos que los avances alcanzados perduren, no podemos volver a viejas actitudes o comportamientos.

En ocasiones, al hacer el amor con su esposo, a Terry la incomodaban imágenes de su hermano tratando de tener sexo con ella. Le preocupaba que esas imágenes le vinieran a la mente a pesar de haber llevado a cabo mucho trabajo de recuperación. Al verlas con más detenimiento, Terry descubrió que esas imágenes perturbadoras tenían más probabilidades de aparecer cuando estaba cansada, angustiada o estresada.

> A veces los viejos sentimientos vuelven a mí y me frustran muchísimo. Supongo que es bastante normal. Antes me daban ganas de poder simplemente mover un interruptor para que esos desagradables sentimientos por el abuso se fueran para siempre. Me molesta tener que enfrentarlos de vez en cuando.

La buena noticia para Terry es que gracias a haber sanado sexualmente ha adquirido técnicas efectivas para manejar esos sentimientos. Tiene alternativas. Sabe cómo tranquilizarse, reafirmar su realidad presente y hablar con su esposo. Cuando los viejos sentimientos vuelven, ya no estropean una experiencia sexual ni interfieren con la felicidad de Terry a largo plazo. "Mientras más acepto mis reacciones y hago lo que puedo para enfrentarlas, menos frecuentes y menos intensas son", opina Terry.

Puede ser que los sobrevivientes tengan más dificultad para adaptarse a estar más conscientes y tener *sensaciones* vivas y reales. Cuando ya no adormecemos las emociones ni nos escindimos de ellas, experimentamos plenamente nuestro enojo, tristeza, miedo y alegría. Es como si antes hubiéramos tenido los ojos vendados y ahora viéramos la luz. Sentimos mucho más. Por consiguiente, nos podemos volver más exigentes respecto a cuándo queremos tener sexo. Una sobreviviente explicó la diferencia que la sanación sexual marcó en su manera de abordar el sexo:

> Percibo el sexo como algo mucho más influido por mis emociones. Antes, siempre estaba dispuesta a hacer el amor, a menos de que estuviera enferma. Ahora mi deseo de hacer el amor está más estrechamente relacionado con mis otras emociones, y se ve más afectado por ellas, y por lo tanto es más frágil. Pero esto también significa que tengo más emociones que expresar, y sentir al hacer el amor.

La actividad sexual es más satisfactoria cuando es congruente con cómo te sientes. Si bien puedes estar encantado con el hecho de que la calidad de tu experiencia sexual haya mejorado, puedes sentirte mal de que la frecuencia sea menor de lo que habías deseado. Esta nueva realidad representa un hito en la sanación sexual: *tu conducta sexual ahora depende de cómo te sientes realmente.*

En virtud de estos cambios, es posible que el sexo se haya vuelto difícil si estás sometido a ciertas tensiones relacionadas con el abuso pasado, como encontrarte en el lugar donde este ocurrió, estar en contacto con el agresor, toparte con problemas en una relación íntima o sentir que te explotan en una situación laboral. Sé consciente de que vivirás situaciones así, no te sorprendas cuando ocurran. Reduce la presión. Esas situaciones son inevitables y temporales. Para ayudarte a superarlas, recurre a las técnicas que aprendiste para crear seguridad y avanzar paso a paso.

A los sobrevivientes puede resultarles difícil comunicar claramente sus sentimientos y necesidades a una pareja. Si bien el sobreviviente puede darse cuenta de que eso es importante para evitar problemas y decepciones, a veces, el proceso constante de comunicación puede resultar engorroso. A Rita, sobreviviente, le disgustaba la idea de siempre tener que explicarle en detalle a Ian, su esposo, que quería "tener intimidad física y explorar las caricias sin ninguna expectativa de sexo". Le preocupaba que si no le decía eso, Ian interpretaría su interés en abrazarse y darse masajes como que también estaba abierta a explorar posibilidades sexuales. Para ayudarse, Rita inventó la expresión *caricias vainilla* para referirse a tocamientos que no debería esperarse que condujeran al sexo. Ahora Rita simplemente dice que quiere caricias vainilla y Ian entiende automáticamente a qué se refiere.

Otra realidad de la sanación sexual es que se hacen cambios permanentes en cómo se aborda y experimenta el sexo. Dichos cambios por lo general significan que pueden necesitarse cantidades importantes de tiempo y energía para prepararse y tener sexo. Toma tiempo conservar una intimidad emocional con un compañero. Y toma tiempo crear seguridad, confianza y un escenario no demandante para la intimidad sexual. "Necesito sentirme apreciada, valorada, y con una relación que tenga otros componentes aparte del sexual, antes de siquiera plantearme relacionarme sexualmente", dijo un sobreviviente.

Durante el sexo, los sobrevivientes y sus parejas tienen que estar siempre preparados para detenerse, aflojar el paso, cambiar de actividad y procesar viejos sentimientos del abuso. Una sobreviviente habló de su crecimiento:

> Toma tiempo lidiar con las voces en mi interior que a veces murmuran "Eres mala, eres mala" cuando siento placer con una pareja o pido lo que deseo y necesito sexualmente. Ahora, cuando oigo las voces, me alejo de ellas. Soy más consciente de lo que está pasando y me doy espacio para contrarrestarlas con pensamientos positivos.

Y una pareja habló sobre las realidades de tener sexo en su relación:

> Durante el sexo nos mantenemos en comunicación estrecha, para cambiar el curso si acaso volviera a presentarse un recuerdo inquietante del pasado. Mantenemos nuestras expectativas en armonía con la realidad. Sabemos que la confianza y la seguridad están antes que todo lo demás. ¿Cómo hacen el amor los puercoespines? ¡Con mucho, mucho cuidado!

También puede ser muy importante terminar bien un encuentro sexual. Esto también toma tiempo. Si después del sexo la pareja se levanta deprisa o se voltea al otro lado sin decir palabra, el sobreviviente puede sentirse mal por haber tenido sexo. Dina creía que sus momentos más vulnerables emocionalmente eran después del sexo. Era entonces cuando su mente la llevaba a verse como víctima y a su pareja como agresor. Dina pudo mediatizar un poco esos sentimientos. Recordaba la cadena de acontecimientos que habían llevado al sexo, que había consentido y que podía controlar su experiencia. Lo que más parecía ayudarla, sin embargo, era tomarse un tiempo después del sexo para estar abrazada con su amante. Ese tiempo especial le permitía liberarse de viejas formas de evaluar su conducta sexual en términos de víctima-perpetrador.

Los sobrevivientes pueden crear mucha angustia y disgusto innecesarios si comparan su vida sexual recuperada con lo que imaginan que son las vidas sexuales "normales" (de la gente que no sufrió abuso). Pueden reprocharse no ser tan libres, relajados o activos en lo sexual como fantasean que son los demás. Esas comparaciones son injustas e incluso pueden perjudicar tus avances. Cuando pensamos así, nos aferramos a una imagen demasiado positiva de cómo son las vidas sexuales de otras personas y olvidamos que también muchos que no son sobrevivientes de abuso también han tenido problemas con el sexo. Si bien el modo de relacionarse sexualmente entre sobrevivientes y no sobrevivientes es diferente, y tal vez siempre lo sea, esa diferencia quizá no sea tan importante como pensamos.

Los beneficios de sanar la sexualidad compensan con creces las pérdidas. Debemos tener presentes también las repercusiones positivas de nuestra sanación: una mayor autoestima y un mayor respeto por nosotros mismos, y la capacidad de tener relaciones con intimidad emocional, por mencionar unos cuantos. Un sobreviviente dijo:

> Me pregunto si quienes trabajamos para sanar no seremos a fin de cuentas más sanos sexual y emocionalmente que la mayoría de la gente que cree "no tener problemas sexuales".

Crear experiencias sexuales nuevas y más placenteras

Como resultado de la sanación sexual, cada sobreviviente crea una zona de confort para la actividad sexual. En esta zona, ciertas conductas se sienten bien, en tanto que otras tal vez no. Un sobreviviente puede sentirse bien al tener relaciones sexuales, pero solo con la condición de que el contacto sexual sea siempre en la misma posición. Otro sobreviviente se puede sentir a gusto si se tocan los genitales con los dedos, pero no querer en absoluto sexo oral.

Si bien poner límites a la conducta y a la actividad sexual es fundamental para sanar sexualmente, con el tiempo los sobrevivientes suelen sentirse limitados por sus propias restricciones. Entonces la tarea consistirá en expandir los límites exteriores de la zona de confort para dar cabida a nuevas experiencias.

Maureen, sobreviviente que solía apartarse del sexo, quería saber cómo sería sentir un intenso deseo sexual y sentirse "caliente" con su esposo.

> Quiero llegar al punto de desear el sexo tanto como mi esposo. Me gustaría poder decirle "Cariño, quiero hacerte el amor en este instante", en vez de "Creo que puedo, vamos a ver qué tal sale".

La gama de posibilidades sexuales es infinita. Hay muchas clases de actividades sexuales y muchas maneras de hacerlas.[*] Hacer el amor puede ser algo lúdico, apasionado o espiritual. Cuando nos quedamos dentro de cierto registro de actividades, nuestra vida sexual puede empezar a resultar predecible y aburrida, limitando a la larga nuestro placer sexual y nuestra sensación de estar vivos. El sexo ha sido comparado con una cena. A veces bromeas sobre los platillos. A veces te tomas la cena en serio. Es bueno saber que podemos estar abiertos a tener muchos tipos diferentes de "cenas" sexuales.

¿Cómo expandes tu zona de confort sexual? Puedes confiar en los avances que ya has hecho y poco a poco acicatearte para correr nuevos riesgos. Recuerda todas las técnicas para estar relajado y consciente: detenerse cuando sea necesario, dar pasos para tender puentes de una experiencia a otra y comunicarle a tu pareja tus sensaciones y necesidades. Todo esto puede aplicarse para conquistar nuevas áreas en la búsqueda del enriquecimiento sexual.

Considera una nueva experiencia sexual que tal vez quisieras explorar. Asegúrate de que no será dañina o abusiva hacia ti en modo alguno. Es mejor descartar conductas sexuales que puedan asociarse con el abuso sexual, como el sadomasoquismo, las relaciones entre alguien dominante y

---

[*] Véase la sección de Recursos para libros sobre enriquecimiento sexual.

alguien sumiso y actividades que entrañen algún peligro físico. Si bien estas actividades pueden ser emocionantes por un tiempo, algunos sobrevivientes que han participado en ellas han terminado por arrepentirse. Esas conductas basadas en el poder parecían reforzar las asociaciones e ideas negativas sobre el sexo, originalmente modeladas por el abuso. Los actos de crueldad o hirientes son incompatibles con una intimidad sexual basada en el amor.

Cuando consideres una nueva actividad sexual, pregúntate: ¿hay algo que necesite aprender sobre ella antes de hacerla? ¿Cuáles son mis peores temores acerca de esta actividad? ¿Qué necesito para asegurarme de que la actividad marche bien?

Katheryn siempre había tenido miedo de tener sexo en una posición en la que estuviera sentada a horcajadas sobre su pareja y frente a él. Se dio cuenta de que ese miedo provenía del abuso, cuando su tío la sentaba a la fuerza en su regazo y la acariciaba. Habló con Jeff, su pareja, sobre explorar poco a poco nuevas posiciones. Para ampliar su zona de confort, Katheryn decidió tender puentes entre actividades táctiles con las que ya se sentía cómoda y la posición de la mujer arriba durante el sexo.

Para empezar a introducir los cambios, Jeff y ella hicieron el ejercicio de aplausos que ya habían aprendido durante su trabajo para sanar consistente en reaprender las caricias y el contacto (que se presenta en el capítulo 10). Repasaron varias veces el ejercicio, introduciendo cambios con cada variación: primero ambos completamente vestidos, sentados en el suelo; luego sentados en la cama; luego sin ropa, sentados en la cama; luego en la posición de la mujer arriba, con ropa puesta, y finalmente en la posición de la mujer arriba, sin ropa. Durante los ejercicios, Katheryn y Jeff paraban, descansaban y hablaban cada vez que ella se sentía angustiada o lista para detenerlos.

Katheryn disfrutaba el ejercicio y lo asociaba con la diversión, el placer y contacto lúdico con Jeff. Su capacidad de relajarse y sentirse cómoda con él en los ejercicios le dio la posibilidad de transferir esas sensaciones agradables a la postura sexual. Para sorpresa de Katheryn, esa nueva postura se ha convertido en una de sus favoritas. "Ahora el único problema es que Jeff y yo siempre queremos aplaudir cuando terminamos", bromea.

Brad, sobreviviente de abuso sexual infantil, quería explorar el terreno de la sexualidad espiritual. Ahora que se sentía cómodo con su funcionamiento sexual y estaba a gusto con su relación de pareja, quería ver cómo podía expresar, a través de la sexualidad, una conexión con la vida y la naturaleza. Primero se dio cuenta de que necesitaba aprender más. Encontró un libro sobre sexualidad espiritual en una librería local especializada en obras de psicología y crecimiento personal. En sus lecturas encontró una actividad que quería probar con su pareja y que suponía sexo con poco movimiento o muy suave, respiraciones lentas y concentrándose mentalmente en la profunda unión del momento. A Brad le preocupaba que Emily, su pareja, no quisiera participar en esa actividad, o que le resultara tonta. Para asegurarse de que todo marchara bien, primero lo comentó con Emily y se cercioró de que a ella le interesara probarlo. Estuvieron de acuerdo en intentarlo unos minutos cuando hicieran el amor de manera normal. Aunque al principio era un poco extraño, Brad y Emily realizaron el ejercicio y acordaron intentar que durara un poco más la siguiente vez. Meses después, Brad dijo: "Mi disfrute de la sexualidad ha trascendido el sentido físico: implica un intercambio íntimo y también espiritual".

Otra forma en que los sobrevivientes pueden mejorar sus experiencias sexuales, ya sea que estén solos o con una pareja, es volverse más capaces de recibir sensaciones placenteras. Como parte de su sanación sexual, se alienta a los sobrevivientes a dirigir las experiencias sexuales y permanecer a cargo de la situación. Pero puedes aprender a relajarte y permitirte ser receptivo con lo que esté pasando en el momento. Entregarse a la sensación de esa manera es una habilidad que puedes aprender, no es una derrota o una pérdida de poder. Al ser capaz de recibir sensualmente más aumentas tu poder. Aprendes a soltar la rigidez muscular que puede estar conteniendo e inhibiendo el placer sexual. Para propiciar las habilidades que permiten esa clase de entrega, Stella Resnick, terapeuta Gestalt especializada en el tratamiento de problemas sexuales, recomienda practicar el siguiente ejercicio diariamente:

> Detente unos minutos: cierra los ojos, respira profundamente hasta llenar el pecho por completo y exhala hasta sacar todo el aire. Imagina que también estás sacando cualquier tensión o sensación desagradable que hayas recogido en el camino. Luego haz unos cuantos movimientos de rotación con la cabeza, estira el cuello, los brazos, la espalda. Bosteza y relaja la mandíbula, reconecta con tus sentidos: analiza el entorno lentamente con los ojos, huele el aire, escucha sonidos distantes, siente los objetos que están en contacto con tu piel, los sabores en tu boca.
>
> Practicar pequeños momentos de entrega hace las grandes entregas más fáciles. Conforme disminuyen la resistencia y la angustia, aumentan la delicadeza y la confianza, y también los sentimientos de amor y ternura. Cuando nos

entregamos nos volvemos más amorosos y en el proceso terminamos mostrando más de lo que hay en nosotros digno de amor.*

Recomiendo primero intentar este ejercicio de entrega sexual como parte de los ejercicios del nido seguro y el abrazo seguro descritos en el capítulo 10. A la larga podrás usar esta habilidad de la entrega sensual para soltar la tensión muscular, respirar llenando los pulmones y tener más sensaciones durante las experiencias sexuales. Aumentar el movimiento y la respiración es una magnífica manera de incrementar la excitación y la intensidad placentera al hacer el amor.

Las recompensas de expandir los horizontes sexuales hacen que el esfuerzo valga la pena, como explicaron estos sobrevivientes:

El sexo es bueno y divertido. Nunca había sido así para mí. Soy más abierto y expresivo durante el sexo. Me río. Puedo ser intenso.

Nunca imaginé que disfrutaría al experimentar con el sexo, pero ahora lo hago. Mi pareja y yo hemos descubierto algunas nuevas posiciones exclusivas de nosotros, formas de movernos, cosas que encontramos realmente sexis.

Como sobrevivientes, podemos darnos permiso de experimentar y sentirnos bien con muchas clases diferentes de experiencias sexuales. "He aprendido que sentir el placer del sexo no es nada de qué avergonzarse —dijo una sobreviviente—. Es bueno sentirse bien y disfrutar el sexo. De hecho, merezco sentirme bien".

Permitir a la pareja más libertad en el sexo

Un día recibí una llamada de Marla; dos años antes les había dado terapia sexual a Rhett, su esposo, y a ella. Ella había sufrido abuso sexual a manos de su padre, y por consiguiente había tenido problemas sexuales en su matrimonio. Me dijo por teléfono que se sentía deprimida y necesitaba volver a terapia. Me pregunté qué estaría provocando sus problemas; mi último contacto con ella había sido meses atrás, cuando, también por teléfono, me contó que las cosas marchaban bien, que tenía relaciones sexuales con Rhett una vez a la semana, que disfrutaba las experiencias y que incluso en varias ocasiones había tenido unos fuertes impulsos que la llevaron a tomar la iniciativa.

Sentada en mi consultorio, Marla explicó lo que le preocupaba. Unas noches antes, en la cama, Rhett se había volteado hacia ella para

* Stella Resnick, "Sweet Surrender", *The New Age Journal*, 1980 (noviembre), pp. 41-45.

preguntarle: "¿Entonces así va a ser? ¿Nuestra vida sexual será como ahora por el resto de nuestra vida? ¿Siempre voy a tener que esperar a que digas que quieres tener sexo antes de poder tocarte en un plan sexual? ¿Siempre serás tú la que controle lo que podemos y lo que no podemos hacer? Solo quiero saberlo, para no esperar más de lo que realmente pueda pasar".

Sus palabras la golpearon duro. Marla estaba alterada. "¿Por qué Rhett no puede estar satisfecho con todos los cambios positivos que he hecho? Antes teníamos muchos problemas con el sexo. ¿No basta con que ahora puedo ser sexual y disfrutarlo?". Mientras hablaba abiertamente de sus sentimientos y su enojo iba amainando, Marla misma empezó a preguntarse sobre los límites de su sanación sexual.

Podía entender que Rhett se sintiera con las manos atadas. Él no podía expresar libremente sus impulsos y deseos sexuales. Su vida sexual estaba desequilibrada y le faltaba espontaneidad. Marla quería encontrar maneras de liberarse de su necesidad de control y permitirle a su esposo tomar la iniciativa, sin que ella volviera a recaer en los viejos sentimientos de miedo y resentimiento.

Este es un dilema común al que las parejas pueden enfrentarse en las últimas etapas de la sanación de la sexualidad. Algunas de las cosas que hacen los sobrevivientes para garantizar su seguridad y comodidad, como ser quien inicia y controla toda la actividad sexual, inhibe y limita a su pareja. Puede ser que las parejas sientan que los encuentros sexuales han llegado a estar *sobrecontrolados* por el sobreviviente.

El hecho de que las parejas empiecen a correr el riesgo de plantear sus necesidades con más franqueza da una idea del avance que ha habido en el proceso de sanar la sexualidad. Una pareja en una situación similar preguntó: "¿Alguna vez vamos a poder tener un encuentro sexual improvisado?". Y otra dijo:

> Me gustaría poder elogiar a mi esposa por su apariencia, coquetear con ella y adentrarme en mi energía sexual sin que ella piense que la estoy presionando para tener sexo.

En una relación a largo plazo, las parejas necesitan espacio para expresar sus intereses y su energía sexual y para recibir convalidación y apoyo.

En terapia le pregunté a Marla si podía expresar sus límites y necesidades antes y durante el sexo. Dijo que sí. Luego le pregunté si confiaba en que Rhett pudiera detener lo que estuviera haciendo en cualquier momento si ella se lo pedía. De nuevo dijo que sí. La autoafirmación, la confianza, el respeto y la comunicación estaban bien establecidos. Marla se dio cuenta de que tal vez a esas alturas un control tan estricto de sus experiencias sexuales ya no fuera necesario. De todas formas, le daba miedo pensar en soltarlo.

Para que este siguiente paso de la sanación funcione, el sobreviviente y su pareja deben estar de acuerdo de que la necesidad de seguridad del sobreviviente es lo primero en todo momento. El sobreviviente no "renuncia" al control, sino que siente que este siempre está presente de manera implícita. Desde esta perspectiva, los sobrevivientes pueden empezar a cuestionarse para permitir que la pareja se sienta más libre en sus expresiones de pasión y en las actividades sexuales. Recuerda que puedes detenerte cuando quieras. Una comunicación honesta, el respeto y la intimidad emocional siguen considerándose más importantes que lo que pase sexualmente.

Denise y Robert, otra pareja, idearon un sistema para iniciar el sexo que era más equilibrado y cómodo para ambos. Decidieron turnarse en la iniciativa. Si a Denise le tocaba tomar la iniciativa, la siguiente vez le correspondía a Robert. Cuando uno toma la iniciativa cuenta como turno, independientemente de si la otra persona acepta o no. Como explicó Denise:

> Alternarlo así me ayuda a sentirme segura y a no caer en mis trampas de "Aquí viene *otra vez*" o "Es lo que siempre quiere". Una vez que Robert ha tomado la iniciativa, sé que no volverá a pasar nada a menos que yo quiera. Este acuerdo me da la oportunidad de tener un poder activo sobre mi propio placer: no tengo que divertirme a menos que yo lo elija. Así, puedo practicar elegir tener placer. Y a Robert le da la sensación de finalmente tener algún control.
>
> En nuestro largo periodo de abstinencia nadie tomaba la iniciativa de nada. En los ejercicios de reaprender el contacto, el proceso todavía se guiaba por mi ritmo y mi comodidad. Ahora también Robert tiene oportunidades de expresar su deseo.

Cuando los sobrevivientes se desafían a dejarse llevar y explorar experiencias sexuales iniciadas por sus parejas, algo maravilloso puede ponerse en marcha. Tal vez descubras que disfrutas la nueva energía que tu pareja imprime a las experiencias sexuales, quizás él o ella te presente algo nuevo que resulta que te gusta, y puede ser que disfrutes viendo a tu pareja sintiéndose más libre y más viva. "Estoy aprendiendo a pensar en su energía sexual como *su placer,* no mi obligación", dijo un sobreviviente.

A la larga, incluso con las condiciones necesarias para seguir con la sanación sexual, las relaciones íntimas pueden sentirse más equilibradas e igualitarias.

El sexo es algo que mi pareja y yo compartimos cuando ambos queremos. Ahora nos comunicamos y nos tomamos nuestro tiempo. Somos responsables y juguetones el uno con el otro. El sexo es hermoso y divertido.

Conforme los sobrevivientes se van sintiendo más relajados y confiados durante el sexo, pueden descubrir que lo disfrutan de modos que antes nunca creyeron posibles.

Últimamente, cuando mi pareja y yo tenemos sexo, se siente como si estuviéramos creando un baile juntos. Nos tocamos con suavidad. Nos movemos al mismo ritmo. Ninguno de los dos da marcha atrás o presiona para dar el siguiente paso. Nos quedamos en el momento, el uno con el otro. Estoy abierto a la experiencia total. Desde que me liberé del miedo he podido sentir más amor por mi pareja durante la actividad sexual.

Según se van acumulando nuevas experiencias sexuales gratificantes, los viejos recuerdos y las asociaciones negativas se van desvaneciendo y quedando en el pasado. Las personas que han hecho viajes para sanar la sexualidad suelen decirme que la actividad sexual ha cambiado tanto que les cuesta trabajo imaginar las viejas angustias que antes sentían. Una sobreviviente de incesto contó:

He llegado a una "nueva normalidad" con el sexo. Estoy a gusto con la desnudez, con las provocaciones, el coqueteo, las caricias, los besos, el coito apasionado y mucho más. Los miedos que antes sentía hacia el sexo parece como si pertenecieran a otra vida. He aprendido que el sexo no es lo que aprendiste primero sobre él: es aquello *que tú quieres que sea*.

Las alegrías de la sanación sexual

Es una sensación maravillosa superar heridas del pasado y reivindicar la sexualidad como algo bueno y saludable para nosotros. Es asombroso cuán flexibles y resilientes pueden ser los sobrevivientes. "A través de todo el miedo, el horror y el trabajo arduo, he adquirido una gran fuerza, esperanza y serenidad", dijo un sobreviviente.

Sanar la sexualidad puede ser doloroso, confuso y exigente. También puede tomar mucho tiempo. Pero las recompensas hacen que todo el esfuerzo valga la pena.

Ha sido algo sumamente difícil lograrlo. Puede ser que nunca "lo consiga" plenamente, pero la probadita que he tenido de una sexualidad real y verdadera me recuerda cuánto vale la pena la lucha. El sexo es maravilloso, emocionante, un regalo del universo. Sería muy tonto no aprender a aceptarlo, vivirlo y apreciarlo. Como sobreviviente, la mayor parte de mi vida se me negó este regalo, pero estoy cambiando esa dinámica: he tomado el control de mi propia sexualidad.

Mientras avanzas en la sanción de tu sexualidad, recuerda que no viajas solo. Una cantidad creciente de sobrevivientes y de sus parejas están haciendo el mismo viaje. Existe el apoyo terapéutico y social para ayudarte. Juntos, todos estamos aprendiendo a separar el dolor y la tristeza por el abuso sexual de la dicha y el increíble placer de una sexualidad sana. En este camino cada uno de nosotros está creando su propio, nuevo e individual significado del sexo, lo suficientemente saludable y gozoso para que nos dure por el resto de nuestras vidas.

Recursos

En esta sección se presentan libros, artículos, CD, cintas de video y de audio y organizaciones que pueden ayudarte a sanar la sexualidad. Estos recursos ofrecen información sobre abuso sexual, sexualidad y otros temas afines. Como sanar la sexualidad se centra especialmente en recuperarse del abuso sexual, pocas referencias abordan directamente, o con mucho detalle, el tema. Tendrás que seleccionar y escoger el material pertinente a partir de lo que leas.

LIBROS

RECUPERARSE DEL ABUSO SEXUAL

Adams, Caren, y Jennifer Fay. *Free of the Shadows: Recovering from Sexual Violence.* Oakland, CA: New Harbinger Publications, 1990.

Adams, Kenneth. *Silently Seduced: When Parents Make Their Children Partners.* Edición revisada. Deerfield Beach, FL: HCI, 2011.

Bass, Ellen y Laura Davis. *Beginning to Heal: A First Book for Men and Women Who Were Sexually Abused as Children.* Edición revisada. Nueva York: Harper Perennial, 2003.

_____. *The Courage to Heal: A Guide for Women Survivors of Child Sexual Abuse.* Edición por el 20° aniversario. Nueva York: Harper Perennial, 2008 [versión en español: *El coraje de sanar. Guía para mujeres supervivientes de abusos sexuales en la infancia,* trad. Amelia Brito. Madrid: Barcelona, 1995].

Bear, Euan, y Peter Dimock. *Adults Molested as Children: A Survivor's Manual for Women and Men*. Orwell, VT: Safer Society Press, 1988.

Brohl, Kathryn y Joyce Case Potter. Edición revisada. *When Your Child Has Been Molested: A Parents' Guide to Healing and Recovery*. San Francisco: Jossey-Bass, 1998.

Butler, Sandra. *Conspiracy of Silence: The Trauma of Incest*. San Francisco: Volcano Press, 1996.

Caruso, Beverly. *The Impact of Incest*. City Center, MN: Hazelden Foundation, 1987.

Cori, Jasmin Lee. *Healing from Trauma: A Survivor's Guide to Understanding Your Symptoms and Reclaiming Your Life*. Nueva York: Marlowe & Co., 2007.

Daugherty, Lynn B. *Why Me? Help for Victims of Child Sexual Abuse (even if they are adults now)*. 4a. ed. Roswell, NM: Cleanan Press, 2007.

Davis, Laura. *Allies in Healing: When the Person You Love Was Sexually Abused as a Child*. Nueva York: William Morrow, 1991.

——————. *The Courage to Heal Workbook: For Women and Men Survivors of Child Sexual Abuse*. Nueva York: William Morrow, 1990.

Dolan, Yvonne. *One Small Step: Moving Beyond Trauma and Therapy to a Life of Joy*. Lincoln, NE: Authors Choice Press, 2000.

Dorais, Michel. *Don't Tell: The Sexual Abuse of Boys*. Montreal, Canada: McGill- Queen's University Press, 2002. Traducido del francés.

Engel, Beverly. *The Right to Innocence: Healing the Trauma of Childhood Sexual Abuse*. Nueva York: Ivy Books, 1990.

Estrada, Hank. *UnHoly Communion: Lessons Learned from Life among Pedophiles, Predators, and Priests*. Santa Fe, NM: Red Rabbit Press, 2011.

Evert, Kathy e Inie Bijkerk. *When You're Ready: A Woman's Healing from Childhood Physical and Sexual Abuse by Her Mother*. Walnut Creek, CA: Launch Press, 1987.

Forward, Susan y Craig Buck. *Betrayal of Innocence: Incest and Its Devastation*. Nueva York: Penguin, 1988.

Gartner, Richard. *Beyond Betrayal: Taking Charge of Your Life after Boyhood Sexual Abuse*. Hoboken, NJ: Wiley, 2005.

Gil, Eliana. *Outgrowing the Pain: A Book for and about Adults Abused as Children*. Nueva York: Dell Books, 1988.

_____. *Outgrowing the Pain Together: A Book for Spouses and Partners of Adult Survivors*. Nueva York: Dell Books, 1992.

_____. *United We Stand: A Book for Individuals with Multiple Personalities*. Walnut Creek, CA: Launch Press, 1990.

Hansen, Paul. Survivors and Partners: *Healing the Relationships of Sexual Abuse Survivors*. Longmont, CO: Heron Hill Publishing, 1991.

Hunter, Mic. *Abused Boys: The Neglected Victims of Sexual Abuse*. Nueva York: Ballantine Books, 1991.

King, Neal. *Speaking Our Truth: Voices of Courage and Healing for Male Survivors of Childhood Sexual Abuse*. Nueva York: Harper Perennial, 1995.

Kleinleder, PeggyEllen y Kimber Evensen. *The Thursday Group: A Story and Information for Girls Healing from Sexual Abuse*. Holyoke, MA: Neari Press, 2009.

Ledray, Linda. *Recovering from Rape*. 2a. ed. Nueva York: Henry Holt, 1994.

Lehman, Carolyn. *Strong at the Heart: How It Feels to Heal from Sexual Abuse*. Nueva York: Farrar, Straus and Giroux, 2005.

Levine, Peter. *Healing Trauma: A Pioneering Program for Restoring the Wisdom of Your Body*. Boulder, CO: Sounds True, 2008. Libro con CD.

Lew, Mike. *Victims No Longer: The Classic Guide for Men Recovering from Sexual Child Abuse*. 2a. ed. Nueva York: Harper Perennial, 2004.

Maltz, Wendy y Beverly Holman. *Incest and Sexuality: A Guide to Understanding and Healing*. Lexington, MA: Lexington Books, 1987.
La primera publicación en abordar específicamente los efectos sexuales del incesto. Secciones especiales sobre dinámica familiar, concepto de uno mismo, repercusiones sexuales, parejas y búsqueda de ayuda terapéutica.

Mather, Cynthia con Kristina Debye. *How Long Does It Hurt?: A Guide to Recovering from Incest and Sexual Abuse for Teenagers, Their Friends, and Their Families*. Edición revisada. San Francisco: Jossey- Bass, 2004.

Matsakis, Aphrodite. *The Rape Recovery Handbook: Step- by- Step Help for Survivors of Sexual Assault.* Oakland, CA: New Harbinger Publications, 2003.

_____. *Trust After Trauma: A Guide to Relationships for Survivors and Those Who Love Them.* Oakland, CA: New Harbinger Publications, 1998.

Oksana, Chrystine. *Safe Passage to Healing: A Guide for Survivors of Ritual Abuse.* Bloomington, IN: iUniverse, 2001, 1a. ed.: Harper-Collins Publishers, 1994.

Parrot, Andrea. *Coping with Date Rape and Acquaintance Rape.* Edición revisada. Nueva York: Rosen Publishing Group, 1998.

Poston, Carol y Karen Lison. *Reclaiming Our Lives: Hope for Adult Survivors of Incest.* Bloomington, IN: iUniverse, 2001.

Prosperi, N. *It Ends with Me!* Amazon Books, edición en Kindle, 2018.

Rafanello, Donna. *Can't Touch My Soul: A Guide for Lesbian Survivors of Child Sexual Abuse.* Los Ángeles: Alyson Books, 2004.

Robinson, Lori S. *I Will Survive: The African- American Guide to Healing from Sexual Assault and Abuse.* Emeryville, CA: Seal Press, 2003.

Rosenbloom, Dena y Mary Beth Williams. *Life After Trauma: A Workbook for Healing.* 2a. ed. Nueva York: Guilford Press, 2010.

Sanford, Linda. *Strong at the Broken Places: Building Resiliency in Survivors of Trauma.* Holyoke, MA: NEARI Press, 2005, 1a. ed.: Random House, 1990.

Simkin, Penny y Phyllis Klaus. *When Survivors Give Birth: Understanding and Healing the Effects of Early Sexual Abuse on Childbearing Women.* Seattle, WA: Classic Day Publishing, 2004.

Sonkin, Daniel Jay. *Wounded Boys, Heroic Men: A Man's Guide to Recovering from Child Abuse.* Cincinnati, OH: Adams Media, 1998.

Sperlich, Mickey y Julia Seng. *Survivor Moms: Women's Stories of Birthing, Mothering, and Healing after Sexual Abuse.* Eugene, OR: Motherbaby Press, 2008.

Stone, Robin. *No Secrets, No Lies: How Black Families Can Heal from Sexual Abuse.* Nueva York: Broadway Books, 2005.

Thomas, T. *Men Surviving Incest: A Male Survivor Shares on the Pro cess of Recovery.* Walnut Creek, CA: Launch Press, 1989.

Van Derbur, Marilyn. *Miss America by Day: Lessons Learned from Ultimate Betrayals and Unconditional Love.* Denver: Oak Hill Ridge Press, 2004.

Vermilyea, Elizabeth. *Growing Beyond Survival: A Self- Help Toolkit for Managing Traumatic Stress.* Baltimore, MD: Sidran Press, 2007.

Warshaw, Robin. *I Never Called It Rape: The Ms. Report on Recognizing, Fighting, and Surviving Date and Acquaintance Rape.* Nueva York: Harper Perennial, 1994.

Williams, Mary Beth y Soili Poijula. *The PTSD Workbook: Simple, Effective Techniques for Overcoming Traumatic Stress Symptoms.* Oakland: New Harbinger Publications, 2002.

ADICCIÓN Y COMPULSIÓN SEXUALES

Black, Claudia. *Deceived: Facing Sexual Betrayal, Lies, and Secrets.* Center City, MN: Hazelden Foundation, 2009.

Carnes, Patrick. *Contrary to Love: Helping the Sexual Addict.* Center City, MN: Hazelden Foundation, 1994.

_____. *Don't Call It Love: Recovery from Sexual Addiction.* Nueva York: Bantam Books, 1992.

_____. *Facing the Shadow: Starting Sexual and Relationship Recovery.* 2a. ed. Carefree, AZ: Gentle Path Press, 2006.

_____. *Out of the Shadows: Understanding Sexual Addiction.* 3a. ed. Center City, MN: Hazelden Foundation, 2001.

Carnes, Patrick, David Delmonico y Elizabeth Griffin, con Joseph Moriarity. *In the Shadows of the Net: Breaking Free of Compulsive Online Sexual Behavior.* 2a. ed. Center City, MN: Hazelden Foundation, 2007.

Carnes, Stefanie. *Mending a Shattered Heart: A Guide for Partners of Sex Addicts.* Carefree, AZ: Gentle Path Press, 2008.

Chamberlain, Mark y Geoff Steurer. *Love You, Hate the Porn: Healing a Relationship Damaged by Virtual Infidelity.* Salt Lake City, UT: Shadow Mountain, 2011.

Corley, M. Deborah y Jennifer P. Schneider. *Disclosing Secrets: When, to Whom, and How Much to Reveal.* Carefree, AZ: Gentle Path Press, 2002.

Earle, Ralph y Gregory Crow. *Lonely All the Time: Recognizing, Understanding, and Overcoming Sexual Addiction, for Addicts and Co- dependents.* Nueva York: Pocket Books, 1998.

Hunter, Mic. *Hope and Recovery: A Twelve- Step Guide for Healing from Compulsive Sexual Behavior.* Center City, MN: Hazelden Foundation, 1994.

Kasl, Charlotte. *Women, Sex and Addiction: A Search for Love and Power.* Nueva York: William Morrow, 1990.

Maltz, Wendy y Larry Maltz. *The Porn Trap: The Essential Guide to Overcoming Problems Caused by Pornography.* Nueva York: William Morrow, 2009.
Ilumina la relación entre adicción sexual y abuso sexual. Proporciona técnicas y estrategias efectivas para dejar la pornografía, reparar relaciones dañadas por su consumo y vivir una intimidad sexual profundamente satisfactoria.

Mura, David. *A Male Grief: Notes on Pornography and Addiction,* Minneapolis, MN: Milkweed Editions, 1987.

Reid, Rory C. y Dan Gray. *Confronting Your Spouse's Pornography Problem.* Sandy, UT: Silverleaf Press, 2006.

Sbraga, Tamara Penix y William T. O'Donohue. *The Sex Addiction Workbook: Proven Strategies to Help You Regain Control of Your Life.* Oakland, CA: New Harbinger Publications, 2004.

Schneider, Jennifer P. *Back from Betrayal: Recovering from His Affairs.* 3a. ed. Tucson, AZ: Recovery Resources Press, 2005.

Schneider, Jennifer P. y Burt Schneider. *Sex, Lies, and Forgiveness: Couples Speak on Healing from Sex Addiction.* 3a. ed. Tucson, AZ: Recovery Resources Press, 2004.

Steffens, Barbara y Marsha Means. *Your Sexually Addicted Spouse: How Partners Can Cope and Heal.* Far Hills, NJ: New Horizon Press, 2009.

Stoltenberg, John. *Refusing to Be a Man: Essays on Sex and Justice.* 2a. ed. Nueva York: Routledge, 2000.

Weiss, Robert. *Cruise Control: Understanding Sex Addiction in Gay Men.* Nueva York: Alyson Books, 2005.

Weiss, Robert y Jennifer Schneider. *Untangling the Web: Sex, Porn, and Fantasy Obsession in the Internet Age.* Nueva York: Alyson Books, 2006.

EDUCACIÓN SEXUAL Y BÚSQUEDA DE UNA SEXUALIDAD MÁS SATISFACTORIA

Anand, Margo. *The Art of Sexual Ecstasy: The Path of Sacred Sexuality for Western Lovers*. Nueva York: Tarcher, 1990.

Barbach, Lonnie. *For Each Other: Sharing Sexual Intimacy*. Garden City, NY: Anchor Books, 1983.

_____. *For Yourself: The Fulfillment of Female Sexuality*. Edición revisada. Nueva York: Signet, 2000.

Carnes, Patrick, con Joseph M. Moriarity. *Sexual Anorexia: Overcoming Sexual Self-Hatred*. Center City, MN: Hazelden Foundation, 1997.

Chia, Mantak y Douglas Abrams. *The Multi-Orgasmic Man: Sexual Secrets Every Man Should Know*. San Francisco: HarperOne, 1996 [versión en español: *El hombre multiorgásmico. Cómo experimentar orgasmos múltiples e incrementar espectacularmente la capacidad sexual*, trad. Miguel Iribarren. Madrid: Neo Person, 2000].

Chia, Mantak, Maneewn Chia, Douglas Abrams y Rachel Carlton Abrams. *The Multi- Orgasmic Couple: Sexual Secrets Every Couple Should Know*. San Francisco: HarperOne, 2002 [versión en español: *La pareja multiorgásmica. Cómo incrementar espectacularmente el placer, la intimidad y la capacidad sexual*, trad. Miguel Iribarren. Madrid: Neo Person, 2014].

Corwin, Glenda. *Sexual Intimacy for Women: A Guide for Same-Sex Couples*. Berkeley, CA: Seal Press, 2010.

Crooks, Robert y Karla Baur. *Our Sexuality*. 11a. ed. Belmont, CA: Wadsworth, 2010.

Hall, Kathryn. *Reclaiming Your Sexual Self: How You Can Bring Desire Back into Your Life*. Hoboken, NJ: Wiley, 2004.

Heiman, Julia y Joseph LoPiccolo. *Becoming Orgasmic: A Sexual and Personal Growth Program for Women*. Edición revisada. Nueva York: Fireside Books, 1987.

Henderson, Julie. *The Lover Within: Opening to Energy in Sexual Practice*. Edición revisada. Barrytown, NY: Barrytown/Station Hill Press, 1999.

Kaplan, Helen Singer. *How to Overcome Premature Ejaculation*. Nueva York: Brunner/Mazel, 1989 [versión en español: *La eyaculación precoz. Cómo reconocerla, tratarla y superarla*, trad. María del Carmen López González. Barcelona: Debolsillo, 2000].

Kennedy, Adele y Susan Dean. *Touching for Pleasure: A Guide to Massage and Sexual Intimacy*. 2a. ed. Chatsworth, CA: Chatsworth Press, 1995.

Kerner, Ian. *She Comes First: The Thinking Man's Guide to Pleasuring a Woman*. Nueva York: William Morrow, 2010.

Lee, Victoria. *Ecstatic Lovemaking: An Intimate Guide to Soulful Sex*. Berkeley, CA: Conari Press, 2002.

Loulan, JoAnn. *Lesbian Sex*. San Francisco: Spinsters Ink Books, 1984.

Love, Patricia y Jo Robinson. *Hot Monogamy: Essential Steps to More Passionate, Intimate Lovemaking*. Nueva York: Plume, 1995.

Maltz, Wendy. *Intimate Kisses: The Poetry of Sexual Pleasure*. Novato, CA: New World Library, 2001.

La segunda antología de Wendy que celebra los gozos de una intimidad sexual saludable. Los poemas describen diferentes aspectos del placer sexual, desde la anticipación, la excitación y el éxtasis hasta la remembranza.

_____. *Passionate Hearts: The Poetry of Sexual Love*. Novato, CA: New World Library, 1997.

Premiada antología que celebra los gozos de los saludables intercambios sexuales a lo largo de la vida de una relación, desde los primeros días de cortejo hasta el amor maduro. Muy educativa y sanadora para sobrevivientes y sus parejas íntimas.

Maltz, Wendy y Suzie Boss. *Private Thoughts: Exploring the Power of Women's Sexual Fantasies*. Nueva edición. Charleston, SC: BookSurge, 2008 [versión en español: *El mundo íntimo de las fantasías sexuales femeninas*, trad. Ester González Arqué. Barcelona: Paidós, 1998].

Este libro se publicó primero con el título de In the Garden of Desire: The Intimate World of Women's Sexual Fantasies. *Incluye capítulos sobre cómo influye el abuso sexual en la formación de las fantasías sexuales, cómo evaluar los problemas relacionados con las fantasías y cómo curar las fantasías sexuales no deseadas provocadas por el abuso sexual.*

Masters, William, Virginia Johnson y Robert Kolodny. *Masters and Johnson on Sex and Human Loving*. Boston: Little, Brown and Co., 1988.

McCarthy, Barry y Emily McCarthy. *Rekindling Desire: A Step- by-Step Program to Help Low-Sex and No Sex Marriages*. Nueva York: Routledge, 2003.

——————. *Sexual Awareness: Couple Sexuality for the Twenty- First Century*. Edición revisada. Nueva York: Carroll & Graf, 2002.

Metz, Michael y Barry McCarthy. *Coping with Premature Ejaculation: Overcome PE, Please Your Partner, and Have Great Sex*. Oakland, CA: New Harbinger Publications, 2004.

Montagu, Ashley. *Touching: The Human Significance of the Skin*. 3a. ed. Nueva York: William Morrow, 1986.

Moore, Thomas. *The Soul of Sex: Cultivating Life as an Act of Love*. Nueva York: Harper Perennial, 1999.

Newman, Felice. *The Whole Lesbian Sex Book: A Passionate Guide for All of Us*. 2a. ed. San Francisco: Cleis Press, 2004.

Ogden, Gina. *The Heart and Soul of Sex: Making the ISIS Connection*. Boston: Trumpeter, 2006.

——————. *The Return of Desire: A Guide to Rediscovering Your Sexual Passion*. Boston: Trumpeter, 2008.

——————. *Women Who Love Sex: Ordinary Women Describe Their Paths to Pleasure, Intimacy, and Ecstasy*. Boston: Trumpeter, 2007.

Stanway, Andrew. *The Art of Sensual Loving: A New Approach to Sexual Relationships*. Edición revisada. Nueva York: Skyhorse, 2010.

Zilbergeld, Bernie. *The New Male Sexuality: The Truth about Men, Sex, and Pleasure*. Edición revisada. Nueva York: Bantam Books, 1999.

Zoldbrod, Aline P. Sex Smart: *How Your Childhood Shaped Your Sexual Life and What to Do about It*. Oakland, CA: New Harbinger Publications, 1998.

INTIMIDAD Y COMUNICACIÓN EN LA PAREJA

Brotherson, Laura. *And They Were Not Ashamed: Strengthening Marriage through Sexual Fulfillment.* Oceanside, CA: Inspire Book, 2004.

Chapman, Gary. *The 5 Love Languages: The Secret to Love That Lasts.* Chicago: Northfield, 2010 [versión en español: *Los cinco lenguajes del amor. El secreto del amor que perdura.* Medley, FL: Unilit, 2017].

Covington, Stephanie. *Leaving the Enchanted Forest: The Path from Relationship Addiction to Intimacy.* San Francisco: HarperOne, 1988.

Doherty, William. *Take Back Your Marriage: Sticking Together in a World That Pulls Us Apart.* Nueva York: Guilford Press, 2003.

Gorski, Terence T. *Getting Love Right: Learning the Choices of Healthy Intimacy.* Nueva York: Fireside, 1993.

Gottman, John y Nan Silver. *The Seven Principles for Making Marriage Work.* Nueva York: Three Rivers Press, 2000.

Grayson, Henry. *Mindful Loving: 10 Practices for Creating Deeper Connections.* Nueva York: Gotham Books, 2004.

Hendrix, Harville. *Getting the Love You Want: A Guide for Couples.* Edición de vigésimo aniversario. Nueva York: Henry Holt, 2007 [versión en español: *Conseguir el amor de su vida. Una guía práctica para parejas,* trad. José Manuel Pomares. Barcelona: Obelisco, 1997].

Johnson, Susan. *Hold Me Tight: Seven Conversations for a Lifetime of Love.* Nueva York: Little, Brown and Co., 2008.

Lerner, Harriet. *The Dance of Anger: A Woman's Guide to Changing the Patterns of Intimate Relationships.* Edición de vigésimo aniversario. Nueva York: Perennial Currents, 2005 [versión en español: *La danza de la ira. Una guía a la afirmación personal,* trad. Inmaculada Morales Lorenzo. Madrid: Gaia, 2016].

_____. *The Dance of Intimacy: A Woman's Guide to Courageous Acts of Change in Key Relationships.* Nueva York: Harper Paperbacks, 1990 [versión en español: *La mujer y la intimidad. Cómo dar los pasos necesarios para resolver los problemas que surgen en las relaciones que nos importan,* trad. Marta Isabel Guastavino Castro. Barcelona: Urano, 1991].

Love, Patricia y Steven Stosny. *How to Improve Your Marriage Without Talking about It*. Nueva York: Three Rivers Press, 2008.

Markman, Howard, Scott Stanley y Susan Blumberg. *Fighting for Your Marriage: A Deluxe Revised Edition of the Classic Best Seller for Enhancing Marriage and Preventing Divorce*. San Francisco: Jossey-Bass, 2010.

Real, Terrence. *How Can I Get Through to You? Closing the Intimacy Gap Between Men and Women*. Nueva York: Scribner, 2002.

Scarf, Maggie. *Intimate Partners: Patterns in Love and Marriage*. Nueva York: Ballantine Books, 2008.

Schnarch, David. *Intimacy and Desire: Awaken the Passion in Your Relationship*. Nueva York: Beaufort Books, 2011.

_____. *Passionate Marriage: Keeping Love and Intimacy Alive in Committed Relationships*. Nueva York: W. W. Norton, 2009.

Woititz, Janet. *The Intimacy Struggle: Revised and Expanded for All Adults*. Deerfield Beach, FL: HCI, 1993.

INTERÉS GENERAL

Beattie, Melody. *Codependent No More: How to Stop Controlling Others and Start Caring for Yourself*. Edición de vigesimoquinto aniversario. Center City, MN: Hazelden Foundation, 1986.

Black, Claudia y Laurie Zagon. *"It's Never Too Late to Have a Happy Childhood": Inspirations for Inner Healing*. Nueva York: Ballantine, 1989.

Bradshaw, John. *Healing the Shame That Binds You*. Edición revisada. Deerfield Beach, FL: HCI, 2005.

Brooks, Gary R. *The Centerfold Syndrome: How Men Can Overcome Objectification and Achieve Intimacy with Women*. San Francisco: Jossey-Bass, 1995.

Burns, David D. *The Feeling Good Handbook*. Edición revisada. Nueva York: Plume, 1999.

Carnes, Patrick. *The Betrayal Bond: Breaking Free of Exploitive Relationships*. Deerfield Beach, FL: HCI, 1997.

Davis, Martha, Elizabeth Robbins Eshelman y Matthew McKay. *The Relaxation and Stress Reduction Workbook*. 6a. ed. Oakland, CA: New Harbinger Publications, 2008.

Fisher, Helen. *Why We Love: The Nature and Chemistry of Romantic Love*. Nueva York: Holt Paperbacks, 2004.

Ford, Clyde. *Compassionate Touch: The Body's Role in Emotional Healing and Recovery*. 2a. ed. Berkeley, CA: North Atlantic Books, 1999.

Fossom, Merle A. y Marilyn J. Mason. *Facing Shame: Families in Recovery*. Nueva York: W. W. Norton, 1989.

Gannon, J. Patrick. *Soul Survivors: A New Beginning for Adults Abused as Children*. Nueva York: Prentice Hall Press, 1990.

Jeffers, Susan. *Feel the Fear... and Do It Anyway: Dynamic Techniques for Turning Fear, Indecision, and Anger into Power, Action, and Love*. Edición de vigésimo aniversario. Nueva York: Ballantine Books, 2006.

Klausner, Mary Ann y Bobbie Hasselbring. *Aching for Love: The Sexual Drama of the Adult Child*. San Francisco: Harper San Francisco, 1990.

Kushner, Harold. *When Bad Things Happen to Good People*. Nueva York: Anchor, 2004.

Love, Pat y Jon Carlson. *Never Be Lonely Again: The Way Out of Emptiness, Isolation, and a Life Unfulfilled*. Deerfield Beach, FL: HCI, 2011.

McKay, Matthew y Patrick Fanning. *Self-Esteem: A Proven Program of Cognitive Techniques for Assessing, Improving, and Maintaining Your Self-Esteem*. 3a. ed. Oakland, CA: New Harbinger Publications, 2000.

McKay, Matthew, Jeffrey Wood y Jeffrey Brantley. *The Dialectical Behavior Therapy Skills Workbook: Practical DBT Exercises for Learning Mindfulness, Interpersonal Effectiveness, Emotion Regulation, and Distress Tolerance*. Oakland, CA: New Harbinger Publications, 2007.

Mellody, Pia. *Facing Codependence: What It Is, Where It Comes From, How It Sabotages Our Lives*. Nueva York: Harper & Row, 1989.

Miller, Alice. *The Drama of the Gifted Child: The Search for the True Self*. Nueva York: Basic Books, 2006 [versión en español: *El drama del niño dotado y la búsqueda del verdadero yo*, edición ampliada y revisada, trad. Juan José del Solar, Barcelona: Tusquets, 2020].

_____. *For Your Own Good: Hidden Cruelty in Child- Rearing and the Roots of Violence*. 3a. ed. Nueva York: Farrar, Straus and Giroux, 1990 [versión en español: *Por tu propio bien. Raíces de la violencia en la educación del niño*, trad. Juan José del Solar, Barcelona: Tusquets, 1998].

NiCarthy, Ginny. *Getting Free: You Can End Abuse and Take Back Your Life*. 4a. ed. Seattle: Seal Press, 2004.

Paul, Pamela. *Pornified: How Pornography Is Transforming Our Lives, Our Relationships, and Our Families*. Nueva York: St. Martin's Griffin, 2006.

Potter-Efron, Ronald y Patricia Potter-Efron. *Letting Go of Shame: Understanding How Shame Affects Your Life*. Center City, MN: Hazelden Foundation, 1989.

Real, Terrence. *I Don't Want to Talk About It: Overcoming the Secret Legacy of Male Depression*. Nueva York: Scribner, 1998.

Schaeffer, Brenda. *Is It Love or Is It Addiction?* 3a. ed. Center City, MN: Hazelden Foundation, 2009.

Sonkin, Daniel Jay y Michael Durphy. *Learning to Live Without Violence: A Handbook for Men*. Edición revisada. Volcano, CA: Volcano Press, 1997.

Spring, Janis Abrahms. *After the Affair: Healing the Pain and Rebuilding Trust When a Partner Has Been Unfaithful*. Nueva York: William Morrow, 1997.

Whitfield, Charles. *Healing the Child Within: Discovery and Recovery for Adult Children of Dysfunctional Families*. Deerfield Beach, FL: HCI, 1987.

Wurtele, Sandy. *Out of Harm's Way: A Parent's Guide to Protecting Young Children from Sexual Abuse*. Seattle, WA: Parenting Press, 2010.

LIBROS ESPECIALIZADOS Y ARTÍCULOS

Bachmann, Gloria, T. P. Moeller y J. Benett. "Childhood Sexual Abuse and the Consequences in Adult Women". *Obstetrics & Gynecology* 71, no. 4 (1988): 631-642.

Barnes, M. "Sex Therapy in the Couples Context: Therapy Issues of Victims of Sexual Trauma". *American Journal of Family Therapy* 23, no. 4 (1995): 351-360.

Becker, Judith, *et al.* "The Incidence and Types of Sexual Dysfunctions in Rape and Incest Victims". *Journal of Sex & Marital Therapy* 8, no. 1 (Spring 1982): 65-74.

Briere, John. *Therapy for Adults Molested as Children: Beyond Survival.* 2a. ed. Nueva York: Springer, 1996.

Briere, John y Catherine Scott. *Principles of Trauma Therapy: A Guide to Symptoms, Evaluation, and Treatment.* Thousand Oaks, CA: Sage, 2006.

Briere, John, K. Smiljanich y D. Henschel. "Sexual Fantasies, Gender, and Molestation History". *Child Abuse & Neglect* 18, no. 2 (1994): 131-137.

Butler, Sandra. *Conspiracy of Silence: The Trauma of Incest.* Edición revisada. Volcano, CA: Volcano Press, 1996.

Caffaro, John y Allison Conn-Caffaro. *Sibling Abuse Trauma: Assessment and Intervention Strategies for Children, Families, and Adults.* Nueva York: Routledge, 1998.

Carnes, Patrick. "Sexual Addiction and Compulsion: Recognition, Treatment and Recovery". *CNS Spectrums* 5, no. 10 (2000): 63-72.

Carnes, Patrick y Kenneth Adams, compiladores. *Clinical Management of Sex Addiction.* Nueva York: Routledge, 2002.

Cooper, Alvin y David Marcus. "Men Who Are Not in Control of Their Sexual Behavior". En Stephen B. Levine y Candace B. Risen, compiladores. *Handbook of Clinical Sexuality for Mental Health Professionals.* 2a. ed. Nueva York: Routledge, 2010.

Cooper, Alvin, Dana E. Putnam, Lynn A. Planchon y Sylvain C. Boies. "Online Sexual Compulsivity: Getting Tangled in the Net". *Sexual Addiction & Compulsivity* 6, no. 2 (1999): 79-104.

Corley, M. Deborah y Jennifer P. Schneider. "Disclosing Secrets: Guidelines for Therapists Working with Sex Addicts and Co-addicts". *Sexual Addiction & Compulsivity* 9, no. 1 (2002): 43-67.

Courtois, Christine. *Healing the Incest Wound: Adult Survivors in Therapy.* Edición revisada. Nueva York: W. W. Norton, 2010.

_____. *Recollections of Sexual Abuse: Treatment Principles and Guidelines.* Nueva York: W. W. Norton, 1999.

Cunningham, Jean, T. Pearce y P. Pearce. "Childhood Sexual Abuse and Medical Complaints in Adult Women". *Journal of Interpersonal Violence* 3, no. 2 (1988): 131– 144.

DiLillo, David. "Interpersonal Functioning Among Women Reporting a History of Childhood Sexual Abuse: Empirical Findings and Methodological Issues". *Clinical Psychology Review* 21, no. 4 (junio de 2001): 553-576.

Dimock, Peter. "Adult Males Sexually Abused as Children: Characteristics and Implications for Treatment". *Journal of Interpersonal Violence* 3, no. 2 (junio de 1988): 203-221.

Dines, Gail. *Pornland: How Porn Has Hijacked Our Sexuality*. Boston: Beacon Press, 2011.

Dolan, Yvonne. *Resolving Sexual Abuse: Solution-Focused Therapy and Ericksonian Hypnosis for Adult Survivors*. Nueva York: W. W. Norton, 1991.

Earle, Ralph y Marcus Earle. *Sex Addiction: Case Studies and Management*. Nueva York: Routledge, 1995.

Farley, Melissa, compiladora. *Prostitution, Trafficking, and Traumatic Stress*. Nueva York: Routledge, 2004.

Felitti, Vincent. "The Relationship of Adverse Childhood Experiences (ACE) to Adult Health: Turning Gold into Lead". *The Permanente Journal* (Winter 2002): xnet.kp.org/permanente-journal/winter02/goldtolead.html.

Finkelhor, David. *Child Sexual Abuse: New Theory and Research*. Nueva York: Free Press, 1984.

Finkelhor, David y Angela Brown. "The Traumatic Impact of Child Sexual Abuse: A Conceptualization". *American Journal of Orthopsychiatry* 55, no. 4 (octubre de 1985): 530-541.

Gannon, Theresa A. y Franca Cortoni, compiladoras. *Female Sexual Offenders: Theory, Assessment, and Treatment*. Hoboken, NJ: Wiley, 2010.

Garnets, Linda, Gregory M. Herek y Barrie Levy. "Violence and Victimization of Lesbians and Gay Men: Mental Health Consequences". *Journal of Interpersonal Violence* 5, no. 3 (September 1990): 366-383.

Gelinas, Denise. "The Persisting Negative Effects of Incest". *Psychiatry* 46, no. 3 (1983): 312-332.

*Gibbs, Nancy. "Sexual Assaults on Female Soldiers". *Time*, marzo de 2010.

> *En este artículo se informa que las cifras del Pentágono para el año fiscal 2008 mostraban un aumento de 9 por ciento en los ataques sexuales denunciados en el Ejército.*

Gil, Eliana. *Treatment of Adult Survivors of Childhood Abuse*. 2a. ed. Walnut Creek, CA: Launch Press, 1988.

Gilbert, Barbara y Jean Cunningham. "Women's Post-Rape Sexual Functioning: Review and Implications for Counseling". *Journal of Counseling and Development* 65 (October 1986): 71-73.

Herman, Judith. *Trauma and Recovery: The Aftermath of Violence - From Domestic Abuse to Political Terror*. 2a. ed. Nueva York: Basic Books, 1997.

Hindman, Jan. *Just Before Dawn: From the Shadows of Tradition to New Reflections in Trauma Assessment and Treatment of Sexual Victimization*. Ontario, OR: Alexandria Associates, 1989.

*Human Rights Watch. "US: Soaring Rates of Rape and Violence Against Women," 18 de diciembre de 2008.

> *Este artículo informa de un aumento de 25 por ciento en la incidencia de violaciones y ataques sexuales.* www.hrw.org/en/news/2008/12/18/us-soaring-rates-rape-and-violence-against-women.

Jehu, Derek. *Beyond Sexual Abuse: Therapy with Women Who Were Childhood Victims*. Londres: John Wiley & Sons, 1990.

_____. "Sexual Dysfunctions among Women Clients Who Were Sexually Abused in Childhood". *Behavioral Psychotherapy* 17 (1989): 53–70.

Johnson, Susan. *Emotionally Focused Couple Therapy with Trauma Survivors: Strengthening Attachment Bonds*. Nueva York: Guilford Press, 2005.

Kleinplatz, Peggy J., compiladora. *New Directions in Sex Therapy: Innovations and Alternatives*. Nueva York: Routledge, 2001.

> *Contiene un capítulo escrito por Wendy Maltz, maestra en Trabajo Social, sobre terapia sexual con sobrevivientes de abuso sexual.*

Koop, C. Everett. "Report of the Surgeon General's Workshop on Pornography and Public Health". *American Psychologist* 42, no. 10 (October 1987): 944-945.

Koss, Mary P. y Mary R. Harvey. *The Rape Victim: Clinical and Community Interventions.* 2a. ed. Thousand Oaks, CA: Sage, 1991.

*Laumann, Edward, Anthony Paik y Raymond C. Rosen. "Sexual Dysfunction in the United States: Prevalence and Predictors". *Journal of the American Medical Association* 281 (1999): 537-544.

*Leonard, L. y V. Follette. "Sexual Functioning in Women Reporting a History of Child Sexual Abuse: Review of the Empirical Literature and Clinical Implications". *Annual Review of Sexuality Research* 13 (2002): 346-388.

*Leonard, L., K. Iverson y V. Follette. "Sexual Functioning and Satisfaction among Women Who Report a History of Childhood and/or Adolescent Sexual Abuse". *Journal of Sex & Marital Therapy* 34 (2008): 375-384.

Levenkron, Steven. *Stolen Tomorrows: Understanding and Treating Women's Childhood Sexual Abuse.* Nueva York: W. W. Norton, 2008.

Lieblum, Sandra, compiladora. *Treating Sexual Desire Disorders: A Clinical Casebook.* Nueva York: Guilford Press, 2010.

*Lutfey, K., C. Link, H. Litman, R. Rosen y J. McKinlay. "An Examination of the Association of Abuse (Physical, Sexual, or Emotional) and Female Sexual Dysfunction: Results from the Boston Area Community Health Survey". *Fertility and Sterility* 90, no. 4 (2008): 957-964.

Maltz, Wendy. "Identifying and Healing the Sexual Repercussions of Incest: A Couples Therapy Approach". *Journal of Sex and Marital Therapy* 14, no. 2 (verano de 1988): 142-170. *Describe problemas y estrategias para la sanación sexual con parejas.*

_____. "The Maltz Hierarchy of Sexual Interaction". *Sexual Addiction & Compulsivity* 2, no. 1 (1995): 5-8. Disponible también en su sitio web: www.healthysex.com.

_____. "Out of the Shadows" (aka "Is Porn Bad for You?"). *Psychotherapy Networker*, nov/dic 2009. Disponible también en su sitio web: www.healthysex.com.

Masters, William. "Sexual Dysfunction as an Aftermath of Sexual Assault of Men by Women". *Journal of Sex & Marital Therapy* 12, no. 1 (primavera de 1986): 35-45.

MacIntosh, H. y S. Johnson. "Emotionally Focused Therapy for Couples and Childhood Sexual Abuse Survivors". *Journal of Marital & Family Therapy* 34, no. 3 (2008): 298-315.

McCarthy, Barry. "Childhood Sexual Trauma and Adult Sexual Desire: A Cognitive- Behavioral Perspective. En Rosen, Raymond. C. y Sandra R. Leiblum, compiladores. Case Studies in Sex Therapy. Nueva York: Guilford Press (1995):148-160.

McCarthy, Barry y Susan Perkins. "Behavioral Strategies and Techniques in Sex Therapy". En Brown, Robert A. y Joan Roberts Field, compiladores. *Treatment of Sexual Problems in Individual and Couples Therapy.* Costa Mesa, CA: PMA Publishing, 1988.

*Meston, Cindy, Alessandra Rellini y Julia Heiman. "Women's History of Sexual Abuse, Their Sexuality, and Sexual Self- Schemas". *Journal of Consulting Clinical Psychology* 74 (2006): 229-236.

Miller, W., A. Williams y M. Berstein. "The Effects of Rape on Marital and Sexual Adjustment". *The American Journal of Family Therapy* 10, no. 1 (primavera de 1982): 51-58.

Molnar, B., L. Borkman y S. Buka. "Psychopathology, Childhood Sexual Abuse and Other Childhood Adversities: Relative Links to Subsequent Suicidal Behaviour in the United States". *Psychological Medicine* 31 (2001): 965-977.

Najman, J., M. Dunne, D. Purdie, F. Boyle y P. Coxeter. "Sexual Abuse in Childhood and Sexual Dysfunction in Adulthood: An Australian Population-Based Study". *Archives of Sexual Behavior* 34, no. 5 (2005): 517-526.

Naparstek, Belleruth. *Invisible Heroes: Survivors of Trauma and How They Heal.* Nueva York: Bantam Books, 2005.

Posmontier, Bobbie, Tiffany Dorydaitis y Kenneth Lipman. "Sexual Violence: Psychiatric Healing with Eye Movement Reprocessing and Desensitization". *Health Care for Women International* 31, no. 8 (2010): 755-768.

Porter, Eugene. *Treating the Young Male Victim of Sexual Assault: Issues & Intervention Strategies.* Syracuse, NY: Safer Society Press, 1986.

Russell, Diana E. H. *The Secret Trauma: Incest in the Lives of Girls and Women*. Edición revisada. Nueva York: Basic Books, 1987.

Salter, Anna. *Predators: Pedophiles, Rapists, and Other Sex Offenders*. Nueva York: Basic Books, 2004.

Sarrel, Philip y William Masters. "Sexual Molestation of Men by Women". *Archives of Sexual Behavior* 11, no. 2 (1982): 117-131.

Schepp, Kay Frances. *Sexuality Counseling: A Training Program*. Nueva York: Routledge, 1986.

Senn, Theresa, Michael Carey y Peter Vanable. "Childhood Sexual Abuse and Sexual Risk Behavior Among Men and Women Attending a Sexually Transmitted Disease Clinic". *Journal of Consulting Clinical Psychology* 74, no. 4 (agosto de 2006): 720-731.

Sprei, Judith y Christine Courtois. "The Treatment of Women's Sexual Dysfunctions Arising from Sexual Assault". En Brown, Robert A. y Joan Roberts Field, compiladores. *Treatment of Sexual Problems in Individual and Couples Therapy*. Costa Mesa, CA: PMA Publishing, 1988.

Steffens, Barbara A. y Robyn L. Rennie. "The Traumatic Nature of Disclosure for Wives of Sexual Addicts". *Sexual Addiction & Compulsivity* 13 no. 2/3 (2006): 247-267.

Stuart, Irving y Joanne Greer. *Victims of Sexual Aggression: Treatment of Children, Women and Men*. Nueva York: Van Nostrand Reinhold, 1984.

Study of Child Abuse and Neglect (NIS- 4), Report to Congress, Executive Summary (2005-2006 study year).

*U.S. Department of Health and Human Services. Fourth National Incidence.

*U.S. Department of Justice. 2007 *National Crime Victimization Survey*.

Van Der Kolk, B. *The Body Keeps the Score: Brain, Mind, and Body in the Healing of Trauma*, Penguin Books, Amazon edición en Kindle, 2014.

Ventegodt, S., I. Kandel, S. Neikrug y J. Merric. "Clinical Holistic Medicine: Holistic Treatment of Rape and Incest Trauma". *The Scientific World Journal* 5 (April 2005): 288-297.

Weeks, Gerald y Larry Hof, compiladores. *Integrating Sex and Marital Therapy: A Clinical Guide*. Nueva York: Routledge, 1987.

* Los artículos con asterisco de esta sección incluyen información citada en el Prefacio.

Westerlund, Elaine. *Women's Sexuality After Childhood Incest*. Nueva York: W. W. Norton, 1992.

Woznitzer, Robert, *et al*. "Aggression and Sexual Behavior in Best- Selling Pornography: A Content Analysis". Presentado a International Communication Association Mass Communication Division. 1 de noviembre de 2006.www.allacademic.com//meta/pmlaapa-researchcitation/1/7/0/5/2/pages170523/p170523-1.php

Zitzman, Spencer T. y Mark H. Butler. "Attachment, Addiction, and Recovery: Conjoint Marital Therapy for Recovery from a Sexual Addiction". *Sexual Addiction & Compulsivity* 12, no. 4 (2005): 311-337.

OTRAS PUBLICACIONES

Álvarez Gayou, J. L. (1986). *Sexoterapia integral*. México, El Manual Moderno.

Bass, E. y L. Davis (1995). *El coraje de sanar. Guía para las mujeres supervivientes de abusos sexuales en la infancia*. España, Ediciones Urano (Nicaragua: Sawagona Ediciones).

Braswell, L. (1999). *¡Violada! Cómo recuperar el respeto propio y el de los demás*. México, Panorama

_____. (2005). *Cómo recuperarse después de una violación*. México, Panorama

Cabarrús, C. R. (2006). *La danza de los íntimos deseos. Siendo persona en plenitud*. Bilbao, Desclée de Brouwer.

Calvi, B. (2006). *Abuso sexual en la infancia. Efectos psíquicos*. Buenos Aires.

Chapman, G. (2014). *Los 5 lenguajes del amor. El secreto del amor que perdura*. Medley, FL, Unilit.

Crooks, R. y K. Baur. (2000). *Nuestra sexualidad*. México, International Thomson.

Cuevas, C. y C. Sabina (2010). *Final Report: Sexual Assault Among Latinas* (SALAS) Study, Boston, MA, Northeastern University, Middletown, PA, Penn State Harrisburg. https://www.ncjrs.gov/pdffiles1/nij/grants/230445.pdf

Deida, D. (2006). *En íntima comunión. El despertar de tu esencia sexual*. Madrid, Gaia Ediciones.

Durrant, M. y C. White [comps.] (2002). *Terapia del abuso sexual*. Barcelona, Gedisa.

Echeburúa, E. y C. Guerricaechaevarría (2000). *Abuso sexual en la infancia. Víctimas y agresores: un enfoque clínico*. Barcelona, Ariel.

Echeburúa, E. y P. de Corral (2006). "Secuelas emocionales en víctimas de abuso sexual en la infancia", *Cuad Med Forense* 12(43-44), pp. 75-82.

Foucault, M. (2002). *Historia de la sexualidad*. 1. La voluntad de saber. México, Siglo XXI Editores.

Gil Rivera, R. A. (2017). *Protocolo de prevención del abuso sexual infantil a niñas, niños y adolescentes*. México, Sistema Nacional para el Desarrollo Integral de la Familia

Glaser, D. y S. Frosh. (1997). *Abuso sexual de niños*. Argentina, Paidós.

Gottman, J. y N. Silver. (2010). *Los siete principios para hacer que el matrimonio funcione*. Nueva York, Vintage Español.

Hart-Rossi, J. (2002). *Proteja a su hijo del abuso sexual: Una guía para padres*. México, Panorama.

Johnson, S. (2019). *Abrázame fuerte. Siete conversaciones para lograr un amor de por vida*. Barcelona, Alba Editorial.

Kerner, I. (2007). *Ellas llegan primero. El libro para los hombres que quieren complacer a las mujeres*. Nueva York, Penguin Random House Grupo Editorial/Aguilar.

Kushner, H. (2006). *Cuando a la gente buena le pasan cosas malas*. Vintage Español.

O'Conner, D. (2000). *Cómo hacer el amor... con amor*. Argentina, Ediciones Urano.

Ortiz, G. (2004). *¿Qué digo? ¿Qué hago? Respuestas claras para orientar la sexualidad infantil*. México, Amssac.

Prosperi, N. (2017) *¡Se termina conmigo! Enfrentando los abusos de mi infancia. (Una narración personal de sanación)*. Amazon Books, edición en Kindle.

Ruiz, D. M. (2002). *La maestría del amor. Una guía práctica para el arte de las relaciones*. Carlsbad, CA, EUA, Hay House.

Van Der Kolk, B. (2013). *El cuerpo lleva la cuenta: Cerebro, mente y cuerpo en la superación del trauma*. Editorial Eleftheria S.L.

CINTAS DE VIDEO Y AUDIO, DVD Y CD

Relearning Touch: Healing Techniques for Couples [Reaprender las caricias: técnicas de sanación para parejas]. Producido por Wendy Maltz, Steve Christiansen y Gerald Joffee. Este video de cuarenta y cinco minutos moderado por Wendy Maltz, muestra con delicadeza las técnicas para reaprender las caricias que se describen en *El viaje para sanar la sexualidad*. Incluye entrevistas con tres parejas que han empleado estas técnicas para mejorar la comunicación, profundizar en la intimidad emocional y crear experiencias sexuales positivas. Se puede ver sin costo en el sitio web de Wendy Maltz, HealthySex.com: http://healthysex.com/booksdvdsposters/videos/relearning-touch/.

Partners in Healing: Couples Overcoming the Sexual Repercussions of Incest [Parejas en sanación. Parejas que superan las repercusiones sexuales del incesto]. Producido por Wendy Maltz, Steve Christiansen y Gerald Joffee. Moderado por Wendy Maltz. En este DVD de cuarenta y tres minutos se habla de la sanación sexual. Se presenta a tres parejas, en una de las cuales uno de los integrantes es un sobreviviente. Es especialmente útil para que las parejas comprendan el impacto del abuso sexual en su relación y cómo pueden trabajar para que el sobreviviente sane. Se puede ver sin costo en el sitio web de Wendy Maltz, HealthySex.com: http://healthysex.com/booksdvdsposters/videos/partners-in-healing/.

Recovering from Traumatic Events: The Healing Process [Cómo recuperarse de acontecimientos traumáticos. El proceso de sanación]. Este DVD educativo de veinte minutos presenta a sobrevivientes tras su restablecimiento y a terapeutas que comentan sus experiencias con el proceso de sanación después de acontecimientos traumáticos. La cinta presenta con delicadeza pormenores del trauma en las vidas de los sobrevivientes y qué los ayudó, o no, durante el proceso de sanación. Disponible en Gift from Within, (207) 236-8858, www.gift fromwithin.org.

The Healing Years: Surviving Incest and Sexual Abuse [Los años de sanación. Cómo sobrevivir al incesto y al abuso sexual]. Este aclamado y emotivamente poderoso documental presenta las historias de tres valerosas mujeres sobrevivientes de abuso sexual infantil que reconocieron y superaron con entereza las repercusiones de sus infancias heridas. Celebra el poder de la recuperación para desterrar la vergüenza. Disponible en Kathy Barbini & Big Voice Pictures, www.bigvoicepictures.com.

Boys and Men Healing [Sanación de niños y hombres]. Este potente y conmovedor documental cuenta las historias de varios hombres valientes sobrevivientes de abuso sexual, que además de encontrar su propio camino para sanar han ayudado a otros. Esta cinta compasiva e inspiradora equilibra la parte narrativa con la reflexión sobre problemas como las dificultades para alcanzar la intimidad y el ciclo de la violencia. Disponible en Kathy Barbini & Big Voice Pictures, www.bigvoicepictures.com.

To a Safer Place [Hacia un lugar más seguro]. Este premiado video de cincuenta y ocho minutos presenta el viaje de una mujer para recuperarse del incesto. Hay una breve mención a las repercusiones sexuales. Producido por National Film Board of Canada y disponible a través de ellos mismos: (800) 542-2164, www.nfb.ca.

Contrary to Love: Helping the Sexual Addict [Contrario al amor. Ayudar al adicto sexual]. En esta serie de videos que consta de doce partes de PBS, el renombrado psicólogo especialista en adicciones Patrick Carnes explica el espectro de la conducta compulsiva y adictiva y los tratamientos para recuperarse. Se puede adquirir el paquete completo o cada parte por separado, tanto en cinta de video como en DVD, en Gentle Path Press, P.O. Box 2112, Carefree, AZ 85377, (480) 488-0150, info@iitap.com, www.gentlepath.com.

Relaxation / Affirmation Techniques [Técnicas de relajación y de afirmación], *Relax -Quick!* [Relájate -¡rápido!] y *Relax into Healing* serie [Relájate en la sanación], producidos por Nancy Hopps. Estas dos útiles cintas de audio (disponibles también en CD y MP3) muestran una variedad de maneras para facilitar la relajación y fortalecer la conexión mente-cuerpo. Disponible en Synergistic Systems, P.O. Box 5224, Eugene, OR 97405, (541) 683-9088, www.nancyhopps.com y amazon.com

Letting Go of Stress: Four Effective Techniques for Relaxation and Stress Reduction [Liberarse del estrés. Cuatro técnicas efectivas de relajación y reducción del estrés]. Producido por Emmett E. Miller y Steven Halpern, Ph.D. Un clásico muy popular. Disponible en cinta de audio y en CD en

Dr. Miller Fulfillment Center, P.O. Box 803, Nevada City, CA 95959, (800) 52-TAPES, drmiller.pinnaclecart.com.

Enhancing Intimacy [Mejorando la intimidad]. Producido por Steven Halpern. Esta música con mensajes subliminales te ayuda a abrirte más al tacto y a los placeres sensuales. Disponible en cinta de audio y en CD. Steven Halpern's Inner Peace Music, P.O. Box 3538, Ashland, OR, 97520, (800) 909-0707, www.innerpeacemusic.com.

A Story of Hope [Una historia de esperanza] y *Once Can Hurt a Lifetime* [Una vez puede lastimar toda la vida]. En estos dos videos, Marilyn Van Derbur, exMiss Estados Unidos, habla de su historia de incesto en la infancia y su recuperación para instruir al público sobre las repercusiones íntimas del abuso sexual infantil. One Voice. Disponible en https://www.missamericabyday.com/videos-of-marilyns-speeches.

Opening the Heart of the Womb [Abrir el corazón de la matriz], por el talentoso maestro Stephen Levine. Creado especialmente para mujeres que han sufrido traumas sexuales y otras heridas a su sexualidad, esta grabación ayuda a recuperar el cuerpo y el espíritu y a despertar a la alegría. Disponible en descarga digital en Sounds True, 413 S. Arthur Avenue, Louisville, CO 80027 (800) 333-9185, www.soundstrue.com.

Sexual Healing: Transforming the Sacred Wound [Sanación sexual. Transformar la herida sagrada], de Peter Levine. Disponible en CD y descarga digital en Sounds True, 413 S. Arthur Avenue, Louisville, CO 80027 (800) 333-9185, www.soundstrue.com.

ORGANIZACIONES

ADIVAC – Ciudad de México
https://www.gob.mx/conavim/acciones-y-programas/centros-de-justicia-para-las-mujeres
Asociación para el Desarrollo Integral de Personas Violadas, AC (ADIVAC) es una organización civil que desde la perspectiva de género brinda atención legal y psicológica a personas que han vivido algún tipo de violencia sexual (niñas, niños, adolescentes, mujeres y hombres).

AMERICAN ASSOCIATION OF SEXUALITY EDUCATORS, COUNSELORS, AND THERAPISTS (AASECT) – USA

www.aasect.org, info@aasect.org; (202) 449-1099
Esta organización nacional ofrece una lista de sexoterapeutas certificados
con ubicación en Estados Unidos y también información sobre sexualidad
humana y salud sexual. En esta red hay profesionales que ofrecen servicios en español.

ARTE SANA – Austin, Texas, USA

http://www.arte-sana.com
Arte Sana es una organización sin fines de lucro ubicada en Estados
Unidos que ofrece apoyo a víctimas de violencia racial y de género, incluyendo abuso sexual. Financian actividades que promueven la sanación y el empoderamiento a través de las artes y la educación comunitaria.
Valoran el liderazgo indígena, la competencia cultural y la colaboración
sin fronteras. Arte Sana organiza una convención nacional bilingüe sobre
agresión sexual llamada Nuestras Voces (https://nuestrasvocesconf.wix-
site.com/artesana). También producen herramientas y recursos en español para mejorar la competencia cultural en profesionales que brindan
atención a víctimas en situación de violencia, y promueven el acceso a
estos servicios en la comunidad latina que vive en Estados Unidos. Arte
Sana creó un innovador botiquín para la sanación sexual "Existe Ayuda
Toolkit" disponible en el sitio web de la Oficina para Víctimas del Delito
de los Estados Unidos de América.
https://www.ovc.gov/pubs/existeayuda/pfv.html.

CENTROS DE JUSTICIA PARA LAS MUJERES – MÉXICO

https://www.gob.mx/conavim/acciones-y-programas/centros-de-
justicia-para-las-mujeres
Los Centros de Justicia para las Mujeres son agencias de gobierno que
dan atención con perspectiva de género a mujeres en situación de violencia. Sus servicios incluyen atención legal, médica, psicológica, proyectos
de empoderamiento económico, espacios de ludoteca y refugio temporal.
Puedes encontrar un directorio de todos los Centros de Justicia en su sitio web.

NATIONAL SEXUAL VIOLENCE RESOURCE CENTER — USA

www.nsvrc.org; (877) 739-3895.

NSVRC brinda atención telefónica en crisis las veinticuatro horas del día. También ofrecen información y educación para personas en situación de violencia que necesitan apoyo o quieren dejar una relación por violencia doméstica. Su sitio web sobre "Mes de la Conciencia sobre la Violencia Sexual" (SAAM) 2018 contiene un glosario en español con temas de sexualidad, como por ejemplo sexualidad saludable y prevención, y un botiquín de concientización sobre el abuso y la agresión sexual.

NATIONAL STD/HIV HOTLINE — USA

https://www.cdc.gov/std/Spanish/; Spanish (800) 232-4636, (888) 232-6348 TTY.

El Centro de Control de Enfermedades brinda información sobre una amplia gama de enfermedades de transmisión sexual.

NATIONAL DOMESTIC VIOLENCE HOTLINE — USA

https://espanol.thehotline.org; (800) 799-7233, (800) 787-3224 TTY.

La línea telefónica nacional de violencia doméstica brinda atención las 24 horas del día y tienen intermediarias que hablan español para apoyar a víctimas en situación de violencia.

RAPE, ABUSE, AND INCEST NATIONAL NETWORK (RAINN) — USA

www.rainn.org/es; (800) 656-4673

RAINN es la línea telefónica de ayuda nacional en Estados Unidos para apoyar a personas que han vivido violencia sexual. Esta línea es segura y confidencial y ofrece apoyo los 365 días del año, las 24 horas del día a sobrevivientes y sus familias. RAINN está afiliada a más de mil organizaciones locales en todo el país. Además, tienen programas para prevenir la violencia sexual, ayudar a los sobrevivientes y garantizar que los agresores sean juzgados.

WORLD ASSOCIATION FOR SEXUAL HEALTH (WAS) — USA

https://worldsexualhealth.net, secretariat@worldsexualhealth.net. Twitter: @WAS.org, @diasaludsexual

WAS es una organización internacional que dentro de su membresía incluye a líderes y profesionales de países donde se habla español. Promueven la salud sexual a lo largo del mundo por medio de la sexología y los derechos sexuales para todas y todos y patrocinan el "Día Mundial de la Salud Sexual", reconocido internacionalmente.

Sobre la autora

Wendy Maltz es psicoterapeuta y terapeuta sexual con reconocimiento internacional y experta en sexualidad sana y recuperación sexual. Entre sus libros se cuentan *El viaje para sanar la sexualidad. Una guía para sobrevivientes de abuso sexual*, *Private Thoughts: Exploring the Power of Women's Sexual Fantasies* [que se tradujo al español bajo el título de *El mundo íntimo de las fantasías sexuales femeninas*], *The Porn Trap: The Essential Guide to Overcoming Problems Caused by Pornography* [La trampa de la pornografía. Guía esencial para superar problemas causados por la pornografía], y de dos antologías poéticas que han sido galardonadas: *Passionate Hearts: The Poetry of Sexual Love* [Corazones apasionados. La poesía del amor sexual] e *Intimate Kisses: The Poetry of Sexual Pleasure* [Besos íntimos. La poesía del placer sexual]. Wendy es productora de *Partners in Healing* [Parejas en sanación] y *Relearning Touch* [Reaprender las caricias], dos videos muy aclamados dirigidos a parejas que están en el proceso de sanar problemas íntimos provocados por el abuso sexual.

Wendy es una pionera reconocida en el campo de la sanación sexual. Cuenta con más de treinta y cinco años de experiencia clínica en el tratamiento de problemas relativos al sexo, la intimidad y las relaciones. Ha sido una activa conferencista, instructora y educadora universitaria. Si bien en la actualidad está retirada de la terapia, Wendy sigue ofreciendo entrevistas en los medios sobre temas de sexualidad. Su sitio web educativo es www.HealthySex.com.

Vive en Eugene, Oregon, EUA, en compañía de su esposo.

Índice Analítico

A

Abrams, Douglas, 371
abrazo de mano, 317, 320, 321
abuso emocional
    combinar sexo con, 214
abuso en rituales, 61, 127, 150, 234
abuso físico
    mezclar la sexualidad con el,
    207,260
abuso sexual
    a hombres, 60-61, 82-83
    aceptar el hecho del, 64,
    25,252-254
    aprender sobre el, 263
    calificar acontecimientos pasados
    como, 30
    conductas relacionadas con el, 206,
    210,224
    de niños, 58, 60-62, 71, 82,
    124,137, 146, 148, 156,160-161,
    181,216,233
    definición de, 60-62, 66
    de segunda mano, 68-69
    impacto del, 17, 25, 63, 73, 89,
    90-91, 100, 104, 155
    indirecto, 59, 68-69
    información acerca del, 32-33
    mentalidad del, 69, 135-138, 210
    recuerdos del, 79-80, 95, 106-107,
    141, 189, 235, 246, 252
    prevalencia del, 32 (pie de página)
    recuperarse del, 265-266

    resistencia a hablar del abuso,
    82-85
    sádico, 61
    síntomas del, 31-32, 256, 327, 337
    orientación sexual y abuso,
    142,158-160, 162
    tipos comunes de, 60-62
    resolver los sentimientos que trae
    consigo la revelación, 246-248, 281
acoso homofóbico
    definición, 61
acoso sexual
    definición, 61-62
actitudes sexuales, 136-137
Adams, Caren, 365
Adams, Kenneth, 365, 378
adicción a la comida, 33
adicción a sustancias químicas
    en la pareja, 269
    como síntoma de abuso sexual, 33,
    38, 53
adicción sexual, 33-34, 123, 255
    de la pareja, 269
Adictos Sexuales Anónimos, 194
agresión sexual
    definición, 61
aislamiento, 83, 142, 156, 167, 175,
    21, 249
Alcohólicos Anónimos, 54 (pie de
    página), 80, 194, 228
alcohol, consumo de, 37-38, 54, 57, 62,
    75, 79, 96, 147, 170, 176, 194, 207,
    209, 215, 269, 294

secretos, 51, 80, 252
seminarios, 255
Seng, Julia, 368
Senn, Theresa, 383
sexualidad saludable 173, 206, 210,
    216, 218, 232, 234, 240, 256,
    268, 271, 275-276, 282, 336-337,
    363-364
Shrier, Diane, 160
sida, 50. 123, 220, 239
Silver, Nan, 374, 385
Simkin, Penny, 368
simulacro imaginario, 202-203
Smiljanich, K., 378
Smolover, Miriam, 103, 303
soborno, 154
sobrevivientes solteros, 238-239, 303
Sonkin, Daniel, Jay, 368, 377
Sperlich, Mickey, 368
Sprei, Judith, 383
Spring, Janis Abrahams, 377
Stanley, Scott, 375
Stanway, Andrew, 373
Steffens, Barbara A., 370, 383
Stoltenberg, John, 370
Stone, Robin, 368
Stuart, Irving, 383
Study of Child Abuse and Neglect
    (NIS 4), 383
Struthers, Sally, 113 (pie de página)
sumisión, 71, 152, 156-157, 166

T

temas de conversación para sanar
    juntos, 279-280
Thomas, T., 368
Tío Buck al rescate (película)
trabajar juntos en la sanación sexual
    aceptar el hecho del abuso sexual,
    250-254

aprender sobre abuso sexual,
    254-256
enfrentar las emociones
    exacerbadas, 256-263
buscar apoyo, 263-265
cuestionar sus proyecciones
    inconscientes, 265-266
adaptarse a los cambios en el
    contacto y la relación sexual,
    271-275
mantener una comunicación
    abierta, 276-281
trabajar juntos como un equipo
    activo de sanación, 281-284
tranquilizarse, 270, 295, 327, 338, 354
trastornos alimenticios como síntoma de
    abuso sexual, 79
trastorno de estrés postraumático a
    causa de una violación, 256
Travis, John, 132 (pie de página)

U

US Department of Health and Human
    Services, 383
US Department of Justice, 383

V

vacaciones sin sexo, 229-235, 238-240,
    273-274, 302
vaginismo, 345
valor personal
    creencias acerca del, 143-154
Vanable, Peter, 383
Van Derbur, Marilyn, 369
Van Der Kolk, B., 383, 385
Ventegodt, S., 383

W

Z

CPSIA information can be obtained
at www.ICGtesting.com
Printed in the USA
LVHW032100310521
688838LV00011B/19

9 786075 620718